MIRA®

Zeugin am Abgrund

Lauren sieht etwas, was sie nicht sehen darf: Carlo Giovessi, den sie bis jetzt für ihren väterlichen Freund hielt, begeht kaltblütig einen Mord! Geschockt flüchtet sie und erfährt wenig später, dass Giovessi ein Mafiaboss ist, dem man bis jetzt nichts nachweisen konnte. Laurens Aussage soll das jetzt ändern, doch als Augenzeugin schwebt sie in großer Gefahr. Und so wird der umsichtige FBI-Agent Sam Rawlins beauftragt, Laurens Sicherheit zu garantieren. Sam, der Lauren insgeheim für Giovessis Geliebte hält, soll sie zu einem ihr unbekannten Ort fliegen. Aber über den tief verschneiten Rocky Mountains stürzen sie ab. Sam und Lauren sind ganz auf sich gestellt. Wenn sie überleben wollen, müssen sie einander vertrauen.

Ginna Gray

Zeugin am Abgrund

Roman

MIRA® TASCHENBUCH
Band 25002
1. Auflage: Juni 2002

MIRA® TASCHENBÜCHER
erscheinen in der Cora Verlag GmbH & Co. KG,
Axel-Springer-Platz 1, 20350 Hamburg
Deutsche Erstveröffentlichung

Titel der nordamerikanischen Originalausgabe:
The Witness

erschienen bei: Mira Books, Toronto
Published by arrangement with
Harlequin Enterprises II B.V., Amsterdam

Übersetzung: Ralph Sander
Konzeption/Reihengestaltung: fredeboldpartner.network, Köln
Umschlaggestaltung: pecher und soiron, Köln
Titelabbildung: The Image Bank, Hamburg
Autorenfoto: © by Harlequin Enterprise S.A., Schweiz
Satz: Berger Grafikpartner GmbH, Köln
Druck und Bindearbeiten: Elsnerdruck, Berlin
Printed in Germany
ISBN 3-89941-002-5

Der Preis dieses Bandes versteht sich einschließlich
der gesetzlichen Mehrwertsteuer.

1. KAPITEL

Zwei Schüsse, die in unmittelbarer Nähe der Tür abgefeuert wurden, ließen Lauren Brownley den Kopf hochreißen.

Ihre Augen waren weit aufgerissen, ihr Gesicht war kreidebleich. Bislang hatte sie Schüsse nur im Fernsehen oder im Kino gehört, aber sie erkannte das Geräusch sofort, und sie fühlte, wie ihr eine Gänsehaut über den Rücken lief.

Ihr erster Gedanke galt der Flucht. Sie drehte den Wasserhahn zu und sah sich nach einer Möglichkeit um, aus der Damentoilette zu entkommen. Aber von dem hoch oben eingebauten Fenster abgesehen, das zur Gasse hinter dem Gebäude hin lag, gab es keinen Fluchtweg.

Vorn in der Lounge schrie jemand vor Schmerzen auf. Lauren fühlte, wie sich ihr die Haare sträubten. Sie starrte auf die Tür und umklammerte mit nassen Händen den Unterschrank hinter ihr. Es war nach Ladenschluss. Von ihrem Boss Carlo Giovessi abgesehen, der sich vor zehn Minuten in sein Büro zurückgezogen hatte, sollte der Club Classico eigentlich leer sein.

Großer Gott, war er etwa einem Einbrecher über den Weg gelaufen? Wenn ja, wer hatte dann den Schuss abgegeben?

Nachdem sie sich noch einmal in aller Eile umgesehen hatte, schluckte Lauren und schlich auf dem gefliesten Boden leise bis zur Tür. Sie wollte sie öffnen, zog aber im letzten Moment die Hand zurück. Ihr Herz raste, als ihr bewusst wurde, welchen Fehler sie um ein Haar begangen hätte. Wenn der Einbrecher noch immer da draußen war und eine Waffe hatte, dann wollte sie ihn ganz sicher nicht auf sich aufmerksam machen.

Als das Stöhnen draußen in der Lounge auf einmal lauter wurde, machte sie das Licht aus. Sie wartete einen Moment in der Dunkelheit, presste die Lippen aufeinander und öffnete dann vorsichtig die Tür einen Spaltbreit.

Lauren hielt den Atem an. Sie sah drei Männer, die auf der Tanzfläche in der Nähe des Klaviers standen. Zwei von ihnen war sie im Club gelegentlich begegnet, ohne zu wissen, um wen es sich handelte. Der dritte Mann – der die Waffe in der Hand hielt – war Carlo.

Vor ihm auf dem Boden kauerte ein weiterer Mann, der mit beiden Händen seine blutigen Beine festhielt. Lauren musste fast würgen, als ihr klar wurde, dass man ihm offenbar beide Kniescheiben zerschossen hatte.

Der Mann rollte laut stöhnend zur Seite, so dass sie sein Gesicht sehen konnte. Überrascht erkannte sie, dass es sich um Frank Pappano handelte!

Als sie vor zwei Monaten zum ersten Mal in der Lounge Klavier gespielt hatte, war Frank ihr als ein Geschäftspartner von Carlo vorgestellt worden. Seitdem hatte sie ihn oft im Club gesehen, ohne ihn näher kennen zu lernen – nicht dass sie das überhaupt gewollt hätte.

Frank war deutlich jünger als Carlo, etwa Mitte dreißig, und zumindest dann attraktiv, wenn man auf dunkle Typen stand. Er hatte einige Male versucht, mit ihr zu flirten, aber sie hatte so getan, als würde sie es nicht bemerken. Frank hatte etwas Kaltes und Seelenloses an sich, was ihr eine Gänsehaut bereitete.

Trotzdem hatte er es nicht verdient, angeschossen zu werden. Sie konnte nicht fassen, dass Carlo so etwas getan hatte.

Lauren ließ den Kopf gegen den Türrahmen sinken und schloss die Augen. O Gott, wie dumm sie doch gewesen war. Sie hatte in den Zeitungen die Anschuldigungen gelesen, sie wusste, was die Leute redeten, und seit sie im Club Classico arbeitete, hatte sie immer wieder die zwielichtigen Gestalten bemerkt, die in Carlos Büro ein und aus gingen. Aber sie hatte vor allem die Augen verschlossen. Ich habe den Kopf in den Sand gesteckt, dachte sie voller Abscheu über ihr eigenes Verhalten.

Tief in ihrem Inneren hatte sie durchaus ein gewisses Unbehagen gespürt, aber sie hatte sich geweigert, diesem Gefühl auf den Grund zu gehen. Nach allem, was Carlo für sie getan hatte, kam sie sich wie eine Verräterin vor, wenn sie dieses Misstrauen verspürte.

Sieh dir doch an, wohin dich dein Wegsehen gebracht hat!

O Gott, sie konnte es nicht fassen.

„Du hast auf mich geschossen! Jesus Christus, Carlo! Warum denn bloß? *Ahhhh*, verdammt, meine Knie! Meine Knie!"

Carlo Giovessis weiße Strähne und das markante Gesicht verliehen ihm das Erscheinungsbild eines würdevollen Patriarchen, sogar dann, wenn er sich amüsierte, was sein schwaches Lächeln noch beängstigender wirken ließ. „Spiel keine Spielchen mit mir, Frank. Du weißt genau, warum. Du hast mich bestohlen, und das kann ich nicht durchgehen lassen."

Ohne den Blick von Frank zu nehmen, schnippte Carlo mit den Fingern. Einer der anderen Männer reichte ihm ein quadratisches, in Plastikfolie gewickeltes Päckchen. Er öffnete es, griff hinein und ließ weißes Pulver auf Frank herabrieseln. „Diese letzte Lieferung, die du für mich abgeholt hast, besteht fast nur aus Puderzucker." Er wog das Päckchen spielerisch in der Hand und schürzte die Lippen. „Zu schade, dass du gierig geworden bist. Es hätte vielleicht geklappt, wenn du es nicht so übertrieben hättest. Das war dumm von dir, Frank."

Seine Miene änderte sich schlagartig, und er trat mit Wucht gegen Franks Bein. Der Schrei, den Frank ausstieß, sorgte dafür, dass sich Laurens Nackenhaare abermals sträubten.

„Du kleiner Dreckskerl", zischte Carlo. „Hast du wirklich geglaubt, du könntest dir die Hälfte von meinem Kokain unter den Nagel reißen, ohne dass ich das merke?"

„Nein, Carlo, ich habe nichts gestreckt! Ich schwöre es bei Gott, Mann! Es ... es muss einer von diesen verdammten Lieferanten gemacht haben! Das sind diejenigen, die dich bescheißen. Nicht ich. Du weißt doch, dass ich das niemals machen würde! *Ahhhh*, Jesus, meine Knie!"

„Ich bin bald mit meiner Geduld am Ende, Frank. Und deine Zeit ist auch bald abgelaufen."

Auch in dem dämmerigen Licht konnte Lauren sehen, dass Franks Gesicht schneeweiß war.

„Ich tue dir einen Gefallen. Du weißt, dass ich mir mit solchen Dingen nicht mehr die Finger schmutzig mache. Aber das hier ... das ist etwas Persönliches. Deinetwegen habe ich beschlossen, es selbst zu erledigen. So viel bin ich dir schuldig."

Frank hörte auf zu stöhnen und begann um Gnade zu wimmern. „Jesus, Carlo, es tut mir Leid. Es tut mir Leid, Mann. Bitte. Bring mich bitte nicht um."

„Du hast viele Jahre für mich gearbeitet, Frank. Ich habe dich von der Straße geholt, als du noch ein Kind warst. Ich habe dich ausgebildet. Jesus Christus, ich habe dich wie einen Sohn behandelt, du verdammter Drecksack."

„Bitte, Carlo, töte mich nicht. Bitte! *Bitte, Mann!* Ich flehe dich an! Es wird nie wieder vorkommen! Ich schwöre es bei Gott! Ich werde alles für dich tun, *alles*. Aber bring mich bitte nicht um!" Er wälzte sich auf dem Boden und umklammerte seine Knie. Sein schmerzverzerrtes Gesicht war schweißnass. „O mein Gott, o mein Gott!"

„Hör schon auf, Frank. Du warst bereits ein toter Mann, als du mich zum ersten Mal bestohlen hast. Die Frage ist jetzt nur, wann und wie du sterben wirst. Du hast es selbst in der Hand. Wenn du mir sagst, wo mein Eigentum ist, mache ich mit dir kurzen Prozess. Wenn du Zeit schinden willst, dann wirst du mich schon bald anflehen, damit ich deinem jämmerlichen Leben ein Ende setze."

„O Mann, hör doch bitte mal zu ..."

„Du hast nur diese beiden Möglichkeiten, Franco", sagte Carlo mit Eiseskälte. „Und ich warne dich. Wenn du mich anlügst, werde ich deine Familie auch umbringen. Das möchte ich wirklich nicht. Du weißt ja, wie sehr mir Maria und Frank und Mario, deine Kleinen, am Herzen liegen. Es ist immer eine hässliche Sache, Frauen und Kinder zu töten, aber du weißt, dass ich nie leere Drohungen mache."

Er beugte sich vor und lächelte. „Wenn du also nicht willst, dass deiner hübschen kleinen Frau und deinen beiden Söhnen etwas zustößt, dann solltest du mit der Wahrheit herausrücken. Also, Frank, du hast drei Sekunden. Entweder sagst du mir, wo mein Eigentum ist, oder die nächste Kugel zerfetzt dir deine Eier."

Lauren sah ungläubig und voller Entsetzen mit an, was sich vor ihren Augen abspielte. Frank zitterte und murmelte etwas, bekreuzigte sich und holte dann tief Luft. „Es ist ... in einem Lagerhaus ... Patton und East Third."

Er hatte kaum ausgesprochen, als ein weiterer Schuss durch den Club peitschte und ein hässliches Loch in seine Stirn riss.

Obwohl Lauren gewusst hatte, dass der Schuss fallen würde, zuckte sie zusammen und schnappte nach Luft, noch bevor sie ihre Hände auf den Mund hatte pressen können.

Frank zuckte noch einmal, dann sackte er auf dem Boden zusammen. Wie erstarrt sah Lauren auf den Toten und spürte, wie sie von dem Drang erfüllt wurde, sich zu übergeben. Aus dem abscheulichen Loch in der Stirn quoll Blut.

„Was war das?" Carlo sah sich in der Lounge um, bis sein Blick erst an der Tür zur Herrentoilette, dann am Eingang zur Damentoilette hängen blieb.

Lauren machte einen Schritt nach hinten in die Dunkelheit, während das Entsetzen sie packte. Sie war soeben Zeugin eines kaltblütigen Mordes geworden! Sie musste hier raus! Und zwar sofort, bevor sie sie fanden.

Sie sah zum Fenster, durch das der schwache Schein einer Straßenlampe am Ende der Gasse drang. Selbst wenn sie es schaffen sollte, durch dieses Fenster zu klettern, würde sie nicht schnell genug sein, um Carlo und dessen Leuten zu entkommen. Panik stieg in ihr auf, aber sie kämpfte dagegen an. Es musste einen Ausweg geben. Denk nach, ermahnte sie sich. *Denk nach!*

„Was war was? Ich hab nichts gehört, Boss."

„Standen noch irgendwelche Wagen auf dem Parkplatz, als ihr hergekommen seid?“

„Keine Ahnung. Ich und Tony, wir haben Frank durch den Hintereingang reingebracht, so wie Sie es uns gesagt haben.“

„Dann geh raus und sieh nach. Und du, Tony, überprüfst die Toiletten. Ich durchsuche den Club.“

O Gott, o Gott! Lauren stand händeringend da und sah zu den Toilettenkabinen, verwarf aber den Gedanken, sich darin zu verstecken. Dort würden Carlos Handlanger zuerst nachsehen.

Ein Knall von der gegenüberliegenden Wand ließ sie einen Satz machen. Das Geräusch wiederholte sich Sekunden später, und Lauren erkannte, dass sie Recht gehabt hatte. Dieser Tony sah sich in der Herrentoilette um und trat eine Tür nach der anderen auf!

Sie zögerte nur eine Sekunde lang, ehe sie zum Fenster rannte. Sie streckte sich, um an den Griff zu kommen und es aufzuziehen, dann eilte sie zurück zum Waschbecken, nahm ihre Handtasche und machte die Tür des Unterschranks auf, in dem Handtücher, Toilettenpapier und Reinigungsmittel untergebracht waren, hob ihr langes Abendkleid an und zwängte sich in den Schrank. Zum ersten Mal in ihrem Leben war sie froh darüber, dass sie so zierlich gebaut war.

Sie hatte gerade eben die Tür hinter sich zugezogen, als Carlos Killer die Damentoilette betrat.

Er schaltete das Licht ein, das von den glänzenden Fliesen reflektiert wurde. Ein dünner Lichtstreifen drang durch eine Ritze an der Schranktür in Laurens Versteck. Sie hielt den Atem an und machte sich noch kleiner. Durch den winzigen

Spalt sah sie den Mann, den Carlo Tony genannt hatte. Mit vorgehaltener Waffe schlich er in den Raum.

Seine geschmeidigen Bewegungen und sein kalter, stechender Blick erinnerten sie an eine Schlange.

Ihr Herz schlug so heftig, dass Lauren fürchtete, er würde es hören, aber er ging an dem Unterschrank vorbei und geriet aus ihrem Blickfeld. Einen Moment später wurde die erste Toilettentür aufgetreten, dann die zweite und die dritte. Sie presste die Lippen zusammen, um nicht zu schluchzen, während sie bei jedem Knall zusammenzuckte.

„Was gefunden, Tony?"

„Nein, Mr. Giovessi, nichts." Der bösartig dreinblickende Mann kam wieder zurück, so dass sie ihn sehen konnte. „Wenn jemand hier war, dann ist er aus dem Fenster geklettert. Das steht offen."

„Verdammt!"

Laurens Herzschlag setzte fast aus, als Carlo in der Tür erschien. Er sah zum offenen Fenster, dann machte er mit seiner Waffe eine Bewegung. „Geh nach draußen und sieh nach, wo Leo abgeblieben ist."

„Bin schon hier, Boss. Draußen steht nur ein Wagen, ein roter Lexus."

„Das ist Laurens Wagen."

„Die schicke Kleine, die Klavier spielt?"

„Ja, ja. Ich dachte, sie wäre vor einer Viertelstunde gegangen. Offenbar ist sie noch mal reingekommen und zur Toilette gegangen." Carlo seufzte. „Eine Schande. So ein Talent ist unbezahlbar."

„Was sollen wir machen, Boss?"

„Erstmal schafft ihr Frank hier raus. Und macht sauber. Wenn ihr damit fertig seid, dann kümmert ihr euch um den Wagen von Miss Brownley. Tony, du siehst dich in ihrem Apartment um. Sie ist Hals über Kopf getürmt. Ein verängstigter Hase versteckt sich üblicherweise in seinem Bau. Wahrscheinlich wird sie nach Hause gehen und ein paar Sachen einpacken, um dann unterzutauchen. Wenn sie wieder klar denken kann, wird sie wahrscheinlich die Cops informieren. Ich will, dass du sie vorher findest."

„Und was soll ich mit ihr machen, Boss?"

Carlo sah den Mann einen Moment lang an. „Leg sie um."

Lauren presste eine Hand auf ihren Mund und versuchte sich noch tiefer in ihr Versteck zurückzuziehen.

Lange, nachdem das Licht ausgegangen war und die Stimmen der Männer nicht mehr zu hören waren, saß Lauren noch immer in dem Unterschrank. Sie zitterte von Kopf bis Fuß. Dunkelheit und Stille umgaben sie. Die einzigen Geräusche waren ihr rau klingender Atem und das wilde Pochen ihres Herzens.

Sie strengte ihre Ohren an, um zu hören, ob sich noch jemand im Club aufhielt, aber das leise Brummen der Heizung war alles, was sie wahrnehmen konnte. Trotzdem kam sie nicht heraus. Es konnte ein Falle sein. Carlo saß vielleicht irgendwo da draußen in der dunklen Lounge und wartete darauf, dass sie auftauchte.

Nach einiger Zeit begann die unbequeme Haltung, in der sie sich befand, die Hysterie zu überwinden. Sie spürte jeden einzelnen Knochen, und außerdem war ihr eiskalt, obwohl die Heizung nach wie vor lief.

Lauren runzelte die Stirn und überlegte, was sie machen konnte, bis ihr auffiel, dass Carlo und seine Männer vergessen hatten, das Fenster zu schließen.

Ihre Gedanken kehrten immer wieder zu diesem Fenster zurück, das als Fluchtweg so verlockend war. Die Öffnung war zwar klein, doch sie war sicher, dass sie sich hindurchzwängen konnte.

Aber wenn Carlo oder einer seiner Leute noch immer in der Lounge waren, würde man sie hören. Sie biss sich auf die Unterlippe und dachte nach. Sie konnte auch nicht einfach hier bleiben.

Nach einigen Augenblicken fasste sie sich ein Herz und öffnete langsam die Schranktür.

Es war äußerst mühsam, sich aus der Position zu lösen, in der sie im Unterschrank gekauert hatte, aber schließlich schaffte sie es, ihn zu verlassen. Einen Moment lang lag sie auf den kalten Fliesen, und erst beim dritten Anlauf gelang es ihr, sich aufzurichten. Jeder Muskel in ihrem Körper schmerzte, und sie musste die Zähne zusammenbeißen, um nicht aufzustöhnen. Sie humpelte ein paar Mal hin und her, um sich zu strecken und zu dehnen.

Als der Schmerz einigermaßen erträglich war, sah sie sich in der fast völligen Dunkelheit nach etwas um, auf das sie steigen konnte, um das Fenster zu erreichen. Das Einzige, was sie entdeckte, war der Abfalleimer neben dem Waschbecken. Er reichte ihr bis zur Hüfte, war aus Metall und so schwer, dass sie ihn nicht heben konnte. Sie kippte ihn leicht an, um ihn drehend bis zum Fenster zu bringen.

Alle paar Sekunden sah sie sich zur Tür um, dann stieg sie

auf den Abfalleimer und klammerte sich am Fenstersims fest. Als sie ein Bein über den Sims geschoben hatte, verlor sie einen Schuh, außerdem kippte der Eimer unter ihr weg. Der Lärm, den er dabei verursachte, ließ die Katzen in der Gasse aufgeschreckt davonlaufen, während Laurens Adrenalinspiegel sprunghaft anstieg.

Sie schob sich wie ein Aal durch die schmale Öffnung und landete auf allen vieren auf dem Straßenbelag, wobei sie sich die Handflächen und ein Knie aufscheuerte. Sie nahm aber weder den Schmerz wahr, noch nahm sie sich die Zeit, nach dem Schuh zu suchen. Die Tonne rollte noch immer durch die Toilette, als sie bereits das lange Kleid gerafft hatte und durch die Gasse davonrannte.

2. KAPITEL

Special Agent Sam Grey Wolf Rawlins wusste, dass sich etwas Großes zusammenbraute, als er das Office des Senior Agent betrat, der das Büro des FBI in Denver leitete und der meist nur kurz und prägnant als SAC bezeichnet wurde, also als Senior Agent in Charge.

Harvey Weiss saß an seinem Schreibtisch und machte einen nervösen Eindruck, während Sams direkter Vorgesetzter Charley Potter vor dem Fenster auf und ab ging. Beide Männer zogen gierig an ihrer Zigarette, und das Gleiche galt für Todd Berenger, David Owens und Roy O'Connor, die drei Agenten, die im Halbkreis vor Harveys Schreibtisch Platz genommen hatten. Bläuliche Rauchschwaden erfüllten den Raum.

„Hat hier eigentlich noch niemand was von Lungenkrebs gehört?"

Harvey warf ihm einen finsteren Blick zu. „Wird Zeit, dass Sie hier auftauchen, Rawlins. Wo zum Teufel haben Sie gesteckt?"

„Die letzte halbe Stunde habe ich hinter einem Schneepflug zugebracht. Falls Sie es noch nicht bemerkt haben: Der Sturm hat Denver in den letzten Stunden fast einen halben Meter Schnee beschert."

„Wenn Sie nicht in diesem Cañon mitten im Nichts leben würden, dann könnten Sie in solchen Situationen schneller einsatzbereit sein." Harvey betrachtete Sams Jeans, Stetson und die abgewetzten Cowboystiefel und verzog missbilligend die Mundwinkel.

Sam ignorierte die Bemerkung und den Blick. Wenn es

Harvey nicht gefiel, wo er wohnte, dann war das sein Problem. Er brauchte Platz, um atmen zu können. In der Großstadt hätte er es nicht länger als einen Tag ausgehalten. Außerdem wäre er schön dumm, wenn er in die Stadt ziehen würde, nur damit Harvey vor seinem Chef gut dastand.

Der SAC deutete auf den vierten Stuhl vor seinem Schreibtisch. „Wir vergeuden wertvolle Zeit. Setzen Sie sich."

Sam zog seinen Parka aus und hängte ihn zusammen mit seinem Stetson an die Garderobe. „Danke, aber ich bleibe stehen, die Luft ist hier besser." Er lehnte sich gegen den Türrahmen und sah zu, wie Harvey mit der Kippe der letzten gerade eine neue Zigarette anzündete.

Harvey blinzelte ihm durch die Rauchwolke zu, als er ausatmete. „Ihr Nichtraucher seid verdammte Nervensägen. Ich weiß überhaupt nicht, warum Sie sich so aufregen, schließlich haben die Indianer die Weißen überhaupt erst mit Tabak vertraut gemacht."

„Ja, meine Leute nennen das die Rache des roten Mannes."

Roy und Dave begannen zu kichern, verstummten aber sofort, als sie Harveys Blick bemerkten.

Der Mann ließ keine Gelegenheit aus, um eine Bemerkung über Sams indianische Abstammung zu machen. Auch wenn Sam nie das Gefühl hatte, wirklich zu einer der beiden Welten zu gehören, war er trotz allem stolz auf seine indianischen und weißen Vorfahren. Harveys Engstirnigkeit schmerzte ihn, aber Sam zeigte nie, wie sehr er sie verabscheute.

„Sehr witzig, Rawlins, Sie sind ein richtiger Komiker. Könnten wir dann wieder zur Sache kommen?"

Sam verschränkte die Arme und sah ihn an, ohne mit der

Wimper zu zucken. „Sicher. Ich hoffe nur, dass die Aktion gerechtfertigt ist. Es ist drei Uhr nachts, und ich habe mir fast den Hintern abgefroren, um herzukommen."

Zorn machte sich auf Harveys Gesicht bemerkbar, doch bevor er etwas erwidern konnte, mischte sich Agent Berringer ein.

„Was ist denn los, Kumpel? Ist deine Autoheizung schon wieder verreckt?"

Ein flüchtiges Lächeln huschte über Sams Lippen. Todd hatte seinen Beruf verfehlt, er war der geborene Friedensstifter. Die Frage war unübersehbar darauf ausgerichtet, die gereizte Stimmung zu mildern. „Nicht schon wieder. Immer noch."

„Was denn? Ich hab Ihnen vor Wochen gesagt, Sie sollen einen Antrag einreichen, damit das repariert wird", brummte Charley.

„Habe ich gemacht. Dreimal sogar." Sam sah zu Harvey. „Aus irgendeinem Grund gehen alle meine Anträge verloren."

„Verdammt, können wir endlich damit aufhören und uns unserer Arbeit widmen?"

„Klar, schießen Sie los."

„Vor einer Stunde haben wir einen Anruf vom Police Department in Denver erhalten. Sie haben eine Frau in Schutzhaft genommen, die behauptet gesehen zu haben, wie Carlo Giovessi Frank Pappano umgebracht hat."

Die drei Agenten, die vor dem Schreibtisch saßen, horchten auf, während Sam keine Miene verzog.

„Wirklich?" Dave, der Jüngste aus der Gruppe, lehnte sich nach vorne, da er zu aufgeregt war, um still sitzen zu können.

Fast hätte man meinen können, dass sein rotes Haar noch mehr leuchtete als sonst.

„Nicht nur das. Ihre Darstellung bringt Giovessi sogar eindeutig mit Drogenhandel in Verbindung.“ Harvey zog an seiner Zigarette und lehnte sich so zufrieden zurück, als hätte er persönlich dem Mafiaboss das Handwerk gelegt.

„Warum sollte Carlo einen von seinen eigenen Leuten umlegen?“ fragte Todd.

„Tja, es sieht so aus, als hätte sich Frankie-Boy am Warenbestand seines Bosses vergriffen. Carlo hat das gar nicht gefallen.“

„Kann ich mir vorstellen.“

Dave stieß einen Freudenschrei aus. „Mann, das ist ja großartig! Jetzt haben wir den Bastard endlich!“

„Ja“, stimmte Todd grinsend zu. „Wird ja auch Zeit, dass wir in dem Fall mal weiterkommen.“

„Wer ist diese Frau?“ fragte Sam ruhig.

„Ihr Name ist Lauren Brownley. Sie spielt im Club Classico von Carlo Klavier. Die Jungs in Denver hatten sie schon eine Zeit lang beobachtet. Unsere Leute übrigens auch. Nichts Ernstes, nur eine Überprüfung, wo sie lebt und wie sie ihre Zeit verbringt. Die Cops und unsere Agenten glauben übereinstimmend, dass sie Giovessis aktuelle Geliebte ist, aber wahrscheinlich gehört sie nicht zu seiner Organisation.“ Harvey warf Sam einen großen Briefumschlag zu, den der reflexartig auffing. „Da drin steckt die Akte, die über sie zusammengestellt wurde. Ich kenne nicht alle Einzelheiten, aber Ms. Brownley schwört, dass sie alles gesehen und gehört hat. Den Mord, Franks Geständnis, dass er Drogen gestohlen hat. Sogar die Adresse des Lagerhauses, in dem er den Stoff versteckt hat."

„Warum sollte Giovessis Geliebte ihn ans Messer liefern?" wollte Sam wissen.

Harvey streckte die Arme aus und zuckte mit den Schultern. „Wer weiß schon, aus welchem Grund Frauen irgendwas machen? Vielleicht hatte sie sich mit Giovessi zerstritten. Vielleicht hatte sie was mit Frank und will sich rächen. Welchen Unterschied macht das schon? Wichtig ist nur, dass wir eine Zeugin haben."

Todd pfiff leise durch die Zähne. „Das ist großartig. Dave hat wohl Recht, jetzt haben wir den Bastard."

„Keiner von euch sagt ein Wort", ermahnte Harvey die Runde. „Ich möchte nicht, dass diesmal auch nur ein Ton nach außen dringt. Niemand außer uns sechs wird etwas davon erfahren, solange wir unsere Zeugin nicht an einem sicheren Ort untergebracht haben. Und damit meine ich auch ‚niemand'."

Er sah seine Leute der Reihe nach an. „Rawlins, Sie, Todd, Roy und Dave begeben sich zum Polizeirevier und überprüfen die Geschichte dieser Frau. Wenn die Cops alles richtig aufgenommen haben, übernehmen wir den Fall. Todd, Sie und Roy holen sich dann Verstärkung und nehmen Giovessi fest. Charley hat bereits Sweeney losgeschickt, damit der einen Durchsuchungsbefehl besorgt. Wir observieren das Lagerhaus, und jeder, der da auftaucht, wird sofort festgenommen. Wenn wir Glück haben, taucht der gute alte Carlo persönlich dort auf. Ich schätze, er ist noch immer verdammt sauer, dass Frank ihn betrogen hat. Wahrscheinlich will er sich selbst davon überzeugen, dass der Stoff da ist."

Harvey blickte zu Sam. „Rawlins, Ihnen gebe ich den Auftrag, auf die Zeugin aufzupassen. Dave wird Sie unterstützen. Wenn Sie überzeugt sind, dass die Frau uns kein Märchen auftischt, bringen Sie sie schnellstmöglich aus der Stadt. Bringen Sie sie irgendwohin, wo sie sicher ist, und dann passen Sie auf sie auf, bis das Verfahren beginnt."

„Lassen Sie das jemand anders machen. Ich habe Wichtigeres zu tun, als Babysitter für eines von Carlos Betthäschen zu spielen."

Harveys Hals lief puterrot an. Er beugte sich vor und zeigte mit einem vom Nikotin verfärbten Zeigefinger auf Sam. „Hören Sie zu, Rawlins. Die Aussage dieser Frau kann Carlo für eine ganze Weile hinter Gitter bringen. Ob es Ihnen gefällt oder nicht, Sie werden darauf achten, dass sie lebt, um ihre Aussage zu machen, ganz gleich, wie lange es auch dauern mag. Haben Sie das verstanden?"

„Ich arbeite bereits an einem Fall, wie Sie wissen dürften. Ich stehe kurz vor der Aufklärung."

In diesem Moment war die Atmosphäre im Büro auf das Äußerste angespannt. Die drei Agenten versteiften sich und räusperten sich. Charley Potter presste die Kiefer aufeinander und blickte zu Boden.

Sams Auftrag war von der Art, die jeder Gesetzeshüter verabscheute – er musste seine Kollegen ausspionieren. Seit Jahren versuchte die Abteilung, eine Anklage gegen Carlo Giovessi aufzubauen, aber jedes Mal, wenn sie glaubten, ihn endlich zu haben, ging irgendetwas schief. Ein wichtiges Beweismittel verschwand, Zeugen kamen ums Leben, auf mysteriöse Weise fanden sich winzige Unregelmäßigkeiten, die es Carlos schmierigem Anwalt ermöglichten, die Anklage zu Fall zu bringen. Das Ganze sah schon bald danach aus, dass ein Insider Informationen weitergab.

Beim FBI hasste man nichts mehr als einen Agenten, der die Seiten gewechselt hatte – ausgenommen den Mann, der versuchte, ihn ausfindig zu machen.

Für Gesetzeshüter war Teamwork ein entscheidender Faktor. Niemand wollte glauben, dass der Partner oder Freund schmutzige Geschäfte trieb, und sobald jemand anfing, Fragen zu stellen, wurde gemauert. Sam hatte versucht, diskret vorzugehen, aber es hatte sich herumgesprochen. Bis auf wenige Ausnahmen wie Todd und Charley wurde er im Büro in Denver seit einiger Zeit von seinen Kollegen sehr kühl behandelt.

Sam vermutete, dass dies mit ein Grund war, warum Harvey ihn mit der Untersuchung beauftragt hatte, anstatt den Dienstweg zu gehen und sich an das OPR zu wenden, das Office of Professional Responsibility, also die Abteilung für innere Angelegenheiten des FBI. Das OPR setzte sich aus hochrangigen erfahrenen Ermittlern zusammen.

Harvey behauptete, er betrachte es als einen persönlichen Affront, dass ein Agent aus seiner Abteilung sich hatte kaufen lassen. Er wollte die Angelegenheit intern klären, und zwar auf der Stelle.

Seine Entscheidung rechtfertigte er damit, dass es keinen handfesten Beweis für die Existenz eines Maulwurfs gab – nur Verdächtigungen und eine Reihe von Zufällen. Und das, obwohl das FBI grundsätzlich nicht an Zufälle glaubte.

Sam hatte den Verdacht, dass der SAC eigentlich nur jeden

Agenten im Büro in Denver gegen ihn aufhetzen und ihm das Leben zur Hölle machen wollte.

Es störte ihn nicht besonders, da er ohnehin ein verschlossener Typ war.

„Es ist für uns wichtiger, Giovessi festzunageln. Charley ist meiner Meinung, er hat dich sogar für diesen Job empfohlen."

Sam warf seinem Boss einen vernichtenden Blick zu, aber Charley hob beschwichtigend die Hände. „Sam, bevor Sie irgendetwas sagen, hören Sie sich an, was ich zu sagen habe. Wenn diese Frau Carlos Geliebte ist, werden Sie Wochen oder sogar Monate Zeit haben, um Informationen aus ihr herauszuholen, die uns in dem Fall weiterhelfen könnten. Vielleicht kennt sie ja sogar den Namen des Maulwurfs. Es ist einen Versuch wert."

„Das stimmt", pflichtete Harvey ihm bei. „Man kann nie wissen, was der Mann neben seinem Liebesgeflüster sonst noch von sich gegeben hat. Mit anderen Worten, Sie haben einen neuen Auftrag, Rawlins."

„Warum ich? Jeder könnte diese Frau bewachen."

„Weil Sie länger als jeder andere an diesem Fall arbeiten und Sie ihn in- und auswendig kennen. Sie wissen, mit wem wir es zu tun haben. Und ich vertraue Ihnen. Ich kann Sie vielleicht nicht besonders gut leiden, Rawlins, aber ich vertraue Ihnen." Er zog lange an seiner Zigarette, dann blies er den Rauch in die Wolke, die sich bereits unter der Decke angesammelt hatte. „Und jetzt machen Sie sich auf den Weg und nehmen sich die Frau vor."

Ohne ein weiteres Wort zu sagen, nahm Sam seinen Hut

und seinen Parka und ging hinaus. Als er im Korridor war, holte Todd ihn ein und lief neben ihm her.

„Mein Gott, Sam, wann wirst du endlich klug und hörst auf, dich mit dem Kerl anzulegen? Du weißt doch, dass du nicht gewinnen kannst."

„Mache ich das?"

„Ja, verdammt, das machst du. Du weißt schließlich ganz genau, dass du alles machst, um ihn auf die Palme zu bringen. Du weißt, wie Harvey ist, wenn es um die Kleiderordnung geht. Wäre es denn wirklich so schlimm, Anzug und Krawatte anzuziehen, bevor du ins Büro kommst?"

„Harvey kann mich mal. Ich hatte das Wochenende frei. Außerdem hatte ich einen Urlaubstag zugesichert bekommen. Offiziell habe ich noch ...", er schob den Ärmel seines Flanellhemds zurück und sah auf die Uhr, „... siebenundzwanzigeinhalb Stunden frei."

„Ja, aber du hättest dich wenigstens rasieren können."

Sam rieb sich über die Bartstoppeln und zuckte mit den Schultern. „Ich habe ein Wochenende lang abgeschaltet. Du kannst mich ja verklagen."

„Du bist ein verdammt sturer Hund. Hör mal, ich weiß, dass du den Kerl nicht magst. Ich kann ihn auch nicht leiden. Aber er ist nun mal der SAC."

Sam schnaubte verächtlich. „Harvey Weiss ist ein kleinkarierter, ehrgeiziger Politiker, aber kein Mann des Gesetzes. Seine Hauptsorge, nein, seine *einzige* Sorge ist die, *Harvey* gut dastehen zu lassen. Bei jeder Entscheidung überlegt er erst mal, wie sie sich auf sein Image auswirkt und ob sie die Chancen für eine Beförderung verbessert. Ich kann mir gut vorstellen, dass er sich vorgenommen hat, Chef des FBI zu sein, wenn er fünfzig ist.“

„Ja, ja, mag ja alles sein. Aber ist doch ein Grund mehr, dir selbst einen Gefallen zu tun und aufzuhören, dich mit dem Kerl zu bekriegen.“

„Hey, Cochise!“

Sam blieb wie angewurzelt stehen, während Todd den Kopf senkte und leise aufstöhnte.

Langsam drehte er sich um. Sein Blick ging an Charley, Dave und Roy vorbei und traf Harvey, der in der Tür zu seinem Büro stand und gerade eine weitere Zigarette anzündete. „Ja?“

„Denken Sie daran, was ich Ihnen gesagt habe. Sie bringen die Frau sofort aus Denver raus. Ich möchte diesmal keine Fehler erleben. Bringen Sie sie aus dem Staat, irgendwohin, wo Carlo keinen Einfluss mehr hat.“

„Hatte ich auch vor. Sonst noch was?“

„Achten Sie darauf, dass Sie mit uns in Verbindung bleiben. Die Routine kennen Sie ja. Sie nehmen einmal täglich mit mir oder mit Charley Kontakt auf, mit niemandem sonst.“

„Gut.“ Sam wandte sich um und ging die letzten Schritte bis zum Aufzug. Er drückte den Knopf, und fast im selben Moment öffneten sich die Türen. Todd machte einen Satz nach vorn, als könne er es nicht erwarten, aus der Schusslinie zu verschwinden. Sam blieb dagegen einen Augenblick lang stehen und sah noch einmal zu Harvey.

„Ach, übrigens, falls Sie es noch nicht wussten. Cochise war ein Chiricahua-Apache. Meine Mutter war eine Navajo.“ Ohne auf Harveys Antwort zu warten, betrat er ebenfalls den

Aufzug und drückte den Knopf für das Erdgeschoss. „Arschloch.“

Lauren Brownley war in keiner Weise das, was Sam erwartet hatte. Zu seiner Überraschung und Verärgerung zugleich fühlte er sich im selben Augenblick zu ihr hingezogen, als er sie das erste Mal durch den von einer Seite durchsichtigen Spiegel sah. So etwas war ihm noch bei keiner Zeugin passiert, und er musste feststellen, dass es ihn zutiefst irritierte.

Offenbar war er nicht der Einzige, der so reagierte. Neben ihm flüsterte Dave: „Wow.“

Todd stieß einen leisen Pfiff aus. „O Mann, ich glaube, das ist wahre Liebe.“

„Du? Der Bürohengst?“ schnaubte Sam. „Das möchte ich bezweifeln. Ich würde eher sagen, du meinst wahre Lust.“

„Egal was, ich bin süchtig nach ihr. Und du darfst die nächsten Wochen mit ihr verbringen. Verdammt.“

„Ich würde liebend gern mit dir tauschen.“

Todd lachte auf. „O ja, und dann dreht uns Harvey den Hals um. Aber ... das wäre die Sache wert. Verdammt, Sam, du warst schon immer der Glückspilz.“

Lieutenant John Dumphries und Detective Allen Morgan vom Denver Police Department lachten amüsiert.

„Tja, die Kleine ist schon was Besonderes“, meinte der Detective.

„Hmm“, machte Sam und beobachtete aufmerksam die Frau, um jedes Detail zu erfassen.

Sie tigerte wie ein eingesperrtes Tier im Verhörraum hin und her, die Arme vor der Brust verschränkt und eng an den

Körper gepresst. Sie war klein, höchstens einssechzig, und sehr zierlich gebaut. Im unerbittlichen Schein der Neonröhre hatte ihr kastanienbraunes Haar einen kupfernen Schimmer. Jedes Mal, wenn sie das Ende des Raums erreicht hatte und umkehrte, legte sich die lange, volle Mähne wie ein seidenes Cape um ihre Schultern.

Sam beobachtete, wie sie wieder näher kam. Ihre Augen waren grün, wie er sehen konnte, als sie vor dem Spiegel stehen blieb und nur Zentimeter von ihm entfernt war. Ihre Gesichtszüge waren so anmutig wie ihr gesamtes Erscheinungsbild, auch wenn ihre Haut im Moment blass war.

Wahrscheinlich vom Entsetzen, überlegte er sachlich. Und von der Erschöpfung, die ganze Nacht auf zu sein.

Sie trug ein bodenlanges, eng anliegendes Abendkleid mit langen Ärmeln aus einem hauchdünnen Stoff und mit einem dezenten Ausschnitt. Überrascht bemerkte er, dass das Kleid nicht das mindeste Dekollete zeigte. Eine schwarze Samtjacke, die mit schwarzen Pailletten besetzt war, hing über der Stuhllehne. Ihr Outfit schien eher zu einer Opernbesucherin zu passen, nicht aber zu einer Frau, die in einem Nachtclub Klavier spielte.

Ihr Kleid war schmutzig und zerknittert, und auf Kniehöhe war der Stoff aufgerissen. Sogar Sam konnte sehen, dass es aus einem teuren Material geschneidert worden war. Bei jedem Schritt, den sie machte, war durch den seitlichen Schlitz zu sehen, dass sie eine schwarze Strumpfhose, aber keine Schuhe trug.

„Was ist mit ihren Schuhen?“ fragte Sam.

„Sie behauptet, dass sie sie auf der Flucht verloren hat.“

„Sie ist nicht gerade Carlos Typ.“ In der Vergangenheit hatte der Mafiaboss mehr auf vollbusige Blondinen mit einem Gespür für modische Kleidung gestanden, das in etwa dem von Dolly Parton entsprach. Aber obwohl diese Frau barfuß und sichtlich aufgewühlt war, strahlte sie eine Eleganz aus, die den anderen Frauen vor ihr gefehlt hatte.

Der Lieutenant räusperte sich. „Was das angeht, erklärt Miss Brownley, sie sei lediglich bei Giovessi angestellt. Sie sagt, dass sie nur am Wochenende im Club Classico arbeitet. Unter der Woche ist sie Musiklehrerin an der University of Denver.“

Ganz bestimmt, dachte Sam und beobachtete weiter die Frau. Auf dem Weg hierher hatte er einen flüchtigen Blick in ihre Akte geworfen. Die hier sah edel aus und konnte Klavier spielen. Na und? Carlos Gespielinnen arbeiteten immer in seinem Club, egal in welcher Funktion.

Es wurde vermutet, dass er so seine aktuelle Geliebte an der kurzen Leine halten konnte, aber Sam glaubte eher, dass er sie in seinem Club anstellte, damit Mrs. Giovessi nichts merkte. Wenn Carlo einen Menschen fürchtete, dann war es seine Frau Sophia.

„Was haben Sie bislang über sie gefunden?“

„Nicht viel. Wir haben das Kennzeichen ihres Wagens und ihre Adresse. Hier ist unser vorläufiger Bericht“, sagte Lieutenant Dumphries und gab Sam eine Akte. „Ihre Aussage finden Sie auch da drin.“

Als er die erste Seite überflog, grinste Detective Morgan. „Erkennen Sie die Adresse wieder?“

„Ja.“ Sie war ihm schon aufgefallen, als er auf der Fahrt zum Polizeirevier die FBI-Akte eingesehen hatte. Ms.

Brownleys Apartment befand sich in einem luxuriösen Hochhaus, das keinem anderen als eben Carlo Giovessi gehörte.

„Und unsere Zeugin fährt einen hübschen neuen Lexus."

„Das passt."

Der Polizeibericht entsprach in weiten Teilen den Erkenntnissen des FBI. Über diesen Bericht hinaus hatten Agenten beobachtet, dass die Frau freitags und samstags noch bei Giovessi im Club blieb, nachdem der bereits geschlossen hatte. Außerdem hatten sie herausgefunden, dass Carlo sie jeden Mittwochabend in ihrem Apartment besuchte und dort mehrere Stunden blieb.

Nur eine Angestellte, dachte Sam grimmig. Seine Mundwinkel zuckten. Er fragte sich, welchen Vorwand Carlo an diesen Abenden bei seiner Frau vorschob. Dass er mittwochs eine Runde in seinen Bowlingklub spielen ging?

„Unser Team hat sie auch mehrmals zum Campus verfolgt. Es könnte sein, dass sie die Wahrheit sagt, was ihre Arbeit dort angeht", fuhr der Lieutenant fort.

Sam gab einen zustimmenden Laut von sich. Die FBI-Leute hatten sie ebenfalls observiert, aber da man sie nicht mit kriminellen Aktivitäten in Verbindung hatte bringen können, waren weder ihre Vorgeschichte noch ihr Beschäftigungsverhältnis genauer durchleuchtet worden. Die Agenten, die ihr gefolgt waren, hielten sie einfach für eine weitere Bettgefährtin von Giovessi, die sich zum Schein an der Universität eingeschrieben hatte.

„Hat irgendjemand bei der Uni nachgefragt, ob sie wirklich da beschäftigt ist?"

„Noch nicht. Wir wollten nicht mit der Untersuchung beginnen, solange ihr Jungs noch nicht ihre Geschichte gehört habt."

„Na gut." Sam klappte die Akte zu und nickte auffordernd. „Dann mal an die Arbeit."

3. KAPITEL

Lauren machte eine weitere Runde durch den schäbigen kleinen Raum. Wo waren die Polizisten abgeblieben? Warum dauerte das alles so lange?

Sie blieb stehen und starrte in den großen Spiegel gleich neben der Tür. Beobachteten sie sie so, wie sie es aus Filmen und Fernsehserien kannte? Und wenn ja, warum? Meinten sie, dass sie log?

Vielleicht waren Lieutenant Dumphries und Detective Morgan zum Club Classico gefahren, um nach der Leiche zu suchen. Finden würden sie nichts. Inzwischen hatten Carlos Lakaien alle Spuren beseitigt. Das hatte sie ihnen schon längst gesagt, aber würden sie annehmen, dass sie sie belog, wenn sie keinen Toten finden konnten?

Lauren wandte sich vom Spiegel ab und lief wieder im Raum auf und ab. Während sie um den Tisch herumging, blickte sie um sich und erschauerte. Lieber Gott, was machte sie bloß hier? Sie hatte noch nie eine Polizeiwache von innen gesehen. Was war nur aus ihrem Leben geworden?

Sie gab einen wütenden Laut von sich und betrachtete angewidert ihr Spiegelbild. „Du bist eine Närrin", flüsterte sie tonlos. „Das ist der Grund für das alles. Eine einfältige Närrin. Gib doch zu, dass außer dir niemand an diesem Elend die Schuld trägt."

Es war nicht so gewesen, dass es keine Hinweise gegeben hätte. Bereits vor zwei Jahren, als sie im Krankenhaus gelegen und Mr. Giovessi sie besucht hatte, waren von Seiten der Krankenschwestern Bemerkungen über dessen dunkle Machenschaften gefallen.

Sie hatte alle beiläufigen Warnungen in den Wind geschlagen, weil sie nicht hatte glauben können, dass ein Mann mit so guten Manieren irgendetwas Verwerfliches an sich haben könnte.

Lauren seufzte. Nein, das stimmte nicht so ganz. Die ungeschminkte Wahrheit war die, dass sie nicht hatte glauben *wollen*, Carlo Giovessi könne irgendetwas anderes als ein höflicher älterer Gentleman sein.

Carlo war zu einem Zeitpunkt in ihr Leben getreten, als sie allein und verloren und völlig verwundbar gewesen war. Er war als Einziger zu ihr gekommen, um ihr zu helfen. Er war als Einziger da gewesen, als sie einen Freund gebraucht hatte.

Darum hatte sie vor allem, was sie nicht wahrhaben wollte, die Augen verschlossen. Und später hatte sie auch die offensichtlichsten Dinge ignoriert.

Es war nicht so schwer gewesen, das Misstrauen zu überwinden. Carlo hatte sie stets charmant, respektvoll und mit großer Bewunderung behandelt. Und wenn sie sich selbst gegenüber ganz ehrlich war, musste sie zugeben, dass es schön gewesen war, in ihm einen Liebhaber klassischer Musik zu finden.

Lauren stöhnte leise und fuhr sich mit beiden Händen durchs Haar. Als ob guter Musikgeschmack eine Garantie für einen guten Charakter wäre.

Wie naiv sie doch gewesen war!

Sie war aufs Äußerste angespannt und wirbelte herum, als die Tür geöffnet wurde. Erleichtert erkannte sie Detective

Morgan, der sich freundlich und verständnisvoll verhalten hatte. Der Lieutenant dagegen war barsch gewesen und hatte sich ihre Geschichte mit unverhohlener Skepsis angehört.

Die Nervosität kehrte sofort wieder zurück, als sie sah, dass fünf Männer dem Detective ins Zimmer folgten. Einer von ihnen war Lieutenant Dumphries, während sie die anderen noch nicht gesehen hatte. Drei der Fremden trugen Anzug und Krawatte, aber ihre Aufmerksamkeit weckte der vierte Mann, der größer war als die anderen.

Sein volles Haar war schwarz wie die Nacht und passte damit genau zu seinen dunklen, unergründlichen Augen. Er war unrasiert, und sein Gesicht hatte durch die ausgeprägte Nase etwas von einem Falken. Er wirkte knallhart.

Sein durchdringender Blick ließ sie noch nervöser werden, woraufhin sie wieder zu Detective Morgan sah.

„Detective, ich bin ja so froh, dass Sie wieder da sind. Haben Sie Mr. Giovessi schon festgenommen? Kann ich jetzt nach Hause gehen?"

„Nein, noch nicht. Nehmen Sie doch bitte wieder Platz, Miss Brownley. Das ist Special Agent Sam Rawlins und die Agenten Todd Berringer, Roy O'Connor und Dave Owens vom FBI. Sie würden Ihnen gerne einige Fragen stellen."

„Das FBI? Ich verstehe nicht. Warum interessiert sich das FBI für einen Mordfall?"

„Kein Grund zur Sorge", erwiderte einer der FBI-Leute und lächelte freundlich. „Normalerweise tun wir das auch nicht, aber hier kommen andere Faktoren ins Spiel."

„Was Agent Berringer sagen will, ist, dass wir von einem

Kapitalverbrechen sprechen, wenn ein bekannter Mafiaboss verdächtigt wird, mit Drogen zu handeln."

„Setzen Sie sich doch bitte", sagte Berringer und zog einen Stuhl für sie zurück. Nachdem sie Platz genommen hatte, schenkte er ihr ein Glas Wasser ein und sagte freundlich: „Am besten erzählen Sie uns von Anfang an, was geschehen ist."

Laurens Hand zitterte, als sie das Glas nahm, um einen Schluck zu trinken. Ihr Blick kehrte zurück zu Detective Morgan. „Ich verstehe nicht. Ich bin das doch schon zweimal mit der Polizei durchgegangen."

„Und jetzt werden Sie es mit uns noch einmal durchgehen", sagte der Mann mit der Hakennase ohne eine Spur von Mitgefühl. „Am besten geben Sie uns erst einmal ein paar Hintergrundinformationen. Wie lange arbeiten Sie bereits im Club Classico?"

„Etwas mehr als zwei Monate."

„Und seit wann kennen Sie Mr. Giovessi?"

„Ich ... na ja, ich bin ihm vor etwa zwei Jahren zum ersten Mal begegnet."

„Wie kam es zu der Begegnung?"

„Er besuchte mich im Krankenhaus, nachdem ich einen Unfall gehabt hatte."

Sam sah von dem Notizblock auf. „Wenn Sie ihn vorher nicht kannten, warum hat er Sie dann besucht?"

„Er kannte mich. Sie müssen wissen, dass ich zu der Zeit Konzertpianistin war. Mr. Giovessi ist ein Fan von klassischer Musik, der meine Karriere aufmerksam mitverfolgt hatte. Ich war in Denver auf Tournee, als sich der Unfall ereignete. Er las darüber in der Zeitung, und als er erfuhr, dass ich mir eine

Hand gebrochen hatte und vielleicht nie wieder Klavier würde spielen können, da ist er ins Krankenhaus gekommen, um mir Trost zu spenden und mir beizustehen."

Agent Rawlins sah auf ihre linke Hand, die von einem Muster dünner heller Linien überzogen war. Lauren legte ihre rechte Hand darüber, um die Narben zu verbergen.

„Und Sie wussten nicht, wer er war?"

„Nein. Ich sagte ja schon, ich war auf Tournee. Bis zwei Tage vor dem Unfall war ich in meinem ganzen Leben noch nicht in Denver gewesen."

„Und warum sind Sie hier geblieben? Sie haben ja offensichtlich nicht die Kontrolle über Ihre Hand verloren, schließlich spielen Sie immer noch Klavier."

Laurens Gesichtsausdruck wurde traurig. „Ja, nach etlichen Operationen und einem Jahr Physiotherapie konnte ich wieder spielen, aber nicht auf dem Niveau, das für Konzerte nötig ist. Die Hand ist nicht mehr so flexibel. Zugegeben, ich kann besser spielen als die meisten anderen Menschen, aber nicht mehr so virtuos. Ich bin mein Leben lang auf Tournee gewesen, und ich fühlte mich nie mit einem bestimmten Ort besonders verbunden. Denver war nicht besser und nicht schlechter als jede andere Stadt, also bin ich geblieben."

Dabei verschwieg sie, dass sie nicht einmal mehr das Geld für eine Busfahrkarte gehabt hatte, um in die nächste Stadt zu fahren. Es war ihr einfach zu peinlich.

„Ich verstehe. Sie sagen also, dass Carlo Giovessi Ihnen seine Hilfe anbot, weil er ein so großer Musikliebhaber ist?"

Lauren warf ihm einen misstrauischen Blick zu, da sein sarkastischer Tonfall sie verwirrte. „Das würde ich so sagen."

„Hat er Ihnen finanzielle Hilfe angeboten?“

Sie sah auf das Wasserglas und ihre Hände, mit denen sie es umklammerte, damit die anderen nicht sahen, wie sehr sie zitterte. „Ja. Ich dankte ihm für das Angebot, nahm es aber nicht an.“

„Wirklich? Warum sollte er Ihnen finanzielle Unterstützung anbieten? Wenn Sie Konzertpianistin waren, dann hätten Sie doch eigentlich Geld haben müssen. Ich weiß zwar, dass Klassikkünstler nicht so viel verdienen wie Rockstars, aber für ein Trinkgeld arbeiten sie nun auch nicht.“

Lauren biss sich auf die Lippe. So viel zum Thema, ihre miserable finanzielle Situation für sich zu behalten. „Ja ... das stimmt, aber ... sehen Sie, als ich aus dem Krankenhaus entlassen wurde, war ich pleite.“

„Ja, Krankenhausrechnungen können ganz schön ins Geld gehen“, meinte Agent Berringer.

„Das stimmt“, pflichtete sie ihm bei.

Es war nicht die ganze Wahrheit. Die Kosten für ihre Behandlung waren zwar astronomisch hoch gewesen, doch die Versicherung hatte sich um den größten Teil gekümmert. Sie hatten sie nicht in den Bankrott getrieben, das hatte Collin erledigt.

Aber diese Männer mussten nichts über die beschämendste Episode ihres Lebens wissen. Es stand in keinem Zusammenhang zu dem Verbrechen, das sie beobachtet hatte.

„Ich verstehe.“

Agent Rawlins glaubte ihr nicht, das erkannte Lauren an seinem kalten Blick. Sie konzentrierte sich rasch wieder auf das Glas, das sie fest umschlossen hielt.

„Laut Lieutenant Dumphries behaupten Sie, an der University of Denver Musik zu unterrichten. Stimmt das?"

„Was meinen Sie mit ‚behaupten'? Ich *bin* Musiklehrerin. Mr. Giovessi half mir, diese Stelle zu bekommen, nachdem ich aus dem Krankenhaus entlassen wurde. Ich habe ja bereits dem Lieutenant und Detective Morgan erklärt, dass ich nur Freitag- und Samstagabend im Club Classico spiele."

„Und Ihr Apartment? Ist er Ihnen bei der Suche auch behilflich gewesen?"

Etwas am Tonfall von Agent Rawlins verletzte sie. Sie sah ihn verwundert an. „Ja. Ja, das war er. Um ehrlich zu sein, weiß ich nicht, was ich ohne Mr. Giovessi gemacht hätte. Er hat mir auf die Beine geholfen und dafür gesorgt, dass ich mein Leben in den Griff zu bekam. Er hat sogar dafür gesorgt, dass ich Fahrstunden nehmen konnte. Und dann hat er mir geholfen, einen Wagen für mich zu finden, den ich mir leisten konnte."

„Sie konnten nicht Auto fahren? Wie alt waren Sie damals? Vierundzwanzig? Fünfundzwanzig?"

„Siebenundzwanzig. Vor dem Unfall habe ich nie Fahrstunden genommen. Es war nie notwendig gewesen. Wenn man auf Tournee ist, wird man am Flughafen von einer Limousine abgeholt. Und wenn ich nicht auf Tournee war, wurde ich von meinem Vater oder seinem Assistenten gefahren."

„Und bevor Sie Profimusikerin wurden? Ich kenne keinen Teenager, der nicht den Führerschein machen wollte."

„Agent Rawlins, offenbar verstehen Sie nicht, dass ich ein Wunderkind war. Seit meinem vierten Lebensjahr bin ich auf Tourneen gegangen. Ich kenne überhaupt kein anderes Leben. Als ich ein Teenager war, waren wir ständig unterwegs. Außerdem musste ich jeden Tag sechs bis acht Stunden üben. Und wenn ich nicht geübt habe, dann war ich mit meinem Musikstudium beschäftigt oder ich bekam Privatunterricht. Ich hatte keine Zeit für andere Interessen. Mein Vater war zugleich mein Manager, und er sah keinen Grund, mir die Zeit dafür zu verschaffen. Ich musste mich auf meine Musik konzentrieren."

„Ein Wunderkind? Aha. Das ist ja mal was Neues." Sam sah sie ungläubig an. „Sie sagen also, dass Ihr Vater als Sklaventreiber aufgetreten ist und Sie an den Klavierhocker gekettet hat, damit Sie den lieben langen Tag üben konnten? Was noch? Hat er Sie vielleicht auch noch bei Brot und Wasser gehalten?"

„Machen Sie sich doch nicht lächerlich. Ich habe nichts Derartiges gesagt. Mein Vater musste mich nicht zwingen, Klavier zu spielen. Ich liebe es, Musik ist mein Leben. Mein Vater hat immer sehr gut auf mich aufgepasst. Er hat meine Karriere begleitet und dafür gesorgt, dass ich nicht von meiner Musik abgelenkt wurde. Wenn, dann war er vielleicht zu besorgt um mein Wohlergehen, aber das ist wohl kein Verbrechen. Warum fragen Sie mich das überhaupt? Was hat meine Vergangenheit mit dem Mord an Frank Pappano zu tun?"

Agent Rawlins machte weiter Notizen. Als er fertig war, ignorierte er ihren Einwurf und fragte: „Und wo ist Ihr fürsorglicher Vater heute? Warum hat er Ihnen nach dem Unfall nicht geholfen?"

Lauren warf ihm einen eisigen Blick zu, aber er zeigte keine Reaktion. „Mein Vater ist zehn Monate vor dem Unfall gestorben. Danach hat sein Assistent die Funktion des Managers übernommen."

„Wie heißt er?"

Panik stieg in Lauren auf, als sie sah, dass Agent Rawlins wieder Notizen machte. „Warum wollen Sie das wissen? Er hatte nichts mit dem zu tun, was heute Abend geschehen ist."

„Beantworten Sie nur die Fragen, Ms. Brownley."

Sie warf ihm einen wütenden Blick zu, aber auch diesmal konnte sie ihn zu keiner Reaktion bewegen. Er sah sie einfach nur an und wartete. Schließlich atmete sie deutlich vernehmbar aus. „Er heißt Collin. Collin Williams."

„Wie kann ich mit ihm Kontakt aufnehmen?"

„Ich habe keine Ahnung. Nachdem er erkannt hatte, dass ich nie wieder Konzerte würde geben können, ist er gegangen."

„Und Sie haben nichts mehr von ihm gehört?"

So gut wie nichts, dachte Lauren, erwiderte aber: „Nein."

„Verstehe. Sie sagen also, dass Sie nach dem Unfall niemand hatten, an den Sie sich wenden konnten, und darum haben Sie sich Carlo angeschlossen."

Lauren runzelte die Stirn. „Ich würde es zwar nicht gerade so formulieren, aber im Prinzip stimmt es."

Agent Rawlins sah sie so lange durchdringend an, dass ihr unbehaglich wurde.

„Mr. Giovessi war da, als ich einen Freund brauchte. Er war wunderbar zu mir", legte sie trotzig nach.

Plötzlich kamen ihr die Ereignisse des vergangenen Abends in Erinnerung, und mit einem Mal klang es sogar in ihren Ohren unglaublich, dass sie ihn verteidigte. Lauren stöhnte und stützte ihre Stirn in die Hände, während sie mit den Daumen ihre Schläfen massierte. „Ich ... ich kann noch immer nicht glauben, dass Frank so kaltblütig umgebracht wurde. Wenn ich es nicht hautnah mitbekommen hätte, würde ich es nicht glauben. Carlo war immer so nett zu mir."

„Darauf möchte ich wetten."

Lauren sah auf und bekam mit, wie die Männer zynische Blicke austauschten. „Das war er wirklich!"

„Oh, das glaube ich Ihnen. Carlo ist zu den Frauen in seinem Leben schon immer sehr großzügig gewesen", sagte Rawlins, ließ seine Worte aber mehr nach einer Beleidigung klingen. „Dann erzählen Sie uns doch mal, was gestern Abend geschehen ist."

„Nachdem der Club geschlossen war, habe ich noch eine Zeit lang für Mr. Giovessi gespielt."

„Geben Sie für ihn oft Privatkonzerte?"

„Ja, immer nach meiner Arbeit im Club. Mr. Giovessi liebt klassische Musik, und auch wenn ich nicht mehr perfekt spiele, hat er völliges Verständnis."

Sie machte sich nicht die Mühe, diesem Mann zu erklären, dass ein Künstler sein Publikum brauchte, was es bedeutete, zu wissen, dass da jemand war, der zuhörte und von den Klängen gerührt war, die man aus dem Instrument herausholte. Der Job am College war nichts weiter als ein Job, ein Weg, ihren Lebensunterhalt zu verdienen. Aber ihre Seele verlangte nach mehr. Der Job im Club Classico stillte ein wenig ihren Hunger nach Auftritten, aber die große Wertschätzung, die Mr. Giovessi ihrer Musik entgegenbrachte, gab ihr das Gefühl, wieder eine richtige Künstlerin zu sein. Diese Abende waren die Rettung für ihre Seele gewesen.

„Weiter", wies Agent Rawlins sie an. Lauren atmete tief durch und versuchte ihre Nerven zu beruhigen.

„Nachdem ich gestern Abend etwa eine halbe Stunde lang gespielt hatte, bat Mr. Giovessi mich, ich solle aufhören. Es war sehr merkwürdig, weil ich nicht mal das Stück beenden konnte. Normalerweise kann er von Chopin nicht genug bekommen, aber er sagte, er sei müde. Daraufhin habe ich ihm eine gute Nacht gewünscht. Carlo ging in sein Büro, und ich verließ den Club. Auf dem Weg zum Wagen machte ich dann kehrt, um noch schnell zur Toilette zu gehen. Als die Schüsse fielen, wollte ich mir gerade die Hände waschen."

Detailliert schilderte Lauren die schrecklichen Ereignisse, die sich angeschlossen hatten. Wiederholt wurde sie von Agent Rawlins oder einem der anderen Männer unterbrochen, um eine Frage zu beantworten. Einzelne Details musste sie mehrmals wiederholen, bevor sie zufrieden waren, aber dann war sie mit ihrer Schilderung am Ende.

„Als ich von der Gasse in die nächste Straße rannte, bin ich einfach immer weitergelaufen. Ich wusste nicht, was ich machen sollte. Einige Blocks weiter entdeckte ich einen Polizeiwagen, den ich dann anhielt. Die beiden Polizisten haben mich schließlich hergebracht."

Agent Berringer legte eine Hand auf ihren Arm. „Das muss alles sehr schlimm für Sie gewesen sein, aber seien Sie beruhigt, Ms. Brownley. Sie sind hier in Sicherheit. Wir achten darauf, dass Ihnen nichts geschieht."

„Danke."

Er sah zu Agent Rawlins. „Und? Was meinst du, Sam?"

Das schroffe Gesicht des Mannes verriet, was ihm durch den Kopf ging. Seine schwarzen Augen ruhten so lange auf Lauren, dass sie gegen den Drang ankämpfen musste, sich unter seinem Blick zu winden. Schließlich sah er den anderen Agenten an und nickte. „Legt los."

„Wir sind schon unterwegs. Komm, Roy, das wird ein Vergnügen werden, dem alten Carlo die Handschellen anzulegen."

Die Tür war kaum hinter Berringer und O'Connor zugefallen, als Sam Rawlins vor Lauren einen Notizblock und einen Stift auf den Tisch knallte, dass sie hochschreckte. „Ich muss ein paar Telefonate erledigen. In der Zwischenzeit schreiben Sie alle Größen auf: Schuhe, Strümpfe, Hosen, Blusen, Unterwäsche, BH – alles von Kopf bis Fuß. Und welche Toilettenartikel Sie außer Zahnbürste und Zahnpasta noch benötigen."

„Warum?"

„Weil Sie in dem Aufzug dort, wo wir hinfahren, keine fünf Minuten überleben würden."

„‚Wo wir hinfahren'? Was soll das heißen? Ich werde mit Ihnen überhaupt nirgendwohin fahren. Sobald Sie Carlo festgenommen haben, gehe ich nach Hause."

Sam sah sie so spöttisch an, dass sie sich wie ein Kleinkind fühlte, das schwer von Begriff war. „Also wirklich, Lady. Glauben Sie ernsthaft, dass Sie nach dieser Beobachtung hier einfach hinausspazieren und Ihres Lebens sicher sein können? So naiv kann doch niemand sein."

„Aber wenn er doch in Haft ist ..."

„Hören Sie, Carlo sitzt vielleicht bald hinter Gittern, aber das gilt nicht für seine Leute. Einige von denen warten vermutlich im Moment in Ihrem Apartment auf Sie. Carlo weiß, dass wir ohne Ihre Aussage nichts gegen ihn in der Hand haben, selbst wenn er die Drogen bei sich hat, wenn er gleich abgeholt wird. Seine oberste Priorität ist die, Sie aus dem Weg zu räumen."

Lauren fühlte, wie ihr das Blut aus dem Gesicht wich. „Aber ... wenn das so ist, dann ... dann werden sie doch auch noch hinter mir her sein, wenn er verurteilt worden ist, oder?"

„Ja."

Agent Owens verzog das Gesicht über die unverblümte Art seines Kollegen. Als Lauren ihn dann ansah, um seine Meinung zu hören, nickte er nur. „Ich fürchte, Sam hat Recht. Wenn er verurteilt wird, geht Carlo in die Berufung. Darauf können Sie wetten. Wenn ihm ein neues Verfahren zugestanden wird und Sie können nicht ein zweites Mal aussagen, steigen seine Chancen, freigesprochen zu werden."

„Sie müssen nach dem Verfahren verschwinden, damit Carlos Leute Sie nicht finden können", erklärte Sam Rawlins.

Lauren sah ihn wütend an. „Und wie soll ich das machen?"

Er zuckte mit den Schultern. „Dafür gibt es das Zeugenschutzprogramm."

„*Was?*" Lauren blickte ihn fassungslos an. Er hatte es so beiläufig gesagt, als wäre es eine Kleinigkeit. Aber für sie war es alles andere als eine Kleinigkeit. Sie hatte eben erst begonnen, sich an ihr neues Leben zu gewöhnen. Ihr war schon einmal alles weggenommen worden, und jetzt sollte das schon wieder der Fall sein? „O mein Gott." Sie ließ den Kopf in die Hände sinken. „Wie kann das alles sein?"

Sie riss den Kopf wieder hoch. „Was ist, wenn ich nicht aussage?"

„Er bringt Sie trotzdem um."

„O Gott, was soll ich bloß machen?“ Zitternd legte sie eine Hand vor den Mund und sah Sam an.

„Ganz einfach. Sie können jetzt nach Hause gehen, aber das geschieht auf eigene Gefahr. Glauben Sie mir, länger als eine Stunde werden Sie dann nicht mehr leben. Oder Sie sagen aus, und wir sorgen vor und nach dem Verfahren für Ihren Schutz.“

Lauren schüttelte langsam den Kopf. Fantastisch! Einfach großartig! Ihr ganzes Leben lang hatten andere auf sie aufgepasst. Erst in den letzten beiden Jahren hatte sie begonnen, für sich selbst zu sorgen. Es war nicht leicht gewesen, aber seit einiger Zeit hatte sie das Gefühl, Fortschritte zu machen. Sie hatte sich geschworen, sich nie wieder ihre Unabhängigkeit nehmen zu lassen. Und doch war sie jetzt abermals in der Situation, die Kontrolle anderen zu überlassen.

„Also, was werden Sie machen?“

Lauren ließ die Schultern sinken. „Ich will es mal so formulieren: Habe ich eine Wahl? Ich möchte nicht sterben.“

„Ich hatte mir gedacht, dass Sie das so sehen würden.“

Agent Owens sah sie mitfühlend an. „Wenn Sie uns die Namen und Adressen Ihrer Familienangehörigen aufschreiben, werden wir sie später informieren. Wenn Carlo im Gefängnis sitzt und wieder ein wenig Ruhe eingekehrt ist, könnten wir sogar arrangieren, dass Sie sich mit ihnen an einem sicheren Ort treffen.“

Lauren schüttelte den Kopf und blickte auf ihre Hände. „Es gibt niemanden. Mein Vater ist vor drei Jahren gestorben, sonst habe ich keine Familie.“

„Keinen Ehemann? Oder einen Verlobten?“

Sie dachte kurz an Collin, dann verzog sie den Mund. „Nein, da ist niemand."

„Dann wird es ja nicht so schwer sein, irgendwo anders wieder ganz von vorne anzufangen, nicht wahr?" fragte Sam ohne Rücksicht auf ihre Gefühle. „Dann legen Sie gleich mal los und notieren die Größen. Ich gehe in der Zwischenzeit telefonieren. Wenn ich fertig bin, besorge ich alles, was wir brauchen, und dann komme ich Sie abholen."

Er beugte sich vor und stützte seine Handflächen auf die zerkratzte Tischplatte, dann sah er sie durchdringend an. „Eines sollten wir gleich jetzt noch klarstellen. Wenn Sie am Leben bleiben wollen, machen Sie genau das, was ich Ihnen sage. Keine Widerworte, keine Diskussionen. Wenn ich sage, Sie sollen springen, dann springen Sie. Verstanden?"

Lauren nickte.

„Gut."

„Wo... wohin werden Sie mich bringen?"

Er sah den Detective, den Lieutenant und Agent Owen an, ehe sein Blick zu ihr zurückkehrte. „Es ist besser, wenn Sie das nicht wissen."

Ein Gefühl der Unwirklichkeit umgab Lauren, während sie zusah, wie Agent Rawlins den Raum verließ. Das alles konnte nicht wahr sein. Es musste ein böser Traum sein, aus dem sie bald aufwachen würde.

„Ähm ... Ms. Brownley, Sie sollten versuchen, sich noch ein wenig auszuruhen."

Lauren blickte auf und sah Agent Owens ernstes Gesicht. Der Mann war noch jung, vielleicht zweiundzwanzig oder dreiundzwanzig. Wahrscheinlich frisch vom College und aus der Ausbildung, die Neulinge beim FBI durchlaufen mussten. Er hatte rötliches Haar, treuherzige blaue Augen und den für Rothaarige typischen Teint – und er sah so sehr nach einem FBI-Agenten aus wie Elmer Fudd aus den Bugs Bunny Cartoons, die sie früher mal gelesen hatte. Dieses ... dieses *Kind* und der unangenehme Mann sollten sie vor Carlo und dessen Killern beschützen?

Lauren dachte an den düster dreinblickenden Schläger namens Tony und all die anderen, die bereit waren, Carlos Wunsch zu erfüllen. Ein Schauder lief ihr über den Rücken.

„Ma'am?"

Sie schüttelte den Kopf. „Was? Entschuldigung, hatten Sie etwas gesagt?"

„Ich sagte, Sie sollten sich besser noch ein wenig ausruhen. Wenn Sam zurück ist, brechen wir auf. Der Lieutenant hat angeboten, Ihnen die Couch in seinem Büro zur Verfügung zu stellen, wenn Sie etwas schlafen möchten."

Lauren sah ihn lange an. Sie wollte schreien und toben, weil es nicht fair war. Sie wollte nicht schon wieder von vorn anfangen. Sie wollte keine Zeugin sein. Und sie wollte auf keinen Fall das sichere Polizeirevier verlassen.

Aber das würde nichts ändern. Ob es ihr gefiel oder nicht, sie war eine Augenzeugin, und ihr Leben würde sich erneut ändern. Und es gab nichts, was sie dagegen unternehmen konnte.

Sie hatte keine andere Wahl, also verfiel sie wieder in das wohlerzogene Verhalten, das ihr von Kindheit an eingeimpft worden war. Matt antwortete sie: „Das wäre nett. Vielen Dank."

4. KAPITEL

„Wachen Sie auf."

Lauren fuhr hoch und sah sich dem Mann mit dem Gesicht gegenüber, das wie aus Stein gemeißelt wirkte. Er hatte sich über sie gebeugt. Sie schrie erschrocken auf und versuchte zurückzuweichen.

„Ruhig, ganz ruhig", sagte Sam. „Ich bin's nur. Kein Grund zur Panik."

Seine Stimme hatte etwas Vertrauenerweckendes. Lauren bemühte sich, den Anflug von Entsetzen zu verdrängen, aber sie atmete immer noch so schnell wie ein Marathonläufer, während ihr Herz wie rasend schlug. Sie legte eine Hand auf ihre Brust und sah Agent Rawlins an. Kein Grund zur Panik? Nach allem, was sie durchgemacht hatte, konnte er kaum erwarten, dass sie anders reagierte, wenn er sich so anschlich. Außerdem machte der Mann an sich sie schon nervös.

Doch ehe sie ihm das sagte, würde sie eher ihre Zunge verschlucken.

Lauren riss sich zusammen, setzte sich auf und fuhr sich durchs zerzauste Haar, um es aus dem Gesicht zu streichen. „Sie haben mich erschreckt. Ich schätze, ich bin noch immer etwas nervös."

„Sieht so aus." Er stellte ihr zwei große Einkaufstaschen hin. „Hier haben Sie was zum Wechseln und noch ein paar andere Dinge. Ziehen Sie das an, den Rest Ihrer Sachen habe ich bereits in einen Matchbeutel gepackt. Und beeilen Sie sich, wir müssen los."

Lauren sah sich um. Lieutenant Dumphries hatte sie netterweise auf der Couch in seinem Büro schlafen lassen, aber zwei Wände waren aus Glas und man konnte den Bereich überschauen, in dem die Detectives ihrer Schreibtischarbeit nachgingen. „Und wo? Ich kann mir hier schlecht ausziehen."

Er sah sich mit finsterem Blick um, dann deutete er auf die Tür. „Kommen Sie mit." Lauren nahm ihre Handtasche und ihre Abendjacke, dann folgte sie ihm. Sie kam sich ein wenig albern vor, dass sie barfuß und in ihrem zerrissenen Abendkleid durch das Büro ging, aber daran konnte sie jetzt nichts ändern.

Ihr fiel auf, dass er sich inzwischen umgezogen hatte. Statt Jeans und Cowboystiefeln trug er jetzt eine Wollhose und Stiefel, die handgefertigt zu sein schienen und ihm bis zu den Knien reichten. Der untere Teil bestand aus Leder, von den Knöcheln an aufwärts aus dickem Segeltuch. Während er vor ihr her mit der Eleganz eines indianischen Kriegers durch das Labyrinth aus Schreibtischen ging, machten seine Schuhe auf dem Linoleumboden kein Geräusch.

Lauren schüttelte den Kopf und schnitt eine Grimasse. Sie musste schon sehr erschöpft sein, wenn sie sich solche Gedanken über diesen unangenehmen Mann machte.

Agent Rawlins führte sie weiter durch einen schwach beleuchteten Flur und blieb vor einer Tür stehen, auf der ‚Damen' stand.

Sofort hellte sich ihr Gesicht auf. „Oh, gut. Ich muss mich unbedingt frisch machen."

„Es ist nicht wichtig, wie Sie aussehen. Sie werden nicht zum Frühstück im Ritz erwartet."

„Agent Rawlins, nur zu Ihrer Information", erwiderte sie

so kühl, wie sie konnte. „Ich will mich nicht schminken. Ich möchte mich waschen. In diesem Unterschrank war es schmutzig, und beim Sprung aus dem Fenster bin ich in irgendetwas Ekligem gelandet. Wenn Sie nichts dagegen haben, möchte ich mich gewaschen auf die Reise begeben."

„Na gut, aber beeilen Sie sich. Wir müssen fort von hier. Und denken Sie daran, die lange Unterhose anzuziehen."

Eines war damit sicher: Sie würden nicht in Richtung Süden fahren.

Er lehnte sich gegen die Wand und verschränkte die Arme vor der Brust in dieser so typisch männlichen Art, einer Frau zu sagen: „Ich warte." Ohne ein weiteres Wort öffnete Lauren die Tür, ging hindurch und schloss sie hinter sich ab.

Überrascht stellte sie fest, dass sie sich nicht in der Damentoilette, sondern offenbar in der Garderobe der Polizistinnen befand. Hier waren nicht nur die üblichen sanitären Anlagen vorhanden, sondern auch Spinde und Bänke und – wie Lauren erleichtert feststellte – eine Dusche.

Sie griff hinter sich und zog den Reißverschluss ihres Abendkleids auf, um es ausziehen zu können. Sie hielt es an zwei Fingern hoch und betrachtete es wehleidig. Es war das letzte der Kleider, die sie auf ihren Konzerten getragen hatte. Die anderen hatte sie größtenteils an einen Secondhandshop verkauft, als sie aus dem Krankenhaus gekommen war.

Seufzend warf sie das Kleid in einen Abfalleimer, streifte die zerfetzte Strumpfhose ab und warf sie ebenfalls weg, zog dann ihre Unterwäsche aus und trat unter die Dusche. Sie bediente sich bei dem Shampoo und Duschgel, die beide auf einem kleinen Vorsprung standen, und seifte sich von Kopf bis

Fuß ein. Die Schrammen am Knie und an den Handflächen brannten wie Feuer, aber das angenehme Gefühl, endlich wieder sauber zu sein, war stärker.

Als sie die Dusche verlassen und sich abgetrocknet hatte, durchsuchte sie die Einkaufstaschen und holte einen Slip und einen BH hervor. Daneben fand sie in den Taschen ein Paar lange Unterhosen, eine aus weicher Seide, die andere aus dicker, kratzender Wolle, einen gefütterten Parka, Fleecehandschuhe und Schneestiefel, einen Trainingsanzug, zwei Paar dicke Socken, Zahnpasta und eine Zahnbürste, eine Feuchtigkeitscreme und die Handlotion, um die sie gebeten hatte, sowie einen Deostift.

Lauren hoffte, dass Agent Rawlins eine der Sekretärinnen losgeschickt hatte, um diese Einkäufe zu erledigen. Der Gedanke, ein so schroffer Mann wie er könnte für sie Unterwäsche kaufen, ließ sie erröten, auch wenn es sich um einfache, rein zweckmäßige Wäsche handelte.

Sie hielt einen unförmigen grauen Wollpullover hoch und verzog das Gesicht. Reizend.

Auf einmal wurde ihr bewusst, wie albern sie sich benahm. Was war mit ihr los? Sie ließ sich von ihrer Abneigung gegen Agent Rawlins ihre Sinne verwirren. Da draußen liefen Männer umher, die sie ermorden wollten. Sie hatte solche Angst, dass ihr schlecht war. Wen interessierte es, wie die Kleidung aussah, die er für sie besorgt hatte? Der Trainingsanzug war sauber und warm.

Und sie lebte noch, um diese Kleidung zu tragen.

Sie zog sich entsprechend seinen Anweisungen an, beeilte sich jedoch nicht sonderlich. Das Polizeirevier war für sie gleichbedeutend mit Sicherheit, und sie wollte nicht schnellstmöglich hier herauskommen. Unter der Dusche hatte sie den letzten Rest des Make-ups abgewaschen, und sie machte sich nicht die Mühe, neues aufzulegen. Stattdessen verteilte sie die Feuchtigkeitscreme im Gesicht und rieb sich die Hände mit der Lotion ein.

Sie hatte gerade ihr feuchtes Haar nach hinten gekämmt, um es zu einem Knoten zusammenzubinden, als so laut gegen die Tür geschlagen wurde, dass sie zusammenfuhr und leise aufschrie.

„Beeilen Sie sich doch", rief Agent Rawlins. „Sie haben noch eine Minute. Wenn Sie dann nicht hier draußen auftauchen, komme ich und hole Sie raus."

„Ist ja gut, ich komme gleich!" Lauren sah zur Tür. Sie wusste, dass der Mann nur seine Arbeit machte, aber musste er so unwirsch sein? Sie nahm ihre Handtasche, den Parka und die Handschuhe und ging zur Tür.

Sam sah auf die Uhr. Mit einem leisen Fluch lehnte er sich vor und wollte den Türgriff umfassen, als Lauren Brownley die Tür öffnete. Ihr Anblick traf ihn wie ein Fausthieb in den Magen. Strahlend sauber stand sie vor ihm, das feuchte kastanienbraune Haar aus dem perfekt geschnittenen Gesicht gekämmt. Er atmete ein und spürte sofort, wie der süße erotische Duft, der von ihr ausging, seine Sinne benebelte.

Verlangen wurde in ihm wach, dicht gefolgt von Wut.

Verdammt, es stand ihm nicht an, sich nach dieser Frau zu sehnen. Sie war Zeugin in einem hochbrisanten Fall. Schlimmer noch, sie war Carlo Giovessis Gespielin.

„Wird auch Zeit." Er sah sie an. „Sie haben geduscht *und*

sich auch noch die Haare gewaschen? Ich dachte, Sie wollten sich nur ein wenig frisch machen. Verdammt, ich habe Ihnen doch gesagt, Sie sollten sich beeilen."

„Eine Dusche war meiner Ansicht nach die schnellste Methode, um das zu erledigen", erwiderte sie im unterkühlten Tonfall einer Prinzessin, was ihn nur noch mehr reizte. Warum war Carlo nicht bei seinem üblichen Frauentyp geblieben?

„Na gut", gab er knapp zurück. „Wenn Sie dann fertig sind, meinen Sie, wir könnten endlich gehen?" Ohne auf ihre Antwort zu warten, nahm er die Einkaufstaschen in eine Hand, packte Lauren am Ellbogen und zog sie durch den Flur hinter sich her in Richtung der Hintertreppe.

Lauren musste sich beeilen, um mit seinen langen Schritten mithalten zu können. Sie sah sich um zu dem Büro, aus dem sie zuvor gekommen waren. „Wo bringen Sie mich hin? Wollen Sie Agent Dumphries nicht mitteilen, dass wir aufbrechen? Er hat doch gesagt, dass er für eine Polizeieskorte sorgen wollte."

„Wir nehmen den Hinterausgang. Durch die Tiefgarage, in der alle Mitarbeiter ihre Wagen abstellen. Je weniger Leute uns sehen, umso besser."

Aus dem Augenwinkel nahm Sam wahr, dass sie ihm einen beunruhigten Blick zuwarf. Gut, dachte er. Es machte ihm keinen Spaß, Frauen einzuschüchtern, aber wenn das nötig war, um diese unglaubliche Naivität zu durchdringen, dann musste es eben sein. Vielleicht verstand sie jetzt endlich, in welcher Gefahr sie schwebte.

„Was soll das heißen? Sie glauben doch nicht, dass die Polizei von Denver eine Gefahr für mich darstellt?"

Er machte die Tür auf und schob Lauren ins Treppenhaus,

ohne ihr zu antworten. Durch den Pullover hindurch spürte er, wie angespannt die Muskeln in ihrem Arm waren.

„Glauben Sie das etwa?"

„Sagen wir mal so: Ich gehe nicht gern ein Risiko ein."

Sie wimmerte, aber er ignorierte diesen Schreckenslaut und drängte sie weiter voran.

Er wollte ihr sagen, dass sie sich an ihre Lage gewöhnen müsse. In den nächsten Wochen oder sogar Monaten hatten viele unangenehme Zeitgenossen keinen anderen Ehrgeiz, als sie zu töten. Wenn sie überleben wollte, musste sie ständig und jedem gegenüber misstrauisch sein. Wenn sie klug war, würde sie sogar ihm nicht trauen.

Lauren warf einen Blick auf Sam Rawlins' kantiges Profil. Er machte ihr fast so viel Angst wie diese schreckliche Situation. Der Mann schien keine normalen menschlichen Gefühle zu besitzen. Jedenfalls keine Angst. Und auch keine Freundlichkeit.

Der kurze Schlaf und die heiße Dusche hatten sie ein wenig ruhiger werden lassen, aber jetzt begann sich ihr Magen wieder zu verkrampfen. Ein eisiger Schauder lief ihr über den Rücken. Wenn Sam Rawlins es gespürt hatte, dann ließ er sich zumindest nichts anmerken.

„Wo ... wo ist Agent Owens? Ich dachte, er begleitet uns." Zumindest hoffte sie das. Die Aussicht, mit diesem harschen Mann für Wochen allein zusammen zu sein, war nahezu unerträglich.

„Er wartet im Wagen."

Die Metallstufen klapperten, als sie das letzte Stück Treppe bis in die Tiefgarage zurücklegten, doch als Lauren auf die Tür zuging, riss Sam sie zurück und drückte sie gegen die daneben befindliche Wand.

„Sie bleiben hier, bis ich Ihnen sage, dass Sie sich bewegen sollen. Und machen Sie kein Geräusch." Er betrachtete sie kritisch. „Ziehen Sie den Parka an und stülpen Sie sich die Kapuze über den Kopf, damit man von Ihrem Gesicht so wenig wie möglich sieht. Wenn ich es Ihnen sage, halten Sie den Kopf runter und laufen los. Und damit meine ich auch ‚laufen'. Verstanden?"

Lauren nickte stumm, da sie zu entsetzt war, um noch einen Laut von sich zu geben. Sie schaffte es kaum durchzuatmen.

Sam wartete, bis sie den Parka übergezogen hatte, dann drückte er sich an die Wand auf der anderen Seite der Tür. Lauren riss die Augen auf, und ihr Herz machte vor Schreck einen Satz, als er unter seinem Mantel eine Waffe hervorholte und sie so hielt, dass die Mündung an die Decke zeigte. Mit der linken Hand zog er die schwere Metalltür einen Spaltbreit auf.

Offenbar war er zufrieden mit dem, was er sah, und öffnete die Tür etwas mehr, um rasch in alle Richtungen zu blicken. „Alles in Ordnung?"

„Ja, hier ist keiner", hörte sie Agent Owens antworten.

Sam sah zu Lauren. „Okay, es geht los."

Blitzschnell fasste er sie am Handgelenk, zog sie zu sich und trat mit ihr nach draußen in die Tiefgarage. Lauren nahm flüchtig einen unauffälligen grauen Wagen wahr, der ein paar Meter entfernt mit laufendem Motor und offen stehender hinterer Beifahrertür dastand. Im nächsten Moment wurde sie bereits in den Wagen bugsiert und mit dem Gesicht nach unten auf das Sitzpolster gedrückt.

„Verstecken Sie sich darunter", befahl Sam und warf eine schwere Wolldecke über sie. „Und bleiben Sie auf jeden Fall unten!" Er warf die hintere Tür zu, riss die vordere Beifahrertür auf und hechtete in den Wagen. „Los! Los!" rief er, während Agent Owens mit quietschenden Reifen das Parkdeck verließ.

Lauren rollte sich unter der Decke zusammen und schloss die Augen. Sie zitterte und betete. Sie rechnete damit, dass Carlos Killer jeden Augenblick zuschlugen, dass sich Projektile aus ihren Waffen einen Weg durch das Metall des Wagens bohrten und tief in ihr Fleisch eindrangen. Oder sie überholten sie und drängten den Wagen von der Straße, so dass sie alle bei einem schweren Verkehrsunfall ums Leben kamen.

Aber nichts davon geschah. Sie nahm nur den normalen Verkehrslärm wahr, unterbrochen von gelegentlichen knappen Bemerkungen der beiden Agenten auf den Vordersitzen. Nachdem zwanzig Minuten lang nichts geschehen war, brachte sie endlich den Mut auf, die Decke anzuheben und hinauszuspähen. Sie sah nur die Hinterköpfe der beiden Männer. Sam Rawlins saß auf dem Beifahrersitz. Er blickte ständig hin und her, immer auf der Suche nach eventuellen Gefahren.

Der Verkehrslärm wurde stetig leiser, bis außer dem Motorengeräusch ihres Wagens nichts mehr zu hören war. Nach einer scheinbaren Ewigkeit bog der Wagen vom Highway offenbar auf einen Feldweg ab. Agent Owens nahm Gas weg, als sie über Bodenwellen und durch Schlaglöcher fuhren. Kies knirschte unter den Reifen und schlug gegen die Bodenbleche.

Bei jedem dieser Treffer zuckte Lauren zusammen, als hätte jemand auf sie geschossen.

Schließlich hielt Owens den Wagen an.

„Lass den Motor laufen, während ich mich umsehe. Beim leisesten Anzeichen für Probleme gibst du Gas und suchst das Weite."

„Klar, Sam, wie du willst."

„Und Sie bleiben schön liegen, Ms. Brownley", befahl er. „Nicht bewegen, solange ich Ihnen das nicht erlaubt habe."

„Wie geht es Ihnen, Miss?" fragte Agent Owens, als Sam gegangen war.

„Mir ... ich bin okay." Aus Gewohnheit hatte sie antworten wollen, es gehe ihr gut, aber das stimmte nicht. Sie hatte solche Angst, dass sie befürchtete, sie müsse sich übergeben.

„Lassen Sie sich von Sams rauer Art nicht beeindrucken, Miss", fuhr Owens fort. „Das ist nur seine Art. Er ist eine Art Einzelgänger, aber einen besseren Agenten als ihn finden Sie beim FBI nicht. Ich kenne ihn zwar noch nicht so lange, aber das sagen alle anderen über ihn. Machen Sie sich keine Sorgen. Wenn Sie ein Mann beschützen kann, dann ist es Sam."

„Hmm", war das Einzige, was Lauren herausbringen konnte, da sie zu nervös war, um sich zu unterhalten.

Agent Owens verstand und verstummte.

Nach einer Nerven aufreibenden Wartezeit kehrte Sam zurück und stieg wieder ein. „Alles in Ordnung. Fahr da rüber zu dem grünweißen Flugzeug und parke so, dass meine Tür auf gleicher Höhe mit der Treppe ist. Fahr so dicht ran, wie du kannst. Während ich Miss Brownley reinbringe, schnappst du dir die Taschen."

„Alles klar."

Während der Wagen über einen unebenen Untergrund holperte, war ein Motorengeräusch zu hören, das immer lauter wurde, bis es fast ohrenbetäubend war. Lauren erkannte, dass das Flugzeug, in das sie umsteigen würden, mit laufenden Motoren auf sie wartete.

Als der Wagen anhielt, sprang Sam nach draußen und riss die hintere Tür auf.

„Na, los, machen Sie schon!"

Lauren fühlte sich nackt, als er die Decke wegriss. Bevor sie aber protestieren konnte, hatte er sie bereits am Arm gepackt und zerrte sie aus dem Wagen, um sie dann in die wartende Maschine zu drängen.

Der Pilot war gut fünfzig Jahre alt. Er lächelte ihr zuversichtlich zu und winkte.

„Das ist Bob Halloran!" rief Sam, um das Dröhnen der Motoren zu übertönen. „Ehemals FBI, jetzt im Ruhestand und ein alter Freund von mir. Sie sind also in guten Händen. Setzen Sie sich hin, und schnallen Sie sich an. Wir sind startbereit. Sobald das Gepäck an Bord ist, heben wir ab."

Er begab sich zur Tür und fing die Matchbeutel auf, die Agent Owens ihm zuwarf. Dann eilte der jüngere Mann die Stufen hinauf, zog sie hoch und schlug die Tür hinter sich zu.

„Es geht los!" brüllte Sam, während er und Dave Owens sich in den vorderen Teil der Maschine begaben.

Minuten später sah Lauren aus dem Fenster und beobachtete, wie die Landebahn hinter ihnen zurückfiel. Die kleine Maschine setzte zu einem scharfen Steilflug an, um über die Gebirgskette im Westen zu kommen. Nachdem sie sie überwunden hatte, wurden die Ausläufer von Denver immer kleiner, bis sie nichts weiter waren als ein dunkler Fleck auf einer frischen Schneedecke. Dann war Denver hinter ihnen völlig verschwunden.

Erst als das geschehen war, schlug Laurens Herz wieder normal. Sie ließ den Kopf gegen das kalte Fensterglas sinken und schloss die Augen. Sie hatten es geschafft, sie waren entkommen.

Seufzend sank sie in ihrem Sitz nach hinten und entspannte sich.

Das Flugzeug war für sechs Passagiere ausgelegt – eine lärmende, rappelnde Maschine, die so winzig war, dass weder Rawlins noch Owens aufrecht stehen konnten. Normalerweise hatte Lauren Angst zu fliegen, vor allem in kleinen Flugzeugen, aber im Moment war sie einfach nur erleichtert.

Sie betrachtete Sam Rawlins' Hinterkopf und war erstaunt, wie ruhig der Mann war.

Er saß vorn neben dem Piloten. Die beiden Männer waren in eine Unterhaltung vertieft, obwohl sie sich genau genommen anschreien mussten, um überhaupt ein Wort zu verstehen. Sie hörte irgendetwas von einem Jagdausflug, den sie im Jahr zuvor unternommen hatten, aber sie achtete nicht wirklich darauf, was die beiden redeten. Wenigstens unterhielt er sich mit seinem Freund. Das war mehr, als er ihr gegenüber zu Stande gebracht hatte.

Nachdem er sie aus dem Polizeirevier gebracht hatte, war es ihm nicht in den Sinn gekommen, mehr als das absolut Nötige zu sagen.

Nicht dass es ihr etwas ausmachte. In Sam Rawlins' Gegenwart fühlte sie sich unbehaglich. Allein der Gedanke, die nächsten Wochen mit ihm zu verbringen, war ihr zuwider. Worüber sollte sie sich mit ihm unterhalten? Falls sie überhaupt ein Wort miteinander reden sollten. Vielleicht würde er einfach seinen Job machen und gar nicht mit ihr reden, so wie er es schon den ganzen Morgen über gemacht hatte. Sie war sich nicht sicher, was schlimmer war.

Nach dem Pech zu urteilen, von dem sie verfolgt wurde, sollte es sie nicht überraschen, dass sie ausgerechnet mit diesem wortkargen Mann gestraft wurde. Wenn sie schon Monate Gott weiß wo mit einem Leibwächter zubringen musste, warum nicht mit jemandem, der ihr sympathisch war ... jemand wie dieser nette Agent Berringer?

Wenigstens würde Bob Owens bei ihnen sein. Sie sah zu dem Mann, der hinter dem Piloten saß und aufmerksam jedes Wort mitverfolgte, das die beiden im Cockpit wechselten. Er war noch jung, eindeutig ein Anfänger, und ihm schien viel daran gelegen zu sein, sich mit Agent Rawlins gut zu stellen. Aber wenigstens hatte er sich ihr gegenüber höflich verhalten.

Lauren stützte den Kopf gegen den Sitz vor ihr und seufzte leise. Sie hatte das Gefühl, in einem Albtraum gefangen zu sein, aus dem sie nicht aufwachen konnte. Noch vor zwei Jahren war sie ein aufstrebender Star mit strahlender Zukunft gewesen. Sie hatte gewaltiges Talent und einen attraktiven Verlobten gehabt, von dem sie gedacht hatte, er würde sie lieben. Er hatte ihre Karriere verwaltet – und ein kleines Vermögen dazu. Das Leben war wundervoll gewesen. Und dann, fast über Nacht, waren ihr Geld, ihre Zukunft und ihr Verlobter verschwunden.

Und nun arbeitete sie wochentags für einen bescheidenen Lohn als Musiklehrerin, und an den Wochenenden spielte sie in einer Bar Klavier. Genauer gesagt, hatte sie Klavier gespielt – bis gestern Abend. Jetzt dagegen war sie auf der Flucht vor Killern, die ein Mann auf sie gehetzt hatte, der sie betrachtete, als hätte er sie aus irgendeiner Gosse gezogen.

Wenn es ein Albtraum war, dann konnte sie nur beten, dass sie so schnell wie möglich aufwachte.

Der Stress und die Erschöpfung machten sich jetzt bemerkbar, da sie für den Augenblick in Sicherheit war. Ihre aufgeschrammten Handflächen und das Knie stachen noch immer. Ihre Augen waren überanstrengt, und es kam ihr vor, als würde jeder Muskel in ihrem Körper Schmerzen verursachen.

Außerdem war sie völlig übermüdet und hatte das Gefühl, Arme und Beine aus Blei zu haben. Das ist eigentlich gar nicht verwunderlich, dachte sie und musste gähnen. Von dem kurzen Nickerchen auf dem Polizeirevier abgesehen, hatte sie seit mehr als vierundzwanzig Stunden nicht mehr geschlafen.

Sie rutschte auf ihrem Platz nach hinten und schloss die Augen. Das Dröhnen der Motoren war so monoton, dass es sie einlullte, während sich ihr Körper allmählich entspannte.

„Was? Was ist los?" Lauren saß kerzengerade auf ihrem Platz, ihr Herz raste, und sie war desorientiert und groggy. Sie wusste nicht, wo sie sich befand und wie sie hergekommen war. Ihr Blick irrte in der kleinen Kabine umher, während Panik von ihr Besitz ergreifen wollte.

Dann sah sie Sam Rawlins, und im selben Moment kehrte die Erinnerung zurück. Sie stöhnte leise auf, legte eine Hand auf ihre Brust, um ihr heftig pochendes Herz zu beruhigen, und ließ sich wieder in den Sitz sinken.

Die Erleichterung hielt nicht lange vor. Im nächsten Augenblick erkannte Lauren, was sie aus ihrem tiefen Schlaf gerissen hatte. Das Dröhnen eines der Motoren war einem stotternden, ungesunden Geräusch gewichen.

Sie umklammerte die Armlehnen, beugte sich vor und rief den drei Männern zu: „Was ist das für ein Lärm? Was ist hier los?"

Agent Owens drehte sich zu ihr um, doch das Entsetzen, das ihm ins Gesicht geschrieben stand, trug nicht dazu bei, ihre Aufregung zu mildern.

Sam drehte sich ebenfalls um und rief zurück: „Wir haben Probleme mit einem Motor! Setzen Sie sich gerade hin, und behalten Sie den Gurt an!"

Motorenprobleme? Lauren hatte mit einem Mal das Gefühl, eine unerträgliche Last würde auf ihre Brust drücken.

Sie sah aus dem Fenster und spürte, wie sich ihr Magen verkrampfte. Sie flogen tiefer, als sie erwartet hatte. Die Baumspitzen und Felsen schienen viel zu dicht unter ihnen vorbeizuziehen.

Der Anblick hatte etwas Atemberaubendes. Sie überflogen eine majestätische Gebirgskette, die sich aus zerklüfteten Gipfeln und weiten, nebelverhangenen Tälern zusammensetzte und komplett mit Schnee bedeckt war. Und nirgends gab es den kleinsten Hinweis auf Zivilisation.

„Komm schon, Baby, komm, lass mich nicht im Stich, Schatz", redete der Pilot auf sein Flugzeug ein.

Instinktiv sah Lauren wieder nach vorn. Der Tonfall der

Männer hatte etwas Besorgniserregendes angenommen. Bob Halloran betätigte hektisch verschiedene Schalter und überprüfte die Instrumente, während er Rawlins Anweisungen zurief, die der so rasch umsetzte, wie es überhaupt nur möglich war. Aber egal, was sie machten, keiner der beiden hatte Erfolg. Das Stottern wurde heftiger, und die Maschine bäumte sich auf wie ein Hengst beim Rodeo.

Lauren klammerte sich an ihrem Sitz fest und kämpfte gegen einen Schrei an.

„Wir verlieren sie! Verdammt! Wir verlieren sie!"

„Verlieren? Was verlieren?" brüllte Lauren, aber ein Blick aus dem Fenster war Antwort genug. Entsetzt sah sie mit an, wie der rechte Propeller langsamer wurde und schließlich stehenblieb. „O mein Gott! Nein! Neiiin!"

„Was ist mit dem anderen? Hält er durch?" brüllte Sam.

„Nicht mehr lange!"

Erst da wurde Lauren bewusst, dass das Stottern nicht aufgehört hatte. Der andere Motor des Flugzeugs machte die gleichen unerfreulichen Geräusche. Sie lehnte sich hinüber und sah, wie auch dieser Propeller stehenblieb.

Die plötzliche Stille war gespenstisch. Das einzige Geräusch war das unheimliche Pfeifen des Windes, der sich am Rumpf der Maschine fing.

„Das war's! Wir stürzen ab, Leute!"

„O mein Gott!" kreischte Dave.

Sam sah sich um und schrie Lauren zu: „Ziehen Sie den Gurt ganz fest, und nehmen Sie den Kopf zwischen die Knie! Machen Sie schon! Na, los!"

Sie hörte ihn überhaupt nicht. Sie war wie gelähmt vor

Angst und starrte aus dem Fenster auf die schneebedeckten Berge, die allmählich näher kamen.

Dann war Sam plötzlich neben ihr. „Sie sollen den Kopf nach unten nehmen, verdammt noch mal! Und halten Sie sich gut fest!“ Er legte ihr den Parka auf den Schoß, packte sie im Genick und drückte ihr Gesicht in den Futterstoff.

„Da vorne ist eine Lichtung!“ rief der Pilot. „Ich versuche es bis dahin zu schaffen. Komm schon, Baby, na komm schon. Du schaffst das. Nur noch ein Stück. Mach schon! Los, mach schon!“

Lauren wollte schreien, aber ihre Kehle war wie zugeschnürt. Nur das Pfeifen des Windes und die verzweifelten Ausrufe des Piloten waren zu hören.

„Gleich ist es so weit! Wir werden aufschlagen! O Scheiße! Wir werden die Bäume mitnehmen. Festhalten!“

Etwas schrammte an der Unterseite des Rumpfs entlang, dann wurde die Maschine von mehreren kräftigen Stößen erschüttert. Das Zersplittern der Bäume hörte sich an wie Gewehrfeuer. Und dann waren sie von einer gewaltigen Explosion umgeben.

Das entsetzliche metallische Kreischen schien nicht enden zu wollen und hörte sich an wie der Schrei einer Todesfee. Lauren wurde brutal hin und her geschleudert, schlug gegen das Schott neben ihr, dann gegen Agent Rawlins auf der anderen Seite, während Verstrebungen zerbrachen und die Unterseite des Rumpfs von spitzen Felsen aufgerissen wurde. Das Flugzeug prallte ab und schlingerte, und ringsum waren nur die entsetzlichen Geräusche von Metall, das über Stein rutschte, und von zerplatzendem Glas zu hören.

Dann kam die Maschine zu einem abrupten Halt.
Und dann herrschte nur noch völlige Stille.

5. KAPITEL

„Lauren? Lauren, sind Sie verletzt?“

Sie saß noch vornüber gebeugt da, das Gesicht tief in den Parka vergraben. Die Hände hatte sie um ihre Knöchel geklammert, und sie betete noch immer leise.

Wie aus weiter Ferne nahm sie Finger wahr, die seitlich gegen ihren Hals drückten. „Verdammt, Lauren, antworten Sie! Geht es Ihnen gut?“

„Ich ... ich weiß nicht.“ Sie hatte Angst, sich zu bewegen und festzustellen, was mit ihr geschehen war. Sie konnte nicht glauben, dass sie den Absturz überlebt hatte.

„Setzen Sie sich gerade hin, und lassen Sie mich nachsehen“, wies er sie an.

Langsam gehorchte sie und richtete sich auf. Sie drehte vorsichtig den Kopf und bewegte Arme und Beine. Auch wenn sie zahlreiche Prellungen und Blutergüsse davongetragen haben musste, schien nichts gebrochen zu sein. Etwas Warmes lief langsam über ihre Schläfe, und als sie danach tastete, sah sie, dass ihre Finger blutverschmiert waren. Schockiert starrte sie auf das Blut.

„Sie haben eine Schnittwunde auf der Stirn, aber die sieht nicht schlimm aus. Gebrochen ist wohl nichts. Ziehen Sie den Parka an und kommen Sie mit. Wir müssen hier raus, in der Maschine ist es nicht sicher.“

Als Lauren weiter ihre blutigen Finger anstarrte, packte Sam sie an den Schultern und schüttelte sie heftig. „Na los, wachen Sie schon auf, verdammt! Reißen Sie sich zusammen! Wir haben keine Zeit für eine Runde weiblicher Hysterie!“

Lauren blinzelte ihn an und nickte, während sie versuchte, sich zusammenzureißen. „Ich .... ja, ja, natürlich." Bevor sie den Parka überstreifte, löste Sam ihren Sitzgurt. Dann stand er auf.

„Bob, wie geht es dir?"

Keine Antwort.

„Bob? Dave?"

Lauren hielt inne, als sie gerade die Handtasche über die Schulter hängen wollte, und sah zum Cockpit. Bob Halloran saß reglos da, sein Kopf lag in einem unnatürlichen Winkel nach hinten geneigt, seine Arme hingen schlaff herab. Agent Owens lag hinter Bob quer in seinem Sitz. Kopf und Schultern ragten in den Gang. Seine Augen waren offen, sein Blick war leer, und er blutete aus Nase, Ohren und Augen.

Sie waren auf einem Abhang gelandet, die Nase der Maschine war bis zur Windschutzscheibe in einer Schneewehe begraben. Indem er sich an den anderen Sitzen festhielt, näherte sich Sam seinen Freunden. Er erreichte den Piloten und berührte ihn an der Schulter, woraufhin der Kopf zur anderen Seite wegkippte.

Sam fühlte den Puls, im nächsten Moment verhärteten sich seine Gesichtszüge. Er drehte sich um und beugte sich zu Dave.

„Verdammt!"

Er kehrte zu Lauren zurück, als die Maschine bei seinem zweiten Schritt in Bewegung geriet.

Lauren schrie auf und klammerte sich am Sitz vor ihr fest.

„Kommen Sie schon! Raus hier! Auf der Stelle!"

„Was ist mit Bob und Dave?"

„Sie sind tot.“

Lauren stockte der Atem. Ihr Blick kehrte zurück zu den beiden Männern, die sie mit großer Trauer betrachtete – und mit Dankbarkeit, dass sie selbst noch lebte, auch wenn sie sich für diesen Gedanken schämte.

„Nun machen Sie schon! Die Kiste verliert jeden Augenblick den Halt.“

Sie versuchte aufzustehen, aber ihre Beine zitterten so, dass sie nicht stehen konnte. Sam fluchte leise, legte einen Arm um ihre Hüfte und hob sie aus dem Sitz, um sie sich dann über die Schulter zu legen.

Diese Bewegung reichte, um das Flugzeug abermals ein Stück rutschen zu lassen. Lauren schrie auf, aber Sam hielt sie fest an sich gedrückt und ging weiter. Die Tür klemmte, so dass er Lauren absetzen musste, um sie mit der Schulter aufzudrücken. Wieder bewegte sich das Flugzeug. Lauren kreischte und hielt sich an der Rückenlehne eines Sitzes fest. Sie war sicher, dass sie jeden Augenblick talwärts stürzen würden.

Die Tür gab nach, und Sam packte Lauren erneut. Die Unterseite des Rumpfs war bis zur Unterkante der Tür im Schnee versunken, und als sie nach draußen sprangen, versackten sie bis zu den Knien im Schnee.

Lauren wäre beinahe hingefallen, wenn Sam sie nicht festgehalten hätte. Halb trug er sie, halb schleifte er sie einige Meter fort von dem Wrack. Als sie sich in sicherer Entfernung befanden, ließ er sie wie einen Sack Kartoffeln fallen. Lauren stürzte nach vorn, und ihr Gesicht verschwand im Schnee.

„Bleiben Sie hier!“ herrschte er sie an.

Sie wischte sich den Schnee aus dem Gesicht, während sie

es schaffte, sich hinzuknien. Als sie über die Schulter sah, erkannte sie, dass er zum Flugzeug zurückkehrte. „Wohin gehen Sie?"

Da sie halb im Schnee begraben war, wirkte jede Bewegung unbeholfen. Als sie es endlich geschafft hatte aufzustehen, verschwand Sam gerade im Wrack. „Warten Sie! Was machen Sie denn da?"

„Ich muss ein paar Dinge holen."

„Sind Sie verrückt? Sie werden sterben! Kommen Sie sofort da raus! Kommen Sie zurück!"

Er achtete überhaupt nicht auf sie. Das Flugzeug – oder besser gesagt: das, was von ihm noch übrig war – bewegte sich bei jedem Schritt, den er machte. Entsetzt starrte sie auf die Türöffnung, hinter der er gerade verschwunden war.

Sie konnte es nicht fassen. Dieser Idiot würde sich umbringen.

Der Wind pfiff ihr um die Ohren, und etwas Nasses und Kaltes berührte ihre Haut. Sie sah nach oben und bemerkte, dass es zu schneien begonnen hatte.

Verzweifelt legte sie die Arme um sich und betrachtete die Furcht erregende Schönheit, von der sie umgeben war. Schneebedeckte Berge erstreckten sich in allen Richtungen. Zerklüftete, schroffe, unerbittliche Berge.

Die Felsgipfel bohrten sich in den Himmel, während die niedrigeren Felsspitzen in den tiefer hängenden Wolken verschwanden. Alles um sie herum war grau und kalt und still. Geisterhafter Nebel stieg aus den Tälern auf.

Eine Schneise aus abgebrochenen Baumspitzen markierte

die Flugbahn ihres Absturzes, die eine hässliche Narbe in der unberührten Landschaft hinterlassen hatte.

Zitternd presste Lauren die Lippen aufeinander und legte die Arme enger um sich. Wenn Sam mit der Maschine in die Tiefe stürzte, dann wäre sie ganz allein in dieser eisigen Wildnis. Sie würde nicht einmal eine Nacht überstehen.

Sam steckte den Kopf durch die Tür und warf zwei Matchbeutel nach draußen. „Bringen Sie die zwei in sichere Entfernung!" rief er ihr zu.

Lauren beeilte sich, durch den hohen Schnee voranzukommen, um die Taschen zu bergen, während Sam wieder im Flugzeug verschwand. Sie hatte gerade eben die Griffe der Taschen gepackt, als ein durchdringendes Knirschen ertönte und die Maschine nach hinten wegzurutschen begann.

Sie ließ die Griffe los und schrie. Entsetzt und unfähig, irgendetwas zu tun, sah sie mit an, wie der aufgerissene Rumpf sich langsam von ihr entfernte, gegen einen Felsvorsprung stieß, einige Sekunden dort festhing und schaukelte, ehe er langsam über den Felsrand wegkippte.

Im allerletzten Augenblick wurden eine weitere Tasche und ein länglicher Gegenstand aus dem Flugzeug geworfen, der nach einem Gewehr aussah, und dann brachte sich Sam mit einem Sprung in Sicherheit.

Die Berge warfen das Echo der grässlichen Geräusche zurück, die das Wrack verursachte, während es in die Tiefe stürzte. Dann folgte eine ohrenbetäubende Explosion, und ein Feuerball stieg auf, gefolgt von einer dicken schwarzen Rauchwolke.

Lauren schrie hysterisch auf und begann sich durch den

Schnee zu kämpfen, um Sam zu erreichen. „Geht es Ihnen gut? Sind Sie verletzt?"

Er stand auf und klopfte sich den Schnee vom Parka. „Alles in Ordnung."

Sie spähten über den Felsrand nach unten und sahen gut sechzig bis siebzig Meter unter sich das brennende Wrack des Flugzeugs. „War allerdings knapp."

Lauren konnte nicht verstehen, wieso er so gelassen war. Sie starrte auf das in Flammen gehüllte Wrack, und mit einem Mal war alles zu viel für sie. Der Schrecken und die Hilflosigkeit und die Sorgen, die sie in den letzten zwölf Stunden durchgemacht hatte, drangen schlagartig an die Oberfläche.

Mit einem wutentbrannten Schrei wirbelte sie herum und begann mit beiden Fäusten auf Sams Brust zu schlagen.

„He, was soll das? Was zum Teufel ist mit Ihnen los?"

„Das ist alles Ihre Schuld! Sie sollten mich beschützen! Stattdessen komme ich beinahe ums Leben! Zum zweiten Mal! Und jetzt werden wir hier in der Wildnis erfrieren. Ich hätte Ihnen nie vertrauen sollen. Sie sind ein gemeiner, eiskalter und durch und durch unangenehmer Mensch. Und Sie haben mich fast zu Tode erschreckt!"

Sam gelang es endlich, ihre Hände zu fassen zu bekommen, und drückte sie fest gegen seine Brust. „Hören Sie mir zu. *Hören Sie zu!* Wir werden *nicht* sterben. Also *halten Sie den Mund*!"

„Wie können Sie das sagen? Wir sind mitten im Nichts, wir haben nichts zu essen, und wir wissen nicht, wie wir hier wegkommen sollen."

„Wir haben Vorräte. Wir haben Bobs Notration und unsere

Ausrüstung. Deshalb bin ich noch mal in die Maschine gestiegen. Und wir *werden* hier wegkommen."

„Und wie? Wie sollen wir das anstellen?"

„Zu Fuß."

„Haben Sie den Verstand verloren? Sie wissen doch nicht mal, wo wir sind."

„In groben Zügen schon. Mehr brauchen wir nicht."

Er ließ sie los. Lauren taumelte rückwärts und landete auf ihrem Po. Er nahm den Rucksack, schnallte ihn sich auf den Rücken, und dann zog er tatsächlich ein Gewehr aus einer Schneewehe und schulterte es. „Kommen Sie, wir müssen die anderen Taschen holen und dann aufbrechen."

„Aber *wohin* sollen wir denn gehen?"

„Wir müssen einen Unterschlupf finden." Er sah in nordwestlicher Richtung. „Es kommt ein Schneesturm auf."

Erst bei diesen Worten wurde Lauren klar, dass es mittlerweile stärker schneite und dunkle und bedrohlich tief hängende Wolken aufgezogen waren.

Ohne auf sie zu warten, ging Sam los und griff sich die beiden Matchbeutel. Er kniete sich in den Schnee und begann den Inhalt der einen in die andere Tasche umzupacken.

„Was soll das?" wollte Lauren wissen, als sie wieder auf den Beinen war.

„Wir können nicht beide Taschen mitnehmen, also suche ich das Notwendigste heraus und packe es in eine Tasche. Sieht man das nicht?" erwiderte er schroff.

Der Gedanke, dass ihre Kleidung und ihre persönlichsten Toilettenartikel mit den Sachen dieses Mannes in Berührung kamen, gefiel Lauren überhaupt nicht, aber im Moment gab es wichtigere Dinge, mit denen sie sich befassen musste.

„So, das sollte reichen“, sagte Sam schließlich und stand auf. Er klopfte den Schnee von seiner Hose und ging los. „Sie tragen den Matchbeutel“, rief er ihr über die Schulter zu. „Ich nehme dieses Paket.“

Lauren wollte sich über seinen Tonfall beschweren, aber ein Blick zum schwarz verhangenen Himmel brachte sie schnell davon ab. Sie warf sich den Tragegurt des Matchbeutels über die Schulter und wäre von dessen Gewicht fast umgerissen worden. Sie richtete sich auf und veränderte die Länge des Gurtes, dann folgte sie Sam in aller Eile.

„Ich finde immer noch, dass Sie ein schrecklicher Mensch sind“, murmelte sie.

„Wenn das Ihre Meinung ist, bitte. Aber erwarten Sie nicht, dass ich deswegen schlaflose Nächte habe. Gehen Sie einfach weiter.“

„Ich dachte, nach einem Flugzeugabsturz bleibt man in der Nähe des Wracks und wartet auf Hilfe“, rief sie ihm nach. „Ich bin sicher, dass ich das irgendwo gelesen habe.“

„Das Flugzeug ist nichts weiter als ein brennendes Wrack, das auf dem Grund eines steilen Abhangs liegt. Es wäre halsbrecherisch, dort runterklettern zu wollen. Außerdem wird keine Hilfe kommen, weil niemand weiß, in welche Richtung wir geflogen sind.“

„Niemand?“ keuchte sie, während sie versuchte, mit seinem Tempo mitzuhalten. „Hat Ihr Pilot keinen Flugplan abgegeben?“

„In gewisser Weise schon.“

„In gewisser Weise? Was soll das heißen?“

„Sagen wir mal so: Er hat einen Fehler gemacht.“

„Sie meinen, er hat absichtlich eine falsche Flugroute angegeben?

„Sie sollten es aus der Warte betrachten, dass Carlos Killer nicht wissen, wo wir sind.“

„Das ist ein schwacher Trost, wenn wir stattdessen an diesem Berghang erfrieren.“

„Wir werden nicht erfrieren.“

„Machen Sie Witze? Ich friere ja jetzt schon. Meine Zehen fühlen sich an wie Eiswürfel.“

Er blieb so abrupt stehen, dass sie fast gegen ihn rannte. „Haben Sie die Wollsocken angezogen, die ich Ihnen gegeben hatte?“

„Natürlich. Ich trage Stiefel üblicherweise nicht ohne Socken.“ Eigentlich hatte sie noch nie in ihrem Leben große, klobige Wanderstiefel getragen.

„Beide Paare?“

„Na ja ... nein, aber ...“

„Verdammt! Ich habe Ihnen gesagt, Sie sollen das anziehen, was in der Tasche war!“

„Sie haben mir aber kein Wort davon gesagt, dass ich ein zusätzliches Paar anziehen sollte. Woher sollte ich das denn wissen? Sie haben mir nicht gesagt, wohin es geht, und ich habe ganz bestimmt nicht damit gerechnet, dass wir mitten in einer Eiswüste abstürzen.“

„Was haben Sie mit dem zweiten Paar gemacht?“

„Es ist in meiner Handtasche.“

„Dann holen Sie die Socken heraus und ziehen Sie sie über

das andere Paar.“ Er nahm den Matchbeutel von ihrer Schulter, öffnete den Reißverschluss und zog eine weitere lange Unterhose heraus. Sie hatte das Exemplar aus dem seidigen Stoff angezogen, während er ihr die dicke Wollunterhose hinhielt. „Hier. Wenn Sie schon dabei sind, ziehen Sie die auch noch über“, sagte er und drückte sie ihr in die Hand.

„*Was? Hier? Auf der Stelle?*“ Sie hielt die lange Unterhose an ihre Brust gedrückt. „Sie erwarten doch nicht etwa, dass ich mich vor Ihnen bis auf die Unterwäsche ausziehe.“

„Ich erwarte das nicht nur, ich befehle es Ihnen. Außerdem weiß ich gar nicht, was Sie haben. Ich werde das Gleiche machen. Die Temperaturen sinken sehr schnell, und ich weiß nicht, wie lange wir brauchen, ehe wir einen Unterschlupf gefunden haben.“ Er ließ den Rucksack von seinen Schultern gleiten und durchsuchte erneut den Matchbeutel, um eine zweite lange Unterhose hervorzuholen. Er warf seinen Parka auf den Rucksack und beugte sich vor, um die Schnüre zu lösen, die den oberen Teil seiner kniehohen Stiefel festhielten.

„Was machen Sie denn jetzt?“

„Wonach sieht es denn aus? Beeilen Sie sich, wir haben keine Zeit zu verlieren.“

Er zog einen Stiefel aus und stellte seinen Fuß auf den Matchbeutel. „Kümmern Sie sich nicht um beide Beine gleichzeitig, sonst bekommen Sie nasse Strümpfe“, warnte er sie.

Sam richtete sich auf, zog seine Weste aus und legte sie über den Parka, dann knöpfte er sein Flanellhemd auf und legte es ab. Als er seine Hose aufmachte, sah Lauren rasch fort, doch aus dem Augenwinkel sah sie, wie er ein Hosenbein abstreifte, in die lange Unterhose stieg und das Hosenbein wieder hochzog. Nachdem er seinen Stiefel wieder festgeschnürt hatte, wiederholte er das Ganze an seinem anderen Bein.

Er warf Lauren einen Blick zu. „An Ihrer Stelle würde ich mich beeilen. Wenn Sie nicht von selbst anfangen, werde ich Sie gleich höchstpersönlich ausziehen."

Lauren schnappte nach Luft. So arrogant und überheblich, wie er war, würde er das wirklich machen. Da er einen Kopf größer und bestimmt vierzig Kilo schwerer war, gab es keinen Zweifel daran, wer aus der Situation als Sieger hervorgehen würde.

Sie war versucht, ihm zu sagen, er solle sich zum Teufel scheren. Sie hätte es auch gemacht, wenn sie das hier ohne ihn hätte überleben können, doch im Augenblick hatte sie einfach keine andere Wahl.

„Schon gut, aber ich werde mich dort drüben hinter die Bäume verziehen."

„Sparen Sie sich das. Ich werde ganz bestimmt keine Lust empfinden, wenn ich Sie in einer Wollunterhose vor mir sehe."

Lauren hob trotzig das Kinn. „Das hätte ich auch nicht von Ihnen erwartet, aber ich muss ... zur Toilette."

Er hob erstaunt eine Augenbraue, während er sie durchdringend ansah. *„Zur Toilette?"*

Sie hielt seinem Blick stand und hob das Kinn noch ein Stück höher. „Ja. Wenn ich mich schon umziehen muss, dann kann ich das auf einem Weg erledigen."

„Ja, ist gut. Aber gehen Sie nicht zu weit weg. Und denken Sie daran, was ich gesagt habe. Bekommen Sie keine nassen Füße", rief er ihr nach, während sie sich durch den hohen

Schnee kämpfte und hinter einem großen Baum verschwand, dessen mit Schnee bedeckte Zweige fast den Boden erreichten.

Als sie zehn Minuten später zurückkehrte, war Sam vollständig angezogen und hatte den Rucksack und das Gewehr geschultert. Er sah sie ungeduldig an und warf ihr den Matchbeutel zu, der sie abermals fast umriss.

„Ziehen Sie die Kapuze über", wies er sie an. „Der Fellbesatz sorgt dafür, dass die Luft ein wenig angewärmt wird, bevor Sie sie einatmen. Das ist besser für Ihre Lungen. Wenn Sie ausatmen, wird sich Ihr Atem in Form von Eiskristallen auf dem Fell absetzen. Die müssen Sie unbedingt von Zeit zu Zeit abwischen."

Er drehte sich um und ging wieder los.

Der Marsch durch den hohen Schnee strengte sie an, obwohl Sam ihr schon eine Schneise freitrat. Lauren bemühte sich, ihm zu folgen, während sie ihm immer wieder giftige Blicke zuwarf. Dass sie von jemandem abhängig war, gefiel ihr nicht besonders gut. Aber dass sie keine andere Wahl hatte, als ausgerechnet diesem Mann ihr Leben anzuvertrauen, das war die Krönung.

Wenn sie aus dem Ende ihrer Karriere und dem bitteren Erlebnis mit ihrem Verlobten eines gelernt hatte, dann war es der Drang, ihr Leben selbst in die Hand zu nehmen. Sie hatte sich geschworen, sich nie wieder von anderen etwas sagen zu lassen und alle Entscheidungen selbst zu treffen. Und jetzt lief sie hinter einem Mann her, den sie kaum kannte, und war völlig von ihm abhängig. Oh, wie sie das hasste.

Seit sie vor zehn Monaten aus dem Krankenhaus entlassen worden war, hatte Lauren dreimal wöchentlich ein Fitnessstudio besucht, um wieder in Form zu kommen. Insgesamt war sie in bester körperlicher Verfassung gewesen – jedenfalls hatte sie das gedacht. In dieser Höhe jedoch war die Luft viel dünner, und jede Bewegung erforderte den doppelten Kraftaufwand. Hinzu kam, dass sie zu wenig geschlafen und zweimal nur knapp dem Tod entronnen war, was sie körperlich und geistig an den Rand der Erschöpfung gebracht hatte.

Es dauerte nicht lange, bis sie nur noch angestrengt und flach atmen konnte und ihr Herz wie eine alte Dampflok ratterte. Die trockene Luft brannte in ihren Lungen und ließ ihre Kehle austrocknen. Bei jedem Schritt keuchte sie und schnappte nach Luft, aber Sam gestand ihr nur hin und wieder etwas Wasser aus dem Kanister zu.

Es störte sie, dass er kein bisschen angestrengt wirkte. Er behielt sein Tempo bei, ohne dass er sich erkennbar bemühen musste; sein Gesicht war wie versteinert.

Lauren bemühte sich, mit ihm mitzuhalten, aber der Abstand zu ihm vergrößerte sich zusehends. Der Schneefall war stärker geworden, und der Wind wirbelte die Schneeflocken so umher, dass sie kaum noch etwas sehen konnte. Sam, der vielleicht drei oder vier Meter vor ihr ging, war nichts weiter als ein grauer Schemen inmitten des weißen Wirbelns.

Sie fragte sich, ob er wirklich wusste, wohin sie gehen mussten, oder ob er vielleicht nur ziellos drauflos marschierte.

Er sah über die Schulter zurück. „Wenn Sie nicht dicht an mir dranbleiben, verlieren Sie noch den Kontakt zu mir und verlaufen sich."

„Wie ... soll ... ich ... dranbleiben? Sie sind ... zu ... schnell."

„Dann beeilen Sie sich mal ein bisschen."

Sie wünschte sich einen Moment lang, dass Blicke töten könnten, aber dann ließ sie den Gedanken fallen. Ohne Sam war sie hier auf verlorenem Posten.

Es war bitterkalt, aber die Temperatur sank immer noch weiter ab. Die wirbelnden Schneeflocken ließen alles grau und blass erscheinen. Die einzigen Geräusche waren das Knirschen des Schnees unter ihren Stiefeln, das Pfeifen des Windes, das gelegentliche Knacken eines Zweigs, der unter der weißen Last nachgab, und ihr schweres, rasselndes Atmen.

„Ich habe ... eben ... eine Höhle ... gesehen", keuchte Lauren. „Wäre das ... nicht ... eine gute ... Zuflucht?"

„Klar, wenn Sie sich die Höhle mit einem Bären teilen wollen."

„Einem Bären?" Sie sah sich entsetzt um und ging etwas schneller, um die Lücke zu Sam zu schließen. „Hier gibt es ... Bären?"

„Mehr als genug. Aber keine Sorge, die sind alle im Winterschlaf."

„Gibt es ... noch ... andere Raubtiere ... von denen ich ... etwas ... wissen sollte?"

„Berglöwen", gab Sam ungerührt zurück.

Berglöwen! Die Angst jagte einen weiteren Adrenalinstoß durch ihren Körper. Wieder sah sie sich panisch um und hängte sich noch dichter an Sam.

Lauren hatte eigentlich erwartet, dass er sie talwärts bringen würde, aber es kam ihr so vor, als würden sie sich allmählich in noch höhere Regionen begeben. Er ging mit gleichmäßigem Tempo weiter, so wie ein Mann, der ein bestimmtes Ziel vor Augen hatte. Aufmerksam betrachtete sie die ungastliche Umgebung.

„Suchen wir ... etwas ... Bestimmtes?“

„Ein paar Sekunden vor unserem Absturz habe ich etwas gesehen, das aus Holz errichtet worden ist“, rief er ihr zu, um das Heulen des Windes zu übertönen. „Wahrscheinlich ist es nur eine verlassene Mine. Aber wenn wir Glück haben, stoßen wir auf die Überreste einer Hütte der Minenarbeiter. In den Bergen gibt es Hunderte dieser Art. Sie stammen noch aus der Zeit des Goldrauschs in Colorado im neunzehnten Jahrhundert.“

„Sind sie ... noch ... bewohnbar?“

„Nicht im üblichen Sinn. Aber für uns ist jede Art von Bauwerk nützlich, wenn es uns vor dem Schnee und der Kälte schützt und trocken genug ist, um ein Feuer zu entfachen.“

Ein Feuer? Das klang wunderbar, sogar fantastisch. Sie war so müde, dass ihre Beinmuskulatur zuckte und sie im Stehen hätte einschlafen können. Wie sehr sehnte sie sich danach, sich neben einem angenehm warmen Feuer hinzulegen und die Augen zu schließen.

Sam sah über die Schulter zu ihr und biss die Zähne zusammen. Ihr bloßer Anblick erfüllte ihn mit solcher Wut, dass er sich kaum beherrschen konnte. Ihretwegen hatte er einen alten Freund und einen Kollegen verloren. Er wollte die Gedanken verdrängen, aber vor seinem geistigen Auge entstand immer wieder das Bild der beiden Toten, wie sie ihn mit ihren leeren Augen angestarrt hatten.

Er war ein Einzelgänger, aber die wenigen Menschen, die er als seine Freunde bezeichnete, bedeuteten ihm sehr viel. Bob

Halloran war der erste enge Freund, den er beim FBI gewonnen hatte. Auch wenn er siebzehn Jahre älter war als er selbst, hatte sich zwischen ihnen über die Jahre der Zusammenarbeit eine enge Freundschaft entwickelt. Sie hatten die gleichen Interessen, und sie waren häufig zusammen angeln und jagen gegangen. Bob war einer der wenigen Menschen gewesen, denen Sam ohne Vorbehalt vertraute.

Dave Owens war ein Grünschnabel und aus dem Grund auch einverstanden gewesen, ihm bei diesem Auftrag zur Seite zu stehen. Der Junge war erst seit so kurzer Zeit dabei gewesen, dass Carlo ihn mit Sicherheit noch nicht gekauft haben konnte. Er war ein einsatzfreudiger, idealistischer Mann gewesen, der das Potenzial für einen hervorragenden Agenten besessen hatte.

Jetzt waren diese beiden Männer tot. Sie hatten ihr Leben gegeben, um die Geliebte eines Mafiabosses zu schützen, eine Frau, die ihren Körper und ihre Selbstachtung einem bösartigen alten Mann gegeben hatte, weil sie daraus einen Nutzen hatte ziehen können.

Natürlich war sie für den Fall von größter Bedeutung. Ihre Aussage konnte Giovessi hinter Gitter bringen. Doch um welchen Preis? Bislang waren bereits zwei gute Männer bei dem Versuch gestorben, ihr Leben zu beschützen.

Erneut sah er über die Schulter und verzog den Mund. Vermutlich hätte er die Berglöwen viel früher erwähnen sollen, da sie jetzt dicht hinter ihm war.

Sam wusste, dass sie trotzdem nicht mehr lange durchhalten würde. Bislang wurde sie von Adrenalinstößen weitergetrieben, aber sie war blass vor Erschöpfung und so wacklig auf den Beinen, dass sie kaum noch das Gleichgewicht halten konnte. Wenn er nicht bald die Hütte fand, würde er sie tragen müssen.

Um sie auf Trab zu halten, rief er ihr zu: „Die Hütte ist unmittelbar vor uns.“ Das hoffte er zumindest, wenn ihm seine Augen keinen Streich gespielt hatten.

„Woher ... wissen ... Sie das?“

„Vom Flugzeug aus habe ich einen großen Felsvorsprung ausmachen können. Als wir losmarschiert sind, habe ich mit dem Kompass die Richtung bestimmen können, weil diese Felsformation noch zu sehen war, bevor der Schneefall eingesetzt hat.“

Sie schleppte sich hinter ihm weiter voran, machte sich aber nicht die Mühe, etwas zu erwidern. Vermutlich war ihr das schon zu anstrengend.

Sie umrundeten einen gigantischen Felsblock, und als sich für einen Moment das Schneegestöber lichtete, konnte er die Hütte erkennen. Sie stand ganz am äußersten Rand des Felsvorsprungs hoch über ihnen, doch sie war so zerfallen, dass sie als Unterschlupf nutzlos war. Es fehlten so viele Bretter an den Wänden, dass man durch die baufällige Hütte hindurchsehen konnte. Das verdammte Ding fällt wahrscheinlich in sich zusammen, wenn man es betritt, dachte er. Aber das war eigentlich zweitrangig, denn Wind und Wetter hatten im Lauf der Zeit den alten Pfad ausradiert, der nach oben führte, und Lauren würde niemals in der Lage sein, die steile Felswand zu bezwingen.

Im Schneegestöber bildete sich eine weitere Lücke, und dort erhaschte Sam den Blick auf etwas anderes.

„Da!“ rief er ihr zu und zeigte mit dem Finger in die Richtung. „Ich glaube, ich sehe eine Hütte!“

Rechts von ihnen befand sich am Fuß der Felsformation ein weiteres Gebäude, das im Schneegestöber kaum zu sehen war.

Lauren stöhnte dankbar auf und stolperte auf den schemenhaften Umriss zu, als Sam sie am Arm fasste und zurückhielt. „Noch nicht. Warten Sie hier, bis ich mich dort umgesehen habe."

Er warf seinen Matchbeutel in den Schnee, nahm das Gewehr von der Schulter und lud es durch. Dann machte er einen Schritt nach vorn und drückte vorsichtig die Tür auf. Die alten ledernen Scharniere gaben sofort nach, und die Tür kippte mit einem lauten Knall in den Raum. Sam schnitt eine Grimasse. Wenn sich irgendein Tier dort drinnen eingenistet hätte, wäre es sofort auf dem Sprung gewesen. Er lauschte intensiv, aber von innen war keinerlei Scharren oder Rascheln zu hören.

Sam trat in die Hütte ein und sah gerade noch, wie ein Streifenhörnchen durch ein Loch in der Wand verschwand. Nachdem er sich schnell und gründlich nach anderen Nagern umgesehen hatte, ging er wieder nach draußen und holte seinen Matchbeutel. „Alles in Ordnung", sagte er zu Lauren.

„Sind wir da drinnen sicher?"

„Ja. Die Hütte ist zum Teil durch die Klippe vor Wind und Wetter geschützt. Für ihr Alter ist sie noch ganz gut in Schuss. Im Dach ist ein Loch, aber da kann ich etwas drüberwerfen, damit es einigermaßen abgedichtet ist. Einige Bretter an den Wänden fehlen, und die Tür ist nach innen gefallen. Drinnen sieht es danach aus, dass sich Streifenhörnchen häuslich niedergelassen haben, aber damit können wir klarkommen."

Als sie in der Hütte waren, ließ sich Lauren auf den schmutzigen Holzboden sinken. „Dem Himmel sei Dank. Ich glaube nicht, dass ich es noch einen Meter weiter geschafft hätte.“

Sam ließ den Rucksack auf den Boden gleiten, schulterte das Gewehr aber erneut. „Legen Sie sich noch nicht schlafen“, warnte er Lauren, als die ihren Kopf auf den Matchbeutel bettete. „Ich will erst Holz holen, damit wir hier ein Feuer machen können. Durchsuchen Sie in der Zwischenzeit das Paket, um festzustellen, was wir an Lebensmitteln haben. Es sollte sich auch eine Zeltbahn darin befinden. Breiten Sie die auf dem Boden aus, und legen Sie alles darauf, damit wir eine Bestandsaufnahme machen können. Und wenn Sie schon dabei sind, sollten Sie Ihre Schnittwunde säubern. So wie ich Bob kenne, ist in dem Paket auch ein Verbandskasten. Und bleiben Sie verdammt noch mal wach, damit Sie mir nicht erfrieren. Bei diesen Temperaturen dauert das nicht lange.“

„Okay, okay, Sie müssen nicht so unfreundlich zu mir sein“, murmelte Lauren. Sie setzte sich wieder hin, zog den Rucksack zu sich und öffnete den Reißverschluss.

Rund um die Hütte gab es genug Bäume, und Sam war fast sicher, dass sich in Bobs Überlebenspaket auch eine kleine Axt befand. Doch im Moment würde er sich damit begnügen, abgebrochene Zweige zu sammeln. Wenn das Feuer erst einmal brannte, konnte er immer noch dickere Äste schlagen.

Er ging mit großem Eifer ans Werk, wurde dabei aber nicht nur von der Notwendigkeit dieser Arbeit angetrieben, sondern auch von dem Bedürfnis, die Wut und die Trauer zu unterdrücken, die seit dem Absturz auf ihn einstürmten.

Sam trug mehrere Arme voll Holz in die Hütte, bis er sicher war, dass sie für die nächsten Stunden ein Feuer nähren konnten. Er drückte die Tür zurück in den Rahmen und stützte sie mit einem gut einen Meter langen Stück Holz ab. Dann kauerte er vor dem Kamin nieder.

Er schob den Kopf so weit wie möglich in den Kamin und sah nach oben. Zum Glück hatten die Erbauer dieser Hütte schon vor langer Zeit daran gedacht, ein Metallgitter einzubauen, das Vögel und andere Tiere fernhielt.

Sam zerbrach ein wenig totes Holz, das zum Anzünden diente. Darüber häufte er Unterholz, Gestrüpp und kleine Zweige auf. Als er über die Schulter blickte, sah er Lauren, die ihren Oberkörper umklammert hielt und vor und zurück wippte, während sie versuchte, wach zu bleiben. Den Verbandskasten hatte sie offensichtlich gefunden, aber bei dem Versuch, die Wunde zu säubern, hatte sie das Blut lediglich über Stirn und Schläfe verschmiert.

„Haben Sie Streichhölzer entdeckt? Oder irgendetwas anderes, um ein Feuer anzuzünden?“

Sie sah ihn gedankenverloren an und blinzelte. „Ähm ... ich glaube, ich habe was gesehen ... ja, hier sind sie.“ Sie nahm eine Streichholzschachtel und warf sie ihm zu.

Minuten später loderte im Kamin ein Feuer, und Sam konzentrierte sich auf den Inhalt des Rucksacks.

„Mal sehen, was wir da haben“, sagte er leise. Sein Blick huschte über die Gegenstände, die auf der Zeltbahn ausgebreitet lagen. Er dankte stumm seinem alten Freund Bob, dass der so vorausschauend gehandelt hatte. „Ein Topf und eine Bratpfanne, Küchenutensilien, Streichhölzer, Kompass, Fernglas, gewachster Docht.“

Sam hielt inne, als er den Docht sah. Ein stechender Schmerz durchfuhr ihn. Bob war fantastisch darin gewesen, ein Feuer zu entfachen, und bei jedem gemeinsamen Campingausflug hatte sein Freund zahlreiche dieser Anzünder in seinem Gepäck gehabt.

Er biss die Zähne zusammen und verdrängte den Schmerz und das Bild vor seinem geistigen Auge, das seinen Freund tot im Cockpitsitz zeigte. Stattdessen konzentrierte er sich darauf, jedes Teil zu begutachten.

„Axt, Drahtfallen, Schlafsack, Verbandskasten, drei Seile, ein Klappmesser, ein Messer mit fest stehender Klinge, gewachster Zwirn, eine Ahle, eine Rolle Nylonfaden. Sieht so aus, als hätten wir sieben bis acht Kilo Nahrung. Eier, Fleisch, Fleisch mit Gemüse, alles gefriergetrocknet. Außerdem jeweils ein halbes Pfund Dörrfleisch, Bohnen, Reis und Haferbrei. Und ein Fläschchen mit Vitamintabletten.“ Sam verzog den Mund. Bob war schon immer ein Gesundheitsfanatiker gewesen.

„Wie lange wird das für uns beide reichen?“ fragte Lauren und betrachtete skeptisch die Lebensmittel.

„Eine ganze Weile, wenn wir hier bleiben. Aber sobald wir weitermarschieren, steigt unser Kalorienbedarf ganz massiv. Wenn wir frisches Fleisch dazubekommen, schaffen wir das schon.“

„Und wie wollen Sie das beschaffen? Sie können doch nicht in einem Schneesturm auf die Jagd gehen.“

„Schon mal was von Fallen gehört? Wenn ich in einem Radius von dreißig Metern um die Hütte acht oder zehn davon auslege, stehen die Chancen gut, dass wir etwas fangen." Er tastete die Taschen seines Parkas ab, seine Miene verfinsterte sich. Er begann lauthals zu fluchen.

Lauren zuckte zusammen. „Was? Was ist los?"

„Ich habe mein Mobiltelefon verloren. Es muss mir beim Absturz aus der Tasche gefallen sein. Verdammt!" Er sah Lauren an. „Ich nehme nicht an, dass Sie eines haben?"

„Nein." Ein Mobiltelefon gehörte seit einiger Zeit zu dem Luxus, den sie sich nicht mehr leisten konnte.

„Na gut." Er nahm die Axt und stand auf. „Das Tageslicht reicht noch, dass ich für die Nacht Feuerholz schlagen kann. In der Zwischenzeit können Sie uns was zu essen kochen."

„*Ich* soll kochen?"

Er blieb an der Tür stehen und warf ihr einen Blick zu, der völlige Missachtung vermittelte. „Lassen Sie mich raten. Sie können nicht kochen."

„Na ja ..."

„Ach, stimmt ja. Ich hatte vergessen, dass Ihre Begabung sich auf andere Gebiete erstreckt."

Sie runzelte die Stirn angesichts seines sarkastischen Tonfalls. „Wenn Sie das Klavierspielen meinen, dann ja. Ich lerne gerade all die anderen Dinge wie Kochen oder den Haushalt zu führen. Ich bin darin noch nicht sehr gut."

Sam sah auf die Päckchen mit gefriergetrocknetem Essen. „Geben Sie einfach den Inhalt eines dieser Päckchen in einen Topf mit heißem Wasser, und erhitzen Sie das Ganze so, wie es auf der Packung steht."

„Aber … das einzige Wasser war in dem Kanister, und den haben wir auf dem Weg hierher leer getrunken."

Sam starrte sie eine Zeit lang an und schüttelte den Kopf. „Haben Sie eigentlich von gar nichts eine Ahnung? Um Himmels willen, sehen Sie sich doch um. Ringsherum ist alles voller Schnee. Schaufeln Sie ihn in den größten Topf, den wir haben, und stellen Sie den ans Feuer, bis der Schnee geschmolzen ist. Das machen Sie so oft, bis Sie genug Wasser haben", herrschte er sie an.

Dann trat er den Stamm zur Seite, der die Tür geschlossen hielt, öffnete sie so weit, dass er nach draußen gelangen konnte, und zog sie von außen zu.

Lauren starrte ihm nach. Sie fühlte sich verletzt, verärgert und minderwertig.

Wie sollte sie auf einem offenen Feuer kochen? Sie hatte ja nicht einmal den Elektroherd und die Mikrowelle in ihrem Apartment in den Griff bekommen. Bis vor zehn Monaten, als man sie aus dem Krankenhaus entlassen hatte, war es ihr nie in den Sinn gekommen, Wasser zu kochen.

Sie stand müde auf, nahm Topf und Pfanne hoch und ging zur Tür.

Als sie nach draußen in den Schneesturm trat, der ihr die Sicht nahm, musste sie nach Luft ringen. In der kurzen Zeit, die sie in der Hütte verbracht hatten, war der Blizzard erheblich stärker geworden. Er traf sie mit solcher Wucht, dass sie fast umgerissen worden wäre, und er heulte wie eine Todesfee, während er den Schnee unermüdlich umherwirbelte. Es wurde allmählich dunkel, so dass man nur noch ein paar Meter weit sehen konnte.

Lauren blickte sich um und versuchte in dem Wirbel aus Schneeflocken Sam ausfindig zu machen, aber es war hoffnungslos. Furcht ergriff von ihr Besitz. Wie wollte er jemals den Weg zurück zur Hütte finden?

Nein, nein, darüber wollte sie nicht nachdenken. Sam Rawlins war erfinderisch. Er konnte auf sich selbst aufpassen. Außerdem war er viel zu hart und zu gemein, als dass er sich vom Tod unterkriegen ließe.

Sie hielt ihren Blick fest auf den schwachen Lichtschein gerichtet, der durch das einzige Fenster der Hütte nach draußen drang. Dann machte sie zwei Schritte vor und füllte beide Töpfe mit Schnee, bis sie überquollen.

Sie erhob sich und sah sich noch einmal nach Sam um, abermals ohne Erfolg, und schließlich kehrte sie in die Hütte zurück.

Lauren war erstaunt, wie wenig Wasser von einem Topf voller Schnee übrig blieb. Sie musste mehrmals die Hütte verlassen, ehe der große Topf gefüllt war, aber wenigstens hielt diese Arbeit sie wach. Obwohl sie sich nicht nach Sam umsehen wollte, machte sie es trotzdem jedes Mal.

Nach der letzten Runde legte sie etwas Holz nach und schob den Topf näher ans Feuer. Während sie darauf wartete, dass das Wasser kochte, nahm sie ein Päckchen, das mit Fleischeintopf beschriftet war. Es wog nur ein paar Gramm, und sie konnte sich nicht erklären, wie daraus ein Eintopf werden sollte, dennoch drehte sie das Päckchen um, damit sie die Zubereitungshinweise lesen konnte.

Da es in der Hütte recht dunkel und die Schrift sehr klein

war, beugte sie sich ein wenig zum Feuer hinüber und lehnte sich dabei gegen den Matchbeutel.

Als Sam eine Viertelstunde später zurückkehrte, lag sie in sich gesunken da, das Päckchen fest mit der Hand umschlossen, die auf der Brust ruhte. Ein Stück von ihr entfernt stand der Topf auf dem Feuer, das kochende Wasser brodelte und spritzte umher.

Sie hatte den Mund leicht geöffnet, und die langen Wimpern lagen wie kleine Fächer über ihren Wangen, konnten aber die dunklen Augenringe nicht verdecken, die ein deutliches Zeichen für ihre Übermüdung waren. Das getrocknete Blut, das sie über ihre Stirn und seitlich an ihrem Gesicht verschmiert hatte, unterstrich ihre Blässe.

Sam presste die Lippen aufeinander. Sie war eine Nutte, die Gespielin eines Mafiabosses. Sie hatte kein Recht, wie ein erschöpfter Engel auszusehen.

Er ging ein wenig in die Knie und ließ das Feuerholz fallen, das so laut auf dem Holzboden aufschlug, dass sogar ein Toter von dem Lärm aufgewacht wäre.

„Wa...!“ Lauren schoss hoch und sah sich verwirrt um.

„Sie sind eingeschlafen“, sagte er vorwurfsvoll.

Sie zwinkerte kurz, dann erfüllte Panik ihren Blick. Er sah, dass sie einen Moment lang keine Ahnung hatte, wer er war und wo sie sich befand. Sie rutschte ein Stück nach hinten, aber dann kehrte die Erinnerung zurück.

Lauren sackte in sich zusammen, atmete heftig aus und fuhr sich durchs Haar. Der kunstvolle Zopf, den sie am Morgen in der Denver Police Station geflochten hatte, war mittlerweile aufgegangen. Es dauerte immer noch gut eine Minute, ehe sie Sams Worte begriff.

„Ich ... oh, das tut mir Leid. Ich habe die Anleitung gelesen und ... und darüber bin ich dann wohl eingeschlafen.“

„Verdammt, ich hatte Sie doch gewarnt!“

„Glauben Sie etwa, ich hätte das absichtlich gemacht? In den letzten zwei Tagen habe ich vielleicht fünf Stunden geschlafen. Ich habe einen Mord miterlebt, ich bin um mein Leben gelaufen, habe einen Flugzeugabsturz überlebt und bin durch knietiefen Schnee gewandert. Ich bin geistig und körperlich am Ende. Wundert es Sie da, wenn ich einschlafe?“

Es war ein halbherziger Protest, aber Lauren brachte nicht die Kraft auf, um noch hitziger zu reagieren. Ihre Augen brannten, und sie war so müde, dass sie kaum klar denken konnte.

Sam war nicht beeindruckt. „Bevor wir aus Denver abgereist sind, habe ich Ihnen gesagt, dass Sie jeden meiner Befehle befolgen sollen. Wenn Sie noch mal so einschlafen, kann es passieren, dass Sie nicht wieder aufwachen. Das Feuer hat die Hütte zwar ein wenig erwärmt, aber hier drinnen ist es immer noch eiskalt. Sie müssen lange genug wach bleiben, um etwas Heißes zu essen und mir zu helfen, eine Matratze aus Ästen und Zweigen als Unterlage für den Schlafsack herzurichten.“

„Ich werde es versuchen.“

„Sie werden es nicht versuchen, Sie werden es machen! Und warum haben Sie eigentlich den Topf bis zum Rand mit Wasser gefüllt?“ fragte er wütend, als Tropfen des brodelnden Wassers ins Feuer fielen.

Sam nahm ein Flanellhemd aus dem Matchbeutel und benutzte es als Topflappen, um den heißen Topf vom Feuer zu nehmen. Er goss ein wenig in die Bratpfanne, dann füllte er vorsichtig den Kanister auf.

„Ich ... auf der Packung steht, man soll drei Tassen Wasser nehmen. Ich war nicht sicher, wie viel das ist."

„Verstehe. Also haben Sie einfach mal den Topf bis zum Rand aufgefüllt."

„Ich ... ich habe keinen Messbecher in dem Paket gefunden."

„Richtig. Und Sie werden da auch keinen Mixer finden. Verdammt, Sie sollen etwa drei Tassen Wasser nehmen, also sollen Sie schätzen. In den Topf passt bequem die vierfache Menge. Wie wollten Sie eigentlich die Mischung umrühren, wenn das Wasser die ganze Zeit überläuft?"

„Also, ich ... tja ..."

„Vergessen Sie's. Geben Sie mir das Päckchen."

Sam schnitt es mit einem der Messer auf und schüttete den Inhalt in das heiße Wasser. Nachdem er gut umgerührt hatte, legte er den Deckel auf den Topf und stand auf. „Kommen Sie, stehen Sie auf. Wenn Sie sich nicht bewegen, schlafen Sie nur wieder ein. Sie können an der Tür aufpassen, während ich das übrige Holz und Gestrüpp hereinhole, das ich draußen aufgestapelt habe." Er blieb stehen und sah sie spöttisch an. „Das bekommen Sie sicher hin, oder?"

Lauren warf ihm einen wütenden Blick zu, stand auf und wankte zur Tür.

Als er sämtliches Holz und Gestrüpp in die Hütte gebracht und einen Teil davon ins Feuer geworfen hatte, war der Eintopf fertig. Zu den Küchenutensilien, die Bob Halloran zusammengepackt hatte, gehörten zwei tiefe Aluminiumteller, die auch als Schüsseln dienen konnten, Plastikgabeln und -löffel und ein Kochlöffel. Sam zog den Topf vom Feuer und verteilte den Eintopf auf die beiden Teller, von denen er einen wortlos an Lauren weiterreichte.

Sie aßen, ohne etwas zu sagen und ohne sich anzusehen. Zu ihrer Verwunderung bestand die dickliche Masse aus Fleisch, Kartoffeln und Gemüse und schmeckte recht gut. Auf jeden Fall schmeckte sie besser als alles, was sie in ihrer Küche bisher zu Stande gebracht hatte. Allerdings war sie auch so ausgehungert, dass eine alte Schuhsohle wohl genauso köstlich gewesen wäre.

Jeder von ihnen bediente sich mehrfach aus dem Topf, bis sie alles aufgegessen hatten. Sam warf Teller und Löffel in den leeren Topf und wandte sich Lauren zu. „So, jetzt nehmen wir uns Ihre Schnittwunde vor."

Sie legte reflexartig die Hand auf ihre Stirn. „Was soll das heißen? Ich habe sie doch schon sauber gemacht."

„Wenn man das so sieht, würde man nie darauf kommen." Er nahm ein steriles Stück Gaze aus dem Verbandskasten, tauchte es ins warme Wasser und wischte über die Wunde. Als er mit dem Gazestück den Bereich der Wunde verließ, versuchte Lauren den Kopf zurückzuziehen.

„Was soll das?"

„Halten Sie still. Sie haben das Blut über Ihr ganzes Gesicht geschmiert."

„Oh." Sie schloss die Augen und ließ ihn gewähren, auch wenn seine Nähe sie nervös machte. Er war zu nah. Auf ihren Wangen spürte sie seinen feuchten, warmen Atem. Der frische

Geruch der freien Natur hing an ihm und vermischte sich mit seinem männlichen Duft. Seine Hände fühlten sich auf ihrem Gesicht rau und kalt an.

Er verteilte eine Salbe auf dem Schnitt und klebte ein Pflaster darauf. „So, das ist schon besser“, sagte er und schloss den Verbandskasten. Lauren machte die Augen auf und atmete erleichtert auf, als sie sah, dass Sam aufstand und sich von ihr entfernte.

„Meinen Sie, Sie bekommen den Abwasch in den Griff, während ich mich um die Matratze kümmere?“

Lauren ärgerte sich über seinen Tonfall, aber sie hob trotzig das Kinn und erwiderte kühl: „Natürlich.“

Sie hatte keine Ahnung, wie sie diese Aufgabe erledigen sollte, wenn ihr nur eine Pfanne mit warmem Wasser zur Verfügung stand. Aber das würde sie diesem Mann gegenüber nicht zugeben. Er war schon so gehässig genug zu ihr, da musste sie ihm nicht noch einen Grund mehr liefern.

Sie nahm einen der Teller und tauchte ihn in die Pfanne.

„Nein! Doch nicht so!“ brüllte Sam so laut, dass sie zusammenzuckte. Er riss ihr den Teller aus der Hand und warf ihn zurück in den Topf, nahm die Pfanne und goss dann ein wenig Wasser über die benutzten Teller. „Waren Sie noch niemals beim Camping?“ rief er ungeduldig.

„Nein, das war ich nicht.“

„Das wundert mich auch nicht. Hören Sie, der Sinn der Sache ist der, alles so einfach und praktisch wie möglich zu machen. Sie sparen Wasser, und Sie laden sich keine zusätzliche Arbeit auf. Die Bratpfanne ist sauber und mit Wasser gefüllt, das wir später vielleicht noch gebrauchen können. Der Topf muss ohnehin gespült werden, also machen Sie alles andere in ihm sauber. Das ist nichts weiter als simple Logik", sagte er in einem Ton, als wolle er einem Idioten etwas erklären.

„Und wie soll ich es sauber machen?"

Wortlos brach Sam einen Schößling von dem gesammelten Gestrüpp ab und gab ihn ihr. „Wenn alles so sauber wie möglich ist, gehen Sie mit den Sachen nach draußen und erledigen den Rest, indem Sie Schnee nehmen", wies er sie an und konzentrierte sich auf einen Berg aus kurzen Fichtenzweigen.

Wut und Ärger waren das Einzige, was Lauren davon abhielt, im Stehen einzuschlafen. Sie wollte glauben, dass Agent Rawlins das wusste und absichtlich so spöttisch mit ihr redete, damit sie wach blieb. Sie wollte es glauben, aber tief in ihrem Inneren vermutete sie, dass seine Bemerkungen nichts mit irgendeiner derartigen Absicht zu tun hatten, sondern aus reiner Antipathie entstanden.

Während sie wütend den Abwasch erledigte, packte Sam ihre Vorräte zurück in den Rucksack und widmete sich dann weiter den Fichtenzweigen. Nachdem Lauren fertig war, sammelte sie das Geschirr zusammen und ging zur Tür.

„Augenblick, wohin wollen Sie denn jetzt?"

Sie blieb stehen und warf ihm über die Schulter einen zornigen Blick zu, während er aufstand und zu ihr kam. „Sie haben mir gesagt, dass ich das Geschirr draußen im Schnee fertigspülen soll."

„Ja, aber erst mal legen Sie die Sicherheitsleine an." Er nahm das Seil auf, das er neben der Tür auf dem Boden zusammengerollt abgelegt hatte. Ein Ende war mit dem Türgriff verbunden. Geschickt band er das Seil um Laurens linkes Handgelenk. „Auf die Weise kommen Sie mir in dem Schneegestöber nicht abhanden."

„Ich glaube nicht, dass das notwendig ist. Ich werde die Sachen direkt vor der Tür sauber machen."

„Ja, aber wenn Sie schon mal da draußen sind ..." Er machte eine Pause und lächelte boshaft. „Vielleicht kommen Sie ja auf die Idee, wieder die ‚Toilette' aufzusuchen. Also werden Sie sich von der Hütte entfernen. So können Sie dem Seil nachgehen und den Weg zurückfinden."

Er wandte sich ab und widmete sich wieder den Fichtenzweigen. „Sobald ich hier fertig bin, legen wir uns schlafen."

Da sie viel lieber geschlafen als gegessen hätte, war das die erste erfreuliche Nachricht des Tages. Lauren sah an ihm vorbei zu der Stelle, die nur ein Stück vom Kaminfeuer entfernt war. Sam war damit befasst, Reihen aus übereinander liegenden Fichtenzweigen in eine Form zu bringen, die vage an eine breite Matratze erinnerte. „Gut. Darauf warte ich schon lange genug."

Mit diesen Worten ging sie nach draußen in den Sturm, der um die Hütte tobte. Die Kälte traf sie im Gesicht wie eine riesige eiskalte Hand, und der Wind riss sie beinahe um. Lauren zog den Kopf ein und machte sich rasch an die Arbeit.

Als sie zurückkehrte, war Sam soeben mit der letzten Reihe aus Zweigen beschäftigt. Lauren hatte sich die Zeit genommen, um den Topf und die tiefen Teller mit Schnee zu füllen. Das Letzte, was sie wollte, war eine weitere Konfrontation mit dem Sturm, wenn sie irgendwann am Abend noch mehr Wasser brauchten.

Sam sah auf, sagte aber nichts, als sie die Tür einen Spaltbreit öffnete und sich hindurchzwängte, während sie Topf und Teller vor sich balancierte. Sie drückte die Tür hinter sich zu, ging durch den Raum, als würde sie sich auf einem Hochseil befinden, und stellte alles nahe dem Feuer ab. Dann drehte sie sich zu Sam um und stellte fest, dass er die silbrige Decke über die Matratze aus Fichtenzweigen gelegt hatte. Als er den Schlafsack darauf ausbreitete, runzelte sie die Stirn.

„Was gibt das?"

„Wonach sieht es denn aus? Ich mache das Bett fertig."

„Aber Sie haben den Schlafsack auf die Matratze gelegt. Wo wollen Sie denn schlafen?"

Sam richtete sich auf und sah sie an. „Im Schlafsack. So wie Sie."

„*Waaaas?* Geht es Ihnen noch gut? Meinen Sie etwa, ich würde mit Ihnen in *einem* Schlafsack die Nacht verbringen?"

„Sie haben gar keine andere Wahl. Ich übrigens auch nicht. Wir haben eine Wolldecke, eine Thermodecke und einen Schlafsack. Und ein Feuer, das kaum genug Wärme verbreitet, um uns am Leben zu halten. Sie können ein Stück Fleisch in die Ecke legen, und in ein paar Minuten ist es tiefgekühlt."

„Mag ja sein, aber ..."

„Hören Sie doch einfach auf, die Tugendhafte zu spielen. Wenn man bedenkt, wer und was Sie sind, ist das eigentlich etwas albern, meinen Sie nicht auch?"

„Was soll denn das heißen?" fragte sie aufgebracht. Er konnte doch nichts über sie und Collin herausgefunden haben, dafür war gar keine Zeit gewesen. Woher sollte er etwas über ihre Beziehungen zu Männern wissen? Oder genauer gesagt:

ihre Beziehung zu einem Mann, schließlich war Collin ihr einziger Liebhaber gewesen.

Sam ignorierte die Frage. „Glauben Sie mir, es ist nicht nötig, Lady. Sie könnten sich splitternackt ausziehen und mich anflehen, es würde mich wirklich nicht interessieren."

Lauren sah ihn an. So viele widersprüchliche Gefühle gingen ihr durch den Kopf, dass sie sprachlos war. Wut und Ablehnung waren die stärksten Empfindungen, aber gleichzeitig war sie so erleichtert, dass ihre Beine unter ihr wegzuknicken drohten.

Sie saß auf einem Berg fest, umgeben von einem heftigen Schneesturm, von dem niemand wusste, wann er sich endlich legen würde. Sie war allein mit einem schroffen, harten Mann, den sie kaum kannte. Sie war ihm völlig ausgeliefert, da sie wusste, dass sie ohne ihn sterben würde. Wenn er sich ihr auf sexuelle Weise genähert hätte, wäre es ihr nicht möglich gewesen, ihn abzuwehren. Das wussten sie beide.

Unter diesen Umständen konnte sie sich glücklich schätzen, dass er sie offenbar abstoßend fand.

Sie war abstoßend, ganz sicher.

Trotzdem hätte er das nicht so offen zeigen müssen. Sie hatte sich noch nie für den Typ Frau gehalten, der Männer vor Lust in den Wahnsinn treibt, aber bislang hatte auch noch niemand sie so behandelt, als wäre sie ein Troll. Es war beleidigend.

„Jetzt stehen Sie nicht da wie eine beleidigte Jungfrau", brummte Sam. „Ich bin müde und ich möchte ein wenig die Augen zumachen. Also etwas Tempo, wenn ich bitten darf. Ziehen Sie die Stiefel aus, und kriechen Sie in den Schlafsack."

Sie wusste zwar, dass er Recht hatte und er keine Annäherungsversuche unternehmen würde, dennoch machte es die Situation nicht erträglicher. Lauren war jedoch zu erschöpft, um sich mit ihm zu streiten. Wenn sie endlich Schlaf bekommen konnte, war sie sogar bereit, sich ein Bett mit Freddy Krueger zu teilen.

Sie mied es, Sam anzusehen, zog ihre Stiefel aus und stieg in den Schlafsack. Sie rutschte so weit an den Rand, wie es ging, und versuchte eine bequeme Haltung zu finden, dann schloss sie die Augen. Beim zweiten Atemzug war sie bereits eingeschlafen.

Sam betrachtete sie, als er neben ihr stand. Sie lag zusammengerollt auf der Seite, mit dem Gesicht zum Feuer, die Wange auf den übereinander gelegten Händen, ihr Gesicht völlig entspannt.

Die Flammen zeichneten wechselnde Muster auf ihre ebenmäßigen Gesichtszüge und warfen an manchen Stellen tiefe Schatten, während sie andere Partien golden aufleuchten ließen. Aber das half nicht, um ihre Blässe zu überdecken, die ihre Ursache in der völligen Erschöpfung hatte. Das Pflaster auf ihrer Stirn bildete einen krassen Gegensatz zu ihrer Haut.

Einzelne Strähnen ihres dunklen Haars waren ihr ins Gesicht gefallen. Ihre sinnlichen, ungeschminkten Lippen waren leicht geöffnet. Er konnte ihre Zähne und die Spitze ihrer Zunge sehen. Lauren sah völlig unschuldig und verwundbar aus.

Sams Mundwinkel zuckten. Das beweist nur wieder, dass der schöne Schein trügt, dachte er und ging zur Tür.

Minuten später kam er zurück, nachdem er sich kurz in die Büsche geschlagen hatte, und stellte fest, dass Lauren sich keinen Millimeter bewegt hatte. Ihr Atem war so langsam und flach, dass er kaum bemerken konnte, wie sich ihre Brust gleichmäßig hob und wieder senkte.

Sam ging um sie herum, hockte sich vor das Feuer und legte mehr Holz nach. Als die Flammen auf die neuen Äste übergegriffen hatten, schnürte er seine Stiefel auf und zog sie aus. Dann nahm er die Filzeinlagen heraus, die ihn zusätzlich vor der Kälte schützten, und legte sie ans Feuer, damit sie durch und durch trocken werden konnten.

Um die wenige Wärme optimal zu nutzen, hatte er den Schlafsack nahe an den Kamin gelegt, damit er in der Nacht über Lauren hinweggreifen und Holz ins Feuer werfen konnte, ohne das Lager verlassen zu müssen. Sie war sich der Zweckmäßigkeit wohl kaum bewusst, aber er wusste sie durchaus zu schätzen.

Er ging wieder um sie herum, schlüpfte von der anderen Seite in den Schlafsack und zog den Reißverschluss zu. Er drehte sich auf die Seite, ließ einen Arm ums Laurens Taille gleiten und legte sich direkt hinter sie, schob seine Knie in ihre Kniekehlen und zog sie an sich. Sie war klein und zierlich und passte sich genau an seinen Körper an. Ihr Kopf ruhte unter seinem Kinn, ihr Po drückte gegen seine Lenden, ihr Körper schmiegte sich vom Kopf bis zu den Füßen gegen seinen.

Sam drehte den Kopf ein wenig, als eine ihrer seidigen Haarsträhnen ihn an der Nase kitzelte. Mit jedem Atemzug drang ihm ihr frischer Geruch in die Nase – eine Mischung aus dezentem Shampoo und dem Duft einer Frau.

Allmählich erreichte ihn ihre Körperwärme und bahnte sich ihren Weg durch die zahlreichen Schichten Kleidung, die sie beide trugen. Obwohl sie so dick eingepackt war, konnte er ihre weiblichen Rundungen so gut spüren, dass sein Körper zu seinem großen Ärger wie der eines jeden gesunden Mannes zu reagieren begann.

Sam biss die Zähne zusammen. Auch wenn sie nicht dem für Carlo typischen Typ des silikonbestückten Hohlköpfchens entsprach, war sie doch allem Anschein nach die neueste Bettgespielin des Mafiabosses. Und er wollte sich von ihr nicht scharf machen lassen.

Die Ermahnung half nicht. Nicht im Mindesten.

Lauren machte das ganz offensichtlich nichts aus, da sie so fest schlief, dass sie sich nicht einmal rührte.

Sam schnaubte leise. Wenn überhaupt, dann hätte er derjenige sein müssen, der sich über die Art ihres Nachtlagers hätte beklagen müssen, nicht sie. Wenn es eine andere Wahl gegeben hätte, dann hätte er sie nur zu gern genutzt. Auch wenn seine Hormone völlig verrückt reagierten, wollte er nicht in der Nähe dieser Frau sein. Was ihn betraf, war sie ein Job, weiter nichts.

Er war zwar nicht so lange um den Schlaf gebracht worden wie Lauren, aber es war gut neunzehn oder zwanzig Stunden her, dass Harvey Weiss ihn früh am Morgen aus dem Bett geholt hatte. Trotzdem konnte er nicht einschlafen. Er lag reglos da, starrte ins Feuer und dachte über die missliche Lage nach, in der sie sich befanden.

Er musste sie lebend von diesem Berg herunterbringen und in ein sicheres Haus schaffen, und zwar schnell. Es würde nicht einfach werden, erst recht nicht mit einer verwöhnten Frau, die keinerlei Erfahrung mit dem Leben in der freien Natur hatte. Die – wenn man es genau nahm – keinerlei praktische Fähigkeiten vorweisen konnte. Außer vielleicht im Bett.

Für den Augenblick waren sie in Sicherheit, sowohl vor dem Wetter als auch vor Giovessis Leuten. Lauren war das auch klar. Deswegen hatte sie sich so völlig entspannen und ihrem Körper den Schlaf gönnen können, nach dem der verlangt hatte.

Sobald sich der Sturm legte, konnte sich das allerdings schlagartig ändern. Das wusste sie jedoch nicht, und er hatte es ihr nicht gesagt.

Sie war davon ausgegangen, dass der Ausfall der Motoren, der das Flugzeug zum Absturz gebracht hatte, ein Unfall gewesen war. Er hatte sich dazu nicht geäußert, konnte allerdings nicht an einen Zufall glauben.

Bob war fast schon fanatisch gewesen, was Sicherheitsüberprüfungen und Wartungen anging, und er hatte dafür gesorgt, dass sein Flugzeug immer in Topform war. Dass beide Motoren nach nur einer knappen Stunde Flug innerhalb weniger Minuten ausgefallen waren, als sie sich genau über der Gebirgskette befunden hatten, konnte nur eines bedeuten.

Wenn jemand so nahe herangekommen war, dass er die Maschine hatte sabotieren können, dann hatte er auch dafür gesorgt, dass man ihre Position mitverfolgen konnte. Er war sicher, dass jemand nach dem Wrack suchen würde, um festzustellen, ob Lauren tot war. Das Wetter musste bloß noch aufklaren.

Er hatte nicht vor, Lauren von seiner Vermutung zu erzählen. Dieses Wissen würde sie nur noch zusätzlich ängstigen. Im Moment musste sie nur so viel wissen wie unbedingt nötig.

Unbewusst rieb er sein Kinn an ihrem Kopf, wodurch ihre Haarsträhnen sich in seinen Bartstoppeln verfingen. Sobald der Sturm vorüber war, musste er zum Flugzeug zurückkehren und die Wanze finden, für den Fall, dass diese die Explosion unbeschadet überstanden hatte, bevor Giovessis Leute die Absturzstelle lokalisierten. Wenn ihm das nicht gelang und sie nur zwei verkohlte Leichen im Wrack fanden, dann würde ihnen klar sein, dass er und Lauren überlebt hatten.

Und dann würden sie sie verfolgen.

7. KAPITEL

Am nächsten Morgen wachte Sam so wie immer vor Sonnenaufgang auf. Noch bevor er die Augen aufmachte, spürte er, dass etwas auf seine Brust drückte. Er begann zu überlegen. War das Dach eingestürzt und hatte sie im Schlaf unter sich begraben?

Da er nicht wusste, ob er möglicherweise schwer verletzt war, wagte er nicht, sich zu bewegen. Stattdessen blinzelte er vorsichtig – und hielt den Atem an.

Er lag auf dem Rücken, und Lauren lag auf ihm und schlief so fest wie ein Baby.

Ihr Kopf ruhte auf seiner Schulter, umgeben von ihrer wilden Mähne. Einen Arm hatte sie um seine andere Schulter gelegt, einer lag schlaff an seiner Seite. Ihr linkes Bein war angewinkelt und war um seine rechte Hüfte geschlungen, während das andere genau zwischen seinen Beinen lag. Und er hatte eine Erektion.

„Jesus."

Wut, Abscheu und unerwünschtes Verlangen kämpften in Sam um die Vorherrschaft. Er wollte gegen seine Erregung ankämpfen, was aber angesichts der Position dieser Frau völlig unmöglich war. „Wie du willst", knurrte er. „Du spielst das Sexkätzchen, dann beklage dich auch nicht über die Folgen."

Tief in seinem Inneren wusste Sam, dass Lauren das nicht absichtlich gemacht hatte. Sie war völlig erschöpft und schlief so fest, dass sie gar nicht wissen konnte, was sie tat. Das Ergebnis war das gleiche, und er weigerte sich, wegen seiner unfreundlichen Gedanken Schuldgefühle zu empfinden.

Er nahm ihren Arm von seiner Schulter und schüttelte ihn.

„Hey! Wachen Sie auf!"

Er hätte ebenso gut mit der Wand reden können, da Lauren keine Reaktion zeigte. Er stieß einen Fluch aus und rollte sich zur Seite weg, woraufhin sie auf dem Rücken landete. Sie seufzte, rollte sich zusammen und schlief ungerührt weiter.

Sam zog den Reißverschluss des Schlafsacks auf und kletterte heraus. Er stand auf und sah missbilligend auf die schlafende Frau. Dann wandte er sich ab und ging zum Rucksack, um zu sehen, was sich Essbares darin befand.

Einen Moment lang spielte er mit dem Gedanken, die Mischung für Rührei zu nehmen, aber als er noch einmal zu Lauren sah, änderte er seine Meinung. Er suchte das heraus, was er benötigte, dann warf er ein paar Zweige ins Feuer. Als die Flammen wieder loderten, fiel sein Blick erneut auf Lauren. Sie schlief noch immer so unschuldig wie ein Baby.

Er presste die Kiefer aufeinander und stampfte zur Tür. Verdammt! Er musste hier raus, auf der Stelle.

Nach gut einer Stunde war das Feuer im Kamin ausgebrannt, die Glut verbreitete kaum noch Wärme. Lauren wurde wach, setzte sich auf und gähnte, dann sah sie sich verschlafen um. Von Sam war nichts zu sehen. Sie streckte sich und strich sich das wirre Haar aus der Stirn. Als sie auf ihre Armbanduhr sah, riss sie erschrocken die Augen auf.

Großer Gott, sie hatte dreizehn Stunden geschlafen.

Sie kletterte aus dem Schlafsack und zog ihre Stiefel an. Mit der Metallstange stocherte sie dann so in der Glut herum, wie sie es bei Sam am Abend zuvor gesehen hatte, während sie betete, dass sie das Feuer wieder zum Auflodern bringen konnte. Sie hatte nicht die geringste Ahnung, wie sie es völlig von neuem hätte entfachen können.

Eine kleine Flamme zeigte sich, und rasch warf Lauren einen Zweig auf die Glut. Das tote Holz fing zum Glück sofort Feuer, und Lauren atmete erleichtert auf. Sie legte weitere Zweige und Äste nach, bis ein angenehm wärmendes Feuer im Kamin brannte. Stolz auf ihre Leistung durchsuchte sie ihre Handtasche, holte ein Päckchen Taschentücher und eine kleine Flasche Desinfektionslotion heraus, steckte beides in eine Tasche ihres Parkas und ging zur Tür. Während sie die Sicherheitsleine durch den Ring am Reißverschluss zog, fragte sie sich, wo Sam war. Im gleichen Moment machten sich wieder die Befürchtungen breit, die sie schon am Abend zuvor heimgesucht hatten. Wenn ihm irgendetwas zustieß ...

Nein. Nein, darüber wollte sie nicht nachdenken. Sam konnte gut auf sich selbst aufpassen. Hatte er ihr das nicht versichert? Wahrscheinlich war er irgendwo da draußen, um etwas zu unternehmen, was für ihr Überleben erforderlich war. Er würde bald wieder da sein.

In der Hütte war es ihr schon kalt vorgekommen, doch das war nichts im Vergleich zu der beißenden Kälte, die hier draußen herrschte. Beim ersten Kontakt mit dem eisigen Wind musste Lauren nach Luft ringen. Der dichte Schneefall ließ sie zwei, im Höchstfall drei Meter weit sehen, und nichts deutete darauf hin, dass sich daran etwas ändern würde. Der Schnee, der bereits gefallen war, reichte ihr bis über die Knie. Sie bahnte sich so weit einen Weg durch die pulvrige Masse, wie die Leine es gestattete, sah sich um und begab sich dann in den zweifelhaften Schutz eines Baums, um einem dringenden Bedürfnis nachzugehen.

Als sie fertig war, säuberte sie ihre Hände im Schnee und rieb dann ein wenig von der Desinfektionslotion ein. Schließlich folgte sie der Leine zurück in Richtung Hütte.

Der Schnee, den sie am Vorabend gesammelt hatte, war geschmolzen, stellte aber nur eine geringe Ausbeute dar. Sie goss das Wasser in die Pfanne, dann ging sie wieder nach draußen, um den Topf erneut zu füllen.

Das machte sie mehrere Male, und als sie endlich einen Topf voll heißem Wasser hatte, knurrte ihr Magen. Sam war noch immer nicht zurückgekehrt. Sie war fest entschlossen, sich selbst zu behaupten, nahm ein Päckchen Eipulver und las aufmerksam die Zubereitungshinweise.

Einige Zeit später nahm sie die Pfanne vom Feuer und betrachtete misstrauisch die flüssige gelbe Masse. Das konnte wohl kaum richtig sein.

Sie nahm ihren Mut zusammen, tauchte einen Löffel ein und kostete von der Masse. Erst kaute sie sehr vorsichtig, dann mit immer größerer Begeisterung. So schlecht war das gar nicht. Oder sie war so hungrig, dass ihre Geschmacksnerven alles mitmachten?

Nachdem sie eine kleine Portion der seltsam aussehenden Eierspeise und einen Streifen Dörrfleisch gegessen hatte, stellte sie den Rest neben das Feuer, um ihn für Sam warm zu halten.

Sie versuchte dessen Rückkehr geduldig abzuwarten, trotzdem sah sie alle paar Minuten auf ihre Armbanduhr. Sie schrubbte den Teller, den sie benutzt hatte, und verließ wieder die Hütte, um mehr Schnee zu holen. Sie las die Anweisungen auf allen Lebensmittelpackungen, feilte einen Fingernagel, der abgebrochen war, und sagte sich immer wieder, dass sie sich keine Sorgen machen musste. Doch je mehr Zeit verstrich, umso unruhiger wurde sie. Als Sam dann endlich zurückkehrte, war sie mit den Nerven fast am Ende und lief in der Hütte wie ein Tiger in seinem Käfig hin und her. In dem Augenblick, in dem er hereinkam, stürmte sie auf ihn los und fuhr ihn an: „Wo sind Sie gewesen?“

Sam hielt kurz inne und warf ihr einen eisigen Blick zu. „Ich habe Fallen aufgestellt.“ Er betrachtete sie von oben bis unten und kniff die Augen zu schmalen Schlitzen zusammen, als er ihre Angst wahrnahm. „Warum? Was ist passiert?“

„Nichts! Alles!“ herrschte sie ihn an. „Ich wusste nicht, wo Sie waren! Sie hätten mir sagen können, dass Sie die Hütte verlassen wollten und wann Sie wieder zurückkehren würden.“

Sam rückte die Tür zurecht und verkantete das Stück Holz hinter ihr. „Sie haben fest geschlafen, als ich aufgebrochen bin. Außerdem habe ich Ihnen gestern Abend gesagt, dass ich heute Morgen Fallen aufstellen würde.“ Er zuckte mit den Schultern, zog seine Handschuhe aus und steckte sie in die Tasche seines Parkas. Ungerührt ging er hinüber zum Kamin und streckte seine Hände aus, um sie am Feuer zu wärmen.

„Aber da draußen tobt noch immer der Sturm! Sie waren so lange fort, dass ich bereits befürchtet habe, Ihnen könnte etwas zugestoßen sein.“

Er warf ihr einen durchdringenden Blick zu. „Verstehe schon. Ihre Sorge galt nicht so sehr meinem Wohlergehen, sondern Ihrem. Sie hatten Angst, weil Sie nicht wussten, was Sie machen sollten, wenn ich schwer verletzt oder sogar tot wäre.“

Wut und Verlegenheit ließen ihre Wangen rot anlaufen. So wie er es formuliert hatte, kam sie sich unbedeutend und egoistisch vor. Genau das hatte er mit Sicherheit auch beabsichtigt.

Nachdem sie aber Schlaf nachgeholt hatte, war sie ausgeruht genug, um trotz der traumatischen Ereignisse vom Vortag wenigstens etwas von ihrem Kampfgeist wieder zu beleben.

Sie ignorierte die Hitze in ihren Wangen, hob das Kinn und sah ihn finster an. „Das ist nicht wahr. Es hätte mir sehr Leid getan, wenn Ihnen etwas zugestoßen wäre. Ihre Freunde tun mir auch sehr Leid. Das gilt für jeden, der ums Leben kommt. Aber ich werde mir von Ihnen keine Schuldgefühle einreden lassen." Je länger sie redete, umso wütender wurde sie. Mit jedem Wort wurde ihre Stimme schneidender – im gleichen Maß, wie sie sich in ihren Zorn steigerte.

„Was glauben Sie eigentlich, wer Sie sind, dass Sie mich kritisieren können? Ich habe nicht darum gebeten, hier zu sein. Ich habe mir auch nicht ausgesucht, Zeugin eines Mordes zu werden. Genauso wenig wollte ich mitten im Winter in einer kleinen, unsicheren Maschine über die Rocky Mountains fliegen. Und den Absturz habe ich auch nicht verursacht. Und vielleicht darf ich ja noch anfügen, dass ich niemanden darum gebeten habe, mein Leben schon wieder auf den Kopf zu stellen und es mir zu entreißen, nachdem ich mich einigermaßen wieder arrangiert hatte. Und ich möchte ganz bestimmt nicht in dieser gottverlassenen Wildnis erfrieren! Wenn ich deswegen egoistisch bin, meinetwegen."

„Das habe ich nicht gesagt."

„Das müssen Sie auch gar nicht. Verdammt noch mal, ich habe doch wohl das Recht, um meine eigene Sicherheit besorgt zu sein. Das wären Sie an meiner Stelle auch. Ich weiß nicht, wie ich hier draußen überleben soll. Ich kenne die Gegend nicht, ich kann nicht kochen, und ich weiß auch nicht, wo ich hier etwas zu essen finden soll. Ich habe ja nicht mal eine Ahnung, wie ich ein Feuer machen soll. Ich wüsste nicht einmal, in welche Richtung ich loslaufen müsste."

Die letzten Worte schrie sie ihm entgegen. Lauren wusste, dass ihr Zorn zum Teil eine verspätete Reaktion auf die Ereignisse der letzten sechsunddreißig Stunden war, aber das kümmerte sie nicht. Wenn sie eines aus dem Unfall gelernt hatte, der sie ihre Karriere als Konzertpianistin gekostet hatte, dann war es die Erkenntnis, für sich selbst einzutreten. Und von Agent Rawlins' Grobheit hatte sie mehr als genug hingenommen, ohne etwas zu sagen.

Sie hatte sich in ihre Wut hineingeredet und sie war für einen Streit bereit, hoffte sogar, dass es dazu kommen würde. Doch ihr Wutausbruch schien keine Wirkung auf Sam zu haben. Sein Gesichtsausdruck blieb unverändert. Er blinzelte nicht einmal.

„Ja, ja, mir wird schon nichts zustoßen." Als wäre er von dem Gespräch gelangweilt, wandte er sich ab, nahm zwei größere Zweige von dem zusehends kleiner werdenden Stapel Brennholz und warf sie in die Flammen, dann nahm er die Eisenstange und stocherte in der Glut.

Lauren starrte ihn an. „Das können Sie nicht wissen."

„Ich bin so sicher, wie es nur möglich ist." Er legte das Eisen weg, drehte sich wieder zu ihr um und sah sie mit einem Anflug von Ungeduld an. „Sehen Sie, ich bin hier draußen zur Welt gekommen. Seit ich ein Kind war, bin ich in diesen Bergen auf die Jagd und zum Angeln gegangen. Ich habe mit meinem Dad und dem Volk meiner Mutter wochenlang in der Wildnis kampiert. Ich kenne die Gegend, und ich weiß, wie man in der Wildnis überlebt. Überlassen Sie mir das Problem, wie wir von hier wegkommen, okay? Machen Sie nur das, was ich Ihnen sage."

Diese letzte Bemerkung ließ Lauren mit den Zähnen knirschen. Arroganter Kerl, dachte sie. Als ob sie irgendeine Wahl gehabt hätte. Was dachte er überhaupt, *was* sie gemacht hatte?

„Gut", gab sie schnippisch zurück. Sie ließ sich auf dem Schlafsack nieder, nahm ihre Handtasche und begann etwas zu suchen. „Ach, übrigens", sagte sie mürrisch, „ich habe Eier zubereitet, für den Fall, dass Sie Hunger haben. In der Pfanne dort am Feuer habe ich etwas für Sie übrig gelassen."

Sam sah auf die gelbliche Masse in der Pfanne, dann blickte er sie an. „*Sie* haben gekocht?"

„Ja, ich habe gekocht", erwiderte sie beleidigt, dann schnitt sie eine Grimasse. „Wenigstens habe ich es versucht. Was schief gegangen ist, weiß ich nicht. Ich habe mich genau an die Beschreibung gehalten."

Sam nahm die Pfanne hoch und untersuchte wortlos die blassgelbe Masse.

„Es schmeckt besser, als es aussieht. Ehrlich."

Sein Blick ließ erkennen, dass es gar nicht anders sein konnte, denn so schlecht, wie es aussah, konnte es gar nicht schmecken. Er griff nach der Gabel.

Ohne ein Wort zu sagen, aß Sam die flüssige Masse und nahm auch die Streifen Dörrfleisch, die sie in der Pfanne für ihn aufgewärmt hatte. Lauren beobachtete ihn, aber es war völlig unmöglich, von seinem Ausdruck auf das zu schließen, was er dachte. Als er aufgegessen hatte, goss er etwas Wasser in die Pfanne. „Nehmen Sie beim nächsten Mal etwas weniger Wasser“, bemerkte er, während er die Pfanne mit einem Zweig schrubbte.

Lauren warf ihm einen wütenden Blick zu. Auf diese Idee war sie auch schon gekommen. Hielt er sie eigentlich für völlig dumm? „Danke, ich werde mir das merken“, sagte sie, während sie vor Wut kochte. Sie hatte kein Dankeschön erwartet, auch kein Lob dafür, dass sie es wenigstens versucht hatte. Aber hätte es ihn umgebracht, zumindest höflich zu sein?

Sam ignorierte sie und widmete sich dem Unterholz. Bei mehreren dünnen Zweigen testete er die Widerstandskraft und Biegsamkeit und warf die geschmeidigsten auf einen Berg neben den Kamin. Dabei hielt er sich so weit von ihr entfernt auf, wie es möglich war, um gleichzeitig immer noch die Wärme des Feuers spüren zu können.

Laurens Züge verhärteten sich. Wer weiß? dachte sie. Vielleicht würde es einen so sturen Mann tatsächlich umbringen, wenn er sich höflich verhielt. Am Morgen zuvor, als er in den Verhörraum der Denver Police Station gekommen war, hatte er so ausgesehen, als wäre sein Gesicht aus Granit gehauen.

Mit raschen, wütenden Bewegungen holte Lauren eine Lotion aus der Handtasche und verteilte die Feuchtigkeitscreme auf Gesicht und Händen. Aus dem Augenwinkel bemerkte sie Sams aufgebrachte Blicke, während er zwei Äste auf einen Meter Länge zurechtschnitt und die kleinen Zweige entfernte. Dann legte er die so bearbeiteten Abschnitte nebeneinander und band die Enden mit einem Stück Nylonfaden zusammen.

Als er damit fertig war, teilte er einen weiteren Zweig in zwei kürzere Stücke, die vielleicht zwanzig oder fünfundzwanzig Zentimeter lang waren, und begann an beiden Enden eine flache Aussparung zu schnitzen.

Lauren fragte sich, was er da machte, aber da er sie ganz offensichtlich ignorieren wollte, beschloss sie, ihm den gleichen Gefallen zu tun.

Nachdem sie aus dem Krankenhaus entlassen worden war, hatte sie die Physiotherapie in einem Fitnesstudio in der Nähe ihres Apartments fortgesetzt. Als ihr die Vorteile eines regelmäßigen Trainings bewusst geworden waren, war es ein logischer Schritt gewesen, die Therapie auf ein umfassendes Trainingsprogramm auszuweiten. Wie bei allem, was sie in Angriff nahm, widmete sie sich dem körperlichen Training mit der gleichen Entschlossenheit und Hingabe, die sie auch bei ihrer Musik an den Tag legte. Ihr ganzes Leben hatte sich darum gedreht, zielgerichtet zu handeln, und das Training wurde schnell ein fester Bestandteil ihres Lebens.

Lauren drehte sich von Sam fort, spreizte die Beine zu einem breiten V und begann mit den Aufwärmübungen. Sie griff jeweils mit einer Hand an den Zehen des gegenüber liegenden Fußes, wobei sie sich in Hüfthöhe so weit drehte, wie es möglich war. Sie dehnte sich nach rechts und links und ließ Kopf, Schultern und Arme rotieren. Dann stand sie auf, beugte sich vor und berührte dreißigmal den Boden. Sie umfasste ein Fußgelenk und zog das Bein so weit nach oben, bis sie mit der Ferse ihren Po berührte. Das machte sie ein Dutzend Mal, dann wiederholte sie die Übung mit dem anderen Fuß.

„Jesus! Können Sie nicht mal eine Minute stillsitzen? Was

machen Sie da eigentlich?“ wollte Sam wissen, als sie auf der Stelle zu joggen begann.

„Ist das ... nicht offensichtlich? Ich halte mich fit. Ich ... gehe dreimal ... in der Woche ... ins Fitnessstudio“, stieß sie zwischen zwei Atemzügen hervor. „Um in Form zu bleiben ... muss man ... das regelmäßig ... machen.“

Sam schnaubte. „Da würde ich mir an Ihrer Stelle keine Sorgen machen. Sie haben gestern wahrscheinlich mehr für Ihren Körper getan, als Sie es in einem ganzen Monat in Ihrem Fitnesstudio für Yuppies machen.“

Lauren ignorierte die bissige Bemerkung und joggte weiter. Sollte er sich doch über sie lustig machen. Wenn sie in knietiefem Schnee von diesem Berg abstiegen, wollte sie so fit wie möglich sein. Und wenn der Marsch annähernd so wie am Vortag war, dann würde sie jedes bisschen Kraft und Durchhaltevermögen brauchen, das sie aufbringen konnte.

Eine Stunde lang joggte sie in der baufälligen Hütte. Die Welt vor dem verdreckten Fenster war auf ein blendend weißes Schneegestöber reduziert. Der Wind pfiff durch die Ritzen in den Wänden und trieb vereinzelte Schneeflocken ins Innere. Mehr und mehr bahnten sich auch Flocken einen Weg durch das Loch im Dach, das Sam behelfsmäßig abgedeckt hatte. Abgesehen von dem Bereich direkt vor dem Feuer war es in der Hütte so kalt, dass sie den Hauch ihres Atems sehen konnten. Als Lauren mit ihren Übungen fertig war und sich wieder auf den Schlafsack setzte, merkte sie nichts von der frostigen Luft.

Sie wollte Sam weiterhin so die kalte Schulter zeigen, wie er es machte, doch je länger sie ihm bei seiner Arbeit zusah, umso neugieriger wurde sie. Während sie ihre Übungen absolviert hatte, war es ihm irgendwie gelungen, die beiden langen Stücke in der Mitte zu spalten. Jetzt schob er einen der kurzen Stöcke im rechten Winkel zwischen sie, etwa jeweils fünfundzwanzig Zentimeter von den beiden Enden entfernt. Nun machte er das Gleiche mit dem anderen kurzen Stück am entgegengesetzten Ende. Je länger Lauren ihm zusah, desto mehr faszinierte sie seine Arbeit, bis sie es schließlich nicht mehr aushielt.

„Was machen Sie denn da?"

Er warf ihr einen flüchtigen Blick zu und widmete sich dann wieder seiner Beschäftigung.

„Ich fertige Schneeschuhe für uns an. Wenn der Sturm vorüber ist, müssen wir uns auf den Weg machen. Bei dem Pulverschnee da draußen werden wir die brauchen."

„Wirklich? Ich habe noch nie Schneeschuhe getragen."

„Kann ich mir vorstellen."

Sein abfälliger Ton brachte das Fass zum Überlaufen. Seit sie sich begegnet waren, hatte er sich ihr gegenüber distanziert, ja sogar feindselig verhalten. Bislang hatte sie sein Verhalten hingenommen – zum Teil, weil sie es für angebracht hielt, den Mann, der praktisch ihr Leibwächter war, nicht vor den Kopf zu stoßen, zum Teil aber auch, weil sie sich in seiner Gegenwart unbehaglich fühlte. Etwas an diesem harten, verschlossenen Mann machte sie nervös.

Durch ihre Erfahrung mit Carlo Giovessi hatte sie jedoch gelernt, dass es nichts brachte, unangenehme Wahrheiten zu ignorieren oder so zu tun, als würde es sie gar nicht geben. Von jetzt an würde sie sich ihren Problemen stellen ... und Sam Rawlins Verhalten stellte für sie ein Problem dar.

Lauren legte den Kopf schräg und sah ihn an. Inzwischen

hatte er die beiden kürzeren Stöcke zwischen die längeren gedrückt und sie zu einem länglichen Oval auseinandergebogen, das an beiden Enden spitz zulief.

„Sie können mich nicht besonders gut leiden, Agent Rawlins, oder?“

„Stimmt.“

Lauren musste nervös kichern. „Na, das war wenigstens ohne Umschweife.“

Sie hatte erwartet, dass er es abstreiten oder wenigstens einen Vorwand vorschieben würde. „Wie kommen Sie denn darauf?“ oder „Das bilden Sie sich nur ein.“ oder „Ich kenne Sie nicht gut genug, um Sie zu mögen oder nicht zu mögen.“ Mit einer so direkten Bestätigung hatte sie nicht gerechnet.

Allerdings hätte sie mit Blick auf ihre bisherige Erfahrung mit Sam Rawlins damit rechnen können, dass er eine ehrliche Antwort gab. Diplomatie und höfliche Notlügen passten nicht zum Stil dieses Mannes.

„Würden Sie mir den Grund verraten? Ich meine, Sie kennen mich kaum, und ich glaube nicht, dass ich irgendetwas gemacht habe, das eine solche Feindseligkeit rechtfertigt. Was genau stört Sie so sehr an mir?“

„Ist das wichtig? Meine Aufgabe ist es, Ihr Überleben sicherzustellen, damit Sie gegen Giovessi aussagen können. Ich soll nicht Ihr Freund sein.“

„Das verstehe ich. Aber da wir doch wohl einige Zeit zusammen verbringen werden, wäre es schön, wenn wir etwas zivilisierter miteinander umgehen könnten. Solange ich nicht weiß, was ich an mir habe, das Sie so sehr ärgert, habe ich schließlich keine Möglichkeit, etwas daran zu ändern.“

„Das können Sie gar nicht. Das Problem besteht darin, dass ich keinen Respekt vor Frauen habe, die sich an ältere Männer verkaufen. Vor allem dann nicht, wenn es sich um einen Mafiaboss handelt."

„Was?" Lauren schüttelte den Kopf, sie musste sich verhört haben. „Was haben Sie da gesagt?"

„Sie sind die Geliebte von Carlo Giovessi. Für mich ist das das Gleiche wie eine Nutte."

„*Was?*"

„Oh, jetzt kommen Sie mir nicht auf die unschuldige Tour, okay?"

„Nein, weil es *nicht* okay ist! Weil ich ganz bestimmt *nicht* die Geliebte von Mr. Giovessi bin! Ich weiß nicht, wie Sie auf diese Idee kommen, aber Sie irren sich gewaltig!"

„Das glaube ich nicht."

„Hören Sie, ich gebe ja zu, dass er mir nach dem Krankenhausaufenthalt geholfen hat, auf die Beine zu kommen. Er hat für mich ein Apartment gefunden und mir einen Wagen besorgt, den ich mir leisten kann. Er hat mich für den Job an der Universität empfohlen. Und vor ein paar Monaten hat er mir den Job in seinem Club angeboten. Aber das waren alles nur Freundschaftsdienste. Er ist Musikliebhaber, und er bewundert und respektiert Musiker. Aus seiner Sicht war der Unfall, der meiner Karriere ein Ende setzte, eine Tragödie. Er hat getan, was er konnte, um mir zu helfen. Ich habe das alles auf dem Polizeirevier zu Protokoll gegeben. Aber Mr. Giovessi unterstützt mich weder finanziell, noch ist er mein Liebhaber."

„Tut mir Leid, doch Ihre Empörung kann mich nicht vom

Gegenteil überzeugen. Die Indizien sprechen allesamt dagegen."

„Indizien? *Welche* Indizien? Nur weil ich an zwei Abenden in der Woche in seinem Club spiele, bin ich nicht automatisch seine Geliebte."

„Und was ist jeden Mittwochabend, wenn Carlo Sie in Ihrem Apartment besucht?"

Lauren sah ihn überrascht an. „Woher ... woher wissen Sie das?"

„Oder damit, dass Sie jeden Freitag und Samstag mit ihm nach Geschäftsschluss allein im Club bleiben?" legte er nach und ignorierte ihre Frage.

„Das habe ich auch schon alles längst erklärt. An den Abenden spiele ich für ihn Klavier. Darum besucht er mich auch mittwochs in meinem Apartment. Oh, ich kann das alles nicht glauben!" Lauren schloss die Augen und presste die Handballen gegen ihre Schläfen. „Ich kann es einfach nicht glauben!"

Sie sprang auf und lief in der Hütte hin und her. „Seit zwei Jahren versuche ich, unabhängig zu werden und zu lernen, auf eigenen Füßen zu stehen, und jetzt kommen Sie daher und bezichtigen mich, man würde mich als Geliebte aushalten! Alles nur, weil ich einem netten älteren Mann – jedenfalls habe ich ihn für einen netten Mann gehalten – ein paar Stunden pro Woche Abwechslung geboten haben."

„Ja, das haben Sie bestimmt gemacht."

„O nein, *so* habe ich das nicht gemeint", fauchte Lauren ihn an. „Ich habe für ihn *Klavier* gespielt, weiter *nichts*!"

„Und ich soll Ihnen auch glauben, dass er Ihren teuren Lebensstil nicht finanziert hat, richtig?“

„Meinen was? Was reden Sie da? Ich habe zwei Jobs, damit ich über die Runden komme.“

„Ah ja. Und was ist mit Ihrem Apartment?“

Lauren sah ihn verständnislos an. „Was soll damit sein?“

„Das Haus gehört Giovessi.“

„Was? Das ... das wusste ich nicht.“ Sprachlos betrachtete sie Sams dunkles Gesicht. Ein Gefühl des Unbehagens wollte sich in ihr festsetzen, aber sie schüttelte es ab und hob trotzig das Kinn. „Und wenn schon. Wenn Sie glauben, ich würde da umsonst wohnen, irren Sie sich. Ich bezahle die Miete für das Apartment, nicht Mr. Giovessi.“

„Sicher machen Sie das. Es ist bestimmt nur ein Zufall, dass er seine aktuelle Geliebte immer in genau dem Apartment unterbringt, in dem Sie wohnen.“

„Ich ...“ Die Aussage traf sie völlig unerwartet und beunruhigte sie. Diese Unruhe unterdrückte sie aber rasch. „Ja. Ja, natürlich. Das muss es sein. Das ist die einzige Erklärung.“

„Wie viel?“

„Bitte?“

„Sie haben mich schon verstanden. Wie viel Miete zahlen Sie?“

„Das geht Sie ni...“

„Wie viel?“

Lauren erkannte, dass er nicht aufhören würde, bis sie es ihm gesagt hatte. „Wenn Sie es unbedingt wissen wollen, dreihundert Dollar im Monat. Nicht dass Sie das irgendetwas angehen würde.“

„Dreihundert!" wiederholte Sam ungläubig. „Lady, das billigste Apartment in dem Gebäude kostet Sie im Monat das Zehnfache."

„Das Zehnfache ..." Das unbehagliche Gefühl entwickelte sich zu einem Schwindel, aber Lauren schüttelte trotzig den Kopf. „Nein, Sie müssen sich irren."

„Kommen Sie, Lady, ‚Estes Arms' ist ein Hochhaus der Luxusklasse. Eine der begehrtesten Adressen von ganz Denver. Es gibt eine Warteliste potenzieller Mieter. Sie können doch nicht so naiv sein und glauben, dass man dort für lächerliche dreihundert Dollar im Monat eine Wohnung bekommt. Sie müssen gewusst haben, dass Carlo Sie subventioniert hat. Mich wundert nur, dass er überhaupt Miete von Ihnen verlangt hat."

„O mein Gott, ich ... ich hatte doch keine Ahnung." Benommen und einer Übelkeit nahe ließ sich Lauren nach hinten auf den Schlafsack sinken. „Er hat mir gesagt, dass sich das Apartment in einem Gebäude befindet, das unter den sozialen Wohnungsbau fällt. Darum wäre es so günstig."

„Netter Versuch, aber sozialen Wohnungsbau gibt es in Denver nicht."

„Das ... das wusste ich nicht." Lauren schüttelte den Kopf und starrte ins Nichts. Sie hatte das Gefühl, von einem Rammbock in die Magengegend getroffen worden zu sein.

„Schön. Und wie erklären Sie das flotte kleine Auto, das Sie fahren?"

„Mr. Giovessi hat ein günstiges Angebot ...", begann sie, brach aber mitten im Satz ab, als sie Sams Gesichtsausdruck sah. Das Gefühl der Übelkeit wurde stärker und stärker. „Wollen Sie sagen ..."

„Es ist ein Luxuswagen, Lady.“ Er nannte ihr den Neupreis des Wagens, was Lauren mit einem Aufstöhnen kommentierte, dann vergrub sie das Gesicht in ihren Händen.

„Was bin ich doch für eine Idiotin gewesen“, murmelte sie. „Eine Vollidiotin. Kein Wunder, dass Sie gedacht haben ... O Gott!“

8. KAPITEL

Sam sah zu, wie Lauren sich auf ihre Seite des Schlafsacks legte und sich zusammenrollte. Sie lag da und starrte ins Feuer, wobei sie wie ein Häufchen Elend wirkte.

Er schüttelte unbeeindruckt den Kopf und machte sich wieder daran, den Rahmen der Schneeschuhe mit einem Netz aus Nylonfäden zu versehen. Wenn sie hoffte, dass sie mit dieser jämmerlichen Vorstellung sein Mitgefühl gewinnen konnte, dann war sie auf dem Holzweg.

Es verging gut eine Stunde, in der weder Sam noch Lauren ein Wort sagten. Er war in seine Arbeit vertieft, und sie rührte sich nur einmal, um den Schlafsack über sich zu ziehen und sich in ihm zu verkriechen. Wenn sie nicht ab und zu die Augen geschlossen hätte, wäre er besorgt gewesen, sie sei tot.

Gegen Mittag hatte Sam zwei Schneeschuhe fertig gestellt und war bereits mit dem dritten beschäftigt, als der Hunger ihn zu einer Pause zwang.

Er stand auf und ging um Lauren herum, damit er Holz nachlegen und das Feuer verstärken konnte, dann bereitete er eines der Fertiggerichte zu. Während er in der Hütte hin und her ging, lag Lauren noch immer reglos und stumm da, den Blick unverändert auf die Flammen gerichtet.

Sam bemühte sich, sie zu ignorieren, aber irgendwann war seine Geduld erschöpft. Er hockte sich vor den Kamin und sah sie über die Schulter hinweg an. „Um Himmels willen, werden Sie jetzt den ganzen Tag schmollen?“ raunte er.

„Vielleicht. Kümmert Sie das?“

„Nein, aber es ist Essenszeit.“

„Ich habe keinen Hunger."

„Sie werden trotzdem etwas essen. Es ist wichtig, dass Sie bei Kräften bleiben."

Sie machte den Eindruck, als wolle sie mit ihm streiten, doch einen Augenblick später seufzte sie, schob das Oberteil des Schlafsacks zur Seite und setzte auf. Dann strich sie sich einige Haarsträhnen aus dem Gesicht.

Sam verteilte das Essen und gab ihr einen der beiden Aluminiumteller.

„Ich weiß nicht, worüber Sie sich aufregen. Sie können keinem anderen die Schuld geben. Sie haben sich aus freien Stücken mit Giovessi eingelassen."

Die Bemerkung brachte ihm einen kurzen scharfen Blick ein, aber sie erwiderte nichts und aß stattdessen weiter.

„Na, kommen Sie schon. Glauben Sie wirklich, es wäre niemand dahinter gekommen, dass Sie seine Geliebte waren, nur weil Sie im Club gearbeitet haben? Glauben Sie mir, das ist eine fadenscheinige Tarnung. Carlo hat seine Frauen immer auf seiner Gehaltsliste."

„Ich habe Ihnen doch gesagt ... ach, was soll's? Mit Ihnen zu reden, ist völlig sinnlos." Sie machte den Mund zu und sah weg. Er betrachtete ihr makelloses Profil.

Die eisige Würde in ihrem Tonfall brachte ihn fast zum Lächeln. Sie saß im Schneidersitz auf dem Boden dieser Bruchbude, sie trug eine lange Unterhose und weite Winterkleidung, die ihrem Körper jegliche Form nahm, ihr Gesicht zierte nicht ein Hauch von Make-up, und ihr ungekämmtes Haar lag wirr auf ihren Schultern. Sie aß Fertiggerichte von einem Aluminiumteller, und doch schaffte sie es, so ehrwürdig wie eine Königin zu klingen und auszusehen.

Das bewies in seinen Augen einmal mehr, wie sehr Äußerlichkeiten täuschen konnten.

„Es ist Ihnen offensichtlich unangenehm, dass Ihr Geheimnis enthüllt worden ist. Aber warum interessiert es Sie, was ich denke?"

„Das interessiert mich nicht, das dürfen Sie mir glauben."

„Was ist dann Ihr Problem?"

Sie sah ihn eindringlich an. „Warum sollte ich Ihnen das erzählen? Sie würden es mir nicht glauben, Sie haben ja bereits Ihr Urteil über mich gefällt."

„Dann überzeugen Sie mich vom Gegenteil."

Lauren schnaubte und rollte mit den Augen. „O ja, als ob mir *das* gelingen könnte."

Sie aßen beide weiter. Als sie fertig waren, nahm sie ihren und seinen Teller und brachte sie zum Kamin, wo sie heißes Wasser in die Pfanne goss, und begann das schmutzige Geschirr zu schrubben.

Sam beobachtete sie und war ein wenig überrascht, dass sie das aus eigenem Antrieb gemacht hatte, ohne sich wieder von ihm auffordern zu lassen. Damit hatte er nicht gerechnet, und es machte ihn nur noch neugieriger. „Und? Werden Sie mir erzählen, warum Sie sich selbst so bedauern?" fragte er, während sie ihm den Rücken zugewandt hatte.

Sie sah ihn über die Schulter an. „Ich ergehe mich nicht in Selbstmitleid. Wenn Sie es unbedingt wissen wollen: Ich bin wütend auf mich." Sie spülte Teller und Löffel mit frischem heißen Wasser ab, dann legte sie sie zur Seite, nahm die Pfanne und ging zur Tür. „Wenn Sie mich jetzt entschuldigen würden“, sagte sie und ging um ihn herum. „Ich muss draußen die Pfanne sauber machen.“

„Lassen Sie ruhig, ich mache das später. Erzählen Sie erst mal weiter. Warum sind Sie wütend auf sich?“

Lauren seufzte, stellte die Pfanne aber zurück an den Kamin und setzte sich wieder auf den Schlafsack. „Wollen Sie sich das wirklich anhören? Damit Sie es verstehen können, muss ich sehr weit ausholen.“

Sam sah aus dem Fenster und stellte fest, dass der Schnee mit unverminderter Heftigkeit fiel und vom Sturm umhergewirbelt wurde. Er nahm den dritten Schneeschuh in die Hand und sagte: „Wir haben viel Zeit. Schießen Sie los.“

Sie zupfte an ihrer wollenen Trainingshose und betrachtete ihre rastlosen Finger. „Wie ich Ihnen schon gesagt habe, war ich ein Wunderkind. Mein ganzes Leben galt nur der Musik. Wenn ich nicht auf der Bühne stand, übte ich.“

„Weil Ihr Vater das so wollte“, warf Sam ein. Er machte sich keine Mühe, seinen ungläubigen Tonfall zu verstellen, was ihm einen weiteren eisigen Blick bescherte.

„Ja, das ist richtig. Allerdings war das nie ein Thema gewesen. Ich liebte das Klavierspiel, und das Üben machte mir Spaß. Das ist sogar heute noch der Fall ...“ Sie schüttelte den Kopf. „Egal. Worum es geht: Mein Vater hat sich immer um alles gekümmert, damit ich mich ganz der Musik widmen konnte. Und damit meine ich auch alles. Er bezahlte alle Rechnungen, buchte die Konzerthallen, arrangierte alles und regelte all die tagtäglichen Dinge des Lebens, ob wir auf Reisen waren oder ob wir uns zu Hause aufhielten, was sehr selten vorkam.“

„Wo war Ihr Zuhause?"

„Ein Apartment in New York."

„Und Ihre Mutter? Ist sie mitgereist?"

„Meine Mutter starb bei meiner Geburt."

„Das tut mir Leid."

„Ist schon gut, das konnten Sie ja nicht wissen. Mein Vater starb vor drei Jahren an einem Herzinfarkt. Ich war am Boden zerstört. Sein Assistent nahm seinen Platz ein und kümmerte sich so wie zuvor mein Vater um alles."

„Das wäre dann Collin Williams, richtig?"

Sie warf ihm einen vorsichtigen Blick zu, dann sah sie wieder auf ihre rastlosen Finger. „Ja."

„Er war mehr als nur Ihr Manager, stimmt's?"

Lauren riss den Kopf hoch. „Wie kommen Sie darauf?"

„Das sieht man Ihrem Gesicht jedes Mal an, wenn sein Name fällt."

Sie senkte erneut den Blick, aber diesmal konnte Sam den Schmerz in ihren Augen entdecken. Er wartete und beobachtete sie, doch sie schwieg. Schließlich hakte er nach: „Habe ich Recht? Waren Sie und Collin ein Liebespaar?"

„Er war mein Verlobter", erwiderte sie so leise, dass er sie kaum verstehen konnte. „Er hat um meine Hand angehalten, nachdem mein Vater gestorben war. Der Autounfall ereignete sich drei Wochen vor der Hochzeit."

„Wenn Sie mich auf die Weise davon überzeugen wollen, dass Sie nichts mit Giovessi hatten, dann haben Sie keinen Erfolg. Ich habe eher das Gefühl, dass Sie sich von einem Beschützer zum nächsten flüchten."

Wieder riss sie den Kopf hoch. „Das habe ich nicht gemacht! Das hatte damit nichts zu tun. Ich habe Collin geliebt, und er hat mich ... ich hatte gedacht, er würde mich auch lieben."

„Was ist geschehen? Er wird sich doch nicht von Ihnen getrennt haben, nur weil Ihre Karriere so plötzlich am Ende war?"

„Doch, genau so war es. Ich nehme an, ich war finanziell nicht länger interessant. Schließlich konnte ich ihm ja nicht mehr den Lebensstil bieten, den er gewohnt war."

„Der wie aussah?"

„Wir reisten um die Welt, wir waren ein Teil der Musikszene, und er badete sich im Ruhm einer Frau, die ein aufstrebender Star war. Sie müssen wissen, dass es Collin gefiel, sich mit Musikgönnern zu umgeben – den Reichen und Berühmten und den Typen aus der High Society, die Klassikkonzerte besuchen. Nach den Konzerten wurden für mich Partys veranstaltet, wir wurden in den Häusern der reichsten Familien der Welt empfangen, wir wurden zwischen zwei Konzerten in ihre Villen und auf ihre Yachten eingeladen. Es war ein sehr edler Lebensstil."

Sie blickte ins Feuer. „Collin hat nicht wirklich unsere Verlobung gelöst, er hat mich einfach verlassen." Sie zuckte mit den Schultern. Obwohl sie damit zeigen wollte, wie wenig es sie berührte, verriet sie in Wahrheit, wie sehr dieses Erlebnis sie verletzt hatte. „Und er hat all mein Geld mitgenommen, jedenfalls bis auf ein paar tausend Dollar. Ich glaube, sein Gewissen erlaubte es ihm nicht, mich in einer fremden Stadt völlig ohne Geld zurückzulassen."

„Er hat Ihre Konten geräumt und Sie sitzen lassen, während Sie im Krankenhaus lagen?“

Lauren nickte.

„Haben Sie ihn verklagt?“

Sie schüttelte den Kopf. „Nein. Ich sagte ja schon, dass er alle Rechnungen bezahlte und sich um alles kümmerte. Er hatte eine Generalvollmacht. Ich konnte nichts dagegen unternehmen.“

„Das hätte es natürlich erschwert, an ihn heranzukommen. Aber Sie hätten doch wenigstens versuchen können, ihn zu verklagen. Vielleicht würden Sie zumindest an einen Teil des Geldes kommen. Wie viel hat er denn mitgenommen?“

„Das ist ja mein Problem. Ich weiß es nicht.“ Sie verzog das Gesicht. „Ich komme mir so dumm vor, so etwas zuzugeben, aber bis zum Unfall habe ich mich nie um die finanzielle Seite meiner Karriere gekümmert. Ich musste es nie. Erst hat das mein Vater erledigt, danach Collin. Das Geld war ... einfach da. Wenn ich etwas brauchte, hatte ich ja meine Kreditkarte. Oder ich sagte Dad und später Collin Bescheid, und dann wurde das beschafft, was ich haben wollte.“

Sie atmete tief durch. „Und dann war ich auf einmal völlig allein und praktisch mittellos. Ich lag in einem Krankenhaus in einer fremden Stadt, meine Karriere war beendet. Ich konnte mich an niemanden wenden. Ich hatte keine Verwandten. Wir hatten Dutzende von Bekannten in aller Welt, aber wir waren nie lange genug in einer Stadt gewesen, um enge Freundschaften zu entwickeln. Ich hatte nicht nur ein gebrochenes Herz, ich hatte auch entsetzliche Angst.“

Das glaube ich gerne, dachte Sam. Zum ersten Mal im Leben auf sich allein gestellt. Es musste eine erschreckende Situation für eine Frau zu sein, die vom Tag ihrer Geburt an behütet und gehätschelt worden war.

Vorausgesetzt, sie erzählte die Wahrheit.

Lauren sah auf, ihre grünen Augen flehten stumm um Verständnis. „Ich wusste nicht, was ich machen oder wo ich überhaupt anfangen sollte. Ich hatte immer nur Konzerte gegeben, ich hatte nie einen Job gehabt. In meinem ganzen Leben hatte ich noch nie eine Rechnung bezahlt oder einen Scheck ausgestellt. Kochen, Saubermachen, die Bedienung einer Waschmaschine, Einkäufe – die Dinge, die jeder andere lernt – waren für mich ein Buch mit sieben Siegeln. Darum war ich auch so froh, als Mr. Giovessi sich anbot, mir bei der Rückkehr ins Leben zu helfen. Ich erklärte ihm gleich zu Beginn, dass ich kein Geld von ihm nehmen wollte, und das schien er zu respektieren. Aber ich fand nichts verkehrt daran, jede andere Art von Hilfe anzunehmen."

Sie schüttelte den Kopf. „Wie naiv ich doch gewesen bin. Noch bevor ich aus dem Krankenhaus entlassen wurde, hatte er mir den Job am College, die Wohnung und den Wagen besorgt. Ich hatte nie ein Apartment gemietet und nie ein Auto gekauft, darum dachte ich mir nichts bei den Preisen, die er mir nannte. Mir war nicht klar, dass er den größten Teil der Kosten trug. Nachdem ich den Unfall und Collins Verschwinden ein wenig verarbeitet hatte, schwor ich mir, niemals wieder von jemandem abhängig zu sein oder mir von einem anderen vorschreiben zu lassen, wie ich mein Leben zu führen hätte. Ich machte das alles zwar ziemlich spät durch, aber ich bin eine intelligente Frau, und ich wusste, dass ich alles erlernen könnte, was ich wollte, und dass es lediglich eine Frage der Zeit war."

Sie atmete laut aus. „Und da beglückwünsche ich mich die ganze Zeit selbst, was ich alles erreicht habe. Ich habe wirklich geglaubt, eine unabhängige Frau geworden zu sein, und jetzt muss ich feststellen, dass Giovessi mich ständig unterstützt hat."

Sie warf Sam einen ärgerlichen Blick zu. „Als wäre das nicht schon schlimm genug, bin ich jetzt völlig von Ihnen abhängig, sogar, was mein Überleben angeht. Wundert es Sie da noch, dass ich auf mich selbst wütend bin?"

„Wenn es Sie tröstet – ich bin über diese Angelegenheit nicht glücklicher als Sie", erwiderte Sam.

„Tatsächlich? So etwas. Darauf wäre ich nie gekommen."

Er ignorierte ihren frostigen Sarkasmus und sah sie stattdessen aufmerksam an, ob er in ihrem Gesicht auch nur eine Spur von Täuschung entdecken konnte. Aber er fand nichts. Sie saß einfach nur da und erwiderte seinen Blick. Ihr Gesichtsausdruck war eine Mischung aus störrischer Unschuld und beleidigter Würde.

Verdammt. Entweder sagte sie die Wahrheit, oder sie war die beste Lügnerin, der er je begegnet war. Von letzterer Sorte waren ihm während seiner Zeit beim FBI einige Exemplare über den Weg gelaufen, nicht aber von der Sorte, die bei der Wahrheit blieb. Darum war er auch so skeptisch, was ihre Geschichte anging.

Lauren begann sich unter seinem durchdringenden Blick zu winden. „Sie glauben mir noch immer nicht, oder?" fragte sie schließlich.

Sam nahm sich für seine Antwort Zeit.

„Sagen wir mal, ich behalte mir mein Urteil vor.“ Er nahm den Schneeschuh und machte sich wieder an die Arbeit.

Laurens Gesichtszüge verhärteten sich. „Vielen Dank für Ihr Verständnis.“ Sie stand auf, griff sich wieder die Pfanne und ging zur Tür. „Ich wusste, dass ich nur meine Zeit verschwenden würde.“

„Denken Sie an die Sicherheitsleine“, warnte Sam sie. Er machte sich nicht die Mühe, zu ihr aufzusehen, doch aus dem Augenwinkel nahm er wahr, dass Lauren herumwirbelte und ihn anstarrte. Sie stand so verkrampft da, dass sie zitterte. Er wusste, dass sie mit dem Gedanken spielte, ihm die Pfanne an den Kopf zu schleudern.

„An Ihrer Stelle würde ich das nicht machen“, warnte er sie beiläufig.

Lauren blieb länger draußen als nötig. Sam vermutete, dass sie entweder noch immer vor Wut kochte oder absichtlich trödelte, um ihn zu ärgern. Oder sie nutzte die Gelegenheit, um „die Toilette aufzusuchen“, wie sie es so schön formuliert hatte.

Seine Mundwinkel zuckten. Egal was diese Frau sonst noch sein mochte, so war sie auf keinen Fall ein hirnloses Dummchen. Auch unter diesen widrigen Umständen legte sie die Eleganz und die tadellosen Manieren einer wohlerzogenen Lady aus dem achtzehnten Jahrhundert an den Tag. Dass sie überhaupt auf die Idee gekommen war, ihm eine Pfanne auf den Kopf zu schlagen, hatte etwas Komisches an sich.

Das flüchtige Lächeln verschwand von Sams Lippen. Carlo hatte eine altmodische Einstellung gegenüber Frauen. Entweder waren sie Sünderinnen oder Heilige. Lauren war dabei genau der Typ, den er anbeten und auf ein Podest stellen würde. Vor allem, wenn sie wirklich so musikalisch war, wie sie behauptete. Der Mafiaboss war fanatisch, was klassische Musik anging.

Aber sobald es darum ging, mit einer Frau ins Bett gehen zu wollen, stand der alte Carlo immer nur auf das Grelle und Auffallende, auf Äußerlichkeiten.

Sam runzelte die Stirn. Es gefiel ihm nicht, in welche Richtung sich seine Überlegungen bewegten. Er war nicht sicher, ob er ihr ihre Geschichte abkaufen sollte. Sie konnte sich das alles auch nur ausgedacht haben, um ihr Gesicht zu wahren. Aber ihr Verhalten, die Art, wie sie sprach, diese einwandfreien Manieren, einfach alles an ihr stand für Klasse und Privileg. Vielleicht war sie aber auch nur eine verwöhnte Debütantin aus der High Society, die aufbegehrt hatte und jetzt nicht wollte, dass ihre Familie herausfand, wie tief sie gesunken war.

Diese Theorie war ein wenig weit hergeholt, und sie gefiel ihm auch nicht so recht, aber Sam ignorierte die Zweifel und widmete sich weiter seiner Arbeit. Einen Moment später sah er wieder zur Tür, dann schob er den Ärmel seines Parkas zurück und warf einen Blick auf seine Armbanduhr. Verdammt, wo blieb sie? Sie hatte jetzt mehr Zeit als genug gehabt. Stand sie da draußen und fror sich etwas ab, nur um es ihm heimzuzahlen?

Er gab ihr noch dreißig Sekunden. Wenn sie bis dahin nicht zurück war, würde er sie suchen gehen. Es würde ihn nicht wundern, wenn sie sich mit dem Seil im Unterholz verfangen und selbst gefesselt hätte.

Gerade wollte er aufstehen, als Lauren die Tür einen Spalt aufdrückte und sich hindurchzwängte. Sie war von Kopf bis Fuß mit Schnee bedeckt und erinnerte in ihrem Aussehen an einen Geist. Auf ihren Schultern und der Kapuze bildete der Schnee kleine Hügel. Das Fell am Rand der Kapuze war voller Eiskristalle, und der Schnee, der sich unter ihren Stiefeln angesammelt hatte, ließ sie etwas größer erscheinen.

Sie drückte die Tür hinter sich zu, brachte das Holzstück in die richtige Position, stampfte auf und wischte Parka und Hose ab. Als sie damit fertig war, stellte sie die mit Schnee aufgefüllte Pfanne an den Kamin. Dann zog sie die Handschuhe aus und hielt ihre Hände an das Kaminfeuer. Dabei warf sie Sam nicht einen einzigen Blick zu.

„Wenn Sie schon da stehen, können Sie gleich eine Hand voll Bohnen ins Wasser werfen, damit die aufquellen. Die gibt es nachher zum Abendessen."

Er sah noch immer nicht auf, aber aus dem Augenwinkel erkannte er, dass sie sich erneut versteifte und ihm einen zornigen Blick zuwarf. Nach kurzem Zögern nahm sie dann aber doch den Beutel mit den getrockneten Bohnen und machte das, was er ihr gesagt hatte.

Sam konzentrierte sich weiter auf den Schneeschuh, bis er seine Arbeit plötzlich zur Seite legte und aufstand. Mit einem der Messer schnitt er einen schmalen Streifen von der Thermodecke ab und teilte ihn in vier gleich lange Stücke. Eines davon schob er von unten durch den Schneeschuh, stellte seinen Fuß darauf und band es um seinen Stiefel.

„Dieser Sturm scheint vorläufig nicht nachzulassen, und uns geht allmählich das Brennholz aus", erklärte er, während er weiterarbeitete. „Ich werde mehr holen, solange es draußen noch hell genug ist."

„Ich komme mit."

Sam blieb stehen und sah sie an. „Was?"

„Ich kann Ihnen helfen", versicherte sie.

„Sie?"

Sie schob das Kinn ein wenig vor, was auf ihn den Eindruck einer königlichen Angriffshaltung machte. „Vielleicht kann ich nicht gut kochen, aber ich habe zwei Arme. Ich kann Brennholz tragen. Es gibt keinen Grund, dass Sie alles allein machen müssen."

„Meinen Sie das im Ernst?"

„Ja. Wir stecken zusammen in dieser Sache, also möchte ich meinen Teil dazu beitragen."

Er wollte ihr sagen, dass sie es vergessen solle, doch ihre stolze Kopfhaltung ließ ihn zögern. Er sah sie an und dachte darüber nach, dass sie wahrscheinlich mehr im Weg als behilflich sein würde. Aber er verstand ihren Stolz.

„Also gut, aber ich will, dass Sie die Schneeschuhe tragen. Sie müssen sich sowieso daran gewöhnen, auf ihnen zu gehen, und je früher, umso besser." Während er sprach, zog er den Schuh aus, den er sich gerade an den Stiefel gebunden hatte.

„Und was ist mit Ihnen? Sie haben nur ein Paar fertig."

„Ich schaffe das schon. Es ist wichtig, dass Sie lernen, die Schneeschuhe zu beherrschen. Sobald dieser Sturm vorüber ist, machen wir uns auf den Weg. Also kommen Sie her und stellen den Fuß hier drauf."

Während er den Schneeschuh befestigte, beugte sich Lauren vor und beobachtete jede seiner Bewegungen, um sich zu merken, wie er es machte.

Dann stand Sam auf. „Jetzt warten Sie eine Sekunde." Er ging zu dem Paket und holte ein kleine Rolle Nylonschnur heraus. „Kommen Sie zu mir, damit ich Sie an mir festbinden kann."

Lauren hob einen Fuß an, ließ ihn aber sofort wieder sinken, als ihr seine Worte bewusst wurden. Sie riss die Augen weit auf. „Was haben Sie gesagt?"

„Keine Panik. Ich stehe nicht auf Fesselspiele. Das ist nur eine Sicherheitsmaßnahme."

Er legte ihr die Schnur um die Taille, dann trat er hinter Lauren. Als er sich vorbeugte, um das andere Ende durch den Metallring eines der Reißverschlüsse an ihren Jackentaschen zu ziehen, hörte er, wie sie heftig einatmete und sich versteifte. Er sah ihr ins Gesicht.

Sie waren nur Zentimeter voneinander entfernt. Sie war blass, weil es so extrem kalt war. Nasenspitze, Wangen und Kinn waren leicht gerötet, doch das änderte nichts daran, dass ihre Haut wie Porzellan aussah. Er war nahe genug, um jede einzelne ihrer langen Wimpern und die unzähligen verschiedenen Grüntöne ihrer Augen zu sehen. Er war nahe genug, um ihren weiblichen Duft wahrzunehmen. Unterhalb ihres linken Ohrs pulsierte die Halsschlagader wie wild, während ihr Atem so flach war, dass man ihn kaum wahrnehmen konnte.

Sein Blick wanderte langsam über ihr Gesicht. Ein leichtes Zittern durchfuhr ihren Körper, doch davon abgesehen stand sie völlig reglos da. Ihre Augen hatte sie so weit aufgerissen wie ein Reh, das in ein Scheinwerferpaar blickte. Sam erkannte, dass sie die gleiche starke Anziehung fühlte, die ihm bei ihrer ersten Begegnung an sich selbst aufgefallen war. Diese Empfindung nahm sie wohl zum ersten Mal wahr, wenn ihr Gesichtsausdruck ihn nicht täuschte.

Sam sträubte sich gegen die Gefühle, die sie in ihm weckte. Aber er war auch nur ein Mensch, und die Feststellung, dass die Anziehung nichts Einseitiges war, erfüllte ihn mit tiefer Befriedigung.

Ihre Blicke trafen sich, und einige Sekunden lang konnte keiner von ihnen die Augen abwenden. Die Erkenntnis ließ die Emotionen hochkochen. Durch das Loch im Dach kam ein kalter Luftzug, der ein paar Schneeflocken hereintrug, aber die beiden nahmen nichts davon wahr.

Sams Blick wanderte hinunter zu ihrem leicht geöffneten Mund, blieb einen Moment lang dort hängen und kehrte dann zurück zu ihrer Halsschlagader. Der Drang, seine Lippen auf dieses Pulsieren zu legen und es zu kosten, war so stark, dass er wie von einem Magnet angezogen wurde. Fasziniert betrachtete er ihre zarte Haut, und während seine Augenlider allmählich schwerer wurden, legte er den Kopf schräg und lehnte sich gegen sie.

Ob es daran lag, dass sich ihre Augen minimal weiteten, oder an dem Knacken eines Holzscheits im Kamin, dass der Zauber dieses Augenblicks ausgelöscht wurde, wusste Sam nicht. Und er wollte es auch nicht wissen. Er war nur froh darüber, dass er wieder zu Sinnen gekommen war.

Er riss den Kopf zurück und beschäftigte sich erneut damit, das Seil an ihrem Parka festzumachen.

„In einem solchen Sturm kann man nur zu leicht die Orientierung verlieren", sagte er schroff. „Wenn Sie sich mehr als zwei Meter von mir entfernen, sind Sie schon verloren, also lege ich Sie an die Leine."

„Ich ..." Ihre Stimme versagte, und sie musste sich räuspern. „Ich verstehe. Aber ... aber was ist mit Ihnen?" stammelte sie. „Sie könnten sich doch genauso gut verlaufen."

Sam atmete erleichtert auf. Sie hatte ebenfalls beschlossen, so zu tun, als hätte es diese hitzigen Sekunden gerade eben nie gegeben.

„Nicht so ganz. Ich habe einen sehr guten Orientierungssinn. Vielleicht liegt das daran, dass ich zur Hälfte indianischer Abstammung bin. Außerdem ist mein Dad mit mir oft auf die Jagd gegangen, als ich noch ein Kind war. Und er hat mir einiges über die Wildnis beigebracht."

„Sie sind zum Teil indianischer Abstammung? Wirklich?" Sie legte den Kopf schräg und betrachtete ihn, als gehöre er zu einer faszinierenden neuen Spezies. „Ich bin noch niemals jemandem begegnet, der amerikanische Ureinwohner unter seinen Vorfahren hat. Welcher Stamm?"

Er sah sie aus dem Augenwinkel an und erwartete fast schon eine verächtliche Äußerung. Oder Mitleid, was noch schlimmer war. Er hatte das alles bereits oft genug mitgemacht. Auch in diesen angeblich so aufgeklärten Zeiten gab es viele Menschen, die ihn als Halbblut bezeichneten. Manchmal hatte er sogar das Gefühl, dass sein eigener Vater so über ihn dachte.

Laurens treuherzige grüne Augen dagegen zeigten ihr Erstaunen und so etwas wie kindliche Neugier.

„Meine Mutter war eine Navajo", sagte er knapp und riss

an dem Seil, schob die Tür zur Seite und trat hinaus in den Schneesturm.

„Warten Sie!" rief sie ihm zu und machte mit ihren Schneeschuhen einige unbeholfene Schritte, da sie sonst der Länge nach hingefallen wäre.

9. KAPITEL

In den folgenden zwei Stunden waren sie so sehr mit dem Sammeln von Brennholz beschäftigt, dass sie kaum ein Wort wechselten. Es war so kalt, dass jeder Atemzug schmerzte. Sam bahnte sich seinen Weg durch den hohen Schnee und machte den Eindruck, als würde er von der eisigen Kälte und dem blendenden Schneegestöber um ihn herum gar nichts wahrnehmen. Er ging von Baum zu Baum und hackte alle kleineren bis mittleren Zweige ab, die in seiner Reichweite waren. Lauren stapfte hinter ihm her, keuchte und zitterte. Sie hatte das Gefühl, zwei Paar Stiefel übereinander zu tragen, und musste sich völlig darauf konzentrieren, das Gleichgewicht zu wahren.

Während Sam mit der Axt Zweige schlug, stapelte Lauren sie zusammen mit dem Holz, das sie fand, aufeinander. Sie war froh, dass er sie an sich gebunden hatte, denn obwohl das Seil fünf oder sechs Meter lang war, verlor sie Sam bereits aus den Augen, wenn sie sich nur ein kleines Stück zu weit von ihm entfernte.

Jedes Mal, wenn sie mit einer Baumgruppe fertig waren, trugen sie das gesammelte Holz zurück zur Hütte. Dabei mussten sie bei jedem Stapel mehrere Male gehen, und als Sam endlich erklärte, sie hätten nun genug, war Lauren halb erfroren und vom Holzschleppen und vom Kampf mit den ungewohnten, sperrigen Schneeschuhen so erschöpft, dass sie kaum noch einen Fuß vor den anderen setzen konnte.

Als sie wieder in der Hütte waren, klopfte sie den Schnee

von Parka und Hose und ließ sich dann auf den Schlafsack fallen.

„Bevor Sie es sich zu bequem machen, geben Sie mir die Schneeschuhe. Ich brauche sie jetzt."

Lauren machte ein Auge auf und sah ihn an. „Sie gehen noch mal raus? Ich dachte, wir hätten genug Holz."

„Haben wir auch. Ich werde die Fallen kontrollieren. Mit ein wenig Glück haben wir Frischfleisch zum Abendessen."

Sie seufzte und wollte wieder aufstehen. „Ich gehe mit und helfe Ihnen."

„Das ist nicht nötig."

„Nein, ich möchte meinen Beitrag leisten."

„Ich weiß das zu schätzen, aber Sie müssen mir nicht bei allem helfen. Außerdem komme ich mit den Schneeschuhen besser weiter. Ich werde etwa in einer Stunde zurück sein."

Lauren wollte etwas erwidern, doch er hob die Hand.

„Hören Sie, wenn Sie unbedingt was machen möchten, dann lasse ich Sie das zubereiten, was wir gefangen haben."

Er grinste, als er ihren entsetzten Gesichtsausdruck sah. Er grinste tatsächlich! Es war ein ehrliches, unverblümtes Grinsen, das seinem schroffen Gesicht eine solche Attraktivität verlieh, dass Lauren schockiert war und ihr Herz einen Satz zu machen schien. Seine blendend weißen Zähne bildeten einen krassen Gegensatz zu seinem dunklen, unrasierten Gesicht. Und in seinen Augenwinkeln waren tatsächlich kleine Fältchen zu sehen.

„Keine Sorge, ich zeige Ihnen dann, wie das geht. Es ist ganz einfach. Sie können schon mal die Bohnen aufs Feuer stellen, damit sie weich werden."

„Ich ... äh ... okay." Sie hatte das Gefühl, soeben einen Treffer abbekommen zu haben, der ein Schwindelgefühl verursachte. Sie beugte sich vor und begann die Bindungen der Schneeschuhe aufzuschnüren.

Minuten nachdem Sam die Hütte erneut verlassen hatte, starrte sie immer noch zur Tür. Lieber Gott, was war bloß mit ihr los? Seit Collin sie vor zwei Jahren verlassen hatte, war sie Männern immer nur mit Gleichgültigkeit begegnet. Sie war einfach nicht interessiert gewesen. Sie hatte ihre Lektion gelernt, und die hatte ihr wirklich gereicht.

Aber jetzt hatte sie innerhalb weniger Stunden zweimal einen Schlag gespürt, als wäre sie vom Blitz getroffen worden. Und das alles nur wegen Sam. *Sam, um Himmels willen!* Ein sturer und misstrauischer Mann, der sie nicht einmal leiden konnte!

Nein, es würde zu nichts führen. Selbst wenn sie an einer romantischen Beziehung interessiert gewesen wäre – und das war sie ganz entschieden nicht –, dann bestimmt nicht mit diesem Mann.

Das ist der Stress, sagte sie sich. Es war die albtraumhafte Situation, in der sie sich befand. Sie hatte darüber gelesen, dass Menschen unter Stress so handelten, wie es unter normalen Umständen niemals möglich gewesen wäre. Das musste es sein. Die schrecklichen Ereignisse der letzten Tage hatten das ganz offensichtlich bei ihr bewirkt.

Lauren war zu aufgewühlt, um sich auszuruhen, wie sie es eigentlich vorgehabt hatte. Sie füllte den Kochtopf mit Wasser und gab die Bohnen dazu, dann wandte sie sich der Sache in ihrem Leben zu, die ihr am vertrautesten war und ihr wahren Trost spendete.

Zwar gab es hier kein Klavier, aber sie konnte trotzdem üben. Als sie sich wieder auf den Schlafsack setzte und ein großes Stück Holz vor sich legte, wurde ihr klar, dass sie seit fast zwei Tagen keine Note mehr gespielt hatte. Das musste ein Rekord sein. Auch wenn sie krank gewesen war, hatte sie in der Vergangenheit jeden Tag wenigstens ein paar Stunden am Klavier gesessen.

Das bewies, wie sehr ihr Leben aus den Fugen geraten war.

Sie setzte sich im Schneidersitz hin und legte die Fingerspitzen auf den Holzklotz, schloss die Augen und begann zu spielen. Ein Stück ging fließend in das nächste über, während ihre Finger sich mal schnell, mal langsam, mal grazil, mal mit viel Kraft und Gefühl bewegten. Im Unterbewusstsein hörte sie die Musik.

Auch wenn sie nur im Geist Klavier spielte, tauchte sie so sehr in die Musik ein, dass sie jegliches Gefühl für ihre Umgebung verlor. Sie merkte nicht, dass Sam zurückgekehrt war.

„Was zum Teufel machen Sie da?“ fragte er fassungslos.

Sie zuckte zusammen und sah ihn mit großen Augen an. „Sam! Sie sind schon wieder da?“

„Schon? Draußen ist es dunkel. Ich war fast eine Stunde länger unterwegs als erwartet. Ich habe mich beeilt, weil ich dachte, Sie würden sich wieder Sorgen um mich machen. Stattdessen machen Sie ... *Was* machen Sie da eigentlich?“

Selbstbewusst verzog sie den Mund. „Klavierübungen. Oh, sehen Sie mich ja nicht so an. Ich bin nicht verrückt. Man nennt das Visualisieren. Ich schließe die Augen und stelle mir vor, dass ich an einem Flügel sitze."

„Wenn Sie es sagen."

„Nein, wirklich. Ich kann regelrecht die Tasten unter meinen Fingern fühlen und die Musik hören. Wenn wir früher von Konzert zu Konzert geflogen sind, habe ich das oft so gemacht."

„Das muss ja für die anderen Passagiere sehr unterhaltsam gewesen sein."

„Sie müssen das nicht so abfällig sagen. Es *funktioniert*! Es ist zwar nicht so gut wie Übungen an einem richtigen Klavier, das gebe ich ja zu. Immerhin ist es besser als nichts. Für eine Pianistin ist das tägliche Üben sehr wichtig, aber seit dem Unfall ist es für mich sogar unverzichtbar geworden. Sonst wäre meine Hand steifer, als sie es so schon ist, und dann könnte ich gar nicht spielen."

Er sah sie lange Zeit mit ausdrucksloser Miene an. „Und das ist Ihnen wichtig? Dass Sie spielen können? Obwohl Ihre Konzertkarriere beendet ist?"

„Natürlich. Ich könnte mir nicht vorstellen, gar nicht zu spielen. Ich glaube, mein Leben hätte keinen Sinn, wenn ich nicht mehr spielen könnte."

Er betrachtete sie so lange, bis es ihr unangenehm wurde. Schließlich nickte er und ging um sie herum, um etwas am Kamin ablegen zu können. „Wir haben Glück. In zwei der Fallen haben wir etwas gefangen."

„Was ist das?" fragte sie und rümpfte die Nase.

„Schneehasen. Ich habe ihnen draußen schon das Fell abgezogen. Wir rösten sie heute Abend auf dem Feuer, und einen hänge ich in die Ecke, damit er friert und wir für später noch was haben."

„Schneehasen? Sie meinen ... *Häschen*? O nein, ich könnte kein Häschen essen. Völlig unmöglich. Ich esse etwas von unseren Vorräten."

„Sie essen den Hasen und damit basta! Wir müssen unsere Vorräte einteilen. Außerdem enthält Hasenfleisch viel Protein und Fett, und davon werden Sie einiges brauchen, wenn wir weitergehen. So dünn, wie Sie sind, haben Sie keine Fettreserven. Jetzt kommen Sie her, und ich zeige Ihnen, wie Sie ihn rösten müssen."

Widerwillig befolgte Lauren seine Anweisungen und versuchte nicht zu würgen, als sie sah, wie er seine Handschuhe auszog und das tote Tier auf einen Aststumpf drückte. Er bohrte das Ende eines gespaltenen Zweigs in eine Ritze am Boden des Kamins und legte den Spieß in die Gabelung.

Lauren zuckte zusammen, als er ihren Handschuh abstreifte und ihre Hand um den Zweig legte. Wenn er es bemerkte, dann ließ er sich nichts anmerken. „Halten Sie den Hasen einfach nur über die Flammen und drehen ihn langsam, genau so", erklärte er und zeigte es ihr, während seine Hand auf ihrer lag. „Sie müssen ihn nur immer weiter bewegen, klar?"

„Hm ..." Sie kam sich vor, als hätte ihr Gehirn einen Kurzschluss. Seine große Hand auf ihrer beherrschte ihre Gedanken so sehr, dass sie Schwierigkeiten hatte, sich auf seine Worte zu konzentrieren. „Ich ... ähm, ja ... ich ... ich glaube schon."

„Gut. Machen Sie einfach nur so weiter, bis ich sage, dass Sie aufhören sollen."

Während Lauren langsam den in die Falle geratenen Hasen

über dem offenen Feuer schmoren ließ, arbeitete Sam am letzten Schneeschuh. Sie versuchte desinteressiert zu wirken, doch ihr Blick wanderte immer wieder zu ihm, vor allem zu seinen Händen.

Komisch, dachte sie. Ihr war noch gar nicht aufgefallen, wie schön sie waren. Wahrscheinlich lag es daran, dass er die meiste Zeit dicke Handschuhe getragen hatte. So wie sie selbst. Seine Finger bewegten sich mit unglaublichem Geschick.

War es die intime Situation, dass sie ihn so bewusst wahrnahm? Immerhin saßen sie gemeinsam auf diesem Berg fest, und wie lange das noch so bleiben würde, konnte keiner von ihnen sagen. Der einzige Mann, mit dem sie jemals so viel gemeinsame Zeit verbracht und mit dem sie das Bett geteilt hatte, war Collin gewesen.

Während sie ihn heimlich beobachtete, wurde ihr klar, dass Sam Rawlins und Collin so verschieden waren, wie es nur möglich war.

Ihr Ex-Verlobter war blond und blauäugig gewesen, etwas kleiner als der durchschnittliche Mann und eher schmächtig gebaut. Bei Sam dagegen war die indianische Herkunft nicht zu übersehen, vor allem in seinem schwarzen Haar und seiner dunklen Hautfarbe. Er war groß und muskulös, und sein Körper wies kein Gramm überschüssiges Fett auf.

Aber sie erkannte auch, dass die Unterschiede nicht nur das Äußere betrafen. Collin war von ihrem Vater angelernt worden, also nahm Lauren an, dass er als Manager etwas taugte, obwohl sie das nicht mit Sicherheit sagen konnte. Bei gesellschaftlichen Anlässen und in der elitären Welt der Klassik waren ihm sein Charme, Esprit und seine Bildung nützlich, in dieser Situation jedoch wäre er völlig hilflos gewesen. Hätte es eine Steigerung gegeben, dann wäre er sogar mehr als hilflos gewesen. Collin hätte nicht nur keine Ahnung gehabt, was zu tun war – er war nicht der Typ, der etwas ‚tat', sondern der Anweisungen erteilte. Ein Fingerschnippen oder ein Anruf beim Concierge des jeweiligen Hotels genügte, damit jemand kam und die Aufgaben erledigte, die unter seiner Würde waren.

Sam dagegen besaß Wissen und Erfahrung, und er zögerte nicht, die Ärmel hochzukrempeln, wenn etwas getan werden musste.

Er war hart und distanziert und manchmal sogar kurz angebunden, doch er war auch stark und geschickt, er wusste viele Dinge und war völlig zuverlässig.

Lauren war nicht sicher, ob sie ihn überhaupt mochte, aber mit einem kleinen Schock wurde ihr klar, dass sie ihm vertraute. Wenn das Schicksal es für sie vorgesehen hatte, dass sie in diese missliche Lage geraten war, konnte sie froh sein, Sam Rawlins an ihrer Seite zu haben.

Der Mann würde nicht nur überleben, wenn er auf einer einsamen Insel mit nichts weiter als einem Bindfaden, einer Sicherheitsnadel und einem Stück Kaugummi strandete, er würde sogar regelrecht aufblühen.

Als Sam ihr sagte, das Fleisch sei nun durch, hatte der köstliche Duft alle Bedenken verdrängt, die Lauren durch den Kopf gegangen waren, weil sie einen Hasen essen wollte. Sie merkte, dass ihr Magen knurrte. Sam tranchierte das Fleisch, verteilte es, und sie aßen im Schneidersitz vor dem Kamin, ohne ein Wort zu reden.

Eine Zeit lang hörte man nur das Kratzen des Bestecks auf

den Aluminiumtellern, das Heulen des Winds und das Knistern des Feuers.

Vielleicht waren es ihre strapazierten Nerven, vielleicht auch Langeweile oder pure Neugier, vielleicht lag es aber auch daran, dass die Menschen in ihrer Welt sich während des Essens gepflegt unterhielten. Auf jeden Fall konnte sie die Stille nicht länger ertragen.

„Sie haben gesagt, dass Sie hier in der Gegend zum Campen unterwegs waren. Sind Sie hier aufgewachsen?“ fragte sie aufs Geratewohl.

Sam wirkte überrascht. Ob es die Frage oder die Tatsache war, dass sie überhaupt etwas von sich gegeben hatte, wusste sie nicht. Er sah sie an, dann kaute er, schluckte und schnitt ein weiteres Stück Fleisch ab. „Westlich von hier. Auf einer Ranch nahe Monticello.“

„Monticello? Das liegt in ...?“

„Utah.“

„Dann haben wir den Staat verlassen?“

„Nein, wir sind noch immer in Colorado.“

Lauren sah ihn an und wartete. Allmählich wurde sie ärgerlich. Sie hatte das Gespräch eröffnet, also konnte er wenigstens etwas dazu beisteuern. Sam nahm aber den nächsten Bissen in den Mund und kaute schweigend weiter.

Na gut, er hatte es nicht anders gewollt. „Erzählen Sie mir von Ihren Eltern.“

Diesmal hob er ruckartig den Kopf. Mit seinen dunklen Augen betrachtete er sie misstrauisch. „Warum sollte ich?“

Sein forscher Ton brachte Lauren zum Lachen. „Tun Sie doch nicht so, als wollte ich Ihnen irgendwelche Staatsgeheimnisse entlocken. Ich bin nur neugierig, weiter nichts. Und ich wollte die Zeit nutzen, damit wir uns etwas besser kennen lernen können. Das ist schließlich nur fair. Sie wissen alles über mich, also darf ich jetzt auch etwas von Ihnen erfahren."

„Da gibt es einen Unterschied. Ich bin beim FBI, Sie sind eine Zivilistin, die bei polizeilichen Ermittlungen eine Rolle spielt."

„Um Himmels willen, ich bin die *Zeugin*, nicht die Angeklagte. Sie scheinen das immer wieder zu vergessen. Jedenfalls bin ich dieses eisige Schweigen leid. Ich weiß, dass Sie keine besonders gute Meinung von mir haben, und wenn ich ehrlich sein soll, würde ich Sie auch nicht in den höchsten Tönen loben. Aber wir sind nun mal zusammen, können wir da nicht einen Waffenstillstand schließen und uns wie normale Menschen unterhalten? Ist das wirklich zu viel verlangt?"

Wieder erntete sie einen dieser durchdringenden Blicke von ihm. Er sah nach unten und nahm einen weiteren Bissen. Als sie schon sicher war, dass er nicht antworten würde, überraschte er sie mit einer Frage: „Was wollen Sie wissen?"

„Erzählen Sie mir doch erst einmal von Ihrer Mutter. Wie heißt sie? Was für ein Mensch ist sie?"

„Ihr Name war Mary Morning Star Zah. Sie war klein und zierlich." Er sah sie wieder an, ein schwacher Ausdruck der Überraschung huschte über sein Gesicht. „Ein wenig so wie Sie."

„Sie sagten *war*. Heißt das ...?"

„Ja. Sie starb, als ich siebzehn war. Jedenfalls war sie klein, freundlich und schüchtern. Ich glaube, es war einer dieser Fälle von Gegensätzen, die sich anziehen, denn mein Dad ist ein sehr großer Mann. Er ist so zäh wie altes Schuhleder und hart und unnachgiebig."

Ah, das erklärt einiges, dachte Lauren. Wie der Vater, so der Sohn. Ihre Intuition riet ihr aber, diese Beobachtung besser für sich zu behalten.

„Wie sind sie sich begegnet?"

„Damals führte mein Großvater die Ranch. Wegen einer Dürre rund um Monticello fiel die Heuernte in dem Sommer sehr mager aus, während es weiter südlich genügend geregnet hatte. Mein Großvater schickte Dad los, damit er Heu bei einem Navajo-Rancher namens John Zah kaufte. Er war der Onkel meiner Mutter, und sie war zu der Zeit bei ihm zu Besuch."

„War es Liebe auf den ersten Blick?"

„Keine Ahnung, ich war nicht dabei."

„Sehr witzig." Sie warf ihm einen giftigen Blick zu, weigerte sich aber, sich von seinem Sarkasmus entmutigen zu lassen. „Also ich finde, das Ganze klingt sehr romantisch", sagte sie. „Es kommt schließlich nicht jeden Tag vor, dass ein Mann eine indianische Prinzessin heiratet und sie auf seine Farm mitnimmt, wo sie bis an ihr Lebensende glücklich zusammenleben ..."

Sam schnaubte. „Das meinen Sie vielleicht."

„Was soll das heißen?" Ein beunruhigender Gedanke kam ihr in den Sinn, und sie legte die Stirn in Falten. „Wie haben die Familien auf die Hochzeit reagiert? Es gab doch bestimmt keinen Widerstand, oder?"

„Sogar von beiden Seiten."

„Das ist ja schrecklich."

„Mag sein, aber mein Großvater Rawlins und die Familie meiner Mutter waren besorgt, dass Mary nicht glücklich werden würde, wenn sie in der Welt des weißen Mannes leben sollte.“ Sam zuckte mit den Schultern. „Sie hatten Recht.“

„O nein. Die Ehe hat nicht gehalten?“

„Nein. Meine Mutter hat sich wirklich Mühe gegeben, aber sie hat ihre Familie und das Leben im Reservat einfach zu sehr vermisst. Ich war vier, als sie sich trennten.“

„Dann sind Sie bei Ihrer Mutter im Reservat aufgewachsen?“

„Das sollte man denken, zumal die Navajos matriarchalisch ausgerichtet sind und glauben, dass Kinder zu ihrer Mutter gehören. Aber mein alter Herr wollte nicht, dass sie mich von ihm trennte. Oder besser gesagt: von der Farm. Ich war ein Rawlins, und ich war sein einziger Sohn. Seit über hundert Jahren ist die Double R von den Rawlins-Männern bewirtschaftet worden.“

Klappernd ließ Sams seine Gabel auf den leeren Teller fallen. Er stand in einer fließenden Bewegung auf und tauchte den Teller in den mit Wasser gefüllten Topf, dann hockte er sich hin, um ihn sauber zu machen.

„Ich wasche nachher ab. Erzählen Sie doch bitte erst Ihre Geschichte zu Ende“, drängte Lauren.

Er schrubbte den Teller sauber, dann nahm er den von Lauren. „Da gibt es nicht mehr viel zu erzählen“, fuhr er schließlich fort. „Meine Eltern stritten sich um das Sorgerecht, aber da die Entscheidung vor einem weißen Gericht von einem weißen Richter gefällt wurde, gewann mein Vater.“

Obwohl er so beherrscht wie immer sprach, konnte sie aus seiner Stimme dennoch Wut heraushören.

„Sie waren nicht glücklich, bei Ihrem Vater zu sein?" forschte sie nach.

„Ich war nicht unglücklich." Er sah sie an und verzog den Mund. „Mein Gott, mit Ihrem Gesicht sollten Sie besser nie Poker spielen. Sie können sich Ihre Gedanken genauso gut auf die Stirn schreiben. Es gibt keinen Grund, so besorgt dreinzublicken. Mein Vater hat mich weder misshandelt noch vernachlässigt. Wir haben uns einfach nicht verstanden. Das ist immer noch so." Er zuckte mit den Schultern. „So was kommt vor, das ist keine große Sache."

„Haben Sie beide sich oft gestritten?"

„Wir sind jeden Tag wie zwei rasende Bullen aufeinander losgegangen."

„Weswegen?"

„Alles, was Sie wollen. Wir waren nie einer Meinung. Ich konnte ihn nie zufrieden stellen. Nach einer Weile habe ich aufgehört, es zu versuchen." Er verzog die Mundwinkel. „Um ehrlich zu sein, habe ich mir große Mühe gegeben, ihn zum Kochen zu bringen. Er hasste es, wenn ich meine Mutter besuchte. Ich verbrachte sehr viel Zeit im Reservat, auch nach dem Tod meiner Mutter. Als Teenager begann ich Mokassins zu tragen und mein Haar wachsen zu lassen. Ich habe es zum Zopf geflochten, nur um ihn zu ärgern."

„Und? Hat es funktioniert?" fragte Lauren leise.

„O ja. Er befahl mir, ich solle mir die Haare schneiden, aber ich machte es nicht, obwohl ich sie eigentlich viel lieber kurz getragen hätte. Man könnte wohl sagen, dass wir beide sehr willensstark sind."

Stur passt besser, dachte Lauren und unterdrückte ein Lächeln. Sam spülte weiter, setzte sich anschließend im Schneidersitz vor den Kamin und nahm sich wieder den Schneeschuh vor. Lauren legte den Kopf schräg und beobachtete ihn, wie er arbeitete. Die weibliche Intuition war es, die sie die nächste Frage stellen ließ: „Sie glauben, dass Ihr Vater Sie wegen Ihres indianischen Bluts ablehnt, nicht wahr?"

Eigentlich war es nur ein Gedanke gewesen, den sie gar nicht hatte aussprechen wollen, aber irgendwie stand die Frage im Raum, ehe sie sie hatte zurückhalten können. Doch der Blick, den er ihr zuwarf, verriet ihr, dass sie Recht hatte.

Seine dunklen Augen bohrten sich wie Eiszapfen in sie, sein Gesicht war so reglos, dass es wieder wie aus Granit gemeißelt erschien. Er starrte sie unangenehm lange an, doch dann konzentrierte er sich wieder auf den Schneeschuh.

Lauren wusste, dass sie besser nicht weiterbohren oder wenigstens das Thema wechseln sollte. Sam wollte ihre Frage ganz offensichtlich nicht beantworten. Aber aus irgendeinem Grund konnte sie sich nicht zurückhalten. „Sie haben angedeutet, Ihr Vater habe von Ihnen erwartet, dass Sie eines Tages die Ranch übernehmen. Das haben Sie ja offensichtlich nicht gemacht. Liegt Ihnen die Arbeit auf einer Ranch nicht? War das der Grund?"

„Sie sind verdammt neugierig und hartnäckig."

„Ich denke schon." Lauren wartete eine Weile, dann hakte sie vorsichtig nach: „Also?"

„Wenn Sie es unbedingt wissen wollen: Ich liebe es, auf einer Ranch zu arbeiten. Ich hatte die Double R immer übernehmen wollen, und ich war davon ausgegangen, dass ich das eines Tages auch tun würde. Allerdings nicht zu den Bedingungen meines Vaters."

„Und was geschah?"

„Nach unserem letzten großen Streit – ich hatte das College abgeschlossen – kam ich zu der Ansicht, dass ich genug hatte. Ich verließ die Ranch und bewarb mich noch in derselben Woche beim FBI. Das war vor sechzehn Jahren, und ich habe nie zurückgeblickt."

„Aber Sie haben sich doch sicher wieder mit Ihrem Vater vertragen. Sagen Sie mir bitte, dass Sie sich ausgesöhnt haben."

„Wir gehen uns nicht gegenseitig an die Kehle, wenn Sie das meinen. Allerdings liegt das wohl nur daran, dass wir uns nur selten sprechen."

„Sie reden nicht mit Ihrem Vater?" Lauren sah ihn fassungslos an.

„Das habe ich nicht gesagt. Ich rufe ihn zwei- oder dreimal im Jahr an, meistens am Geburtstag und zu Weihnachten."

„Wann haben Sie ihn denn zum letzten Mal besucht?"

„Ich habe Ihnen doch gesagt, dass wir uns nicht verstehen. Was soll es also? Wenn wir zusammen sind, streiten wir uns am Ende doch."

„Aber ... er muss doch inzwischen ein alter Mann sein. Wie können Sie nur ...?"

„Lassen Sie es gut sein, es geht Sie nichts an." Obwohl er mit sanfter Stimme sprach, war die Warnung nicht zu überhören. Das galt auch für seinen harten Blick. Als er sicher sein konnte, dass er sie zum Schweigen gebracht hatte, wandte er sich wieder dem Schneeschuh zu.

„Es tut mir Leid, Sie haben natürlich Recht. Ich wollte auch nicht über Sie urteilen. Es ist nur so, dass mein Vater und ich uns sehr nahe standen und er mir sehr fehlt. Ich ... na ja, ich könnte mir nicht vorstellen, dass wir uns jemals so stark entfremdet hätten."

„Es sind nicht alle Familien gleich."

„Ja, sicher. Das stimmt. Verzeihen Sie bitte. Ich hätte meine Nase nicht in Ihre Angelegenheiten stecken sollen."

Eine Entschuldigung hatte er eindeutig nicht erwartet. Er starrte sie wieder an und überlegte, ob sie es ehrlich meinte und ob er die Entschuldigung annehmen sollte. Schließlich nickte er und sah wieder auf den Schneeschuh. „Es wird bald Zeit zum Schlafen. Ich schlage vor, Sie machen noch einen letzten Ausflug nach draußen."

„Okay", stimmte Lauren leise zu. Sie erhob sich, band das Seil um ihre Taille und schnürte die Schneeschuhe fest. Sie fühlte sich schrecklich, dass sie ein so düsteres Thema angeschnitten hatte. Ganz gleich, für wie unbedeutend Sam die Sache erklärte, war es offensichtlich, dass der Riss zwischen ihm und seinem Vater ihn schmerzte.

Sie fühlte sich seltsam deprimiert, als sie nach draußen ging und sich auf den Weg zur Baumgruppe machte. Komisch, wie schnell man sich an etwas gewöhnen kann, dachte sie, während sie mit eingezogenem Kopf durch die eisige Dunkelheit ging. Noch vor vierundzwanzig Stunden war sie völlig verängstigt gewesen, als sie allein aus der Hütte gegangen war. Visionen von wilden Bestien, die nur darauf warteten, sie anzufallen, waren ihr durch den Kopf geschossen. Jetzt kam es ihr schon wie Routine vor. Oder war sie einfach nur zu erledigt, um sich solche Gedanken zu machen?

Lauren beeilte sich, so sehr es ging, um zur Hütte zurückzukehren. Als sie eintrat, warf Sam ihr ein Fläschchen mit Vitamintabletten zu. „Nehmen Sie eine“, wies er sie an.

Nachdem sie ihre Schneeschuhe abgestreift hatte, legte er seine Arbeit zur Seite, zog die Schneeschuhe über und ging ohne ein Wort mit der Pfanne, in der sich das Wasser vom Abwasch befand, nach draußen.

Lauren sah ihm kopfschüttelnd nach. Sie schluckte die Tablette, putzte sich die Zähne und rieb Gesicht und Hände mit der Lotion ein. Nachdem sie ihr Haar gekämmt hatte, zog sie die Stiefel aus und schlüpfte in den Schlafsack.

Sie sah ins Feuer und spürte, wie eine emotionale Last auf ihre Brust drückte. Sam hatte Recht. Die Beziehung zu seinem Vater ging sie nichts an. Sie waren nicht befreundet. Sie war nichts weiter als eine Zeugin, die er beschützen sollte. Sie sollte sich einfach heraushalten.

Trotzdem musste sie über das nachdenken, was er ihr gesagt hatte. Sie fand es traurig und entsetzlich, dass er und sein Vater sich so auseinander gelebt hatten.

So wie sie war Sam fast nur bei seinem Vater aufgewachsen. Eigentlich hätte das die beiden enger zusammenbringen sollen. Bei ihr und ihrem Vater war das zumindest der Fall gewesen. Sie konnte sich beim besten Willen nicht vorstellen, über irgendein Thema mit ihrem Vater derart in Streit zu geraten, dass sie sich völlig von ihm abgeschottet hätte.

Ihr Vater war ein Perfektionist und manchmal auch ein

Sklaventreiber gewesen, aber sie hatte ihn von ganzem Herzen geliebt. Und er hatte sie geliebt. Ein Stich ging durch ihre Brust, als sie über die emotionale Leere zwischen Sam und seinem Vater nachdachte. Es ist einfach nicht richtig, dachte sie, während sie herzhaft gähnte.

Lauren legte die Wange so auf ihre Hände, dass es angenehmer für sie war. Ihre Augenlider wurden schwer, als ihr Körper von den Anstrengungen des Tages eingeholt wurde. Sie war bereits eingedöst, da kündigte ein kalter Windhauch Sams Rückkehr an. Erst in dem Moment begann sie über die Situation nachzudenken, die das Übernachten betraf.

In der letzten Nacht war sie zu erschöpft gewesen, um sich darüber Gedanken zu machen. Jetzt dagegen spielten ihre Nerven verrückt, als sie dalag, die Augen geschlossen hielt und sich schlafend stellte, während er durch die Hütte lief.

Sie wusste, dass sie sich etwas vormachte. Die Art, wie sie zusammen schliefen, hatte nichts Sexuelles an sich. Es war einfach nur eine Notwendigkeit, so wie er es ihr am Abend zuvor erklärt hatte.

Der Mann war ein FBI-Agent, der seine Arbeit erledigte, die darin bestand, um jeden Preis ihr Überleben zu gewährleisten. Solange sie sich in den Bergen aufhielten, bedeutete das auch, sie vor dem Erfrieren zu bewahren.

Außerdem hatte er es nicht auf sie abgesehen. Er hatte mehr als deutlich zu verstehen gegeben, dass er sie nicht mochte. Sie war für ihn nur ein Job, ein Auftrag. Sie musste sich keine Sorgen machen.

Auch wenn sie sich das alles einredete, änderte es nichts daran, dass sie nicht einschlafen konnte und jeder Muskel in ihrem Körper angespannt war, während sie darauf wartete, dass Sam sich neben sie legte. Sie hörte, wie er das Fläschchen mit den Vitamintabletten schüttelte, dann putzte er sich die Zähne. Danach vernahm sie nur noch das Knistern des Kaminfeuers, das Stöhnen des Sturms und ein gleichmäßiges, flüsterndes Geräusch. Vergeblich versuchte sie die Quelle ausfindig zu machen.

Schließlich öffnete sie die Augen einen Spaltbreit, aber sie konnte nur das Feuer sehen. Sie hob den Kopf und drehte sich um. Sam saß nur ein Stück von ihr entfernt und beschäftigte sich erneut mit dem Schneeschuh.

„Hatten Sie nicht gesagt, es ist Zeit zum Schlafen?"

„Ich möchte das erst noch fertig machen. Wenn wir Glück haben, zieht der Sturm weiter, und dann brauchen wir morgen diese Schuhe." Er warf ihr einen finsteren Blick zu. „Schlafen Sie."

Er bemerkte, dass seine Worte sie vor den Kopf gestoßen hatten, aber nun hob sie stolz das Kinn. „Jawohl, Sir, natürlich, Sir, wie Sie meinen, Sir", gab sie zurück und drehte sich um.

Sam presste die Lippen aufeinander. Verdammt. Er hatte sie nicht so anfahren wollen. Er war wütend auf sich. Er konnte nicht glauben, dass er ihr diese Dinge wirklich erzählt hatte. Bislang hatte er mit niemandem über sein Privatleben gesprochen.

Na ja, so gut wie nie, berichtigte er sich stumm und dachte zurück an eine langwierige nächtliche Observierung, die er und Todd vor Jahren durchgeführt hatten. Die Kombination aus Langeweile und Schlafentzug hatte ihn offenbar nachlässig werden lassen. Ihre ziellose Unterhaltung war schließlich auf persönliche Themen geschwenkt, und er hatte erzählt, wie schlecht er sich mit seinem Vater verstand. Schon im nächsten Moment hatte er seine Worte bereut. Todd, der einer seiner wenigen engen Freunde war, hatte das gewusst und war nie wieder auf dieses Thema zu sprechen gekommen.

Als Lauren ihn zum Reden gedrängt hatte, war er aus einer ganzen Reihe von guten Gründen darauf eingegangen. Zunächst einmal hatte sie völlig Recht. Wenn er sie lebend aus dem Gebirge an einen sicheren Ort bringen würde, müssten sie vielleicht die nächsten Monate gemeinsam verbringen. Um diese Situation für sie beide erträglicher zu machen, war es einfach erforderlich, dass sie miteinander auskamen.

Der andere Grund war nicht so greifbar, sondern eher ein Gefühl, das er nicht länger ignorieren konnte. Aus irgendeinem Grund begann er tatsächlich zu glauben, dass sie so war, wie sie sich darstellte. Er war noch nicht völlig überzeugt, aber er war auf dem besten Weg dorthin.

Sam fluchte leise. Er hatte sie als Carlos Frau abgestempelt, weil alles in diese Richtung gedeutet hatte. Es war so offensichtlich gewesen, dass er eine andere Möglichkeit gar nicht in Erwägung gezogen hatte, obwohl er das hätte machen sollen, weil man ihn für so etwas ausgebildet hatte.

Aber je länger er mit ihr zusammen war, umso mehr musste er einsehen, dass viele Kleinigkeiten nicht zusammenpassten. Sie war klug und aufmerksam, sie war lernwillig und bestand darauf, ihren Beitrag zu leisten. Das hatte seinen Ursprung in ihrer Entschlossenheit, unabhängig zu sein. Aber wer hatte jemals von einer unabhängigen Geliebten gehört?

Und dann war da noch ihr tadelloses Benehmen. Er konnte

sich gut vorstellen, wie sie von Prinzen und Premierministern und der Oberschicht umgeben war.

Das waren Eigenschaften, die man von einer Geliebten genauso wenig erwartete wie von einer Frau, die in einer Bar Klavier spielte.

Das Problem war, dass er ihre Geschichte nicht hatte glauben *wollen*. Und er wollte es noch immer nicht. Ihre Situation war zu gefährlich, und sie waren sich zu nah. Wenn sie das hier überlebten, würden sie für Wochen oder sogar Monate zusammensein – nur sie beide.

Solange er in ihr Carlo Giovessis Nutte sah, war die Anziehung, die sie auf ihn ausübte, zwar störend, aber damit konnte er leben. Wenn er dagegen akzeptierte, dass sie wirklich so unschuldig war, wie sie vorgab, war er sich dessen nicht ganz so sicher.

In der ganzen Zeit beim FBI hatte er in all seinen Fällen stets Distanz zwischen sich und den Zeugen oder den Verdächtigten gewahrt. Es war nicht nur eine kluge Entscheidung, es war sogar eine Dienstvorschrift gewesen, mit der er nie ein Problem gehabt hatte ... bis jetzt.

Was war bloß an dieser Frau so anders? Sam fand keine logische Erklärung, was die Situation für ihn nur noch frustrierender machte.

Er war gut im Lösen von Rätseln. Mit seinem analytischen Verstand ging er gerne allen Fakten und Hinweisen nach, allen Motiven und Möglichkeiten, um sie zu einem Gesamtbild zusammenzufügen, das ihm vielleicht nicht immer eine deutliche Antwort lieferte, zumindest aber in die wahrscheinliche Richtung wies.

Seine Reaktion auf Lauren hatte allerdings überhaupt nichts mit Logik zu tun.

Sam seufzte und fuhr sich durchs Haar. Er konnte hier sehr schnell in eine unangenehme Lage geraten.

Er zog den letzten Faden durch den Rahmen des Schneeschuhs, befestigte ihn mit einem stabilen Knoten und stellte den fertigen Schuh zu den anderen. Dann legte er noch etwas Holz nach, und als das Feuer wieder kräftig loderte, sah er über seine Schulter zu Lauren. Die Müdigkeit war stärker gewesen als die Verärgerung, und jetzt schlief sie fest.

Sam zog seine Stiefel aus, holte die Filzeinlagen heraus, legte sie in die Nähe des Feuers und kroch dann in den Schlafsack zu Lauren. Er drehte sich auf die Seite, legte ihr wieder den Arm um die Taille und zog sie an sich.

Eine Strähne ihres Haars, die ihn an der Nase kitzelte, nahm er und strich sie hinter ihr Ohr. Seufzend wackelte Lauren mit dem Po und schmiegte sich enger an ihn, bis sie bequem lag.

Sam stöhnte leise auf und sah auf ihren Kopf. Im Schein des Kaminfeuers flammte ihr kastanienbraunes Haar förmlich auf. Es roch wunderbar nach Wildblumen und Shampoo. Und es roch sehr weiblich.

Er presste die Kiefer aufeinander und richtete den Blick auf das Feuer. O ja, er hatte ganz eindeutig ein Problem

10. KAPITEL

Sam wurde aus dem Schlaf gerissen. Er hob den Kopf und lauschte intensiv.

Etwas war nicht so, wie er es gewohnt war.

Das Feuer war heruntergebrannt, die glühende Holzkohle und ein paar kleine Flammen strahlten kaum noch Wärme aus. Wieder lag Lauren fest schlafend halb über ihm, doch er wusste, dass ihn das nicht geweckt hatte.

Er bewegte sich nicht, war aber hellwach, als er den Blick durch die Dunkelheit in der Hütte wandern ließ. Dann sah er das Mondlicht, das durch das schmutzige Fenster fiel, und in dem Augenblick wusste er es.

Es hatte aufgehört zu schneien!

„Verdammt!“ Er schob Lauren zur Seite, riss den Reißverschluss des Schlafsacks auf und kletterte hinaus. Sein Herz schlug schneller, als er die warmen Einlagen in seine Stiefel steckte. Wie lange war es bloß her, dass der Schneefall aufgehört hatte? Jesus!

Er hielt lange genug inne, um Laurens Schulter heftig zu rütteln. „Wachen Sie auf“, rief er und schlüpfte in seine Stiefel.

Lauren hob den Kopf und blinzelte ihn an.

„Wa... Was ist los?“ Sie strich ihr Haar aus dem Gesicht und sah sich verwirrt um. „Es ist doch noch dunkel. Wieso sind Sie auf?“ murmelte sie.

„Stehen Sie auf. Es schneit nicht mehr, wir müssen los.“

Lauren setzte sich auf. „Wir ... müssen los? Sie meinen ... jetzt sofort?“

„Nicht auf der Stelle, aber in Kürze. Erst muss ich zurück zum Flugzeug."

„Sie wollen die ganze Strecke zurückgehen? Warum?"

„Ich habe etwas vergessen." Er ging in die Hocke und begann sich die Schneeschuhe unterzuschnallen. Er musste die Wanze finden und zerstören, die der Saboteur angebracht hatte, bevor es ihm und seinen Komplizen gelang, das Wrack zu orten.

„Aber das dauert doch Stunden."

„Nicht wirklich. Allein komme ich schneller voran. In der Zwischenzeit packen Sie alles zusammen, was wir haben. Also kommen Sie jetzt endlich mit dem Hintern hoch, und fangen Sie an zu packen."

„Schon gut, schon gut", murrte Lauren. „Sie müssen nicht gleich ausfallend werden." Zitternd verließ sie die angenehme Wärme des Schlafsacks und zog ihre Stiefel an.

„Was machen Sie denn jetzt?" wollte Sam wissen, als sie einige Stücke Holz aufhob.

„Wonach sieht es denn aus? Ich will das Feuer wieder entfachen."

„Nein, kein Feuer. Lassen Sie den Rest einfach ausglühen."

„Kein Feuer? Warum denn das?"

„Ich habe meine Gründe. Machen Sie nur das, was ich Ihnen gesagt habe."

„Aber es ist hier drin jetzt schon *eiskalt*. Ohne Feuer wird es doch nur noch kälter. Und wie sollen wir sonst ein Frühstück zubereiten?"

„Dafür haben wir keine Zeit. Essen Sie einfach einen Streifen Dörrfleisch." Er stampfte mit dem Fuß auf, um die Bindungen der Schneeschuhe zu überprüfen, dann nahm er für sich etwas Dörrfleisch aus dem Beutel und steckte es in eine Jacke seines Parkas.

„Sie werden Stunden unterwegs sein und erwarten von mir, dass ich hier in der Kälte sitze?"

„Gewöhnen Sie sich schon mal daran", erwiderte er. Er nahm das Gewehr und ging zur Tür. „Es wird noch viel kälter werden, wenn wir weiter durch die Berge marschieren. Außerdem haben Sie so wie die meisten Frauen mit dem Packen sicher einige Stunden zu tun, da wird Ihnen schon nicht kalt werden."

„Sehr witzig. Ich verstehe einfach nicht, warum ich kein Feuer machen kann. Wir haben das Holz hier. Und wenn Sie schon so lange weg sein werden, könnte ich die Zeit nutzen und hier irgendwie ein Bad nehmen."

Sie hatte kaum ausgesprochen, da blieb Sam abrupt stehen und wirbelte herum. „Sind Sie völlig *verrückt*? Verdammt, Frau, wenn Sie sich nur einen Meter von dem Feuer entfernen, stehen Sie mitten in der eisigen Kälte. Sie sind unterkühlt, lange bevor Sie fertig sind."

„Und wenn ich ein richtig großes Feuer ..."

„Nein! Auf gar keinen Fall!"

„Aber ich brauche unbedingt ein *Bad*!" beklagte sich Lauren.

Obwohl er es eilig hatte und die Sorge an ihm nagte, dass man ihnen vielleicht schon dicht auf den Fersen war, musste er fast grinsen. Zum ersten Mal hatte sie wegen einer Sache gejammert, die sie nicht bekommen konnte. So, wie sie vor ihm stand, das Haar zerzaust, das Kinn trotzig vorgeschoben, erinnerte sie unvermeidlich an ein süßes, schmollendes kleines Mädchen.

Von Anfang an hatte er erwartet, dass sie ihm nur Kummer bereiten würde, vor allem nach dem Flugzeugabsturz. Aber sie hatte die Zähne zusammengebissen und alles getan, was notwendig war, ohne sich ein einziges Mal zu beklagen. Selbst unter den widrigsten und schwierigsten Umständen hatte sie sich sogar noch nützlich gemacht.

Jeder Mensch hat einen wunden Punkt, und bei Lauren wurde der offenbar getroffen, wenn sie zwei Tage lang nicht duschen konnte.

„Ich auch, doch es muss warten", gab er herzlos zurück.

„Aber ..."

„Ich sagte Nein. Das ist alles. Ende der Diskussion. Machen Sie das, was ich Ihnen aufgetragen habe. Und das meine ich auch so." Er stapfte zur Tür, schob sie beiseite und drehte sich noch einmal um, ehe er nach draußen in die Dunkelheit ging. Mit dem Zeigefinger, der bereits im Handschuh steckte, deutete er auf Lauren. „Denken Sie daran, was ich gesagt habe. Sie machen kein Feuer, Sie kochen nicht, und Sie werden ganz bestimmt *nicht baden*. Haben Sie das verstanden?"

„Ja, ich habe verstanden", gab sie ungehalten zurück. „Ich bin nicht taub, müssen Sie wissen."

„Schön. Ich bin so schnell wie möglich zurück. Bis dahin müssen Sie abmarschbereit sein."

Sam ging nach draußen und rückte die Tür wieder vor die Öffnung, während Lauren ihm wütend nachsah.

Er machte sich sofort auf den Weg. Die Hütte fiel schnell hinter ihm zurück. Ohne Lauren im Schlepp konnte sich Sam nahezu blitzschnell fortbewegen. Mal lief er schnell, mal verlangsamte er das Tempo ein wenig, wobei er immer jene unnatürlichen, einem Bocksprung ähnlichen Schritte machte, die wegen der Schneeschuhe notwendig waren.

Unterwegs dachte er an Lauren. Es gefiel ihm nicht, so hart mit ihr umzuspringen, aber es ging nicht anders. Er wusste nicht, wann es aufgehört hatte zu schneien. Mittlerweile konnten diejenigen, die das Flugzeug sabotiert hatten, längst mit einer eigenen Maschine auf der Suche nach ihnen sein. Er konnte nicht riskieren, dass sie beim Überflug den Rauch ihres Kaminfeuers entdeckten.

Sie würden kommen, davon ging Sam ohne jeden Zweifel aus. Sie mussten kommen. Sie mussten das Wrack finden und inspizieren, um sicher zu sein, dass ihre Zielpersonen tot waren. Wenn sie erst einmal gesehen hatten, dass es nur zwei Tote an Bord gab, würden sie ausschwärmen und mit der Suche beginnen.

Aber das wollte er Lauren nicht sagen. Jedenfalls nicht, solange es nicht notwendig war. Sie war schon so verängstigt genug.

Ihm war nicht der Ausdruck von Furcht in ihren Augen entgangen, als er ihr mitgeteilt hatte, sie müssten aufbrechen. Außerdem war sie kreidebleich geworden. Er konnte sie sogar gut verstehen. Trotz der Baufälligkeit der alten Hütte und den primitiven Verhältnissen fühlte sich Lauren hier doch sicher. Sie war hier in der Abgeschiedenheit der unberührten Wildnis weit von allen Gefahren entfernt. Außerdem wusste niemand, wo sie waren und wie man sie ausfindig machen sollte.

Das glaubte Lauren zumindest.

Es machte keinen Sinn, ihr diese Illusion zu nehmen, solange es nicht nötig war.

Sie war nicht dumm. Sie wusste sehr genau, dass ihr Leben nach der Rückkehr in die Zivilisation viel stärker in Gefahr war als hier. Mehr Menschen bedeuteten ein höheres Risiko, erkannt zu werden, und damit wurde die Wahrscheinlichkeit größer, dass Giovessis Leute sie fanden.

Ohne sein Tempo zu verlangsamen, zog Sam ein Stück Dörrfleisch aus der Tasche und biss davon ab. Nahrungsaufnahme war unverzichtbar, sein Körper brauchte jede Kalorie, aber er kaute das zähe Fleisch, ohne das bewusst wahrzunehmen. Seine Gedanken kreisten um Lauren. Sie war das eigentliche Ziel des Anschlags gewesen, und doch wurde er das Gefühl nicht los, dass der Saboteur es auch auf ihn abgesehen hatte.

Die ganze Sache war wahrscheinlich von dem Maulwurf arrangiert worden. Sam wusste, dass er ganz dicht davor war, den korrupten Agenten zu entlarven, aber das wusste dieser Bastard vermutlich auch. Es war nur eine Frage der Zeit. Offensichtlich hatte er es als ideale Gelegenheit angesehen, nicht nur eine Zeugin zu beseitigen, die gegen seinen heimlichen Boss aussagen konnte, sondern auch Sam aus dem Weg zu räumen. Zwei Fliegen mit einer Klappe.

Wenn das Flugzeug wirklich sabotiert worden war, dann war der Maulwurf einer der fünf Männer, die sich mit ihm in Harveys Büro befunden hatten.

Sam kniff die Augen zusammen, als er darüber nachdachte. Dave konnte er von vornherein ausschließen. Er hatte seinen Job noch nicht lange genug, als dass man ihn hätte kaufen wollen, und zudem war er voller Arbeitseifer und Idealismus gewesen. Er hatte die zermürbende tägliche Arbeit noch nicht lange genug gemacht, um sich auf die Seite des Gegners zu stellen. Abgesehen davon hätte er niemals das Flugzeug sabotieren lassen, mit dem er fliegen sollte. Damit blieben Harvey Weiss, Charlie Potter, Todd Berringer und Roy O'Conner übrig.

O'Conner kannte er nicht so gut, aber er hatte ihn immer für einen ehrlichen Menschen gehalten. Das galt auch für seinen Boss Charlie.

Todd hatte etwas Oberflächliches und interessierte sich mit Vorliebe für Frauen. Doch wenn es um die Arbeit ging, war er der Typ, der die Regeln und Vorschriften beachtete. Dadurch mangelte es ihm zwar an Initiative und nach Sams Meinung war das auch keine Vorgehensweise, die sich immer als effektiv erwies, aber wahrscheinlich würde er so relativ schnell befördert werden. Sam wusste, dass ihm das nicht widerfahren würde. Man betrachtete ihn als einsamen Wolf, manchmal sogar als einen abtrünnigen Wolf.

Trotz oder vielleicht gerade wegen ihrer grundlegenden Unterschiede waren er und Todd seit langer Zeit befreundet.

Damit blieb Harvey übrig.

Sam mochte den Mann nicht, und er musste sich eingestehen, dass er aus dem Grund auch zu ihm als Saboteur tendierte. Aber solange er keine handfesten Beweise hatte, standen alle vier Männer unter Verdacht.

Eigentlich stand sogar jeder Agent im Büro von Denver unter Verdacht. Es war sogar wahrscheinlich, dass es mehr als einen Agenten gab, der für den Mafiaboss arbeitete.

Die Morgendämmerung setzte so allmählich ein, dass Sam es kaum bemerkte. Die Gipfel im Osten wurden von hinten golden angestrahlt, während die Dunkelheit langsam zurückwich. Dennoch würde es noch einige Zeit dauern, ehe sich die Sonne über die Gebirgskette erhob.

Es herrschte völlige Stille. Nichts regte sich. Sams lauter Atem und das rhythmische Knirschen des frischen Pulverschnees unter seinen Schneeschuhen erschienen ihm in der Stille fast ohrenbetäubend. Er trieb sich weiter zur Eile an und unterbrach seinen Marsch nur zweimal, um einen Schluck Wasser zu trinken und mit dem Kompass die Richtung zu prüfen.

Etwas mehr als eine Stunde, nachdem er die Hütte verlassen hatte, bewegte er sich zwischen einer Baumgruppe hindurch und erreichte einen Punkt, der gut hundert Meter über der Absturzstelle lag. Er blieb stehen, atmete schwer und suchte die Lichtung und den Hang ab, von dem aus die Maschine in die Schlucht gestürzt war. Vorsichtig bewegte er sich ein Stück weiter. Die Stille um ihn herum war so vollkommen, dass sie fast schon in seinen Ohren schmerzte.

Zufrieden stellte er fest, dass sich niemand in der näheren Umgebung aufhielt, und verließ die Baumgruppe. Er hatte gerade einen Schritt auf dem steilen Hang gemacht, als er das charakteristische Geräusch eines Hubschraubers hörte, der sich von hinten seiner Position näherte.

„Verflucht!"

Sam zog sich zwischen die Bäume zurück und warf sich unter die nächste Fichte, als der Hubschrauber unmittelbar über ihm über den Gebirgskamm geflogen kam.

Die Zweige der Fichte wurden von der Last des Schnees nach unten gedrückt, hielten den Boden rund um den Baumstamm frei von Schnee. Sam legte sich auf dem Bauch so dicht an den Stamm, wie es möglich war.

Verdammt! Hatten sie ihn gesehen? Sein Herz raste, seine Lungen arbeiteten wie wild, während er reglos dalag.

Das Dröhnen der Rotoren war so dicht über ihm, dass die Bäume ringsum durch den Luftdruck in Bewegung gerieten. Der Schnee, der auf den Zweigen lag, löste sich und fiel auf ihn. Einen Moment hatte Sam das Gefühl, der Hubschrauber würde direkt über ihm in der Luft stehen, so dass er sich noch flacher machte, um nicht gesehen zu werden.

Dann flog der Hubschrauber aber weiter, und das ohrenbetäubende Motorengeräusch wurde etwas leiser. Sam rutschte auf dem Bauch ein Stück nach vorn und hob vorsichtig den Kopf, um über den Rand der Kuhle zu spähen.

Durch die Zweige der Fichte sah er mit an, wie der Hubschrauber über der Schlucht kreiste. Eine Zeit lang blieb er an einer Stelle stehen, und Sam konnte erkennen, dass die Männer an Bord zum Wrack hinuntersahen. Die Schlucht war so eng, dass der Pilot es offenbar nicht wagte, tiefer zu gehen. Sam wartete angespannt und hoffte, sie würden zu dem Schluss kommen, dass niemand lebend das Wrack verlassen haben konnte.

„Das wäre ja auch zu viel des Glücks", murmelte er, als der Hubschrauber ein Stück zurückflog und den Pulverschnee aufwirbelte, während er auf der Lichtung gleich neben der Schlucht landete.

Obwohl er wusste, dass sie ihn nicht ausmachen konnten, robbte Sam instinktiv ein Stück zurück, als die Türen des Hubschraubers geöffnet wurden. Der erste Mann sprang nach draußen und nahm sofort eine Verteidigungshaltung ein. Er stand breitbeinig da, hielt ein Gewehr im Anschlag und suchte die Umgebung ab. Vier weitere Männer folgten und verhielten sich genauso, dann schwärmten sie in einem Halbkreis aus, während sie den Hubschrauber und den Abhang im Rücken hatten.

Der Pilot stellte den Motor ab, und die Rotorblätter wurden allmählich langsamer, bis sie stehen blieben. Der aufgewirbelte Schnee legte sich wieder, und Augenblicke später schloss sich der Pilot den fünf Männern an.

Sam beobachtete sie und wartete ab. Seine Hand ruhte auf dem Gewehr, jeder Muskel in seinem Körper war zum Zerreißen gespannt. Wegen der Entfernung konnte er die Gesichter der Männer nicht deutlich genug sehen, um sie zu erkennen, aber der Helikopter war eindeutig eine FBI-Maschine.

Der erste Mann, der das Sagen über die Gruppe hatte, suchte die Umgebung mehrere Male ab, dann sah er hinauf zu der Baumgruppe am Hang, in der Sam Zuflucht gesucht hatte.

Er hielt den Atem an.

Der Blick des Mannes schien auf dem Baum zu ruhen, unter dem Sam lag. Mehrere Sekunden lang fixierte er die Stelle. Sam umklammerte sein Gewehr noch fester.

Einer der anderen Männer sagte etwas, und der Angesprochene drehte sich um. Er rief den anderen etwas zu, die daraufhin sichtlich ruhiger wurden und zum Hubschrauber zurückkehrten.

Als sie begannen, Seile und andere Bergsteigerausrüstung auszuladen, hatte Sam genug gesehen. Er robbte nach hinten unter dem Baum hervor in die entgegengesetzte Richtung.

Langsam richtete er sich auf und zog sich weiter zurück, während er die Aktivitäten am Hang unter ihm aufmerksam beobachtete. Die Männer auf der Lichtung waren damit beschäftigt, ihre Ausrüstung auszupacken, und hatten ihm den Rücken zugewandt. Er bezweifelte zwar, dass sie ihn zwischen den Bäumen bemerkten, dennoch ging er langsam rückwärts. Erst als er sie nicht mehr sehen konnte, drehte er sich um und machte sich in aller Eile auf den Weg zur Hütte.

Verdammt, dachte er wütend. Wäre er bloß eine Stunde früher wach geworden. Jetzt mussten sie die Flucht antreten und beten, dass das Glück auf ihrer Seite war.

Sam sah sich immer wieder um und trieb sich zur Eile an. Seine Lungen arbeiteten auf Hochtouren, und er atmete rasselnd ein und aus. Als er die Hütte erreichte, fühlte er rasende Schmerzen in Armen und Beinen.

Er stürmte durch die Tür, die aus dem Rahmen fiel und laut auf dem Boden der Hütte aufschlug.

„Sam!" Lauren sprang auf und sah ihn entsetzt an. „Sie sind schon zurück? Sind Sie doch nicht bis zum Flugzeug gegangen?"

Er blieb stehen, seine Brust hob und senkte sich bei jedem seiner heftigen Atemzüge. Im Schneidersitz saß sie nahe dem Kamin auf dem Boden, um die wenige Wärme zu nutzen, die er noch ausstrahlte.

„Nein, ich ... war ... dort", japste er. Er sah auf ihre bloßen Hände, die wie am Vortag auf dem Stück Holz ruhten. „Die Klavierstunde ist ... beendet. Wir müssen ... hier raus."

Er sah sich um und stellte zufrieden und auch ein wenig überrascht fest, dass sie tatsächlich alles eingepackt hatte, wie er es ihr gesagt hatte. Er war nicht sicher gewesen, ob sie alles wieder so kompakt verpacken würde, aber offenbar hatte sie besser als erwartet aufgepasst.

Er nahm die Schneeschuhe und warf sie ihr so zu, dass sie sie auffangen musste, ob sie wollte oder nicht. „Ziehen Sie die an! Beeilen Sie sich, wir haben nicht viel Zeit."

„Um Himmels willen, warum haben Sie es so eilig?"

„*Tun* Sie's einfach!" herrschte er sie an, dann ging er nach draußen, nahm zwei Handvoll Schnee und warf ihn in die Glut. Die erste Ladung reichte nicht aus, also lief er noch mehrere Male aus der Hütte.

„Schon gut, schon gut", sagte sie, stand auf und stellte sich auf die Schneeschuhe. Dann hockte sie sich hin und schnürte sie fest.

Als die Glut erloschen war, legte Sam das Gewehr ab, um den Rucksack umhängen zu können, dann schulterte er es wieder.

„Haben Sie eigentlich gefunden, wonach Sie gesucht haben?"

„Nein. Sechs Männer mit Hubschrauber sind mir zuvorgekommen."

„*Was?*" Lauren sah ihn an, dann hellte sich ihre Miene auf. „Soll das heißen, wir sind gerettet? Warum haben Sie das nicht sofort gesagt? Das ist doch wunderbar!"

Sie richtete sich auf, hängte sich den Matchbeutel über die Schulter und stapfte so schnell zur Tür, wie sie konnte. „Kommen Sie schon! Ich kann es kaum erwarten, endlich wieder zu duschen und in einem richtigen Bett zu liegen", rief sie begeistert.

„Vergessen Sie das! Wir werden uns selbst retten."

Lauren blieb stehen und starrte ihn an, als hätte sie ihn noch nie gesehen. „Was? Warum in Gottes Namen sollten wir das machen, wenn unsere Retter auf uns warten? Ich verstehe nicht."

„Das müssen Sie auch nicht. Wenn Sie zurückdenken, werden Sie sich daran erinnern, dass ich Ihnen vor unserer Abreise aus Denver gesagt habe, dass Sie meine Anweisungen befolgen – keine Fragen, keine Diskussionen. Wenn ich Ihnen sage, dass Sie springen sollen, dann will ich von Ihnen nur die Frage hören, wie hoch Sie springen müssen. Klar?" Er packte sie an den Schultern und drehte sie wieder zur Tür, dann gab er ihr einen leichten Schubs. „Und jetzt los. Beeilung."

„O nein!" Lauren hielt sich am Türrahmen fest und versuchte sich nach hinten zu stemmen, was mit den sperrigen Schneeschuhen natürlich völlig unmöglich war. „Warum sollte ich das, wenn da hinten ein Hubschrauber auf uns wartet, der uns aus diesen Bergen bringt?"

„Weil diese Leute verdammt noch mal nicht gekommen sind, um uns zu retten, sondern um uns zu töten!"

Sie sah ihn über die Schulter an, ihre Augen weit aufgerissen. „W... was?"

Ihr Gesicht wurde weiß vor Entsetzen, jegliche Farbe wich in Sekundenschnelle. Sam lockerte den Griff um ihre Schulter und blickte sie an. Er verzog grimmig den Mund.

„Sie wollen sich davon überzeugen, ob wir tot sind", sagte er in einem nur wenig sanfteren Tonfall. „Sobald sie gemerkt haben, dass wir beide nicht tot sind – und das dürften sie inzwischen wohl wissen –, werden sie versuchen, uns zu finden, um ihren Job zu Ende zu bringen."

Lauren begann zu zittern und sank gegen den Türrahmen, der ihr Halt bot. Sie drückte eine Hand auf ihren Bauch und schloss die Augen. „Carlos Leute", wisperte sie. „Sogar hier. O mein Gott!"

Dann riss sie die Augen auf. „Augenblick! Wie soll das möglich sein? Wie haben sie uns gefunden? Woher wissen sie etwas von dem Absturz? Und wie können sie wissen, wo sie suchen sollen?"

Sam sah sie nur an. Sie erkannte Zusammenhänge sehr schnell, das musste er ihr zugestehen.

„Ich nehme an, das Flugzeug wurde sabotiert. Sie haben sich vermutlich gedacht, dass wir nach Westen fliegen, also weg von stark bewohnten Gebieten. Sie haben es so ausgerechnet, dass wir über den Bergen niedergehen würden, also in einer Region, die äußerst ungastlich ist, vor allem im Winter. Wenn wir nicht dieses schlechte Wetter gehabt hätten, wären diese Kerle sicher schon vor zwei Tagen hier aufgetaucht. Vermutlich haben sie einen Sender am Flugzeug versteckt, damit sie es aufspüren und sich von unserem Tod überzeugen können. Diesen Sender wollte ich vorhin suchen und zerstören."

„Aber was macht Sie so sicher? Haben Sie die Leute erkannt?"

„Nein."

„Wieso glauben Sie dann, dass sie uns etwas tun wollen? Was ist, wenn diese Leute Agenten aus Ihrem Büro sind, die uns wirklich retten wollen?"

„Hören Sie, Sie müssen mir jetzt einfach vertrauen. Mir

fehlt die Zeit, um Ihnen das zu erklären. Wir müssen hier raus, also bewegen Sie sich."

„Aber ..."

„Himmel! Wir haben höchstens eine Stunde Vorsprung, bis die meine Spur gefunden und bis hierher verfolgt haben. Ich werde keine weitere Minuten damit vergeuden, mit Ihnen zu diskutieren. Und jetzt setzen Sie endlich Ihren Hintern in Bewegung. Los!"

„Ich kann trotzdem ..."

Er beugte sich vor, bis sein Gesicht nur noch ein oder zwei Zentimeter von ihrem entfernt war. Sie zuckte zusammen, und er sah, wie sich ihre Pupillen vor Angst weiteten.

Gut, vielleicht hörte sie jetzt endlich auf ihn.

„Lady, entweder Sie marschieren jetzt los, oder ich werfe Sie über meine Schulter und trage Sie", knurrte er sie an. „So oder so werden wir sofort losziehen. Sie haben die Wahl."

Sie schluckte, aber schon im nächsten Moment schob sie wieder ihr Kinn vor und schnaubte. „Also gut, ich gehe schon. Doch es gefällt mir nicht", hängte sie trotzig an.

„Ihr Problem." Er legte seine Hand auf ihren Rücken und versetzte ihr einen Stoß, damit sie aus der Hütte ging.

„Hey, Sie müssen nicht so grob zu mir sein!"

„Hier entlang!" Er ignorierte ihre Beschwerde und deutete auf die Baumgruppe rechts der Hütte. „Los, los, los!"

Lauren kochte vor Wut. Das war doch verrückt! Warum setzten sie ihr Leben so aufs Spiel? Irgendjemand beim FBI musste wissen, wohin sie unterwegs waren. Darum wussten sie auch, wo sie nach ihr und Sam suchen mussten, als sie ihr Ziel nicht erreichten. Oder etwa nicht?

Sie wollte diesen Punkt ansprechen, traute sich aber nicht. Der Blick in seinen Augen, als er ihr angedroht hatte, notfalls Gewalt anzuwenden, war unmissverständlich gewesen. Er hatte nicht geblufft, und ihr gefiel die Vorstellung nicht, wie ein Sack Kartoffeln über die Schulter geworfen zu werden.

Als sie die Baumgruppe erreicht hatte, merkte sie, dass der Untergrund leicht anstieg, was das Vorankommen noch schwieriger machte. Sam war dicht hinter ihr und trieb sie unablässig zur Eile an, während sie sich ihren Weg zwischen den Fichten und Espen hindurchbahnte. Er griff immer wieder nach links und rechts, um den Schnee von den Ästen und Zweigen zu schütteln, damit der ihre Spur verwischte. „Los, los! Machen Sie schon! Beeilung!"

„Ich gehe ja schon ... so schnell ... wie ich kann ... Diese Schu..."

Sie blieb abrupt stehen, als der Baumbestand endete und sie sich vor einem steil nach oben führenden, felsigen Hang wiederfand. Sie beugte sich vor und stützte die Hände auf ihre Knie, um durchzuatmen. „Und jetzt?" rief sie Sam mit ärgerlicher Stimme zu.

„Jetzt klettern wir." Er kniete nieder und begann seine Schneeschuhe zu lösen. „Aber erst ziehen wir die natürlich aus. Benutzen Sie die Bindungen, um sie am Matchbeutel zu befestigen." Er sah auf und warf ihr einen finsteren Blick zu. „Stehen Sie nicht einfach nur rum, sondern tun Sie was!"

„Das *kann* doch nicht Ihr Ernst sein. Sie erwarten von mir, dass ... dass ich da raufklettere?"

„Das sieht schlimmer aus, als es ist. Es gibt einen Pfad, den man in den Fels gehauen hat und der zum Schuppen der Mine führt. Darüber befindet sich ein ziemlich ebener Streckenabschnitt, dem wir bis zu diesem Einschnitt westlich von hier folgen können."

Lauren richtete sich auf und legte den Kopf nach hinten, um besser nach oben sehen zu können. Rund dreißig Meter über ihnen machte sie ein aufgegebenes Minengebäude aus, das an der Bergwand zu kleben schien. Der Absatz, den Sam erreichen wollte, lag mindestens noch einmal dreißig Meter darüber. „Bis da oben hin? Das geht ja fast senkrecht aufwärts. Das schaffen wir niemals."

„Das schaffen wir. Wir müssen es schaffen. Hören Sie auf, Zeit damit zu vergeuden, indem Sie sich Gedanken machen. Ziehen Sie jetzt Ihre Schuhe aus. Und die Handschuhe auch. Sie müssen sich gut festhalten können."

„Warum machen wir das? Wäre es nicht einfacher, dort entlangzugehen?" fragte sie und deutete nach Süden, wo der Berg zu einer weitläufigen Bergwiese hin abfiel.

„Darum geht es ja. Sie werden erwarten, dass wir diesen Weg nehmen. Ich habe sogar noch eine falsche Fährte gelegt, bevor ich zur Hütte zurückgekommen bin. Ein erfahrener Bergsteiger wird sich davon nicht lange in die Irre führen lassen, aber vielleicht gewinnen wir so noch etwas mehr Zeit. Die können wir mehr als gut gebrauchen. Außerdem ist diese Wiese weiter entfernt, als Sie glauben. Die hätten uns im Fadenkreuz, noch lange, bevor wir die freie Strecke zurückgelegt hätten."

Lauren zuckte angesichts dieses Gedankens zusammen.

„Sie werden nicht erwarten, dass wir diesen Weg einschlagen. Außerdem ist es auf felsigem Grund schwieriger, eine

Fährte zu verfolgen, auch wenn ein wenig Schnee liegt. Ich hoffe, dass wir für uns noch mehr Zeit herausgeholt haben, bis sie dahintergekommen sind."

Lauren war noch immer nicht überzeugt, biss sich auf die Lippe und sah ihn zweifelnd an. Dennoch machte sie, was er ihr sagte.

Sam hatte seine Schneeschuhe bereits an seinen Rucksack geschnallt, als sie sich wieder erhob. Er nahm ihre Schneeschuhe und machte sie an ihrer Tasche fest. Dann holte er ein Stück Nylonseil heraus und band es sich und ihr um die Taille. „Okay, dann wollen wir mal."

Der Pfad war schon seit langer Zeit mit Gestrüpp überwuchert, und stellenweise war sein Verlauf durch nachgerutschtes Geröll geändert worden, so dass Lauren von Zeit zu Zeit überhaupt nicht wusste, wo sie hintreten sollte. Sam hatte dagegen überhaupt keine Schwierigkeiten. Er legte ein mörderisches Tempo vor und bewegte sich so schnell und geschickt wie eine Bergziege. Da Lauren bei ihm angeseilt war, blieb ihr nichts anderes übrig, als dicht hinter ihm zu bleiben.

Keuchend stieg sie über kleine Felsblöcke und kämpfte sich an steileren Abschnitten vor, die kaum noch Halt boten. Mehr als einmal rutschte sie auf Eisflächen und losem Geröll aus. Jedes Mal schrie sie erschrocken auf, schaffte es aber immer wieder, sich an einem Busch festzuhalten und sich zu fangen. Aber sie wusste auch, dass sie ohne die Sicherungsleine wahrscheinlich schon längst bergab gestürzt wäre.

Als sie wieder einen spitzen Schrei ausstieß, sah Sam sie über die Schulter an. „Können Sie damit aufhören? In diesen Bergen werden Geräusche verdammt weit getragen."

„Ich ... kann nichts ... dafür“, keuchte sie. „Ich erschrecke mich nun mal, wenn ich fast in den Tod stürze.“

„Sie werden nirgendwohin stürzen. Das Seil verhindert das schon. Achten Sie nur darauf, wohin ich trete, und machen Sie das, was ich mache. Dann geht alles gut.“

Er sah wieder nach vorn, ehe sie etwas erwidern konnte. Lauren biss die Zähne zusammen und warf ihm einen scharfen Blick zu, der ihn genau zwischen den Schulterblättern traf. Was meinte er eigentlich, was sie tat? Sie hatte versucht, jede seiner Bewegungen nachzuahmen, aber sie waren unterschiedlich groß, und dementsprechend machte er weitere Schritte.

Nach gut zwanzig Minuten hatten sie den alten Schuppen erreicht. Lauren war außer Atem, und ihre Handflächen waren aufgescheuert und schmerzten. Sie war davon ausgegangen, dass sie eine Pause einlegen würden, sobald sie am Schuppen angekommen waren, aber Sam ging einfach weiter. Sie wollte protestieren, doch ihr Stolz hielt sie davon ab.

Auf den ersten Metern oberhalb des Schuppens kam sie nur mühsam voran, da es ab dort nicht mal mehr den Pfad gab, an dem sie sich orientiert hatten. Zeitweise klammerte Lauren sich mit den Fingerspitzen am Felsgestein fest, und wenn es in einem unmöglichen Winkel nach oben ging, hielt sie sich an Büschen und kleinen Bäumen fest, die zum Glück am Hang Halt gefunden hatten.

Je höher sie kamen, umso schwieriger wurde für Lauren der Aufstieg. Sams weiche Stiefel schienen ihn förmlich am Fels kleben zu lassen, während sie mit ihren schweren größte Mühe hatte, auch wenn die sie vor den scharfkantigen Felsen schützten.

Sie war so darauf konzentriert, Halt zu finden, dass sie erst merkte, dass er stehen geblieben war, als sie neben ihn auf einen Vorsprung kletterte.

„Hier kommen wir nicht weiter“, sagte er, während er sich umschaute.

Lauren drückte sich neben ihm gegen die kalte Felswand und hielt sich in Todesangst fest. Langsam hob sie den Kopf und folgte Sams Blick. Über sich entdeckte sie eine nahe senkrechte Felswand, die sich bis zum Gipfel hin erstreckte. Der glatte Fels schien kaum eine Möglichkeit zu bieten, um Halt zu finden.

„Wir müssen um diesen Abschnitt herumgehen und nach einer geeigneteren Stelle suchen“, verkündete Sam.

„Was, hier?“ Lauren blickte auf ihre Schuhe. Der Vorsprung, auf dem sie standen, war nicht mehr als einen Fuß breit, und die Absätze von Sams Stiefeln ragten sogar ein paar Zentimeter über den Fels hinaus. Außer dem glatten, geschwungenen Fels gab es nichts, wo sie mit den Händen Halt hätten finden können. Es war schon unheimlich gewesen, auf diesen Vorsprung zu klettern, aber der Gedanke, sich auf ihm auch noch seitlich weiterzubewegen, ließ ihr das Blut in den Adern gefrieren. „Nein, nein, das geht nicht. Das wäre Selbstmord.“

„Wir haben keine Wahl. Wir werden in Kürze Gesellschaft bekommen, und wir sind hier eine perfekte Zielscheibe. Kommen Sie schon.“ Er streckte seinen linken Arm aus und strich mit der Hand über den Fels, bis er an einer Stelle Halt fand. Dann bewegte er seine Füße in die gleiche Richtung und schob den Schnee vom Vorsprung, während er zentimeterweise vorrückte.

Lauren klammerte sich an die Felswand und war außer Stande, sich zu bewegen, während sie Sam ansah. Ihre Wange hatte sie gegen den eisigen Fels gepresst. Doch sie ertrug lieber diesen Schmerz, als den Griff zu lockern.

Das Seil zwischen ihnen spannte sich, und Sam sah sich nach ihr um. Überrascht bemerkte er, dass sie sich keinen Millimeter bewegt hatte. „Was stehen Sie denn da?“ fuhr er sie an. „Bewegen Sie sich!“

„Ich ... ich kann nicht!“

„Doch, Sie können es verdammt gut“, knurrte er. Er musste die Todesangst in ihrem Blick bemerkt haben, da er mit einem Mal mit tiefer, fast zärtlicher und eindringlicher Stimme auf sie einredete. „Sie sind eine starke, intelligente Frau, Lauren. Sie geben nicht einfach auf. Sie können das!“

„Nein, ich ...“

„Lauren, hör mir zu“, sagte er eindringlich. „In den letzten Tagen hast du Dinge vollbracht, die du wahrscheinlich nie für möglich gehalten hättest. Das hier kannst du auch schaffen. Streck einfach den Arm aus und such nach einer Stelle, an der du dich festhalten kannst. Dann rück deinen linken Fuß nach. Komm, Lauren, du kannst das.“

Er hielt ihr seine Hand hin, ihre Blicke trafen sich, und er suggerierte ihr, zu ihm zu kommen. „Komm, Baby“, flüsterte er.

Vielleicht war es die Zärtlichkeit in seinen Worten oder sein faszinierender Blick oder die stählerne Kraft, die er ausstrahlte.

Lauren wusste es nicht, aber etwas in ihr regte sich. Zitternd und zaghaft befolgte sie seine Anweisungen.

„Genau so. Ja, das machst du richtig. Einfach nur ganz langsam. Sehr gut."

Sie kämpfte sich zitternd Zentimeter für Zentimeter vor, während sie die Felswand förmlich umarmte und ihr Herz mit der Gewalt eines Presslufthammers klopfte.

Dann machte sie den Fehler, nach unten zu sehen.

Weit unter ihr erstreckte sich ein Meer aus Baumkronen. Sie erblickte die Hütte, die aus dieser Höhe wie ein Spielzeug aussah.

Ihr Magen begann sich zu drehen, ihr wurde schwindlig, dann schrie sie auf, erstarrte mitten in ihrer Bewegung und kniff die Augen zu. Verkrampft hielt sie die Felswand fest. „O Gott, o Gott, o Gott!"

„Sieh nicht nach unten!" wies Sam sie an. „Sieh auf keinen Fall nach unten."

Das hättest du mir auch früher sagen können, dachte sie und biss sich auf die Zunge, um nicht wieder zu schreien.

„Sieh zu mir. Komm schon, Lauren, mach die Augen auf. Ja, so ist es gut. Sehr gut", ermutigte er sie, als sie widerstrebend reagierte. „Jetzt konzentrier dich auf mein Gesicht und sieh nirgendwo anders hin. Sieh nur mich an. Und denk nicht darüber nach, wo du dich befindest", raunte er mit samtweicher Stimme.

Lauren sammelte ihren Mut, sah in seine dunklen Augen und bewegte sich Zentimeter für Zentimeter weiter nach links.

„So ist das gut. Ganz langsam. Das machst du gut. Komm noch ein Stück. Es ist nicht mehr weit, nur noch ein paar

Schritte." Während er sprach, bewegte er sich selbst ein Stück weiter nach links, damit sie nicht in Reichweite zu ihm kam. „Das machst du großartig. Weiter so. Noch ein Stück ... nein, nicht nach unten! Sieh mich an, ja, genau. Braves Mädchen."

Es schien eine Ewigkeit zu dauern, so wie ein fürchterlicher Albtraum, der sie in seinem Griff hatte und nicht wieder loslassen wollte. Während sie sich Stück für Stück weiterbewegte und Sam sie zu jedem Schritt ermutigte, stieg der Vorsprung leicht an, was ihr Vorankommen zusätzlich erschwerte. Schließlich hatten sie es um die Krümmung in der Felswand geschafft und fanden sich nun in einem v-förmigen Abschnitt wieder, an dem zwei Formationen aufeinander trafen und der Vorsprung endete. Die Fuge im Fels war schroff und zerklüftet, aber zu ihrem Glück war er nach hinten geneigt und bot ihnen genügend Halt.

„Ich glaube, von hier aus schaffen wir es nach oben", verkündete Sam und sah zu Lauren. „Bereit?"

Bereit? Hätte sie die Frage laut wiederholt, wäre ihm ihr fast hysterischer Tonfall aufgefallen. *Bereit?* Bei allem, was ihr heilig war, würde sie für so etwas nie *bereit* sein. Nicht in einer Million Jahre. Immerhin klammerte sie sich in hundert oder noch mehr Metern Höhe an eine steile Felswand.

Sie hatte solche Angst, dass sie kaum atmen konnte.

Sie wollte sich nicht bewegen, aber sie konnte auch nicht hier bleiben. Als wollte der Wind genau das betonen, setzte er genau in diesem Moment wieder ein und zerrte brutal an ihr. Sie hatte das Gefühl, er wollte sie von der Felswand reißen. Ihr blieb keine andere Wahl, also nahm sie all ihren Mut zusammen und brachte ein minimales Nicken zu Stande. „Be...reit."

„Okay, es geht los."

Sam streckte eine Hand aus und bekam einen zerklüfteten Vorsprung zu fassen, dann begann er zu klettern, wobei er immer wieder nach Stellen suchte, an denen seine Hände und Füße Halt finden konnten. Er befand sich gut drei Meter über ihr, als sich das Seil zu straffen begann.

„Komm, Baby, wir haben es fast geschafft. Nur noch ein kleines Stück."

Lauren wollte schlucken, aber ihre Kehle war wie ausgedörrt.

„Greif mit der rechten Hand nach oben. Über deinem Kopf ist ein Stück Fels, an dem du dich gut festhalten kannst."

Sie presste die Lippen aufeinander und atmete tief durch. Ein Beben ging durch ihren ganzen Körper. Da sie beide Arme weit ausgebreitet hatte, konnte sie sich kaum mit den Fingerspitzen festhalten, doch der Gedanke, diesen minimalen Halt aufzugeben, machte ihr Angst. Sie war nicht sicher, ob sie dazu in der Lage war.

„Komm schon, Lauren. Das ist die einzige Möglichkeit."

Sie wimmerte leise und hielt die Augen fest geschlossen, aber nach einer Weile bewegte sie ihre rechte Hand langsam nach oben. Tatsächlich fanden ihre Finger ein Stück über ihrem Kopf eine scharfkantige Felsnase Fels. Seit sie mit dem Aufstieg begonnen hatten, war dies das erste Mal, dass sie wirklich das Gefühl hatte, einen sicheren Halt zu haben. Sie umklammerte den Fels so fest, dass ihre Knöchel weiß hervortraten. Langsam suchte sie auch mit der anderen Hand Halt und fand eine Stelle.

„Jetzt zieh dich nach oben und schieb dein Bein über den

Rand“, redete Sam auf sie ein und zog an dem Seil, um sie zu unterstützen.

Lauren wandte alle Kraft auf und machte das, was Sam ihr sagte. Sie stemmte sich nach oben und kämpfte gegen ein Schaudern an, als ihre Füße nicht länger den schmalen Vorsprung berührten.

„Okay, jetzt halt dich an der Felskante links über dir fest.“

Während Sam ihr für jede Bewegung eine Anweisung gab, näherte sich Lauren allmählich dem Felsrand. Sie konzentrierte sich immer nur auf eine Bewegung und richtete ihre gesamte Kraft und Aufmerksamkeit ausschließlich auf das, was sie in diesem Moment machte. Sie nahm nichts davon wahr, wie nah sie ihrem Ziel waren, bis Sam ein lautes Stöhnen von sich gab. Sie sah nach oben und bekam noch mit, wie er sich über die Felskante zog.

Panik wollte von ihr Besitz ergreifen, als er einen Moment lang aus ihrem Blickfeld verschwand. Dann schob er den Kopf über die Felskante und grinste ihr zu. Der Triumph stand ihm ins Gesicht geschrieben. „Geschafft. Und jetzt du. Hak deine Finger in diese Spalte ein, und tritt auf diese Felsplatte, dann streck die Hand aus und pack den Stamm von diesem Schößling über dir.“

Sie befolgte seine Anweisung, aber so sehr sie sich auch bemühte, bekam sie den Baum nicht zu fassen. Er war einige Zentimeter zu weit entfernt. „Ich ... komme ... nicht ... ran“, keuchte sie.

„Versuch es noch mal.“

Sie stellte sich auf die Zehenspitzen und streckte sich, aber es half nichts. „Es ... geht ... nicht. ... Ich ... bin ... zu klein.“

„Verdammt."

Lauren hielt sich wieder in der Spalte fest und suchte die knapp zwei Meter Felswand ab, die sie von Sam trennten. Von diesem einen Schößling abgesehen gab es nichts, woran sie sich auf dem Weg nach oben hätte festhalten können.

Der Wind zerrte noch immer an ihr, und allmählich bekam sie einen Krampf in ihren Fingern. Sie hatte keine Ahnung, wie lange sie sich noch halten konnte. Sie wimmerte, ohne es selbst wahrzunehmen, und warf Sam einen flehenden Blick zu.

„Keine Panik", sagte er mit fester Stimme. „Alles ist in Ordnung. Dann gehen wir eben nach Plan B vor."

Er beugte sich über den Felsrand, wickelte die Sicherungsleine um sein Handgelenk, packte sie fest und zog an ihr, bis sie gespannt war. „So, jetzt fass das Seil in Schulterhöhe mit beiden Händen, und gleichzeitig stemmst du die Füße gegen den Hang und lehnst dich nach hinten."

„Nach hinten lehnen?" Sie sah verängstigt über die Schulter. „Bist du verrückt?"

„Das ist in Ordnung. Während ich dich zu mir ziehe, ‚gehst' du an der Felswand nach oben."

„Gehen?" wiederholte sie schwach. „Ich glaube kaum, dass das Seil so etwas aushält."

„Doch, das wird es. Vertrau mir, Baby, ich lasse dich nicht fallen."

Ihr blieb keine andere Wahl. Sie schloss die Augen, schickte ein Stoßgebet zum Himmel und begann zu zählen. Eins. Zwei. Sie holte tief Luft. Drei.

Lauren umfasste das Seil mit beiden Händen und stieß einen Schrei aus, als sie fühlte, wie ihr Oberkörper nach hinten wegkippte. Irgendwie griffen aber die Sohlen ihrer Stiefel auf dem Abhang, und dann wurde sie schon nach oben gezogen.

Es war die Hölle. Ihre bloßen Hände waren so kalt, dass sie schmerzten, gleichzeitig brannte das Seil in ihren Handflächen. Die Belastung für Arme und Schultern war immens, aber sie biss die Zähne zusammen und zwang sich, einen Fuß vor den anderen zu setzen.

„Das machst du sehr gut, nur noch ein kleines Stück", rief Sam ihr zu.

Seine Hals- und Nackenmuskeln waren hervorgetreten, und sein Gesicht war vor Anstrengung rot angelaufen, trotzdem ließ er nicht nach, sie Stück für Stück nach oben zu ziehen. Als sie nur noch knapp einen Meter von dem rettenden Plateau entfernt war, ereigneten sich zwei Dinge gleichzeitig. Das dünne Seil begann auszufransen, und sie verlor den Halt.

Die Zeit reichte für kaum mehr als ein entsetztes Luftschnappen, da fühlte sie auch schon, wie Sam ihr Handgelenk in einem stählernen Griff umschloss. Im nächsten Moment hing sie in der Luft.

„Ganz ruhig", herrschte Sam sie an. „Strampel nicht, ich habe dich." Er runzelte die Stirn. „Mein Gott, du bist leicht wie eine Feder. Da ist es ja kein Wunder, dass du von jeder kleinen Brise weggeweht wirst."

Mit einer einzigen fließenden Bewegung hob er sie hoch und zog sie über die Felskante, um sich dann mit ihr vom Rand wegzurollen. Als sie zum Stillstand kamen, lag Lauren auf ihm.

Einen Moment lang klammerte sie sich an ihm fest und schmiegte ihr Gesicht an seine Brust, während sie nach Luft schnappte und zitterte.

Sam strich ihr über den Rücken. „Es ist alles gut. Du bist jetzt in Sicherheit. Du hast es geschafft. Schhht. Schhht. Alles in Ordnung, Kleine. Es ist vorbei.“

Ihre Reaktion kam fast ohne Vorwarnung. Es war ein leises Grollen, das fast wie das Schnurren einer Katze begann, aber es wurde lauter und lauter, und als sie schließlich den Mund öffnete, schrie sie ihn so laut an, wie er es bei ihr nie für möglich gehalten hätte.

„Du *Idiot*!“

11. KAPITEL

„He!“ rief Sam.

Lauren trommelte mit beiden Fäusten auf ihn ein. „Idiot! Trottel! Du hättest mich fast umgebracht! *Zum zweiten Mal!*“

„Verdammt, hörst du endlich auf und lässt mich mal zu Wort k... *au!*“

„Nein, ich will mir von dir nichts mehr anhören! Du hast mir das eingebrockt! Du und deine hirntoten Freunde in Denver!“ Lauren rammte ihre Faust in seinen Magen. Sie war zu aufgebracht und aufgewühlt, um irgendetwas anderes machen zu können, als auf ihn einzuschlagen. „Du hast mein Leben aufs Spiel gesetzt! Und für was? Wahrscheinlich wollten uns die Leute retten, so wie ich es gesagt habe“, stieß sie zwischen den Hieben hervor, die sie austeilte. Die Angst, die sich über Tage hinweg angestaut hatte, entlud sich innerhalb weniger Augenblicke in ihrem Trommelfeuer. „Wenn du nicht so unvernünftig wärst, dann wären wir schon längst mit dem Hubschrauber hier weggebracht worden! Aber nein, du konntest ja niemandem vertrauen, also mussten wir auf diesen blöden Berg klettern!“

„He, hör jetzt endlich auf, bevor ich dir wehtue.“

„Ha! Versuch's doch!“

Sam packte ihre Handgelenke, aber im nächsten Moment begann Lauren zu zappeln und zu treten. Als sie ihm mit ihrem Knie zu nah kam, legte er rasch seine Beine um sie und rollte sie auf den Rücken. Er drückte ihre Hände zu beiden Seiten ihres Kopfs tief in den Schnee und hielt sie mit seinem Gewicht auf den Boden gepresst.

„Du kleine Wildkatze.“ Er betrachtete ihr wütendes Gesicht. „Kannst du für eine Sekunde Ruhe geben, damit ich ...“

„Nein!“ Ruckartig bewegte sie die Hüften. „Geh runter von mir, du Esel! Ich will ni...“

Er drückte den Mund auf ihre Lippen und zwang sie, ihre Hasstirade zu unterbrechen.

Zutiefst geschockt erstarrte Lauren und sah ihn mit aufgerissenen Augen an, als hätte diese Berührung einen Kurzschluss in ihrem Gehirn verursacht. Die Reaktion hielt jedoch nur einen kurzen Moment an. Dann drang erneut ihre Wut mit aller Leidenschaft an die Oberfläche. Ihr Herzschlag wechselte in einen donnernden Galopp, und dann erwiderte sie seinen Kuss mit der gleichen Heftigkeit und Leidenschaft.

Es war ein heißblütiger, gieriger, alles verzehrender Kuss – eine Eruption aus Gefühl und Verlangen. Sie wichen nicht voreinander zurück, sondern forderten mehr, um das zu bekommen, was sie haben wollten.

Sam ließ ihre Handgelenke los, um eine Hand um ihr Gesicht zu legen, während die andere nach unten zu ihren Brüsten wanderte. Als er merkte, dass der wuchtige Parka im Weg war, gab er einen frustrierten Laut von sich.

Lauren schob seine Kapuze nach hinten, damit sie ihm durchs Haar fahren konnte. Die vollen schwarzen Strähnen fühlten sich zwischen ihren eiskalten Fingern wie warme Seide an.

Sie drückten sich aneinander, angetrieben von einem Verlangen, das sie nicht verstanden und das sie auch nicht erwartet hatten. Es war etwas Instinktives, Verzweifeltes, Unwiderstehliches, etwas Urtümliches.

Das plötzliche Aufflammen heftigster Emotionen hielt einige Sekunden lang an, doch dann wurde aus dem Kuss etwas Tieferes, Stärkeres – eine heiße, sengende Lust, die so intensiv war, dass sie Lauren die Luft raubte und ihr das Gefühl gab dahinzuschmelzen.

Sie klammerte sich an Sam und erwiderte den Kuss mit einer brodelnden Leidenschaft, die seiner eigenen entsprach. Zugleich war sie auf eine gewisse Weise schockiert und angewidert.

So etwas hatte sie als Letztes erwartet und gewollt. Sam *mochte* sie nicht einmal, um Himmels willen. Er war ihr ebenfalls ziemlich egal, von praktischen Erwägungen abgesehen. Er war ein Mann, bei dem es hervorragend war, wenn man ihn in einer Krise auf seiner Seite hatte. Aber er war zugleich hart, kühl und distanziert, ja, regelrecht unfreundlich, und seine Meinung von ihr hätte wohl kaum noch schlechter sein können.

Trotzdem konnte sie sich nicht dazu durchringen, das zu stoppen, was vor sich ging. Die Lust war zu groß, das Verlangen zu verführerisch.

Sam stöhnte auf. Er hatte das Gefühl, dass seine Welt aus den Fugen geraten war. Nichts war so, wie es sein sollte, und er hatte eine Vorahnung, dass es auch nie wieder so sein würde. Diese Möglichkeit machte ihm Angst.

Der Kuss war etwas Impulsives gewesen, er war passiert, bevor er sich hatte zurückhalten können. Er war aus der Wut heraus entstanden, eine Bestrafung, vielleicht sogar eine Beleidigung für Lauren und für ihn nichts weiter als ein bedeutungsloser Zwischenfall. Die Art, wie sie sich anfühlte, ihre weichen Lippen, die Gefühle, die ihn durchfluteten ... das alles erschütterte ihn bis in seine Seele und machte ihn schwach. Und er wollte mehr davon.

Das ist verrückt, sagte er sich, als sich ihre Zungenspitzen berührten. Sie hatten gar keine Zeit für so etwas. Sie mussten dafür sorgen, dass sie von hier fortkamen.

Obwohl ihm diese Gedanken durch den Kopf schossen, vertiefte er den Kuss und war nicht in der Lage, sich ihrem Mund und damit den Gefühlen zu entziehen, die er verspürte.

Dann siegte aber doch der gesunde Menschenverstand, und er fand die Kraft, sich von ihr zu lösen. Ihre Lippen trennten sich unerträglich langsam, als er schließlich den Kopf hob.

Vom heftigen Atmen abgesehen bewegte sich keiner von beiden. Mit seinen dunklen Augen musterte er Lauren. Verdammt. Sie sah unglaublich sexy aus. Ihr Gesicht war entspannt und gerötet, ihre Lippen waren ein wenig angeschwollen und noch feucht von seinem Kuss. Er zuckte leicht zusammen, als er sah, dass die empfindliche Haut um ihren Mund herum von seinen Bartstoppeln gereizt war.

Ihr Atem vermischte sich zwischen ihnen zu einer Nebelwolke. Sam beobachtete, wie sie die Augen aufschlug und ihn ansah. Ihre grünen Augen waren noch immer von Leidenschaft verklärt. Der Anblick ließ Sam fast noch einmal die Kontrolle verlieren. Aber er biss die Zähne zusammen und wartete.

„Warum ...“, begann sie, doch ihre Stimme versagte. Sie räusperte sich und fuhr sich mit der Zunge über die Lippen. „Warum hast du das gemacht?“ flüsterte sie.

Er sah sie lange an, dann zuckte er mit den Schultern. „Sonst hätte ich dich nie zum Schweigen gebracht."

Noch bevor er ausgesprochen hatte, bedauerte er seine Bemerkung. Er fluchte leise, als er bemerkte, dass seine Worte sie verletzt hatten. Er hätte sich dafür treten können, auch wenn andererseits fand, dass es so wahrscheinlich am besten war. Selbst wenn sie nicht das Bett mit Carlo teilte, änderte das nichts daran, dass sie eine Zeugin war und er für sie die Verantwortung trug. Es stand ihm nicht zu, sie zu berühren.

Die Leidenschaft wich aus ihren Augen, und der Zug um ihren Mund verhärtete sich. Bevor sie wieder auf ihn einschlagen konnte, rollte er zur Seite und setzte sich hin. „Wir müssen los, wir haben schon zu viel Zeit verschwendet."

„Sie unausstehlicher ...", begann Lauren und rappelte sich auf, wurde aber von Sam am Arm gepackt und zurück in den Schnee gezogen.

„Wa..."

„Sei ruhig und bleib unten", befahl Sam und drückte sie zu Boden. Sie war auf dem Bauch gelandet, und er hielt sie im Genick fest, während sie zappelte. Dicht neben ihr lag er flach auf dem Fels.

Lauren spuckte den Schnee aus, der ihr in den Mund geraten war, und wischte die Eisstückchen aus ihrem Gesicht. „Was soll denn das?" zischte sie ihn an. „Lass mich los."

Er ignorierte sie und spähte stattdessen über den Felsvorsprung. „Glaubst du, ich sorge mich umsonst? Sieh nach unten, da ist der Grund für unsere Kletterpartie."

Sam ließ sie los und holte das Fernglas aus dem Rucksack, während Lauren vorsichtig den Kopf hob und nach unten sah.

Weit unter ihnen kamen drei bewaffnete Männer aus dem Schutz der Bäume gelaufen und sahen sich misstrauisch um.

„Meinst du immer noch, dass das unsere Retter sind?"

„Sie tragen Waffen, na und? Das heißt doch nicht, dass sie zu den Bösen gehören", gab Lauren zurück, konnte aber das Unbehagen in ihrer Stimme nicht unterdrücken.

„Dann sieh einfach mal zu." Mit dem Fernglas beobachtete er die drei Männer. Sie trugen Skimasken, und sie hatten ihre Kapuzen hochgeschlagen, so dass man sie aus der großen Entfernung nicht identifizieren konnte.

Der Anführer gab den beiden anderen ein Zeichen, dann überquerten sie die kleine Lichtung und bewegten sich mit ihren Waffen im Anschlag auf die Hütte zu.

Dort angekommen, blieben sie zu beiden Seiten der Tür mit dem Rücken zur Wand stehen. Wieder signalisierte der Anführer ihnen etwas, dann stürmten er und der Mann auf der anderen Seite der Tür hinein. Im gleichen Moment zerrissen die Schüsse aus automatischen Waffen die Stille.

Lauren schrie leise auf und machte einen Satz nach hinten, wobei sie unbewusst näher an Sam heranrückte. „O mein Gott!"

Das Stakkato hielt mehrere Sekunden lang an. Sam kniff die Augen zusammen und presste die Lippen fest aufeinander. Die Typen schossen wild drauflos. Wären er und Lauren noch in der Hütte gewesen, hätten sie keine Chance gehabt.

Die Schießerei endete so abrupt, wie sie begonnen hatte. Augenblicke später kamen die beiden nach draußen. Sie suchten erneut die Lichtung ab, dann stellten sie sich zusammen, um die Lage zu besprechen. Nach wenigen Minuten schwärmten sie aus und begannen mit der Spurensuche.

Lauren senkte den Kopf und vergrub das Gesicht in ihren verschränkten Armen. Ihr ganzer Körper bebte. „Sie haben mich gefunden. Sogar hier, mitten im Nirgendwo! O Gott, sie werden uns umbringen!"

„Das wäre ja noch schöner."

„Ach ja? Und was willst du dagegen unternehmen?"

„Zunächst einmal werden wir den Abstand zu ihnen vergrößern. Sie werden eine Weile benötigen, um unsere Spur zu finden. Dass sie sie entdecken, steht außer Frage, aber bis dahin haben wir noch mehr Zeit gewonnen. Zwischen der Absturzstelle und hier kann der Hubschrauber nirgendwo landen, um sie wieder aufzunehmen. Die drei müssen uns also entweder nachsteigen oder zum Hubschrauber zurück und uns aus der Luft jagen. So oder so haben wir damit einige Stunden Vorsprung, und den werden wir nutzen. Wenn es uns gelingt, sie in die Zivilisation zurückzutreiben, dann können wir sie loswerden. Also los!"

„Sie jagen uns aus der Luft?" krächzte Lauren. „Dann haben wir ja gar keine Chance!"

Sam ignorierte ihre Bemerkung und robbte ein Stück fort von der Felskante, bis er weit genug entfernt war, um später aufstehen zu können, ohne von den Männern weiter unter ihnen gesehen zu werden. Er setzte sich auf und warf Lauren einen finsteren Blick zu, während er seine Schneeschuhe vom Rucksack nahm. „Komm schon, komm hierher und zieh die Schneeschuhe an. Los, los!"

Sie gehorchte ihm, da sie einfach keine andere Wahl hatte.

„Das ist hoffnungslos. Was sollen wir denn machen, wenn sie uns mit dem Hubschrauber verfolgen?“

„Jemanden aus der Luft zu entdecken ist viel schwieriger, als man glauben möchte. Wir bleiben in der Nähe der Bäume, und sobald wir den Hubschrauber hören, gehen wir in Deckung.“

Sam hockte sich hin, um die Schneeschuhe festzuschnüren. „Außerdem können sie uns nicht allzu lange aus der Luft suchen. Diese Gebirgskette ist zu weitläufig, und der Hubschrauber hat keine besonders große Reichweite. Der Pilot wird vermutlich ein oder zwei Runden fliegen und dann zu seiner Basis zurückkehren. Die anderen werden sich zu Fuß an unsere Fährte heften. Ich bin sicher, dass sie entsprechend ausgerüstet sind.“

Er stellte sich hin und stampfte mit dem Fuß auf, um die Bindungen zu prüfen. Lauren machte es ihm nach, wobei Sam sie beobachtete. Zufrieden wandte er sich ab und ging auf die Tannen zu, die diesen Streifen Land genauso überzogen wie den größten Teil der anderen Berghänge, die unter dreitausend Metern lagen. „Komm schon, wir müssen los.“

„Und wohin? Wenn sie uns hier finden, werden sie uns überall finden.“

Er blieb stehen und warf ihr wieder diesen unergründlichen Blick zu, der ihr eine Gänsehaut über den Rücken jagte. „Traue Carlo nicht mehr Macht zu, als er wirklich hat. Er ist ein Mafiaboss, der eine kleine Ganovenarmee kontrolliert. Das macht ihn zu einem gefährlichen Mann, aber er ist nicht allmächtig. Dass seine Leute uns gefunden haben, liegt nur daran, dass mindestens einer der Agenten in unserem Büro in Denver von Carlo bestochen wird."

„*Was?* Und das hast du *gewusst*? Und wie hast du es dir dann vorgestellt, auf mich aufzupassen?"

„Außer mir und Dave haben nur vier Agenten davon gewusst, von denen ich allerdings gedacht habe, sie seien sauber. Ich habe mich offensichtlich geirrt, denn einer von ihnen arbeitet für Giovessi."

Das laut auszusprechen bereitete Sam Magenschmerzen. Verdammt, er hätte jedem dieser Männer sein Leben anvertraut, sogar Harvey.

„Wie haben sie ...?"

„Wir haben jetzt keine Zeit für Diskussionen. Du hast ein Recht, zu wissen, was hier los ist, aber ich werde alle Fragen später beantworten. Im Augenblick müssen wir erst mal zusehen, dass wir Land gewinnen."

„Warum? Die finden uns sowieso. Es gibt kein sicheres Versteck."

„Ich kenne eines. Vertrau mir, Lauren. Ich werde alles unternehmen, damit du in Sicherheit bist. Ich werde es nicht zulassen, dass dir jemand etwas antut. Darauf gebe ich dir mein Wort."

„Ach ja, wie konnte ich das bloß vergessen? Du brauchst mich ja noch, damit ich gegen Mr. Giovessi aussage, richtig?"

„Das stimmt", antwortete er nach einer Weile. „Aber jetzt ist es auch etwas Persönliches."

„Du meinst, weil sie auch dich beinahe umgebracht hätten, als sie mich töten wollten?"

„Nein. Dieses Risiko geht jeder ein, der bereit ist, Agent zu werden." Er sah sie offen an. „Ich war vorhin nicht ehrlich zu dir. Ich habe dich nicht geküsst, damit du ruhig bist. Ich habe dich geküsst, weil ich es wollte. Ich wollte es, seit ich dich zum ersten Mal gesehen habe."

Er wandte sich ab und ging auf den Wald zu, während sie sprachlos dastand, den Mund halb geöffnet, und ihm nachsah.

Sie war so perplex, dass sie zunächst weder etwas tun noch einen klaren Gedanken fassen konnte. Dann verschwand er zwischen den Bäumen, und sie zuckte erschrocken zusammen. „Nein, warte! *Warte!*"

Sie hätte sich ihre Worte auch sparen können. Sam ignorierte sie und ging mit schnellen Schritten weiter. Lauren eilte ihm nach, so gut es ging. Einige Male wäre sie wegen der sperrigen Schneeschuhe fast gestürzt, dann aber hatte sie den richtigen Rhythmus gefunden.

Zur Hölle mit dir, dachte sie. Er war der aufreizendste und rätselhafteste Mann, den sie kannte. Wie konnte er nur so etwas sagen, sich dann einfach umdrehen und davoneilen?

Er hatte es nicht so gemeint. Natürlich nicht. So viel war ihr auch klar. Er hatte es nur gesagt, um sie aus ihrer niedergeschlagenen Stimmung zu holen, in die sie verfallen war, und um sie von diesen Männern abzulenken.

Es hatte funktioniert.

Lauren bedachte ihn mit wütenden Blicken. Oh, du bist verdammt gut, Rawlins. Sehr geschickt.

Er gab ein zermürbendes Tempo vor. Wenn die Strecke vor ihm es erlaubte, begann er sogar zu laufen. Dabei vollführte er mit den Schneeschuhen sonderbare, ausholende Sprünge und ließ es auch noch so aussehen, als wäre das eine leichte Übung.

Lauren musste dagegen alle Kraft und Konzentration aufbringen, um mit ihm mitzuhalten. Da sie deutlich kleiner war, musste sie drei oder vier Schritte machen, während er nur zwei Schritte benötigte.

Hinzu kam, dass es immer kälter wurde. Ihr Atem wurde zunehmend rauer und schneller, ihre Lungen arbeiteten auf Hochtouren. Jeder Atemzug brannte wie Feuer.

Sam blieb nicht stehen. Als sie ihm keuchend zurief, sie brauche Wasser, reichte er ihr lediglich den Kanister nach hinten, ohne sein Tempo zu reduzieren.

Es dauerte nicht lange, da hatte Lauren die Worte vergessen, die sie so sprachlos gemacht hatten. Ebenso vergaß sie die Männer, die hinter ihnen her waren. Die Kälte und die unerbittliche Wildnis ringsum geriet ebenfalls in Vergessenheit. Es erforderte ihre volle Aufmerksamkeit, so schnell wie möglich einen Fuß vor den anderen zu setzen, ohne dabei zu stolpern.

Lauren war der Meinung gewesen, in guter körperlicher Verfassung zu sein, doch nachdem sie fast zwei Stunden das gnadenlose Tempo mitgemacht hatte, war sie erschöpft. Sie war am Limit angekommen und wollte gerade protestieren, weil sie keinen Schritt mehr machen konnte, als sie das markante Geräusch eines herannahenden Hubschraubers hörten.

Sam blieb stehen, wirbelte herum und streckte ihr eine Hand entgegen. „Sie kommen! Beeil dich!"

Es war erstaunlich, zu welchen Leistungen der menschliche Körper fähig wurde, wenn Angst und Adrenalin zusammenspielten. Lauren lag bestimmt fünf bis sechs Meter hinter Sam zurück, aber in dem Moment schoss sie auf ihn zu wie von einer Rakete angetrieben. Ihre Müdigkeit schien wie fortgewischt. Als sie ihn erreicht hatte, fasste Sam ihre Hand. Dann riss er sie zu Boden und rollte mit ihr unter die tief hängenden Zweige der Tanne, die am nächsten stand.

Als sie gegen den Stamm stießen, lag Lauren auf dem Rücken, Sam kauerte über ihr. Er hob den Kopf und lauschte. „Da sind sie!“ rief er, senkte den Kopf wieder und begrub sie völlig unter seinem Körper.

Der Hubschrauber kam immer näher, bis er sich in einer Höhe von etwa dreißig Metern direkt über ihnen befand. Der Lärm war ohrenbetäubend. Der Baum, unter dem sie lagen, wurde so wie die umstehenden von der Druckwelle der Rotoren erfasst. Er schwankte, und Schnee rutschte von den Zweigen.

Lauren klammerte sich an Sam und schloss die Augen. Sie hatte das Gefühl, dass der Hubschrauber für einige Sekunden direkt über ihnen in der Luft stehen blieb. Sie hielt den Atem an, da sie jeden Augenblick damit rechnete, dass sich Kugeln in ihren Körper bohrten.

Ihre Nerven mussten ihr einen Streich gespielt haben, da der Hubschrauber in einem Zickzackkurs weiterflog und die Männer offensichtlich immer noch nach ihnen Ausschau hielten.

Sam und Lauren lagen völlig regungslos da, hielten sich gegenseitig fest und horchten auf das Motorengeräusch, das sich allmählich in einiger Entfernung verlor. Als es nur noch ein leises Grollen war, hob Sam den Kopf.

„Glaubst du, dass sie weg sind?“ murmelte Lauren.

„Für den Augenblick ja.“ Er sah sie an. „Alles in Ordnung?“

„Ja ... ja, mir geht es gut. Ich bin nur ein bisschen aufgeregt. Aber ich lebe noch. *Wir* leben noch."

„Ja", pflichtete er ihr heiser bei.

Im nächsten Moment veränderte sich alles.

Die Stille, die sie umgab, war noch immer voller Gefahr und Angst, doch mit diesem einen Wort – wir – schien es auf einmal so, als wäre die Luft zwischen ihnen elektrisch geladen und würde Funken sprühen. Dieses Knistern beunruhigte sie beide.

Ihr wurde bewusst, in welcher intimen Position sie sich beide befanden. Sam lag noch immer auf ihr, ihre Gesichter waren sich so nahe, dass sie seinen warmen Atem auf ihrer Haut fühlen konnte. Zum ersten Mal sah sie die noch eine Spur dunkleren Pupillen seiner beinahe nachtschwarzen Augen. Sie konnte jede einzelne Bartstoppel sehen, jede der Wimpern, die seine Augen einrahmten.

Und sie sah die Hitze in dieser unergründlichen Schwärze.

Sam bedeckte ihren zierlichen Körper völlig. Trotz der dicken Parkas wurde ihr mit einem Mal bewusst, wie unterschiedlich sie gebaut waren. Sam war groß, durchtrainiert und zäh. Und äußerst männlich. Sie war dagegen klein und fast schon schmächtig.

Ihr Herz raste, und obwohl sich mehrere Lagen Stoff zwischen ihnen befanden, konnte sie Sams rhythmischen Herzschlag deutlich spüren.

Ihre Blicke trafen sich wieder – suchend, eindringlich, begehrlich. Lauren hätte nicht wegsehen können, selbst wenn ihr Leben davon abgehangen hätte. Er versuchte gar nicht erst, das wilde Verlangen zu verbergen, das sein Gesicht verriet.

Zitternd erwiderte Lauren seinen Blick. So viele Gefühle tobten in ihr, lasteten schwer auf ihrer Brust und schnürten ihr die Kehle zu, so dass sie kaum atmen konnte.

Sie lagen unter der Tanne ausgestreckt. Die dünne Bergluft war so kalt, dass sie wie winzige Kristalle auf der Haut und in den Lungen stach. Dennoch war es Lauren heiß, fast so, als hätte sie Fieber.

Sams Blick wanderte zu ihrem geöffneten Mund. Sie sah, wie die Adern an seinen Schläfen pulsierten.

„Sam ... wir ... das ist ..."

„Du bist wunderschön", flüsterte er.

Seine Worte überraschten sie so sehr, dass sie nicht wusste, was sie erwidern sollte. „Ich ...", begann sie. Mit großen Augen sah sie ihn an. Bebend atmete sie aus und fuhr mit der Zungenspitze über ihre trockenen Lippen.

Seine Augen erfassten diese Bewegung, und sie sah, wie sich seine Pupillen weiteten. Schließlich legte er den Kopf ein wenig schräg.

Laurens Herz schien außer Kontrolle zu geraten, als er die Augen schloss und den Kopf langsam senkte. Sie machte gleichfalls die Augen zu und seufzte leise.

Sams Mund hatte ihren kaum berührt, als er plötzlich den Kopf hochriss und reglos verharrte.

„Was ...?" begann Lauren, aber im selben Moment hörte sie das unheilvolle Geräusch. „O mein Gott. Sie kommen wieder! Sie haben uns *gesehen*!"

„Sei ruhig", befahl er, als sie voller Panik aufspringen wollte. Er stützte sich auf einen Ellbogen und legte die andere

Hand flach auf ihren Oberkörper, damit sie liegen blieb. Den Kopf zur Seite gelegt, lauschte er aufmerksam.

Das Geräusch kam näher, und wieder schwankten die Bäume hin und her. Lauren wand sich, aber der Hubschrauber flog mit gleich bleibender Geschwindigkeit weiter.

Sam sah sie ernst an. „Beweg dich erst, wenn ich es dir sage.“ Er wartete, dass sie ihm zustimmte, doch sie starrte ihn nur weiter an. Er hob die Augenbrauen und fragte: „Verstanden?“

Sie nickte und schluckte schwer. „J...ja.“

Noch einen Moment länger ließ er den Blick auf ihr ruhen, dann nickte er, rollte sich zur Seite und streifte den Rucksack ab.

Auf dem Bauch robbte er bis zum äußersten Rand der tief hängenden Zweige, nahm das Gewehr von der Schulter und beobachtete die Umgebung. Er nahm das Fernglas, das er noch immer um den Hals trug, und sah dem Hubschrauber nach. „Alles in Ordnung. Sie suchen in einem Gittermuster. Nachdem sie unsere Spur gefunden haben, werden sie sich wahrscheinlich ausgerechnet haben, wie groß unser Vorsprung sein dürfte. Dann haben sie in allen Richtungen diesen Radius abgesucht. Lange können sie das aber nicht durchhalten, weil ihnen der Treibstoff allmählich ausgeht und sie umkehren müssen. Wir müssen einfach nur hier sitzen bleiben und warten.“

„Gott sei Dank.“ Lauren schloss erleichtert die Augen. „Wenn sie die Suche aufgeben, sind wir in Sicherheit. Sie werden uns nicht länger verfolgen.“

„Nicht ganz.“ Sam ließ das Fernglas sinken und sah zu

Lauren. „In der Maschine saßen außer dem Piloten nur zwei Männer."

„Nur zwei? Aber gesehen hast du doch ..."

„Genau. Fünf Männer und der Pilot waren beim Wrack. Das heißt, drei Leute verfolgen uns jetzt zu Fuß."

Lauren fühlte, wie ihr das Blut aus dem Gesicht wich. Sam beobachtete wieder den Hubschrauber, der im Zickzack flog. „Du solltest besser beten, dass der Pilot von der vorsichtigen Sorte ist und bald nach Hause zurückkehrt. Je länger wir unter diesem Baum festsitzen, umso näher kommen uns die drei Killer."

12. KAPITEL

Die Sekunden verstrichen wie eine Ewigkeit. Nach zwanzig Minuten war Lauren so angespannt, dass sie am liebsten aus der Deckung der Tanne gestürmt und um ihr Leben gelaufen wäre.

Der Hubschrauber war nun so weit entfernt, dass das Dröhnen der Rotoren nur noch als fernes Summen zu hören war. Sam konnte ihn aber mit dem Fernglas immer noch beobachten.

„Jetzt", sagte er schließlich. „Sie fliegen weg."

„Endlich." Lauren schloss die Augen und atmete erleichtert aus.

„Dann nichts wie los." Sam griff sich den Rucksack und kroch unter den Zweigen hindurch. Lauren musste sich kein zweites Mal auffordern lassen, sondern war sofort dicht hinter ihm.

Wie lange haben wir uns jetzt versteckt? überlegte sie. Dreißig Minuten? Fünfundvierzig Minuten? Sie hatte keine Ahnung und wusste nur, dass es ihr wie eine Ewigkeit vorgekommen war.

Und die ganze Zeit über hatten die Männer, die hinter ihnen her waren, Boden wettmachen können.

Während sie durch den Schnee stapften, sah sie sich im Abstand von wenigen Minuten immer wieder um.

Schließlich verließen sie die Baumgruppe und waren auf freiem Gelände. „Los, los!" forderte Sam sie auf und legte wieder ein mörderisches Tempo vor. Lauren hatte nichts dagegen einzuwenden, auch wenn sie Schwierigkeiten hatte, nah genug hinter ihm zu bleiben, um ihn überhaupt noch sehen zu können. Sie beklagte sich selbst dann nicht, als der Hang steiler wurde. Lieber riskierte sie einen Sturz, als eine Kugel abzubekommen.

Stundenlang wanderten sie über unwegsames Gelände. Von Zeit zu Zeit mussten sie ihre Schneeschuhe abschnallen, weil Geröllhalden und Felsen das Weiterkommen behinderten, dann wiederum lag ein Abschnitt vor ihnen, der über einen Meter hoch mit Pulverschnee bedeckt war.

Lauren hatte in ihrem ganzen Leben noch nie etwas derart Anstrengendes unternommen. Bei jedem Schritt keuchte sie und schnappte nach Luft. Ihre Lungen brannten, und jeder Atemzug schmerzte im Hals. Ihre Beine waren schwer wie Blei, und durch das Gewicht des Matchbeutels hatte sie unerträgliche Schmerzen in Schultern und Rücken. Trotzdem ignorierte sie ihre Leiden und die Müdigkeit und kämpfte sich weiter. Irgendwo hinter ihnen waren drei Männer unterwegs, die es auf ihr Leben abgesehen hatten.

Gegen Mittag aßen sie einige Streifen Dörrfleisch und einen Energieriegel, ohne eine Pause einzulegen. Sam behielt das halsbrecherische Tempo unentwegt bei und blieb nur dann kurz stehen, wenn er auf den Kompass sah oder mit dem Fernglas die Umgebung inspizierte. Lauren nutzte diese kurzen Stopps, um einen Schluck Wasser zu trinken und zu Atem zu kommen, während sie sich gegen einen Baum oder einen Fels lehnte. Sie wagte es nicht, sich hinzusetzen, weil sie befürchtete, dass ihr die Kraft zum Aufstehen fehlte.

Nach einer schier endlosen Wanderung über Schneefelder und Geröllhalden, die oft so steil bergab führten, dass sie sich an Zweigen festhalten musste, um nicht den Halt zu verlieren, bewegte sich Lauren nur noch automatisch. Sie nahm nichts mehr um sich herum wahr, sondern wurde von dem Drang getrieben, immer weiterzugehen.

Als es dämmrig wurde, erwartete sie, dass sie in Kürze irgendwo ihr Lager aufschlagen würden, doch Sam machte keine Anstalten, sich für die Nacht niederzulassen.

„Sam! Wann ... werden wir ... für die Nacht .. anhalten?“ rief sie abgehackt, da sie immer wieder nach Luft schnappte.

„Gar nicht“, erwiderte er. „Wir haben fast Vollmond. Der Schnee reflektiert das Mondlicht. Es wird sehr hell werden, darum werden unsere Verfolger keinen Halt machen“, erklärte er. „Also müssen wir auch weiter.“

Lauren sah zu den Schatten, die allmählich länger wurden. „Ist das nicht ... gefährlich? Können wir ... irgendetwas sehen?“

„Nicht viel, aber unter den Umständen ist es besser, wenn wir nachts weiterziehen.“

Wunderbar, dachte sie erschöpft. Wenigstens noch eine Sorge mehr.

Wenig später erreichten sie eine dichte Baumgruppe, und Sam erklärte, sie würden eine Pause machen. Lauren beugte sich vornüber und stützte die Hände auf ihre Knie, während sie versuchte, wieder gleichmäßig und ruhig zu atmen.

„Da drüben ist ein ziemlich ausladender Busch. Falls du wieder eine ‚Toilette‘ aufsuchen musst, dann solltest du das jetzt tun, solange wir noch Zeit dazu haben“, warnte Sam sie.

Lauren fehlte die Kraft, um gegen seinen Tonfall zu protestieren oder seine Bemerkung zu kommentieren. Wortlos richtete sie sich auf und verschwand hinter dem Busch.

Als sie zurückkam, hatte Sam ein kleines Feuer entfacht und etwas Schnee schmelzen lassen, um eines der Fertiggerichte zuzubereiten. Lauren sah sich ängstlich um. „Haben wir Zeit dafür? Sollten wir nicht weiterziehen?“

„Wir haben sehr viele Kalorien verbrannt. Außerdem brauchen wir etwas Heißes, damit uns wieder warm wird und wir länger durchhalten. Und die Typen hinter uns müssen auch etwas essen.“

Als sie Sam zum ersten Mal begegnet war, hatte er sich seit einigen Tagen nicht rasiert. Jetzt, nach vier Tagen auf der Flucht, entwickelte sich allmählich ein dichter Bart. Auch seine Haare waren länger geworden, wie Lauren bemerkte. Eine Strähne, die so schwarz-blau glänzte wie das Gefieder eines Raben, hing ihm in die Stirn. Im Schein des kleinen Lagerfeuers hatte seine Haut eine gold-bronzene Färbung. Während sie sein markantes Profil betrachtete, wurde ihr zum ersten Mal bewusst, wie offensichtlich seine indianische Abstammung eigentlich war. Komisch, dass ihr das zuvor noch nicht aufgefallen war, nicht einmal, nachdem er ihr von seiner Mutter erzählt hatte.

Er hatte etwas Besonderes an sich, was seine Haltung und sein körperliches Erscheinungsbild anging. Sam wirkte völlig natürlich, wie er da vor dem Feuer hockte – zäh und Herr der Lage, sogar ein wenig gefährlich. Ein Alpha-Mann. Dominant. Sexy.

Ein angenehmer Schauer durchfuhr Lauren. Sie wandte den Blick ab und legte die Arme um sich.

„Fertig“, erklärte Sam. Er holte zwei Löffel aus dem Rucksack und reichte ihr einen, dann hielt er den Topf zwischen sie beide. „Hau rein und beeil dich. Wir müssen in fünf Minuten weiter.“

Der heiße Eintopf schmeckte köstlich, und die Wärme, die er in ihrem Körper verbreitete, war absolut himmlisch.

Lauren war vor Müdigkeit fast übermütig. Während sie hastig das Essen aus dem Topf aß, begann sie leise zu kichern, da sie an all die edlen Dinnergesellschaften denken musste, die sie während ihrer Karriere besucht hatte.

„Was ist so lustig?“

Sie sah auf und bemerkte, dass Sam sie beobachtete.

„Nichts. Gar nichts“, antwortete sie. Sie nahm einen weiteren Löffel und kämpfte gegen den Wunsch an, hysterisch zu lachen, als sie sich vorstellte, wie entsetzt diese verwöhnten Musikliebhaber reagiert hätten, wenn sie jetzt sehen könnten, wie sie sich mitten in einer Schneelandschaft mit einem schmuddeligen unrasierten Mann ein Fertiggericht teilte.

Sie aßen auf, dann wischte Sam den Topf und die Löffel mit Schnee sauber und verstaute alles wieder im Rucksack. Nachdem er die Feuerstelle mit Schnee bedeckt hatte, überraschte er Lauren damit, dass er ihr beim Aufstehen half. Als sie vor ihm stand, hielt er noch immer ihre Hand und sah sie an. „Alles in Ordnung?“

Sein besorgter Tonfall überraschte sie noch mehr und ließ einen wohligen Schauer über ihre Haut rieseln. Und so absurd es war – ihre Augen wurden feucht.

Verärgert über sich selbst zwinkerte sie und schüttelte den

Kopf. „Ja, es geht mir gut. Ich bin fertig, wenn du es bist“, sagte sie und griff nach dem Matchbeutel.

Kurz nachdem sie aufgebrochen waren, brach die Dunkelheit über sie herein. Das fahle Mondlicht wurde vom Schnee in einem bläulichen Leuchten reflektiert, das schön und unheimlich zugleich war.

Die nächsten Stunden wanderten sie in einem stetigen, wenn auch etwas langsamerem Tempo als zuvor durch das Gebirge. Gegen zehn Uhr war Lauren so weit, im Stehen einzuschlafen. Sie folgte Sam wie ein Zombie, während sie vorsichtig einen steilen Hang hinunterstiegen. Ihre Arme und Beine waren so steif und ihre Bewegungen so unkoordiniert, dass der kleinste Fehltritt eine Katastrophe hätte nach sich ziehen können.

Sie war dermaßen erschöpft, dass sie kaum noch einen Laut von sich geben konnte, doch der kurze, schwache Aufschrei genügte, um Sam zu beunruhigen. Er blieb stehen und sah sich in dem Moment um, als Lauren ein Stück hinter ihm Hals über Kopf den Hang hinunterrollte und hilflos mit Armen und Beinen ruderte.

„Jesus!“ Sams Herz setzte für einen Schlag aus, dann begann es wie verrückt zu rasen. *„Lauren!“*

Er vergaß jegliche Vorsichtsmaßnahmen und eilte ihr nach, wobei er auf dem abfallenden Gelände seitliche Schritte machen musste, mit denen er den lockeren Schnee aufwühlte.

Gut zehn Meter unterhalb der Stelle, an der Sam stehen geblieben war, stieß Lauren gegen einen Busch und blieb dort reglos liegen. Er hatte das Gefühl, dass sich eine eisige Hand um sein Herz legte und es zusammendrückte.

„Warte, ich komme!“ Keuchend und mit wild pochendem Herzschlag legte er die letzten Meter zurück und fiel neben ihr auf die Knie.

Sie lag auf dem Rücken und hatte die Augen geschlossen, die Arme waren lang ausgestreckt. Zum Glück schien der Sturz glimpflich abgelaufen zu sein. Die einzige erkennbare Verletzung war der Schnitt auf der Stirn, den sie sich bei dem Flugzeugabsturz zugezogen hatte.

Er öffnete den Reißverschluss ihres Parkas und schlug die linke Seite um, damit er sein Ohr auf ihre Brust drücken konnte. Erleichtert stellte er fest, dass ihr Herz gleichmäßig und kraftvoll schlug. „Gott sei Dank“, murmelte er.

„Lauren? Lauren, sag was.“ Er strich ihr das Haar aus dem Gesicht und gab ihr einen leichten Klaps auf die Wange. „Komm schon, mach die Augen auf.“

Ihre Augenlider zuckten. „Wa...was ist passiert?“

„Du bist gestürzt.“

„O ja, stimmt“, sagte sie leise. „Ich glaube, ich bin mit dem Schneeschuh auf ein Stück Fels getreten.“

„Versuch dich zu bewegen, und sag mir, wenn dir irgendetwas wehtut.“

Sie gehorchte behutsam, drehte den Kopf langsam hin und her und ließ die Schultern rotieren. „Ich glaube, außer dem Schrecken und ein paar blauen Flecken habe ich nichts.“

„Gut. Wir machen einen Stopp und legen eine Ruhepause ein.“

„Aber du ...“

„Wir haben keine andere Wahl, Lauren. Du bist todmüde. Jetzt noch weiterzugehen, wäre viel zu gefährlich.“ Er sah sich um. „Da drüben an der Felswand liegen einige größere Felsblöcke zusammen. Wenn wir dazwischen kampieren, werden sie vermutlich unser Lagerfeuer verdecken. Wenn nicht, haben wir wenigstens eine Stelle, von der aus wir uns gut verteidigen können."

Lauren zuckte bei der Bemerkung zusammen, sagte aber nichts. Sam sah sie wieder besorgt an. „Kannst du gehen?"

„Ich ... ich glaube schon."

Als er sich erhob, nahm sie seine Hand und stand langsam auf. Nach ein paar zaghaften Schritten war sie sicher genug, um zu den Felsblöcken zu gehen.

Das Glück war wirklich auf ihrer Seite. In der Felswand hinter den Blöcken entdeckte Sam eine kleine Höhle. Sie reichte keine zwei Meter in das Gestein, und sie mussten sich beide bücken, um hineinzugelangen, aber sie bot Schutz vor dem Wind und würde die Hitze eines Lagerfeuers reflektieren.

Als Sam erklärte, er wolle Feuerholz zusammentragen, bot Lauren sofort ihre Hilfe an, doch er lehnte ab. „Nein, du bleibst hier und ruhst dich aus."

„Aber ..."

„Hör auf, Lauren, du hast gerade einen hässlichen Sturz hinter dir."

Sie wollte zum nächsten Protest ansetzen, aber er legte ihr seine Hand um den Nacken und gab ihr einen Kuss auf ihre kalten Lippen, um sie zum Schweigen zu bringen. Als er den Kopf zurückzog, sah er ihren aufgewühlten Blick und sagte leise: „Ich weiß, dass du deinen Teil dazu beitragen möchtest, aber tu mir den Gefallen, und lasse es zu, dass ich mich jetzt um dich kümmere. Okay?"

„Okay", erwiderte sie schwach. Er wusste nicht, ob sie fassungslos oder einfach nur zu müde war, um mit ihm zu diskutieren. Im Augenblick war das auch nicht weiter wichtig. Er wollte einfach nur ein Feuer anzünden und dafür sorgen, dass sie ihren Schlaf bekam.

„Gut", sagte er, zog die Taschenlampe aus dem Rucksack und leuchtete die kleine Höhle ab. „Glück gehabt, keine Tiere. Hier, nimm das." Er reichte ihr die Lampe. „Geh rein und setz dich hin. Ich bin gleich wieder da."

Sam benötigte fast eine halbe Stunde, um die nötige Menge Holz zu sammeln. Als er zurückkehrte, lag Lauren in der Höhle auf der Seite und schlief fest. Die Taschenlampe neben ihr war noch eingeschaltet.

Sam kniete sich neben sie und betrachtete ihr blasses Gesicht. Der Anblick löste ein sonderbares Gefühl in ihm aus. Er beugte sich vor und strich eine Haarlocke aus ihrer Stirn, dann nahm er die Taschenlampe an sich.

Er arbeitete zügig, um die gesammelten Fichtenzweige zu einer Matratze anzuordnen. Er hatte nicht so viele, wie es ihm recht gewesen wäre, aber im Moment war es vorrangig, dass Lauren so schnell wie möglich gewärmt wurde. Außerdem hatte er sie nicht länger als unbedingt nötig allein lassen wollen.

Innerhalb von Minuten hatte er ein Bett hergerichtet. Er hob Lauren hoch und legte sie in den Schlafsack. Sie rührte sich nicht und gab nicht einmal einen Laut von sich. Wenn er nicht ihren Atem auf seiner Wange gespürt hätte, wäre er zutiefst beunruhigt gewesen.

Er zog den Schlafsack zu, dann zündete er gleich hinter

dem Höhleneingang das Lagerfeuer an. Das übrige Holz stapelte er neben dem Schlafsack auf, damit er mühelos etwas nachlegen konnte, wenn das Feuer zu weit herunterbrennen sollte. Als die Flammen aufloderten, nahm er die Drahtrolle aus dem Paket und verließ wieder die Höhle.

Der Eingang war nur zu erreichen, wenn man sich einen Weg durch das Wirrwarr aus Felsblöcken bahnte. Gut fünf Meter von der Höhle entfernt spannte Sam ein Stück Draht über den schmalen Pfad und befestigte es zu beiden Seiten mit einigen kleineren Steinen. Wenn jemand gegen den Draht stieß, würden die aufeinander gestapelten Steine den Halt verlieren. Das bot zwar keine Sicherheit, aber wenigstens bedeutete das Geräusch eine Vorwarnzeit von ein paar Sekunden.

Wieder in der Höhle angelangt, platzierte er das Gewehr und seine Handfeuerwaffe griffbereit neben dem Schlafsack, dann legte er sich hin und zog Lauren in seine Arme.

„Aufwachen, das Frühstück ist fertig."

Lauren wollte sich wegdrehen, aber Sam rüttelte sie an der Schulter.

„Komm schon, steh auf."

Sie stöhnte. Ihr kam es so vor, als hätte sie sich gerade erst hingelegt. Sie blinzelte in das Lagerfeuer, und schließlich sah sie nach draußen in die Dämmerung. „Es ist doch noch mitten in der Nacht", protestierte sie.

„Die Sonne wird bald aufgehen, und dann machen sich unsere Freunde auch wieder auf den Weg."

Sams Worte wirkten wie eine kalte Dusche. Lauren richtete sich so abrupt auf, als hätte der Schlafsack Feuer gefangen.

Sie brauchten nicht einmal eine Viertelstunde, dann waren sie schon wieder unterwegs.

Ihr schmerzten vom unerbittlichen Marsch am Tag zuvor noch immer alle Muskeln, aber Sam war zu keinem Zugeständnis bereit. Er lief mit dem gleichen hohen Tempo und ließ ihr keine andere Wahl, als ihm zu folgen.

Nach gut einer Stunde hatte ihr Körper die Schmerzen erfolgreich bekämpft, und sie bekam neuen Auftrieb. Die Strecke war zwar alles andere als einfach, aber sie kam ihr nicht mehr so strapaziös vor wie am Vortag. Lauren empfand sogar einen gewissen Stolz dabei, wie sie die Situation meisterte.

Zugegeben, ihr Überleben hing immer noch von Sam ab. Das störte sie, und daran gab es auch nichts schönzureden. Ohne ihn hätte sie keine Ahnung gehabt, in welche Richtung sie gehen musste. Aber trotz allem war sie wenigstens kein hilfloses Geschöpf.

Einige Stunden nach Tagesanbruch stiegen sie in ein tiefes Tal hinab. Sam blieb stehen und beobachtete vom Waldrand aus aufmerksam die Umgebung. Von ein paar vereinzelten Fichten und Espen sowie einigen Felsblöcken abgesehen, war das Tal eine lang gestreckte Schneefläche, über die in alle Richtungen Tierfährten verliefen.

Lauren stellte fest, dass die Berge ringsum für sie alle gleich aussahen. Sie hätten ebenso gut im Kreis wandern können, es wäre ihr nicht aufgefallen.

„Sag mir bitte, dass du weißt, wo wir sind."

„Das weiß ich." Er deutete auf das Talende. „Zwischen den beiden Bergen dahinten verläuft ein Pass. Auf der anderen Seite ist wieder ein Tal, das etwas flacher ist als dieses hier und das man leichter vom Highway erreichen kann, der zwischen Durango und Silverton verläuft. Da gibt es mindestens eine Ferienhütte, vielleicht inzwischen sogar mehr. Ich bin vor vielen Jahren mal in der Gegend auf die Jagd gegangen. Wenn wir die Hütte vor Einbruch der Dunkelheit erreichen, können wir dort die Nacht verbringen."

„Wenn wir so nah an einem Highway sind, warum gehen wir dann nicht weiter, bis wir ihn erreichen?" fragte Lauren. „Wir könnten einen Wagen anhalten." Sie hatte das noch nie in ihrem Leben gemacht, aber einen Versuch war es wert. „Du hast selbst gesagt, dass diese Männer in der letzten Nacht wahrscheinlich den Abstand zu uns verringert haben. Wenn wir noch einmal Pause machen, könnten sie uns einholen."

„Ich habe gesagt, dass man die Hütte leichter vom Highway erreichen kann. Das heißt nicht, dass der Highway gleich nebenan liegt. Wenn man nicht wandert oder auf Skiern unterwegs ist, kann man im Winter nur per Schneemobil oder Hubschrauber in dieses Tal gelangen. Außerdem haben wir keine andere Wahl. Hast du nicht gemerkt, dass von Westen bereits der nächste Sturm aufzieht?"

„Was?" Lauren drehte rasch den Kopf in die Richtung, in die er zeigte. Eine tief hängende Wolkenfront hatte sich bereits über die Berggipfel in der Ferne geschoben und war auf dem Weg zu ihnen. Sie fühlte unbändige Angst in sich aufsteigen.

„Wir müssen irgendwo unterkommen, und unsere Verfolger ebenfalls", redete Sam ungerührt weiter. „Ich möchte aber, dass wir es diesmal etwas bequemer haben. Während sich diese Gauner alles abfrieren, werden wir in einer gemütlichen Berghütte abwarten. Und jetzt komm." Er gab ihr das Zeichen zum

Aufbruch. „Wir bleiben dicht bei den Bäumen", rief er ihr über die Schulter zu. „Quer durchs Tal ginge es zwar viel schneller, aber wir sollten nicht das Risiko eingehen, völlig ohne Deckung zu sein."

Um Mittag herum setzte wieder Schneefall ein, der Sam diesmal jedoch nicht missfiel. „Mit etwas Glück verwischt der Schnee unsere Spuren, ehe sie es bis hierher geschafft haben. Das könnte uns noch etwas Spielraum geben."

Es war Nachmittag, als sie das Tal endlich umrundet hatten. Lauren spürte die Anstrengungen der letzten beiden Tage in jeder Faser ihres Körpers. Obwohl der Höhenunterschied zwischen dem Tal und dem Pass nur gut dreihundert Meter betrug, begannen beim Aufstieg ihre Kräfte zu schwinden.

Rücken, Beine und Füße schmerzten, und wenn sie sich nicht irrte, hatte sie sich Blasen gelaufen. Sie war so erschöpft, dass sie das Gefühl hatte, ihr Kopf sei in Watte gepackt, und sie brachte kaum noch die Kraft auf, einen Fuß vor den anderen zu setzen. Sie spürte nur noch die Kälte, die ihr durch und durch ging.

Je höher sie stiegen, umso kälter wurde es. Gleichzeitig schneite es immer kräftiger. Trotzdem verlangsamte Sam sein Tempo nicht. Lauren schleppte sich hinter ihm her und fühlte sich bei jedem Schritt elender. Als sie den Pass endlich erreicht hatten und mit dem Abstieg begannen, stolperte sie fast nur noch blindlings drauflos.

Sam beobachtete sie mit wachsender Sorge aus den Augenwinkeln. Sie steht kurz vor dem Kollaps, dachte er, als er sah, wie bleich sie war und wie unsicher sie durch den Schnee stapfte.

„Du machst das großartig, aber jetzt gib bloß nicht auf", redete er auf sie ein. „Ich weiß, dass du hundemüde bist, doch wir haben nur noch ein kleines Stück vor uns. Die Hütte liegt gleich am Fuß dieses Hangs. Das schaffst du."

„Mach .. dir ... keine ... Sorgen ... um mich. Ich schaffe ... das schon."

„Natürlich. Du bist eine zäh ... hoppla!"

Lauren stolperte und wäre gestürzt, wenn er sie nicht aufgefangen hätte. „Ganz langsam. Denk an mein Herz. Das würde es nicht überleben, wenn du noch mal hinfällst." Er nahm ihr den Matchbeutel ab und hängte ihn sich über die Schulter, dann legte er ihr den Arm um die Hüfte und zog sie an sich. „Komm, lehn dich an mich."

„Nicht ... nötig ... es ... geht ... schon", beteuerte sie mit schleppender Stimme. „Ich schaff das ... schon allein."

„Sicher", sagte er belobigend. „Hör zu. Unabhängig zu sein ist eine gute Sache. Aber jetzt nicht der richtige Augenblick, es zu beweisen. Du machst alles nur noch schwieriger. Also gib es auf, weil wir das hier auf meine Tour machen."

„Mir geht ... es gut. Ich brauche ... keine ..." Ihre Wange berührte nur kurz seine Brust, trotzdem schloss Lauren mit einem wohligen Stöhnen die Augen und lehnte sich an ihn.

„Wie kann man nur so stur sein", brummte Sam mürrisch.

Auch wenn sie sich alle Mühe gab, wach zu bleiben, trug er sie den Rest des Weges mehr, als dass sie selbst ging.

Der kräftige Wind steigerte sich in dem Moment zu einem heftigen Schneesturm, als sie sich den Weg ins Tal bahnten, und heulte wie eine Todesfee. Der Schnee fiel so dicht, dass er wie eine feste weiße Wand um sie herum wirkte.

Sam kämpfte sich durch den eisigen Mahlstrom, während er Lauren fest an sich drückte. Er verfluchte den Sturm, gleichzeitig war er dankbar für den Wetterumschwung. Wenn es auf der anderen Seite des Passes genauso heftig schneite, standen die Chancen gut, dass ihre Verfolger die Fährte verloren hatten. Aber selbst wenn das nicht der Fall war, bezweifelte er, dass sie den Pass noch erreicht hatten. Sie würden gezwungen sein, ihre Verfolgung zu unterbrechen und Schutz vor dem Unwetter zu suchen.

Ihm und Lauren würde es allerdings nicht anders ergehen, wenn sie die Hütte nicht fanden.

Sie hatten den Ausläufer des Hangs noch nicht erreicht, als es fast schlagartig dunkel wurde, was das Vorankommen erheblich erschwerte. Sam ging in die Richtung weiter, in der er die Hütte vermutete, und hoffte, dass er sie in der Dunkelheit und dem Schneegestöber nicht verpasste.

Er wollte gerade aufgeben und nach einem anderen Unterschlupf Ausschau halten, da machte er vor sich das Gebäude aus. „Ja!"

Als sie die Veranda erreicht hatten, setzte er Lauren so ab, dass sie sich gegen einen Pfosten lehnen konnte, während er erst ihre, dann seine Schneeschuhe auszog. Er zog ein Taschenmesser hervor, hockte sich vor die Tür und begann das Schloss zu öffnen.

„Das wär's", sagte er triumphierend. „Wir haben's geschafft."

Lauren blinzelte und bemühte sich, etwas zu erkennen. „G...gut", sagte sie mit klappernden Zähnen.

In der Hütte war es kaum wärmer als in einem Grab. Sam

warf Matchbeutel und Rucksack auf den Boden, holte die Taschenlampe heraus und sah sich um. Die Hütte war klein. Sie bestand aus einem großen Raum mit einer Kochnische und einer Essecke auf der einen und einer Sitzgruppe auf der anderen Seite. Im hinteren Bereich machte er ein Schlafzimmer und ein Bad aus, und von dem zum Schlafraum ausgebauten Dachspeicher konnte man den gesamten Hauptbereich überblicken. Als der Strahl der Taschenlampe auf den Kamin fiel, atmete Sam erleichtert aus. Er wurde mit Holz geheizt, und gleich daneben lag ein großer Vorrat Holzscheite.

„Großartig. Ich mache sofort Feuer. Halt noch einen Moment länger aus", sagte er zu Lauren, während er einige Scheite auflegte. „Gleich ist es schön warm."

Innerhalb weniger Minuten loderten die Flammen und verbreiteten in der Hütte angenehme Wärme. „Das sollte reichen", erklärte er und wischte sich die Hände ab, während er aufstand. „Du fühlst dich bald ..."

Während er sprach, drehte er sich um und verstummte, als er sah, dass Lauren zusammengerollt auf der Couch lag und fest schlief.

Nicht einmal der warme Schein des Feuers konnte darüber hinwegtäuschen, wie bleich und erschöpft sie aussah. Und obwohl sie auffallend lange Wimpern hatte, reichten sie nicht aus, um die dunklen Augenringe zu verdecken. Während er dastand und sie betrachtete, fühlte er, wie sich etwas in seiner Brust regte.

Er ging neben der Couch in die Hocke und strich Lauren über die Wange, dann schob er ihr eine Haarsträhne hinters Ohr. „Okay, Kleine. Nach diesem Tag hast du dir das wirklich verdient", flüsterte er. Dann verzog er den Mund und schnaubte leise. „Tag? Du hast eine ganze schreckliche Woche hinter dir."

Doch er musste zugeben, dass sie sich gut geschlagen und alles gemacht hatte, was zu tun gewesen war. Besser als so mancher Mann, der ihr kräftemäßig überlegen war. Und sie hatte sich alles in allem kaum über die Strapazen beklagt. So klein und zerbrechlich sie auf den ersten Blick auch wirken mochte, war Lauren Brownley doch eine bewundernswert starke Frau.

„Heute Nacht kannst du wenigstens wieder in einem richtigen Bett schlafen." Sam hob sie hoch und trug sie in das Schlafzimmer im rückwärtigen Teil der Hütte.

Als er mit der Taschenlampe den Raum beleuchtete, fiel ihm auf, dass er eindeutig von einer Frau eingerichtet worden war: eine Bettdecke mit Blumenmuster, das zu den Vorhängen passte, ein Berg aus Kissen am Kopfende des großen Messingsbetts, Arrangements aus Trockenblumen und Kerzen, wohin er blickte. Mit etwas Glück würden sie hier sogar Frauenkleidung finden.

Mit einer ausholenden Handbewegung schob er die Kissen weg, so dass sie auf den Boden fielen. Nachdem er Lauren auf das Bett gelegt hatte, zündete er zwei Kerzen an und durchsuchte die Schränke und Schubladen, bis er auf einen Stapel aus sorgfältig gebügelten Nachthemden stieß. Irgendwo im Matchbeutel befand sich auch ein Nachthemd, aber so ging es wesentlich schneller.

Das Stück, das er gepackt hatte, war hochgeschlossen und hatte lange Ärmel, es war aus weißem Flanell, am Saum fanden sich gestickte kleine Rosen, und es war mit rosafarbenen Satinbändern verziert. Es sah nach etwas aus, das seine Großmutter getragen hätte, und es war so sexy wie ein Sack Mehl, aber wenigstens würde es Lauren wärmen.

Mit schnellen Bewegungen zog er ihr Parka, Stiefel und Socken aus und runzelte die Stirn, als er die Blasen an ihren Fußsohlen entdeckte. Die mussten verdammte Schmerzen verursacht haben, und trotzdem hatte sie kein Wort gesagt. Er schüttelte den Kopf und machte weiter, um sie von Sweatshirt, Wollhosen und beiden langen Unterhosen zu befreien. Lauren ließ das alles über sich ergehen, ohne auch nur einmal einen Laut von sich geben.

Als Sam vor vier Tagen für sie Kleidung gekauft hatte, hatte er gezielt praktische und nicht gerade reizvolle Baumwollunterwäsche ausgesucht, dazu einfache und zweckmäßige BHs. Er war davon ausgegangen, dass ihm jede Lust vergehen würde, wenn er sich vorstellte, wie sie in den Sachen aussah. Nachdem er sie jedoch jetzt bis auf eben diese Unterwäsche entkleidet hatte, stockte ihm der Atem. Fasziniert betrachtete er Lauren. Er hatte Frauen in knappen Bikinis gesehen, die nicht annähernd so attraktiv gewirkt hatten. Lauren war klein und zart, aber ihr Körper wies wunderschöne Rundungen auf.

Er fluchte lautlos und drehte sie auf die Seite, um den BH zu öffnen. Zwar versuchte er, nicht auf ihren Busen zu sehen, doch allein ein zufälliger Blick auf diese kleinen, vollkommenen Rundungen genügte, dass er heftig schlucken musste.

Dann bemerkte er an ihren Schultern und rund um ihren Oberkörper rote Striemen. Ihm wurde klar, dass die Haut wund gerieben war, nachdem sie vier Tage ohne Pause ihren BH getragen hatte.

Sam zog die Bettdecke über sie, nahm eine Kerze und ging ins Badezimmer, das gleich nebenan lag. Dort suchte er so lange, bis er einen Verbandskasten gefunden hatte. Mit einer Tube kehrte er ins Schlafzimmer zurück und trug eine Wundcreme auf die Blasen und die roten Striemen auf, während er sich bemühte, Laurens Körper nicht weiter wahrzunehmen. Dann zog er ihr das Nachthemd über und packte sie unter einen Stapel dicker Decken. Lauren seufzte zufrieden und drückte ihr Gesicht tiefer in das weiche Kopfkissen.

Sam sah sie an und spürte einen unerklärlichen Druck, der auf seiner Brust lastete. Was zum Teufel war nur los mit ihm?

Wütend auf sich drehte er sich abrupt um und ging zurück in den großen Raum. Nachdem er das Feuer wieder geschürt hatte, überprüfte er, ob alle Fenster und Türen geschlossen waren. Dann nahm er alle Töpfe und Pfannen, die er im Schrank der Kochnische finden konnte, und hängte vor jedes Fenster einen Topf, den er mit einer Schnur an der Gardinenstange befestigte.

Auf dem Dachboden entdeckte er zwei Doppelbetten und beschloss, dort zu schlafen. Es gab keinen Grund, warum sie sich heute Nacht wieder ein Lager teilen sollten. Auch wenn das Unmögliche geschah und die drei Killer es trotz des Sturms bis hier schafften, wäre er beim ersten Geräusch in Sekunden im Erdgeschoss, um Lauren zu beschützen. Außerdem war ein wenig Distanz zwischen ihnen im Moment nicht verkehrt.

Nachdem Sam dann alle Sicherheitsvorkehrungen erledigt

hatte, zog er sich bis auf seine Shorts aus und schlüpfte schließlich doch zu Lauren ins Bett. Als sie sich im Schlaf zu ihm umdrehte, legte er die Arme um sie und zog sie an sich.

Er ließ sein Kinn auf ihrem Kopf ruhen und starrte in die Dunkelheit. Er war erschöpft, aber seine sorgenvollen Gedanken ließen ihn nicht zur Ruhe kommen. Seit er diese Frau zum ersten Mal gesehen hatte, fühlte er sich auf eine unerklärliche Weise zu ihr hingezogen. Er hatte versucht, sie nicht zu mögen, er hatte sie absichtlich grob und unfreundlich behandelt, doch diese Gefühle für sie wollten einfach nicht verschwinden. Selbst als er noch der Ansicht gewesen war, sie sei Giovessis Geliebte, hatte er sie begehrt – und nicht nur auf einer sexuellen Ebene. Sie hatte etwas an sich, das in ihm den Wunsch weckte, sie in die Arme zu nehmen und sie nur für sich zu beanspruchen. So etwas hatte er noch bei keiner Frau erlebt, und genau das erfüllte ihn mit einem Anflug von Panik.

Er war vielen Frauen begegnet, die ihm gefielen, und mit etlichen von ihnen hatte er geschlafen. Immerhin war er siebenunddreißig Jahre alt und ein kerngesunder Mann. Aber in der Vergangenheit war es immer etwas rein Körperliches gewesen. Seine Empfindungen gegenüber diesen Frauen waren angenehm gewesen, und in manchen Fällen hatte er echte Anziehung verspürt, wenn auch nur flüchtig. Doch noch nie zuvor hatte er sich einer Frau so ... so ... verbunden gefühlt, noch nie war das Verlangen so unerbittlich gewesen.

Sam schnaubte verärgert. Verdammt, Rawlins, gib es doch endlich zu, sagte er sich. Wenn es um diese Frau geht, dann stehst du auf verlorenem Posten.

Er hatte erwartet, dass sie verwöhnt, hilflos und nicht sonderlich helle wäre, dass sie jammern und klagen würde – mit anderen Worten: eine Nervensäge.

Er hätte es besser wissen müssen. Immerhin hatte sie einen Mord mit angesehen und war intelligent und erfinderisch genug gewesen, um Carlo und seinen Killern zu entkommen.

Seitdem hatte sie ihn immer wieder überrascht. Sie war nicht nur klug, sie begriff auch schnell und verstand es, sich anzupassen. Wenn sie etwas nicht konnte, dann beobachtete sie ihn aufmerksam und lernte, was sie gesehen hatte. Und selbst wenn es im ersten Anlauf nicht klappte, versuchte sie es immer wieder. Sie übernahm ihren Teil der Aufgabe, ohne dass man sie dazu drängen musste.

Das hatte wohl mit ihrer Entschlossenheit zu tun, auf eigenen Füßen zu stehen und von niemandem abhängig zu sein. In diesem Punkt konnte er sie gut verstehen, und er respektierte es. Er war bisher selbst ein Einzelgänger gewesen.

Aber das war nicht alles, was Lauren so außergewöhnlich machte. In den letzten zwei Tagen war sie ihm buchstäblich über Stock und Stein gefolgt, ohne ein einziges Mal zu protestieren. Na ja, er musste die beiden Ausbrüche ausklammern, zu denen sie sich nach dem Absturz und der Kletterpartie hatte hinreißen lassen. Offenbar verarbeitete sie Stress, indem sie von Zeit zu Zeit auf einen Schlag ihren Frustrationen freien Lauf ließ.

Er konnte es ihr auch nicht verübeln. Beide Situationen waren äußerst lebensbedrohlich gewesen.

Gedankenverloren strich er ihr über den Rücken. Er wusste, dass sie Angst hatte vor diesen Killern, die hinter ihnen her waren. Aber sie hatte sich zusammengerissen und einen kühlen

Kopf bewahrt, während jeder andere die Kontrolle über sich verloren hätte.

Lauren wand sich kurz, dann seufzte sie lange. Wieder musste Sam lächeln und ließ erneut die Hand über ihren Rücken gleiten. So klein und zierlich sie auch sein mochte, so hatte sie immer wieder unglaubliche Größe bewiesen.

13. KAPITEL

Lauren streckte sich genüsslich. Langsam öffnete sie die Augen, blinzelte ein paar Mal – und setzte sich abrupt auf.

Ihr Blick wanderte durch den fremden Raum, während ihr Herz wie wild klopfte. Wo war sie? Verwirrt sah sie auf das Flanellnachthemd, und noch verwirrter war sie, als ihr klar wurde, dass sie darunter nur ihren Slip trug. Wie …?

Sie begutachtete das große, bequeme Bett und runzelte die Stirn, als sie bemerkte, dass das Kissen neben ihrem eingedrückt war, als hätte jemand dort gelegen.

Aus dem Nebenraum hörte sie ein leises Geräusch und zuckte zusammen. Sie sah zur Tür, während sie die Decken zur Seite schlug und aus dem Bett stieg. Auf Zehenspitzen ging sie über den Holzboden zur Kommode, nahm die schwere Vase, die dort stand, und hielt sie wie einen Knüppel.

Als sie zur offenen Tür ging, fielen ihr zwei Dinge auf. Zum einen befand sie sich an einem Ort, an dem es wunderbar warm war. Zum anderen begann ihr Magen zu knurren, da aus dem nächsten Raum ein köstlicher Geruch hereinzog.

An der Tür angekommen, blieb sie stehen und spähte um die Ecke. Ihr stockte der Atem. Ein fremder Mann stand da in der Kochnische und bereitete irgendetwas auf dem Herd zu.

Sie musste ein Geräusch verursacht haben, da der Mann im gleichen Augenblick aufsah und sie entdeckte. „Guten Morgen. Ich dachte schon, du wolltest rund um die Uhr schlafen."

Lauren riss ungläubig die Augen auf. „Sam?" Sie betrat den Raum. „O mein Gott, du hast dich rasiert! Ich habe dich nicht erkannt."

Zum ersten Mal sah sie ihn ohne seinen Bart, und sie war sprachlos, wie attraktiv er war. Genau genommen sah er nicht richtig schön aus, aber seine rauen Züge strahlten die Art von Männlichkeit aus, die sie viel mehr ansprach als das, was man üblicherweise als gut aussehend bezeichnete. Sein Anblick allein genügte, dass ihr ganz anders wurde.

„Ja, ich hielt es für angebracht. Wer weiß, wann ich dazu die nächste Gelegenheit habe." Er sah auf die Vase, die sie hochhielt. „Ich hoffe nicht, dass du mir das Ding auf den Kopf schlagen willst."

„Was? Oh!" Sie nahm den Arm nach unten und merkte, wie ihre Wangen heiß wurden. Sie war über sein Aussehen so perplex gewesen, dass sie die Vase völlig vergessen hatte. Sein fast neckender Tonfall verwirrte sie nur noch mehr.

„Ich ... ähm, als ich aufgewacht bin ... ich ... ich wusste gar nicht, wo ich war. Ich kann mich nicht erinnern, wie ich hergekommen bin."

„Das wundert mich nicht. Du bist ja im Stehen eingeschlafen, nachdem wir die Hütte erreicht hatten."

„Ich ... ähm ... ich stelle die nur schnell zurück", erklärte sie und verschwand kurz im Schlafzimmer. Sie atmete einige Male tief durch, um sich zu sammeln, und zwang sich zur Ruhe. Was, um alles in der Welt, war mit ihr los? Es war doch nur Sam. Sie waren seit Tagen zusammen. Sie hatten sogar gemeinsam in einem Schlafsack geschlafen. Mit ihm in einem Bett zu liegen war nichts anderes. Sie sah zu seinem Kissen und dem zerwühlten Bett. Irgendwie war es aber doch etwas anderes.

Alles nur, weil er sie geküsst hatte. Sie betrachtete sich im Spiegel über der Kommode und fuhr mit den Fingern durch ihr zerzaustes Haar. Hatte er sie wirklich geküsst? Oder war sie so übermüdet gewesen, dass sie sich das nur einbildete?

Lauren schüttelte entschieden den Kopf. Nein, er hatte sie geküsst. Zwei Mal.

Na und? fragte sie sich. Es musste nichts weiter bedeuten. Menschen, die unter Stress stehen, tun vieles, was ihnen normalerweise nicht in den Sinn käme. Es wäre albern, zu viel in zwei Küsse hineinzuinterpretieren.

Sie drückte ihre Schultern durch und ging zu Sam zurück. „Sag mir bitte, dass ich Kaffee rieche", sagte sie und schnupperte.

„Ja. Willst du eine Tasse?"

„Machst du Scherze? Ich würde dafür auf den steilsten Felsen klettern." Sie hatte seit fünf Tagen keinen Kaffee mehr getrunken, und das Aroma war einfach zu verführerisch, um zu widerstehen.

„Die Becher sind im Schrank, und die Kaffeekanne steht auf dem Herd", sagte Sam und deutete mit dem Kopf auf den Schrank links von ihm, während er damit beschäftigt war, den Inhalt der Pfanne zu wenden.

Lauren kam zu ihm in die Kochnische und nahm einen Becher, den sie bis zum Rand mit Kaffee füllte. Sie lehnte sich gegen den Tresen, trank einen Schluck und schloss seufzend die Augen. „O Mann, ist das wunderbar."

Sam warf ihr einen kurzen Blick zu, ein flüchtiges Lächeln huschte über sein Gesicht, aber er sagte nichts.

In den nächsten Minuten widmete sich Lauren schweigend ihrem Kaffee, aber die Ungewissheit nagte weiter an ihr. Sie räusperte sich. „Wie gesagt, ich erinnere mich nicht an viel, was letzte Nacht geschehen ist. Hast du ... ähm ... das ist ...“ Sie nahm das Flanellnachthemd zwischen Daumen und Zeigefinger und zog daran. „Bist du dafür verantwortlich?“

„Wenn du wissen willst, ob ich dich ausgezogen und dir dieses Nachthemd angezogen habe, dann ist die Antwort ja.“

Es war so ehrlich und auf den Punkt gebracht, dass Lauren nicht wusste, was sie sagen sollte. Bevor sie sich darüber weiter Gedanken machen konnte, fuhr er fort: „Ich dachte, es wäre bequemer, wenn du die anderen Sachen endlich vom Leib bekommst.“

„Ja, das stimmt, aber ich ... na ja ...“

Sam drehte den Kopf zu ihr um und warf ihr einen von seinen durchdringenden Blicken zu. „Ich habe schon mal eine nackte Frau gesehen, Lauren.“

Wieder stieg ihr die Hitze ins Gesicht. „Das glaube ich dir. Trotzdem ...“

„Du hast einen wundervollen Körper“, sagte er so leise, dass sie erschauerte. „Ich müsste schon tot oder blind oder ein Eunuch sein, um das nicht zu bemerken. Aber wenn du Angst hast, ich könnte mich als Spanner betätigt oder die Situation auf andere Weise ausgenutzt haben, dann täuschst du dich. Das ist nicht meine Art. Ich mag es, wenn eine Frau zu einer Reaktion in der Lage ist. Abgesehen davon warst du viel zu erschöpft, um dich selbst umzuziehen. Ich wollte, dass du es bequem hast und die Ruhe bekommst, die du nötig hast, darum habe ich es für dich gemacht. Keine große Sache.“

Vielleicht nicht für dich, dachte sie. Sie fand den Gedanken seltsam, dass er sie nackt – oder zumindest fast nackt – gesehen hatte. Da es aber aus Sorge um sie geschehen war, konnte sie sich nicht gut beklagen.

Allerdings konnte sie das Thema auch nicht auf sich beruhen lassen. „Du ... äh ... du hast die Nacht im selben Bett verbracht wie ich, richtig?“

„Und?“

„Na ja ... es ist so ...“ Sie sah nach oben zum Dachboden und zu den Betten, die von hier unten aus deutlich zu sehen waren.

„Ich hielt es für das Beste. Wenn ich mich verrechnet hätte und diese Kerle wären mitten in der Nacht hier aufgetaucht, dann wollte ich nicht, dass wir getrennt waren.“

Laurens Blick huschte zur Vordertür. „Besteht die Gefahr ...?“

„Entspann dich.“ Er konzentrierte sich wieder auf die Pfanne vor ihm auf dem Herd. „Der Schneesturm tobt noch immer. Wenn sie schlau sind, haben sie sich irgendwo verkrochen und warten darauf, dass der Blizzard nachlässt. Wenn nicht, sind sie längst tot. Sie stellen auf jeden Fall für uns keine akute Gefahr dar.“

Lauren atmete erleichtert aus und trank wieder von ihrem Kaffee. Plötzlich wurde sie auf den appetitanregenden Geruch aufmerksam, der sich in der Hütte verbreitete. „Ich weiß, dass es unmöglich ist, aber das sieht aus und duftet wie Kartoffeln mit Speck.“

„Richtig. Und mit kleinen Zwiebeln. Wer immer diese Hütte besitzt, sorgt dafür, dass der Vorratsschrank gut gefüllt ist. Es gibt einen Vorratskeller, und auf der hinteren Veranda steht ein altmodischer Kühlschrank, beide randvoll. Unter den gegebenen Umständen wird wohl niemand etwas dagegen haben, dass wir uns hier bedienen. Ich hinterlasse eine Notiz und genug Geld für alles, was wir uns nehmen. Solange wir hier sind, haben wir richtiges Essen zur Auswahl."

„Hmm, das klingt gut."

Lauren betrachtete Sam. Er hatte sich nicht nur rasiert, sondern auch umgezogen.

Mit einem Mal wurde ihr bewusst, wie übel sie aussehen musste. Ihr Haar war vom Schlafen zerzaust, und sie hatte es zwei Tage lang nicht kämmen können. Wahrscheinlich hatte sie Ringe unter den Augen, und seit vier oder fünf Tagen war sie weder mit Badewasser noch mit Shampoo in Berührung gekommen. Augenblicklich sah sie sich in dem großen Raum suchend um.

„Wenn du den Matchbeutel suchst, der steht im Badezimmer."

Sie drehte sich ruckartig zu Sam um. „In dieser Hütte gibt es ein Badezimmer? Ein echtes Badezimmer?"

„Hm-hm. Nichts Edles, aber alles, was man so braucht. Die Hütte ist übrigens bestens für Notfälle ausgestattet. Draußen steht ein Generator, der Strom erzeugt, allerdings würde ich den nicht länger als fünf Minuten laufen lassen. Es gibt hier genügend Kerzen und Öllampen, die wir als Beleuchtung benutzen können. Der Herd wird mit Propangas betrieben, und das Wasser kommt aus einer heißen Quelle hinter der Hütte. Im Bad gibt es eine Duschkabine und sogar eine große Badewanne."

Lauren stellte den Becher mit einem lauten Knall auf den Tresen. „Warum sagst du mir das nicht gleich?" Sie stürmte durch den Raum, aber auf halber Strecke blieb sie stehen und sah sich zu Sam um. „Sind wir hier in Sicherheit? Ich meine ... habe ich Zeit für ein Bad? Was ist, wenn der Sturm nachlässt und die Männer herkommen?“

„Keine Panik.“ Sam deutete auf das vordere Fenster. „Es schneit so heftig, dass man kaum ein paar Meter weit sehen kann, und wenn die Wettervorhersage Recht behält, dann legt sich der Sturm nicht vor morgen Mittag.“

„Die Wettervorhersage?“

Sam grinste und zeigte auf den Fernseher, der in einer Ecke des Raums stand. „Ja. Der Eigentümer dieser Hütte mag ja die Wildnis lieben, aber er kann nicht ohne Fernseher leben. Ich habe mit der Satellitenschüssel einen Wetterkanal gefunden.“

„Eine Satellitenschüssel? Hier oben?“ Lauren musste unwillkürlich lachen.

„Tja, manche Menschen bekommen Entzugserscheinungen, wenn sie auf eine Football-Übertragung verzichten müssen.“

„Ich bin nur froh, dass der Eigentümer zivilisiert genug war, eine Dusche einzubauen“, sagte Lauren gut gelaunt und ging ins Badezimmer.

Diesen Raum hatte man äußerst spartanisch eingerichtet. Die Duschkabine war eine vorgefertigte Einheit und so klein, dass man sich kaum umdrehen konnte, während Toilette und Waschbecken so aussahen, als kämen sie von einem Gebrauchtwarenhändler. Aber Lauren kümmerte das nicht. Hauptsache, aus den Hähnen kam heißes Wasser.

Sie ging unter die Dusche, shamponierte ihr Haar und rieb mit dem Waschlappen so lange über ihre Haut, bis sie rosig schimmerte. Jede Berührung war reine Ekstase. Als sie fertig war, ließ sie Wasser in die Wanne ein und stieg mit einem tiefen Seufzer hinein. Nach den Anstrengungen der letzten Tage schmerzte jeder Muskel, und ihr Körper war übersät mit blauen Flecken. Sie lehnte den Kopf gegen den Rand der Wanne und schloss die Augen. Es war einfach himmlisch.

Sie bewegte sich irgendwo am Rand des Einschlafens, als jemand an die Tür klopfte. Lauren stieß einen Schrei aus und richtete sich auf, während ringsum Wasser über den Rand plätscherte.

„Alles in Ordnung da drinnen?“ rief Sam.

Sie legte eine Hand auf ihr klopfendes Herz und senkte den Kopf, während sie versuchte, wieder ruhig durchzuatmen.

„Lauren? Verdammt! Wenn du in drei Sekunden nicht antwortest, komme ich rein!“

Sie sah zur Tür, die man nicht abschließen konnte. Dann tauchte sie so weit in der Wanne unter, wie es möglich war, und rief: „Nein, es ist alles in Ordnung! Du musst nicht reinkommen!“

„Gott sei Dank! Du bist schon so lange da drin, dass ich dachte, du wärst ertrunken. Bist du wirklich okay? Wenn du Hilfe brauchst …“

„*Nein!* Nein, wirklich, es ist alles in Ordnung. Nur eine Minute!“

„Dann beeil dich bitte. Das Frühstück ist fertig.“

„Bin sofort da!“

Augenblicke später kam sie aus dem Badezimmer. Ihr nasses Haar hatte sie glatt aus dem Gesicht nach hinten gekämmt. Sie trug den kleineren der beiden Frotteebademäntel, die sie auf dem Haken an der Badezimmertür gefunden hatte, doch er war immer noch viel zu weit und schleifte hinter ihr über den Boden. Die Ärmel hatte sie zweimal umschlagen müssen, aber so war sie wenigstens vom Kinn bis zu den Zehen warm eingepackt.

Auf dem kleinen Tisch aus Kiefernholz standen Porzellanteller. In der Mitte sah sie eine Schüssel mit Rührei und ein Tablett, auf dem Sam die von ihm zubereiteten Kartoffeln mit Speck aufgehäuft hatte. Daneben entdeckte sie sogar einen kleinen Korb mit Brötchen.

„Tut mir Leid, dass es so lange gedauert hat", murmelte sie und setzte sich auf den Sessel gleich neben Sam. „Nach der Dusche konnte ich mich nicht zusammenreißen. Ich musste einfach noch ein Bad nehmen."

Sam hielt mitten in der Bewegung inne und starrte sie an. Da sein Blick so offensichtlich sexuell geprägt und durchschaubar war, konnte Lauren erkennen, dass er sich vorstellte, wie sie nackt in dem heißen Wasser gelegen hatte.

Erst in dem Moment erinnerte sie sich daran, was er ihr vor zwei Tagen offenbart hatte. Ihr Herz schien einen Satz zu machen.

Er hatte behauptet, dass er sie geküsst hatte, weil er es wollte und weil er es vom ersten Augenblick an gewollt hatte. Nachdem der erste Schock ausgestanden gewesen war, hatte sie diese Worte wieder verworfen. Sie war sicher gewesen, dass er es gesagt hatte, um sie von der Gefahr abzulenken, was ihm schließlich auch gelungen war.

Dann hatten die anschließenden mühseligen zwei Tage ihrer Wanderung durch die Berge sie geistig und körperlich so sehr gefordert, dass sie über den Vorfall nicht mehr nachgedacht hatte. Bis jetzt.

Sams Blick sagte ihr, dass sie ihn nicht missverstanden hatte.

Lauren wandte den Kopf zur Seite und griff nach der Schüssel mit dem Rührei.

„Die sind aus unserem Vorrat an Eipulver, aber die Kartoffeln und den Speck haben wir unserem ahnungslosen Gastgeber zu verdanken", sagte Sam.

Sie begann zu essen und warf ihm einen flüchtigen Seitenblick zu. Seine Miene war so ernst wie immer, und seine ganze Konzentration galt dem Essen auf seinem Teller.

„Das macht nichts. Es ist alles köstlich."

Einige Minuten lang wechselten sie kein Wort, bis Lauren sich an etwas erinnerte, das Sam ihr gesagt hatte.

„Ich glaube, es ist an der Zeit, dass du mir einige Dinge erklärst", begann sie. „Du hast behauptet, du würdest das tun, sobald sich die Gelegenheit bietet."

Sam strich gerade Marmelade auf sein Brötchen. Er sah auf und verstand sofort, was sie meinte. „Du redest von dem gekauften Agenten in unserem Büro, stimmt's?"

„Ja, genau. Wenn du gewusst hast, dass irgendjemand im Büro in Denver von Mr. Giovessi bestochen wird, wie hast du dann glauben können, du könntest mich beschützen?"

„Wie gesagt, wussten außer mir nur fünf Leute von dir, als wir Denver verließen. Alle fünf Agenten können eine makellose Karriere vorweisen, und der SAC hat sie extra ausgewählt, weil er ihnen vertraut hat."

„Der SAC?"

„Der Senior Agent in Charge – in diesem Fall der Mann, der das Büro in Denver leitet.“ Sam biss vom Brötchen ab und trank einen Schluck Kaffee. „Er ging davon aus, dass wir dich aus der Stadt schaffen können, ehe es herauskommt, wenn die Sache nur insgesamt sechs Leuten bekannt ist. Es hat nicht geklappt.“

„Weil einer von diesen fünf mit Giovessi zusammenarbeitet.“

„Genau.“ Sam nahm eine Gabel voll Kartoffeln und Speck und sah Lauren an, während er kaute. „Mindestens einer von ihnen arbeitet für Carlo. Andererseits könnte es sogar sein, dass sie alle unter einer Decke stecken. Diese Besprechung im Büro des SAC am Morgen nach dem Mord an Frank kann ebenso gut inszeniert worden sein, um mich in einem Abwasch auch loszuwerden.“

„Warum denn das?“

„Weil ich herausfinden soll, wer von unseren Leuten für die Gegenseite arbeitet, und ich mich ziemlich nahe herangetastet habe.“

„Ah, ich verstehe.“

„Ich glaube, Dave können wir als Verdächtigen ausschließen. Er war noch nicht lange genug dabei, um für eine Bestechung interessant zu sein. Außerdem hätte er nicht ein Flugzeug mit einer Bombe bestückt, um dann auch noch an Bord zu gehen.“

„Da war eine *Bombe* an Bord?“

„Es muss so ein. Bob Halloran war ein Fanatiker, was Sicherheitsüberprüfungen anging, und er hielt sein Flugzeug immer im Topzustand. Bevor die Motoren zu stottern begannen, war ein Knall zu hören. Ich weiß nicht, was sie genommen haben, auf jeden Fall reichte es, um die Motoren zu sabotieren und uns abstürzen zu lassen. Es sollte wie ein Unfall aussehen. Derjenige, der die Bombe installierte, hat auch einen Sender montiert, damit man sich später davon überzeugen konnte, dass wir ums Leben gekommen sind."

Lauren schauderte. Sie legte die Gabel hin und schob ihre Hände in die Ärmel des Bademantels, um über die Gänsehaut auf ihren Unterarmen zu reiben. „Wer wusste, welches Flugzeug du nehmen würdest?"

„Niemand. Nicht mal Dave."

„Willst du damit sagen, dass uns jemand zum Flughafen gefolgt ist und die Bombe versteckt hat, ohne dass du ihn gesehen hast? Das ist doch unmöglich."

„Richtig. Bob war ein enger Freund von mir, aber nachdem er in den Ruhestand gegangen war, habe ich seinen Charterdienst nur selten benutzt, um keine Routineabläufe zu etablieren. Jemand, der mich und meine Arbeitsweise kennt, muss gewusst haben, dass ich in einem so wichtigen Fall auf Bob zurückgreifen würde. Während ich die Besorgungen erledigt habe, ist derjenige zum Flughafen gefahren und hat die Bombe versteckt."

„Großer Gott! Und wenn er sich geirrt hätte? Dann wären völlig unschuldige Menschen ums Leben gekommen."

„Es *sind* unschuldige Menschen ums Leben gekommen", erinnerte Sam sie.

Sie sah ihn erschüttert an und ließ sich nach hinten gegen die Rückenlehne fallen. Auf einmal hatte sie keinen Appetit mehr. „Ich kann das alles einfach nicht glauben“, sagte sie gedankenverloren.

„Du kannst es ruhig glauben. Und falls es dir noch nicht aufgefallen ist: Wir sind jetzt völlig auf uns gestellt. Da ich nicht weiß, wem ich vertrauen soll, kann ich mich nicht in Denver melden.“

„Und was sollen wir stattdessen machen?“

„Keine Sorge. Es ist nicht so hoffnungslos, wie es scheint. Es gibt jemanden auf einer höheren Befehlsebene. Jemand, dem ich vertraue.“

„Jemand vom FBI?“

„Sein Name ist Edward Stanhope. Er war Assistant Deputy Director in Washington, D.C. Er ist zwar im Ruhestand, aber er hat noch immer viel Einfluss – beim FBI und beim Federal Prosecutors Office. Sobald ich ein Telefon gefunden habe, rufe ich ihn an.“

Er trank einen Schluck Kaffee und sah Lauren über den Rand des Bechers hinweg an. Sie war zwar erholt, wirkte jedoch nach wie vor zerbrechlich. „In der Zwischenzeit solltest du besser aufessen. Du hast in den letzten Tagen bestimmt einige Pfunde abgenommen, die du eigentlich nicht erübrigen kannst.“

Lauren versuchte ein schwaches Lächeln. „Willst du damit sagen, ich wäre mager?“ Die Bemerkung war der schwerfällige Versuch gewesen, die Stimmung zu heben, aber er reagierte völlig anders als erwartet.

Sam warf ihr wieder einen langen Blick zu, und sie fühlte, wie ihr Herz schneller zu schlagen begann. Innerhalb eines Sekundenbruchteils war die düstere Atmosphäre verschwunden und durch etwas nahezu Elektrisierendes ersetzt worden.

„Ich finde überhaupt nicht, dass du mager bist", erwiderte er heiser. „Ich finde, du siehst absolut perfekt aus. Aber du bist nicht sehr groß, deshalb hast du keine Reserven, und wir haben noch einen langen Weg vor uns. Also iss weiter. Vielleicht kann ich dich ja noch ein wenig mästen, bevor wir weiterziehen."

Lauren fühlte sich von dem unerwarteten Kompliment geschmeichelt, aber der Rest seiner Ausführungen hatte wieder diesen Befehlston aufgewiesen, der sie dazu brachte, die Gabel zu nehmen und weiterzuessen.

„Bei solchen Annehmlichkeiten dürfte diese Hütte nicht allzu weit von der Zivilisation entfernt sein, oder?" fragte sie, um gegen dieses intime Gefühl anzukämpfen, das sich zwischen ihnen breit gemacht hatte.

„Nicht wirklich. In Luftlinie haben wir noch etwa sechs bis acht Kilometer vor uns. Leider müssen wir dabei entweder durch das Gebirge klettern oder um die Berge herumgehen, womit wir wahrscheinlich eher zwölf oder dreizehn Kilometer Strecke vor uns haben dürften, ehe wir das Fegefeuer erreichen."

Lauren verschluckte sich beinahe an ihrem Kaffee. „Das *was*?"

„Das Fegefeuer. Der Ort heißt so. Purgatory. Na ja, inzwischen hat das neue Management den Namen umgeändert in Durango Mountain Resort", korrigierte er sich. „Es handelt sich um ein Skigebiet gut sechzig Kilometer nördlich von Durango. Von der einen oder anderen Ranch abgesehen markiert es den Beginn menschlicher Siedlungen südlich unserer Position."

„Wir müssen noch acht Kilometer weit über die Berge klettern?" fragte sie entsetzt.

„Eigentlich haben wir Glück. In dem Schuppen hinter der Hütte stehen vier Schneemobile."

„Aber die können wir doch nicht einfach nehmen. Das ist Diebstahl."

„Von wegen. Wir werden uns nicht nur jeder eines nehmen, ich werde bei den beiden anderen auch noch die Tanks leeren, damit unsere Freunde uns nicht folgen können. Außerdem ist das kein Diebstahl. Ich vertrete das Gesetz, und wir befinden uns in einer Notlage. Ich beschlagnahme die Schneemobile einfach. Der Eigentümer muss nur seinen Anspruch anmelden, dann wird er entschädigt."

Sie sah ihn zweifelnd an. „Und du bist sicher, dass das legal ist?"

Sam zuckte mit den Schultern. „Legaler geht's nicht."

Verdammt, sie ist so hübsch, dachte er. Keine Spur von Make-up, keine Hilfe durch einen Schönheitschirurgen. Ihr Gesicht strahlte, als sie in den viel zu weiten Bademantel eingepackt dasaß. Sie sah so zerbrechlich und verwundbar aus, dass es ihm den Atem verschlug.

Diese außergewöhnliche Zartheit in Verbindung mit ihrer Kraft und Willensstärke bildete eine Kombination, der er sich kaum widersetzen konnte.

Er bemerkte, dass sie nervös war. Die Nervosität betraf aber nicht die Männer, die hinter ihnen her waren, sondern die Tatsache, dass sie mit ihm allein war. Das hatte er die ganze

Zeit über nicht bei ihr beobachtet, seit sie zusammen in der alten Hütte der Minenarbeiter festgesessen hatten.

Er sah es ihren Augen an, und er merkte es am leichten Zittern ihrer Hände und an ihrem unsteten Blick.

Gut, dachte er zufrieden. Damit war er wenigstens nicht der Einzige, der diese seltsamen Empfindungen hatte. Es kam ihm so vor, als würde durch sein gesamtes Nervensystem ein schwacher Strom geleitet.

Lauren aß die Kartoffeln auf, die auf dem Teller gelegen hatten, und trank einen Schluck Kaffee. Dann stand sie auf. „Du hast gekocht, dann werde ich spülen", erklärte sie eine Spur zu freudig.

Amüsiert über ihre Erregung, sah Sam ihr nach, wie sie mit ihrem Teller und dem Becher zur Kochnische ging. Sie wollte auf Distanz zu ihm gehen. Er wusste, dass dies wahrscheinlich eine gute Idee war. Das Klügste, was sie beide machen konnten. Aber so widersinnig es auch sein mochte, war er nicht in Laune, ihr diesen Rückzug zu gestatten. Mit ihrem Widerstand heizte sie nur seinen männlichen Instinkt an, sie eben nicht in Ruhe zu lassen.

„Das machen wir gemeinsam", sagte Sam und stand langsam auf, um mit seinem Teller zur Spüle zu gehen.

„Oh, das ist nicht fair. Du hast schließlich gekocht."

„Mach dir darüber keine Gedanken, so schlimm war das auch nicht."

„Aber ich dachte, dass ich mich um den Abwasch kümmere, während du ... ähm ..." Sie fuchtelte mit der Hand und deutete auf den hinteren Teil der Hütte. „Warum machst du nicht, was du mit den Schneemobilen vorhast?"

„Das kann warten. Kein Grund zur Eile.“ Er stellte seinen Teller ab, dann drehte er sich zu ihr um und sah ihr lange in die Augen, während er sanft lächelte. „Wir sind noch eine ganze Weile hier.“

„Aber ...“

Er legte zwei Finger auf ihre Lippen und spürte, wie sie unter der Berührung bebten. Verlangen erfüllte ihn und konzentrierte sich heiß und energisch in seinen Lenden. Sam biss die Zähne zusammen, um sich davon abzuhalten, sie in seine Arme zu nehmen. „Keine Widerworte, Lauren“, sagte er bestimmend.

Ihre Augen wurden groß, als er in gedämpftem Ton zu ihr sprach, aber sie nickte nur und drehte sich um. Dann ließ sie das Spülbecken volllaufen und konzentrierte sich viel stärker als nötig auf ihre Arbeit.

Sam räumte den Tisch ab, nahm ein Küchentuch und stellte sich neben sie.

Sie warf ihm wieder einen argwöhnischen Blick zu. „Das ist nicht nötig, lass es doch an der Luft trocknen.“

„Gib es auf, Lauren. Ich mache das jetzt.“ Er sah sie ernst an, nahm den Teller, den sie soeben gespült hatte, und wischte ihn trocken.

Verdammt, sie duftet so wunderbar, dachte er und griff um sie herum, damit er den Teller in den Schrank zurückstellen konnte. Badesalz, Seife und ein Shampoo, das einen Hauch von Blütenduft verbreitete. Und der süße Duft nach Frau.

Sam trocknete den nächsten Teller ab und betrachtete ihren Kopf. Ihr kastanienbraunes Haar war mittlerweile fast trocken und glänzte, während es wie Seide über ihre Schultern fiel.

Er hätte es am liebsten berührt, sein Gesicht darin vergraben und gefühlt, wie die Strähnen über seine Haut glitten.

Einige Minuten lang arbeiteten sie schweigend. Sie waren fast fertig, als ihr beinahe ein Glas aus der Hand rutschte.

„Oh!"

„Langsam!"

Sam hatte nach ihrer Hand gegriffen, um das Glas daran zu hindern, ihr aus den Fingern zu gleiten.

„Das war kna..."

Ihr Satz blieb unvollendet, als sich ihre Blicke begegneten. In den grünen Tiefen ihrer Augen sah er Erstaunen und Vorsicht. Und noch etwas mehr.

Sam hob seine freie Hand und ließ die Fingerspitzen über ihre Wange wandern. Lauren zuckte bei der sanften Berührung zusammen, aber sie zog sich nicht zurück. „Du bist so verdammt hübsch", murmelte er. Mit dem Zeigefinger berührte er ihren Mundwinkel, und aus dem Zucken wurde ein unkontrollierbares Zittern. Sam fühlte, wie sich sein Magen verkrampfte.

„So hübsch", wiederholte er kaum hörbar. Mit langsamen, bedächtigen Bewegungen nahm er ihr das Glas aus der Hand und stellte es auf den Tresen. Das Spültuch landete gleich daneben. Dann legte er seine Hände um ihr Gesicht und sah sie lange an, während er sie mit seinen Blicken verschlang.

Der Zitronengeruch des Geschirrspülmittels kitzelte in seiner Nase, und er fühlte, wie Feuchtigkeit durch die Manschetten seines Flanellhemds drang, als Lauren mit nassen Händen seine Handgelenke umschloss. Er wartete ab, doch sie machte keine Anstalten, seine Hände zurückzustoßen oder einen Schritt nach hinten zu gehen.

Sie sah ihn hilflos an, den Mund ein wenig geöffnet, und atmete in kurzen flachen Zügen. Eine Flut von widersprüchlichen Gefühlen sprach aus ihrem Blick – Sehnsucht, Unsicherheit, eine Spur von Angst, aber vor allem das gleiche brennende Verlangen, das auch ihn fast zu zerreißen schien.

Er sah auf ihren zarten, ungeschminkten Mund. Ihre Unterlippe bebte kaum sichtbar, aber das war bereits mehr, als er aushalten konnte.

„Lauren." Er hauchte ihren Namen wie eine Liebkosung. Langsam schloss er die Augen, während er sich vorbeugte, bis sich ihre Lippen berührten.

Lauren stieß einen leisen Seufzer aus, der zum Teil Hoffnungslosigkeit, zum Teil Kapitulation signalisierte. Widerstand war zwecklos. Als seine Hand sie zum ersten Mal berührt hatte, war sie schon verloren gewesen, so groß war das Verlangen, das ihren Körper kontrollierte.

Warum? fragte sie sich stumm, auch als sie sich längst seinem Kuss hingab. Warum wirkte er so auf sie? Sie sollte Wut empfinden, nicht dieses brennende Verlangen. Vom ersten Moment an war er auf Distanz gegangen, er hatte sich grob und verletzend benommen. Zwei Jahre lang hatte sie jeden Mann zurückgewiesen, der Interesse an ihr gezeigt hatte. Sie waren attraktiv gewesen, vermögend, intelligent, charmant, gebildet – aber das hatte keine Bedeutung gehabt. Sie war einfach nicht interessiert gewesen. Und warum weckte nun ausgerechnet dieser raue, wortkarge Mann ihr Verlangen?

Dass Lauren beim Blick in seine fesselnden schwarzen Augen nicht auf den Boden sank, lag einzig daran, dass sie seine Handgelenke fest umschlossen hielt. Jetzt, da sie seinen Mund auf ihrem spürte, wurden ihre Knie weich. Sie stöhnte auf, als sie merkte, wie sie unter ihr wegsackten.

Sam löste sich aus ihrem Griff und legte die Arme um sie, damit er sie an sich ziehen konnte. Sie schlang die Arme um seinen Nacken und gab sich einfach nur dem Kuss hin.

Ihr Herz schlug laut, und ihr Körper prickelte, als sich die sengende Hitze wie in einem Inferno in ihr auszubreiten begann. Die Empfindungen, die durch sie schossen, waren so gewaltig und immens, dass sie das Gefühl hatte, in Lust zu ertrinken.

Ich brauche das, sagte sie sich, während sie Sams Kuss erwiderte und von ihren überschäumenden Emotionen mitgerissen wurde. Seit fast einer Woche lebte sie mit diesem komischen Gefühl in der Magengegend und wurde von Adrenalin und Angst angetrieben. In dieser Zeit war sie gejagt worden, hatte einen Flugzeugabsturz überlebt und Entbehrungen ertragen, die sie sich niemals hätte träumen lassen, und war wiederholt dem Tod nur knapp entkommen. Sie musste sich einfach begehrt fühlen, sie musste wieder Lust empfinden, damit sie spürte, dass sie noch lebte.

Sie merkte, wie Sam in die Knie ging und sie hochnahm. Dann trug er sie durch die Hütte, während sie sich an ihn klammerte und ihre Füße in der Luft baumelten.

Im Schlafzimmer ließ er sich mit ihr auf das Bett sinken und rollte sie herum, bis sie auf dem Rücken lag. Er hörte auf, sie zu küssen, stützte sich auf seine Ellbogen und sah sie einen

Moment lang einfach nur an. Lauren schnappte nach Luft, als sie in seinen Augen das pure Verlangen entdeckte.

„Wenn du nicht willst, dann sag es jetzt“, bat er sie mit einer so heiseren Stimme, dass ihr ein Schauer über den Rücken lief.

„Ich ... das ... das ist Wahnsinn.“

„Meinst du, das weiß ich nicht? Willst du, dass ich aufhöre?“

„Ich ...“

Sie biss sich auf die Unterlippe, während der gesunde Menschenverstand und das Verlangen sie in entgegengesetzte Richtungen zerrten. Sie wusste, dass sie Nein sagen sollte. Sich mit Sam einzulassen, war dumm und gedankenlos. Es würde eine ohnehin schon komplizierte Situation nur noch schwieriger machen. Es war nicht ihre Art, auch nur mit dem Gedanken zu spielen, so überstürzt und impulsiv zu handeln. Sie würde es sicherlich bereuen.

Vorausgesetzt natürlich, dass sie lange genug lebte. In ihrer momentanen Situation war das keineswegs sicher.

Einen Moment kam Panik in ihr auf. Mit einem Mal war es nicht mehr dumm, sich von Sam lieben zu lassen, sondern eine Notwendigkeit. Sie brauchte das. Sie musste berührt und festgehalten und gestreichelt werden. Sie musste das Gefühl haben, dass sie jemandem etwas bedeutete, auch wenn es nur für kurze Zeit war. Und vor allem musste sie diese intimste aller Erfahrungen mit diesem Mann teilen.

Da vor ihr nur Ungewissheit lag, war jetzt nicht der richtige Zeitpunkt für Vorsicht oder gesunden Menschenverstand oder sogar für Anstand. Es war der Zeitpunkt, um beide Hände auszustrecken und sich alles zu nehmen, was das Leben ihr zu bieten hatte, solange noch die Chance dazu bestand.

„Ja." Sie drückte sich fester an ihn. „O ja, liebe mich, Sam."

Sie hatte kaum ausgesprochen, da küsste er sie schon so gierig, als wolle er sie verschlingen. Lauren verhielt sich nicht zurückhaltender, da sie von Angst und Verlangen gleichzeitig angetrieben wurde.

Sam unterbrach den Kuss, aber Lauren versuchte ihn wieder zu sich zu ziehen. Er legte die Hand auf ihre Brust und drückte sie nach unten. „Langsam, Kleine, langsam", sagte er beschwichtigend. „Kein Grund zur Eile. Ich quäle mich schon seit Tagen damit herum, mir genau diese Situation vorzustellen. Ich möchte mir Zeit nehmen und nichts überstürzen."

Lauren bewegte sich unruhig hin und her und wollte seine Hemdknöpfe öffnen. „Nein, Sam. Bitte, ich will ..."

„Schhht. Ich weiß, Baby, ich weiß. Vertrau mir einfach."

Sie wimmerte leise und griff nach ihm, als er sich zur Seite rollte und das Bett verließ. Mit raschen Bewegungen zog er sich aus, während sein eindringlicher Blick die ganze Zeit über auf ihr ruhte. Als er nackt war, legte er sich neben sie und ignorierte Laurens Versuche, ihn an sich zu ziehen. Stattdessen stützte er sich auf einem Ellbogen auf, nahm ein Ende des Frotteegürtels, der ihren Bademantel zusammenhielt, und zog daran.

Laurens Rastlosigkeit hatte im selben Moment ein Ende, und sie sah ihn atemlos an. Quälend langsam löste sich der Knoten, dann öffnete Sam mit einer unendlichen Geduld den Bademantel und schlug die Seiten zurück.

Er sah sie an, seine Augen glitzerten wie Obsidiane. Dann

verschwand sein sanftes Lächeln, und sein Gesichtsausdruck wirkte angespannt. „Wunderschön", flüsterte er.

Langsam, fast ehrfürchtig streckte er einen Arm aus, um sie zu berühren, doch im letzten Moment drehte er seine Hand um und strich mit dem Handrücken über ihre Haut, vom Halsansatz bis hinunter zu ihren Oberschenkeln.

Die federleichte Berührung hinterließ auf Laurens Haut eine glühend heiße Spur und bereitete ihr ein wohliges Gefühl.

Ihre minimale Reaktion schien Sams Leidenschaft weiter zu schüren. Seine Nasenflügel bebten, seine Augen leuchteten auf. Lauren stöhnte, als er seine Hand um ihre rechte Brust legte. Er drückte sie leicht und hob sie sanft an, während er mit dem Daumen über die samtene Spitze strich. Als die sich unter der Berührung verhärtete, bekam sein Gesicht den Ausdruck eines verhungernden Mannes, der ein Büfett entdeckt hatte.

Dann neigte er den Kopf ein wenig nach vorn und ließ ihre Brustspitze in die feuchte Wärme seines Mundes gleiten.

Lauren stöhnte wieder auf und legte beide Hände um seinen Kopf, um ihre Finger in sein tiefschwarzes Haar zu vergraben. Seine Zunge spielte unablässig mit der Brustspitze, und als er auf einmal zu saugen begann, stieß Lauren einen leisen Schrei aus und drückte den Rücken durch.

Die wunderbare Qual schien kein Ende zu nehmen und brachte sie an den Rand eines Deliriums. Dann brach er ab und widmete sich ihrer linken Brust, um das lustvolle Spiel zu wiederholen. Lauren glaubte schon, sie würde den Verstand verlieren, als er wieder aufhörte.

„Gefällt es dir?" raunte er heiser.

„J...ja."

Mit der Zungenspitze beschrieb Sam eine Linie durch das seidige Tal zwischen ihren Brüsten. „Und das?"

„Ja." Mit geschlossenen Augen warf sie den Kopf hin und her. „O ja."

Sam erforschte die Unterseite ihrer Brüste mit einer Mischung aus sanften Bissen und Küssen. Die ganze Zeit über zeichnete seine Hand die sanfte Wölbung ihres Bauchs, den Schwung ihrer Taille, Hüften und Schenkel nach, um dann wieder zurückzukehren.

Er ließ seine Zunge um ihren Nabel kreisen, zog sich zurück und hauchte auf die feuchte Haut, dann tauchte er in einem beziehungsreichen Rhythmus in diese winzige Öffnung ein. „Und das? Gefällt dir das auch?"

„Hmm. Ja."

„Und das?" wollte er wissen. Er rutschte noch ein Stück tiefer.

Lauren krallte sich in seinen Haaren fest, drückte den Rücken abermals durch und zuckte wie ein gespannter Bogen.

„Ja! *Ja!* Oh! Ooh! *Saaaaam!*"

„Ja", brummte er zufrieden. Während ihr Körper von einer Woge der Lust mitgerissen wurde, schob er sich rasch zwischen ihre Beine und drang mit einer einzigen fließenden Bewegung in sie ein.

Sam stöhnte, als er spürte, wie sich ihre Muskeln zusammenzogen und wieder entspannten. Er biss die Zähne aufeinander und bewegte sich mit einem langsamen, gleichmäßigen Rhythmus, wobei er tief eindrang und das Vergnügen verlängerte, bis es fast an Schmerz grenzte.

Er spürte, wie sich Laurens Muskeln allmählich lockerten,

während das wundervolle Pulsieren in ihrem Körper in gleichem Maß nachließ. Als er sich auf seine Unterarme stützte, sah er, dass sie die Augen geschlossen hatte und ihr Gesicht diesen sanften, verträumten Ausdruck einer Frau zeigte, die körperliche Erfüllung gefunden hatte.

Sam verzog die Mundwinkel zu einem leichten Lächeln, das reinen männlichen Stolz zeigte, aber er war noch nicht bereit, sie zur Ruhe kommen zu lassen.

„Leg deine Beine um mich, Baby."

Lauren gehorchte träge und ließ ihre Handflächen langsam und gedankenverloren über seine Schultern und seinen Rücken kreisen.

Sam verstärkte den Rhythmus, drang härter und tiefer in sie ein, und es dauerte nicht lange, bis Lauren wieder heftig und angestrengt zu atmen begann. Sie streichelte ihn nicht länger sanft, sondern begann seinen Rücken zu kneten und zu drücken, und schließlich krallte sie die Fingernägel in sein Fleisch, während sie die Hüften anhob, um jedem seiner kraftvollen Stöße zu begegnen.

„Du ... du bist so wunderbar eng", flüsterte er ihr ins Ohr.

„Sam ... Sam ... ich ..." Sie wirbelte hin und her, öffnete die Augen und drückte den Kopf nach hinten. „Oh! Oh, Sam!"

„Ja", presste er hervor. „Lass dich gehen, Baby, lass dich gehen."

Ihr ganzer Körper verkrampfte sich, und ein langer, durchdringender Laut drang aus ihrer Kehle. Sam drückte den Mund auf ihren Hals, um die erotischen Schwingungen in sich aufzunehmen. Noch bevor ihr Aufstöhnen verklungen war, hatte er den Punkt erreicht, an dem seine Selbstkontrolle versagte. Ein heftiger Schauer erschütterte seinen Körper, und sein eigener Aufschrei der Erfüllung vermischte sich mit ihrem.

14. KAPITEL

Lauren fühlte sich völlig erschöpft. Die entsetzliche Spannung, die seit Tagen jeden wachen Augenblick bestimmt hatte, war verschwunden oder wenigstens für den Moment unter Kontrolle. Sie ließ ihre Gedanken treiben wie ein Blatt, das ziellos, frei und ungebunden war und von der Strömung mitgerissen wurde.

Allmählich kehrten die Realität und das Bewusstsein aber zurück und begannen an der angenehmen Lethargie zu nagen. Langsam hob sie ihre Augenlider, die schwer wie Blei waren. Sie sah über Sams nackte Schulter nach oben zur Decke. Großer Gott, was hatte sie getan?

Sam rührte sich und rollte zur Seite, dann blieb er auf dem Rücken liegen. „Jesus", murmelte er.

Lauren wandte sich von ihm ab und wollte zum Bettrand rutschen, doch bevor sie entkommen konnte, hatte er schon seinen Arm um ihre Taille gelegt und zog sie zurück. „He, nicht so schnell. Wohin willst du?"

„Lass mich los."

Er ignorierte ihre Aufforderung und drehte sie auf den Rücken, dann stützte er sich auf einem Ellbogen ab und schaute sie an. Er runzelte die Stirn, als sie rasch wegsah und sich weigerte, ihm in die Augen zu sehen. „Stimmt was nicht mit dir?"

Sie warf ihm einen aufgebrachten Blick zu. „Ob etwas nicht stimmt? *Ob etwas nicht stimmt?* Ist das denn nicht offensichtlich?"

„Für mich nicht. Warum erklärst du es mir nicht?"

„Das hier. Wir“, sagte sie und machte eine ausladende Geste.

Er sagte nichts, sondern sah sie einfach nur an. Lauren stöhnte und schlug sich die Hände vors Gesicht. „Ich muss völlig verrückt sein! Wie konnte ich das nur zulassen? Wie konnte ich mit einem Mann schlafen, den ich kaum kenne? Und dann bist *du* auch noch dieser Mann.“

Sam versteifte sich. „Meinst du, wie du es zulassen konntest, dass dich ein Halbblut anfasst? Geht es darum?“

„Was?“ Sie nahm die Hände weg und sah ihn verständnislos an, doch dann erkannte sie, was er gemeint hatte. „Oh, jetzt mach dich doch nicht lächerlich! Natürlich geht es nicht darum! Es hat überhaupt nichts damit zu tun, ob du zur Hälfte indianischer Abstammung bist.“

„Was ist dann dein Problem?“

„Du magst mich nicht einmal. Wie konnte ich da mit dir schlafen? Das ist mein Problem.“

„Ich mag dich.“

„Ach, hör auf. Du hältst mich doch für Carlos Geliebte“, warf sie ihm vor.

„Ist das alles, was dir Sorgen bereitet? Meine Güte, ich glaube das schon seit Tagen nicht mehr. Nachdem ich dich eine Weile um mich hatte, wurde mir klar, dass du nicht der Typ dafür bist.“

„Ach ja?“ Lauren schnaubte, da sie sich offenbar beleidigt fühlte. „Und warum nicht?“

„Du bist viel zu intelligent und zu eigenständig.“

Entwaffnet blinzelte sie ihn an. „Wirklich?“

„Ja, wirklich.“

„Oh.“ Er hätte nichts sagen können, was ihr besser gefallen hätte. Sie hatte hart daran gearbeitet, unabhängig zu sein. Trotzdem wollte sie nicht so recht glauben, dass er wirklich meinte, sie habe ihre Eigenständigkeit erreicht.

Aus dem Augenwinkel warf sie ihm einen zweifelnden Blick zu. „Wenn das stimmt, warum bist du dann so gehässig zu mir gewesen?“

„Um zu verhindern, dass das geschieht, was jetzt geschehen ist.“

„Oh, vielen Dank. Das ist ja *sehr* nett. Wenn du so denkst, warum hast ...“

„Es gibt manchmal Dinge, gegen die man nicht ankämpfen kann. Gott weiß, wie sehr ich es versucht habe. Ich wollte dich nicht mögen. Ich habe mir eingeredet, du seist eine billige Hure und eine Schmarotzerin, aber es hat alles nichts geholfen. Auch als ich es noch halbwegs geglaubt habe, wollte ich dich trotzdem haben.“

„Was?“

„Als ich dich zum ersten Mal gesehen habe, wie du in diesem schäbigen Verhörzimmer auf und ab gelaufen bist, in deinen kaputten Strümpfen und deinem zerrissenen Kleid, hatte ich das Gefühl, von einer Dampfwalze überrollt zu werden. Ich glaube, du hast diese Anziehung gespürt, sonst würden wir jetzt nicht hier liegen.“

Lauren war erstaunt. Konnte es sein, dass er Recht hatte? Sie erinnerte sich, dass sie etwas empfunden hatte. Doch zu der Zeit war sie zu aufgeregt gewesen, um ihre Reaktion zu analysieren. Kurzerhand hatte sie es als Antipathie abgetan. „Das ... darum geht es nicht. Auch wenn du es mir vielleicht nicht glaubst, aber ich schlafe mich nicht durch alle möglichen Betten."

„Das weiß ich." Sam lächelte sie an, als sie ihn wieder anblinzelte. Er strich mit seinem Zeigefinger über ihr Gesicht und sagte in einem heiseren Flüsterton: „Ich habe gemerkt, dass es schon eine ganze Weile her ist. Stimmt's?"

Laurens Wangen begannen zu glühen. Sie biss sich auf die Lippe und sah wieder fort. „Seit Collin hat es niemanden gegeben", erwiderte sie bedrückt. Und vor ihm auch nicht, sagte sie sich.

„Warum nicht?"

„Nach allem, was er mir angetan hat? Mich wundert, dass du mich so etwas fragst."

„Der Typ war eine miese Ratte und ein Dieb. Das ist doch kein Grund, dem Sex abzuschwören."

„Das habe ich nicht. Ich wollte nur vermeiden, dass ich wieder verletzt werde. Könnten wir jetzt bitte das Thema wechseln?"

„Noch nicht." Er nahm ihr Kinn zwischen Daumen und Finger, um sie zu zwingen, ihn anzusehen. „Sieh mal, Lauren, wir haben uns geliebt. Na und? Wir sind zwei gesunde Menschen, die unter großem Stress stehen und auf Grund einer bestimmten Situation zusammen sind. Dazu kommt eine starke gegenseitige körperliche Anziehung, und damit ist das Geschehene wahrscheinlich unvermeidbar gewesen. Es ist ganz natürlich, dass sich zwei Menschen näher kommen, die sich in einer gefährlichen Lage befinden."

Lauren war verletzt, beleidigt und erleichtert zugleich, als sie ihn stumm ansah. Ihre Brust schmerzte. Er hätte es nicht in deutlichere Worte fassen können, dass es zwischen ihnen keine wirkliche emotionale Anziehung gab. Es war pures Verlangen und der Wunsch nach menschlicher Nähe gewesen.

Nicht dass sie von Sam irgendetwas in dieser Art erwartet oder erhofft hätte. Es war nur so, dass seine Erklärung so kalt und gefühllos wirkte.

„Also?“ fragte er und hob erwartungsvoll die Augenbrauen. „Siehst du das auch so?“

„Ich schätze ja.“

Er betrachtete sie schweigend. Lauren konnte ihm nicht ansehen, ob ihre Antwort ihm gefiel, doch nach ein paar Sekunden nickte er. „Gut.“

Er senkte den Kopf und tupfte Küsse auf ihr Schlüsselbein.

„Sam!“ protestierte sie. „Was machst du da? Hör auf!“

„Warum? Ich will dich noch immer, und du willst mich auch noch immer.“ Mit den Lippen wanderte er an ihrem Hals entlang bis zur zarten Unterseite ihres Kinns. „Wir sind beide ungebunden, die Zukunft ist für uns beide völlig ungewiss“, murmelte er. „Warum sollen wir uns also nicht vergnügen, wenn wir die Gelegenheit dazu haben?“

Sein warmer Mund hinterließ auf ihrer Haut wieder eine heiße Spur, die Lauren daran hinderte, ein Gegenargument zu finden, weder ein logisches noch ein emotionales. Es half ihr auch nicht, als seine Hand über ihren Bauch glitt und sich um ihre Brust legte.

Er strich mit dem Daumen über ihre Brustspitze und brachte Lauren dazu, mit einem unverständlichen kehligen Laut zu reagieren. Sie versuchte den Verstand siegen zu lassen, aber es war so gut wie unmöglich, der Lust etwas entgegenzusetzen, die sich wie eine heiße Flut in ihrem Körper ausbreitete. „Sam ... ich denke ..."

„Tu es nicht. Nicht denken. Fühl einfach nur." Der tiefe, heisere Befehl war so unverhohlen sinnlich, dass sie eine Gänsehaut bekam.

Während das Verlangen langsam wieder von ihrem Körper Besitz ergriff, beschleunigte sich ihr Herzschlag, und sie atmete zunehmend schneller und flacher, als wäre mit einem Mal nicht mehr genug Sauerstoff in der Luft.

„Wir ... wir sollten nicht ... es ist nicht ..." In einem letzten Aufbegehren suchte sie nach irgendeinem vernünftigen Grund, warum sie aufhören sollten, doch als er seine Hand zwischen ihre Schenkel schob, war sie verloren. „Oh, Sam!"

Nach etwa einer Stunde erwachte Sam aus einem leichten Schlaf, als sich Lauren in seinen Armen bewegte. Er hielt die Augen geschlossen. Mit einem zufriedenen Seufzen legte sie ihr Bein auf seinen Oberschenkel und kuschelte sich dichter an ihn, damit sie ihr Gesicht bequemer an seiner Brust ruhen lassen konnte.

Ihr Atem fächelte über seine Brusthaare, und der Anflug eines Lächelns umspielte seinen Mund. Für jemanden, der im wachen Zustand so vorsichtig und reserviert war, mochte sie es im Schlaf ganz offensichtlich, sich an jemanden zu kuscheln.

Sam rieb sein Kinn über Laurens Kopf, genoss den Duft ihres Haars und das sinnliche Gefühl der seidigen Strähnen. Noch im Halbschlaf dachte er darüber nach, wie seltsam es war. Bei keiner anderen Frau hatte er je den Wunsch verspürt, nach dem Sex einfach nur eng umschlungen mit ihr dazuliegen.

Die emotionale Intimität, die Frauen dann zu benötigen schienen, hatte ihn immer ein wenig abgeschreckt. Sex war eine gute Sache, aber er fühlte sich nicht wohl dabei, dass ihm auf diesem emotionalen Niveau irgendjemand zu nahe kam.

Meistens hatte er sich dazu durchgerungen, um die Gefühle seiner Partnerin nicht zu verletzen, allerdings hatte er diese Phase nie lange durchgehalten und war immer auf der Suche nach einem Fluchtweg gewesen.

Bei Lauren hatte er dieses Gefühl dagegen überhaupt nicht. Sie fühlte sich in seinen Armen so gut an, dass er sie am liebsten nie wieder losgelassen hätte.

Dieses Eingeständnis gefiel Sam allerdings nicht so ganz. Sein Lächeln wich einem nachdenklichen Stirnrunzeln. Was hatte diese kleine Frau, das sie von anderen Frauen unterschied?

Er war jetzt hellwach, öffnete die Augen und sah gedankenverloren zum Fenster. Er blinzelte einmal, dann ein zweites Mal. „Verdammter Mist!"

Sam schoss in die Höhe und schob Lauren unsanft von sich, die auf dem Rücken landete.

„Wa... ?"

Er sprang aus dem Bett, nahm seine Shorts und streifte sie über. „Steh auf! Los, wir müssen los. Sofort!"

Er zog seine lange Unterhose an und fluchte unaufhörlich. „Das darf doch nicht wahr sein! Verdammt, Rawlins! Was hast du dir eigentlich dabei gedacht? Anstatt den ganzen Nachmittag im Bett zu faulenzen, hättest du die Schneemobile vorbereiten sollen, um bereit zu sein, wenn so etwas passiert."

Lauren saß da, hielt sich mit einer Hand ein Laken vor und

fuhr sich mit der anderen durchs Haar. Müde beobachtete sie, wie Sam sich in aller Eile anzog.

„Was ist los mit dir, Sam?“

„Es schneit nicht mehr!“

„Was?“ Sie sah aus dem Fenster. „Ich dachte, es sollte noch bis morgen Mittag schneien.“

„Vielleicht ist nur die Wolkendecke aufgerissen, vielleicht hat sich aber auch die Kaltfront verlagert, und die Wettervorhersage lag daneben. Auf jeden Fall müssen wir los. Ich weiß nicht, seit wann es nicht mehr schneit, doch du kannst darauf wetten, dass sich unsere Freunde nach der letzten Schneeflocke auf den Weg gemacht haben.“

Er überprüfte seine Dienstwaffe, steckte sie zurück ins Halfter am Hosenbund, dann hob er den Matchbeutel auf und warf ihn Lauren zu. „Such dir was Frisches zum Anziehen raus, und mach dich fertig. Ich bringe in der Zwischenzeit die anderen Sachen nach draußen und lade sie auf zwei der Schneemobile. Aus den beiden anderen muss ich dann noch das Benzin abpumpen.“

„Ach, Sam.“ Lauren hörte auf, den Matchbeutel zu durchsuchen, und sah ihn verlegen an. „Ich bin noch nie ein Schneemobil gefahren. Ich bin noch nicht mal mitgefahren.“

Er warf ihr einen kurzen Blick zu und schüttelte den Kopf. „Kein Problem. Es ist ziemlich einfach. Wenn du ein Auto fahren kannst, kommst du auch mit einem Schneemobil klar.“

Nachdem er seine Stiefel geschnürt hatte, setzte er seine Wollmütze auf und zog den Parka über, schulterte das Gewehr und nahm den Rucksack und den Matchbeutel. „Sobald du fertig angezogen bist, kommst du nach hinten in den Schuppen.“ An der Tür blieb er noch einmal stehen und richtete den Zeigefinger auf sie. „Und räum bloß nicht noch auf hier, klar? Wir haben keine Zeit zu verlieren.“

Durch die Hintertür neben der Kochnische ging er nach draußen auf die hintere Veranda. Damit Lauren es etwas leichter hatte, schnallte er den kleineren Rucksack auf ihr Mobil. Er war schwerer als der Matchbeutel, aber da sie so zierlich war, konnte sie etwas Ballast gut gebrauchen. Den Matchbeutel band er auf der Ablage der Maschine fest, die er fahren würde.

Momente später nahm er durch die offen stehende Tür des Schuppens eine Bewegung wahr. Er war gerade damit beschäftigt, die Tanks der beiden anderen Schneemobile zu leeren, da sah er drei Männer, die mit Gewehren bewaffnet in einer Entfernung von gut fünfzig Metern aus dem Wald kamen.

Fluchend ging Sam in Deckung und griff nach seinem Gewehr. Mit der Waffe in beiden Händen presste er sich gegen die Tür des Schuppens und spähte vorsichtig um die Ecke. Der Anführer des Trios gab einem seiner Begleiter gerade ein Zeichen, der sich daraufhin von der Gruppe löste und auf den Schuppen zusteuerte.

„Verdammt“, murmelte Sam und machte einen Schritt nach hinten, um sich flach gegen die Wand des Schuppens zu drücken. Seine Gedanken überschlugen sich regelrecht. Er musste zu Lauren gelangen, aber erst einmal musste er sich mit dem Killer befassen, der sich ihm näherte – und zwar möglichst lautlos. Wenn er ihn erschoss, würden die beiden anderen zum Schuppen kommen. Wenn er jetzt zur Hütte hinüberrannte, würden sie ihn sehen und das Feuer eröffnen.

Er griff das Gewehr fester und hielt es in Brusthöhe. Den

Kolben hatte er auf die Tür ausgerichtet. Von draußen war das Knirschen von herannahenden Schritten auf dem verschneiten Untergrund zu hören. *Komm schon, komm schon, du Mistkerl*, drängte er stumm.

Unmittelbar vor der Tür blieb der Mann stehen. Sam drückte sich noch etwas mehr gegen die Wand und wartete. *Na, komm schon, nur noch ein paar Schritte.*

Plötzlich kam der Mann hereingestürmt und wirbelte nach links. Der Lauf seiner Waffe war genau auf Sams Bauch gerichtet. Die Überraschung, Sam vor sich zu sehen, war offenbar so groß, dass er einen entscheidenden Sekundenbruchteil lang zögerte und der Kolben von Sams Gewehr mit voller Wucht in seinem Gesicht landete, bevor er den Abzug betätigen konnte.

Er gab einen erstickten Schmerzenslaut von sich und sackte auf der Stelle zu Boden. Blut lief ihm aus Mund und Nase.

Sam packte den Bewusstlosen am Kragen und schleifte ihn hinter sich her in den rückwärtigen Teil des Schuppens, damit er außer Sichtweite war. Dort zog er dem Ohnmächtigen die Skimaske vom Kopf. Zum Vorschein kam ein Kollege vom FBI. Sams Gesichtszüge verhärteten sich. „Wayne Pickens, du elendes Stück Dreck.“

Er zügelte seine Wut und ging wieder neben der Tür in Position. Er spähte genau in dem Moment nach draußen, als die anderen beiden Männer um die Vorderseite der Hütte gingen und aus seinem Blickfeld verschwanden. Er sah zur Hintertür und hoffte darauf, dass sie jeden Moment geöffnet wurde. *Verdammt, Lauren, wo bleibst du?*

Er hatte keine andere Wahl, er musste zurück in die Hütte.

Lauren war eben auf dem Weg zur Hintertür und zog den Reißverschluss ihres Parkas zu, als sie mitten in ihrer Bewegung erstarrte. „O mein Gott."

Entsetzt sah sie durch das Glas der Vordertür, wie sich zwei bewaffnete Männer auf die Veranda schlichen.

Sie warf einen panikerfüllten Blick zur Hintertür und war sicher, dass sie es niemals bis dort schaffen würde, ohne von den beiden gesehen zu werden.

Stattdessen ging sie zurück ins Schlafzimmer und machte die Tür zu, musste zu ihrem Entsetzen aber entdecken, dass sie gar kein Schloss hatte. Sie sah sich im Zimmer um und entdeckte einen Holzstuhl, der die richtige Größe hatte. Gerade wurde die vordere Tür der Hütte aufgetreten, als sie den Stuhl unter die Türklinke geschoben und so verkantet hatte, dass ihre Konstruktion hoffentlich genug Widerstand bot.

Als die Vordertür aufflog, zuckte Lauren zusammen und unterdrückte nur mit Mühe einen Schrei. Sie wirbelte herum und rannte zum Fenster. Sie dachte nicht nach, was sie machte, sondern handelte rein instinktiv. Der einzige Gedanke, der sie beherrschte, betraf Sam. Sie musste ihn finden, er würde sie beschützen.

Lauren machte sich keine Mühe, Lärm zu vermeiden, sondern riss das Fenster auf, als etwas gegen die Schlafzimmertür polterte. Sie setzte sich auf die Fensterbank, hob die Beine über den Rahmen und sprang.

Das Fenster befand sich keine zwei Meter über dem Boden, aber sie versank bis zu den Knien im Schnee und taumelte nach vorn. Von einem einzigen Gedanken getrieben, spuckte sie den Schnee aus, der ihr in den Mund geraten war, rappelte sich auf und kämpfte sich durch die weiße Masse in Richtung Schuppen. Wie eine Besessene lief sie los, schnappte nach Luft und erreichte die äußere Ecke der hinteren Veranda, als sie mit einer großen Gestalt zusammenstieß.

„Lauren!"

Sie schrie auf, aber fast im selben Augenblick erstickte eine große, in einem Handschuh steckende Hand den Schrei. „Lauren, ich bin's! Sam!"

„Sam?" Sie klammerte sich an seinem Parka fest. „O Sam, drinnen sind ... zwei Männer!"

„Ich weiß. Komm mit!" Er legte ihr einen Arm um die Taille und zog sie mit sich zurück zum Schuppen. Aus dem Inneren der Hütte war ein lauter Knall zu hören, als die Tür zum Schlafzimmer aufgetreten wurde.

Sekunden bevor einer der beiden Männer den Kopf aus dem geöffneten Schlafzimmerfenster steckte, verschwanden Sam und Lauren im Schuppen. „Pickens! Irgendjemanden gesehen?"

„Nein, niemand!" rief Sam zurück.

Als der Mann vom Fenster verschwunden war, schob Sam eines der Schneemobile nach draußen. „Ich kann dir jetzt nicht mehr beibringen, wie man so ein Ding fährt, also fährst du bei mir mit", erklärte er und hob Lauren hoch, als würde sie nicht mehr als ein Sack voller Daunen wiegen, um sie auf den hinteren Teil des Sitzes zu setzen. Dann stieg er auf und startete den Motor.

„Da sind sie!" Die beiden Männer kamen durch die Hintertür auf die Veranda gestürmt.

„Halt dich fest!" rief Sam. Die hinteren Ketten fraßen sich

in den Schnee und wirbelten ihn meterweit durch die Luft, als das Schneemobil einen Satz nach vorn machte und beschleunigte.

Lauren hatte die Arme um Sam geschlungen und ihr Gesicht in seinem Rücken vergraben. Sie schlitterten um die Ecke des Schuppens, als hinter ihnen eine Salve aus einer automatischen Waffe abgefeuert wurde. Lauren gab einen ängstlichen Laut von sich, machte die Augen fest zu und klammerte sich noch fester an Sam.

Der fuhr wie ein Verrückter. Bei jeder Bodenwelle machte das Schneemobil einen kleinen Luftsprung, es drohte auszubrechen, wenn Sam es um Felsen und Bäume sowie halb verdeckte abgefallene Äste und über kleine Geröllflächen lenkte. Es verging keine halbe Minute, da war die Hütte hinter ihnen so weit zurückgefallen, dass sie nicht mehr zu sehen war, während sie durch das Tal rasten.

Nach einigen Augenblicken hob Lauren vorsichtig den Kopf und sah, wie die friedlich wirkende Landschaft an ihnen vorbeihuschte. Sie konnte es nicht fassen! Sie lebten! Sie hatten es geschafft!

Sie hatte sich gerade ein wenig beruhigt, als sie das unverkennbare Geräusch von Maschinengewehrfeuer hörte. Im gleichen Moment schlug eine Salve gleich neben dem Schneemobil ein und wirbelte den Schnee auf.

Ein Blick über die Schulter genügte, um die Angst wieder aufleben zu lassen. „Sie folgen uns!" rief sie Sam zu und strengte sich an, um das Motorengeräusch zu übertönen. „Mit zwei Schneemobilen! Wolltest du nicht die Tanks leeren?"

„Die Zeit hat nicht gereicht!" gab er zurück.

Als sie um eine Espe herumfuhren, wurde eine weitere Salve abgefeuert, die den Baumstamm traf, einen kleineren Zweig abriss und Holzsplitter umherfliegen ließ. Lauren schrie auf und drückte ihr Gesicht erneut an Sams Rücken.

In dieser Haltung blieb sie, bis sie merkte, dass das Schneemobil bergauf fuhr. Sie blinzelte und sah, dass sie sich einen Hang hinaufkämpften. Sie konnte nicht anders, als sich abermals umzusehen. Diesmal stockte ihr der Atem. „Sie holen uns ein!"

„Klar, wir sitzen ja auch zu zweit auf unserer Maschine. Die nicht."

Der Hang wurde so steil, dass der Motor immer schwerer arbeiten musste, das Schneemobil aber trotzdem nur noch langsam vorwärts kam. Lauren fürchtete, sie könnten nach hinten kippen, doch noch größer war die Angst, jeden Augenblick von Kugeln zerfetzt zu werden.

Dann fiel ihr auf, dass die Männer nicht länger auf sie schossen. Wieder sah sie sich um.

Die beiden Killer holten zwar beständig auf, waren aber im Moment zu sehr damit beschäftigt, mit ihren Schneemobilen den steilen Hang hinaufzukommen.

Der Abstand zu ihren Verfolgern wurde immer kleiner. Lauren drückte den Kopf zwischen Sams Schulterblätter und stöhnte: „Sie werden uns kriegen."

„Von wegen!"

Sam stieß immer wieder Flüche und Schreie aus, während er das Schneemobil über die letzten Meter des Hangs jagte. Da der Motor laut aufheulte, rechnete Lauren jeden Augenblick damit, dass er seinen Dienst versagte.

Es kam ihr wie ein Wunder vor, als sie schließlich das Plateau erreichten und auf dem flacheren Untergrund wieder schneller wurden. Und dann rasten sie bereits auf der anderen Seite den Hang hinunter, während sich die Fahrer der beiden anderen Schneemobile immer noch abmühten.

Lauren und Sam waren auf dem Weg durch ein weiteres Tal, wo Sam in einem weiten Bogen um den Fuß eines riesigen Bergs herumsteuerte.

„Was machst du? Warum fährst du da lang?" schrie Lauren. Auch wenn sie nicht über Erfahrung verfügte, war sogar für sie offensichtlich, dass der direktere und schnellere Weg über den Hang geführt hätte, der keineswegs mit der Steigung mithalten konnte, die sie eben erst überwunden hatten.

Sam ignorierte ihre Frage und steuerte ihr Gefährt weiter über den leicht welligen Untergrund. Lauren sah sich um und erkannte, dass sich ihre schlimmsten Befürchtungen bewahrheitet hatten. Die beiden anderen Schneemobile hatten den Steilhang überwunden und waren im Begriff, den Abstand zu verkürzen, den Sam herausgeholt hatte.

Auf halber Strecke hangabwärts wurde eine der Maschinen plötzlich langsamer und blieb nach wenigen Metern stehen.

„Einer hat angehalten!"

„Kein Benzin mehr! Mit dem war ich beschäftigt, als die Kerle aufgetaucht sind."

Der zweite Mann fuhr weiter und nahm genau die Abkürzung, gegen die sich Sam aus irgendeinem Grund entschieden hatte.

„O Gott, da kommt er!" schrie sie. „Und er holt schnell auf!"

Als wolle er Laurens Feststellung zusätzliches Gewicht verleihen, eröffnete der Mann wieder das Feuer. Kugeln pfiffen um das Heck des Schneemobils, während sich andere in den Schnee gruben und kleine weiße Fontänen aufwirbelten. Lauren kreischte und klammerte sich wieder fester an Sam.

Sie wusste, dass er mit der höchsten Geschwindigkeit fuhr, die der Motor leistete, trotzdem schrie sie ihm zu, er solle schneller fahren. Zu ihrem großen Entsetzen brachte er das Schneemobil plötzlich zu einem abrupten Halt und ließ es so schleudern, dass er fast quer zur Fahrtrichtung der anderen Maschine stand. Sie gaben eine perfekte Zielscheibe ab.

„Was gibt das? Bist du verrückt?“

„Beruhige dich“, sagte Sam und hielt den Blick auf ihren Verfolger gerichtet, während er sein Gewehr in Anschlag brachte und auf den Killer zielte.

In aller Seelenruhe wartete er.

„Schieß doch endlich!“ herrschte Lauren ihn fast hysterisch an.

Der Mann fuhr geradewegs auf sie zu. Mit der einen Hand lenkte er, mit der anderen hob er seine Waffe. Lauren hielt sich den Mund zu, um nicht zu schreien, und machte sich darauf gefasst, dass sich jeden Augenblick Kugeln in ihren Körper bohrten und ihrem Leben ein Ende setzten.

Plötzlich schwenkte Sam den Lauf seines Gewehrs fort von ihrem Angreifer und richtete es auf eine Schneewächte nahe der Bergspitze und betätigte den Abzug. Der Schuss hallte durch das ganze Tal.

Dann folgte ein unheilvolles Grollen, und Augenblicke

später setzten sich Tonnen von Schnee, Eis und Geröll in Bewegung und rutschten talwärts.

15. KAPITEL

„O mein Gott!“ Lauren starrte entsetzt auf die Lawine, die sich auf sie zu bewegte. „Wir werden sterben!“

„Von wegen. Halt dich fest!“ schrie Sam und gab Gas.

Die Maschine raste los und schoss mit Höchstgeschwindigkeit so über den Schnee, dass der Motor laut aufheulte. Lauren machte die Augen zu und hielt sich an Sam fest, während das entsetzliche Grollen immer lauter wurde. Sie rechnete damit, dass sie jede Sekunde unter Tonnen von Schnee begraben würden.

Sie wollte nicht hinsehen, aber eine unwiderstehliche morbide Faszination zwang sie dazu, nach oben zum Berghang zu blicken. Sie riss die Augen noch weiter auf und schrie erneut, aber diesmal ging der Schrei im Getöse der zu Tal stürzenden Geröll- und Schneemassen unter, die kleine Bäume niederwalzten und immer mehr Schnee und Eis mit sich rissen.

Lauren blickte über die Schulter und suchte zunächst vergeblich nach ihrem Verfolger. In dem Moment wurde ihr bewusst, dass Sam damit gewartet hatte, die Lawine auszulösen, als sich der Killer genau auf der richtigen Höhe befand.

Jetzt war ihr Verfolger selber auf der Flucht. In Panik versuchte er der Lawine zu entkommen.

Er würde es nicht schaffen. Lauren sah, wie der vorderste Ausläufer der Massen die Lücke zum Schneemobil unerbittlich schloss und den Mann schließlich unter sich begrub.

Sam steuerte zielsicher einen Bereich an, an dem sie vor der Lawine in Sicherheit sein würden.

Aber sie waren es noch nicht. Faustgroße Stücke Schnee

und Eis, die von der erzitternden Erde gelöst worden waren, eilten der tödlichen weißen Wand voraus. Lauren schrie auf, als einige dieser Stücke die linke Seite des Schneemobils trafen und es aus der Bahn zu werfen drohten.

„Halte durch!“ rief Sam. „Wir haben es fast geschafft!“

Auf den nächsten gut hundert Metern wurden sie immer wieder von den Vorboten der Lawine getroffen, doch schließlich waren sie in Sicherheit.

Und dann war auf einmal außer dem Dröhnen des Motors nichts mehr zu hören. Über dem Tal lag eine gespenstische Stille.

Als sie das Durango Mountain Resort erreicht hatten, begann es zu dämmern. Nur eine Hand voll unerschütterlicher Skifahrer hielt sich noch auf den Hängen auf. Sam spürte, wie Lauren sich verkrampfte, da ihr Griff um ihn fester wurde, während er das Schneemobil zu der Gruppe hell erleuchteter Gebäude lenkte.

Er konnte sich gut vorstellen, welche gemischten Gefühle sie jetzt hatte. Sie waren fast eine Woche lang vom Rest der Welt abgeschnitten gewesen, und auch wenn sie wahrscheinlich froh war, die Wildnis hinter sich zu lassen, wusste sie, dass der Kontakt mit anderen Menschen das Risiko erhöhte, entdeckt zu werden.

„Keine Sorge, im Moment ist es am sichersten, hier unterzutauchen“, sagte er über die Schulter.

Sam fuhr langsam um die Ferienanlage herum, bis er eine Ansammlung von Schneemobilen ausmachte. Er wusste, dass sie irgendwo hatten stehen müssen. In jedem Skigebiet wurden sie eingesetzt, um Vermisste zu suchen und Verletzte zu bergen.

Er hielt im Schatten an und beobachtete das Areal. Als niemand in der Nähe war, lenkte er das Schneemobil zu den anderen geparkten Maschinen und stellte es neben zwei identisch aussehenden Modellen ab, die das Logo des Durango Mountain Resort trugen.

„Vergiss nicht, dich ganz normal zu verhalten", sagte Sam, nachdem er und Lauren abgestiegen waren. „Wir machen Urlaub und wollen hier ein paar Tage Ski fahren." Er nahm den Matchbeutel vom Gepäckträger, hängte ihn sich über die Schulter und legte ihr den Arm um die Taille.

Die Anlage orientierte sich am Stil eines Alpendorfs. Als sie den weitläufigen Platz erreichten, mischten sie sich unter die anderen Skifahrer, die von ihrem Tag auf der Piste zurückkehrten.

„Und jetzt?" fragte Lauren.

Als sie an einem Restaurant vorbeigingen, bemerkte Sam ihren sehnsüchtigen Blick, den sie den Gästen zuwarf, die dort saßen. Seit dem Frühstück hatten sie nichts mehr gegessen, außerdem waren ihr Vorräte zusammen mit dem Rucksack auf dem anderen Schneemobil im Schuppen zurückgeblieben.

„Ich muss ein paar Anrufe erledigen."

Seine Bemerkung setzte ihrem verträumten Blick ein abruptes Ende. „Wen willst du anrufen? Du hast doch gesagt, dass wir niemandem trauen können."

„Ich will ja auch niemanden in Denver anrufen, sondern Ed Stanhope. Ich habe dir von ihm erzählt, erinnerst du dich? Wenn einer weiß, was hier los ist, dann er."

„Und ihm kannst du vertrauen?“

Sam sah ihren zweifelnden Gesichtsausdruck. Er konnte es ihr nicht verdenken, nach allem, was sie durchgemacht hatte.

„Ja. Außerdem haben wir keine andere Wahl. Wir brauchen Hilfe.“

Lauren biss sich auf die Lippe und sah sich nervös auf dem weitläufigen Hof um. „Ich nehme an, dass du Recht hast. Und wen rufst du noch an?“

„Einen Verwandten. Ich werde ihn bitten, uns hier abzuholen.“

„Deinen Vater?“

Sam biss die Zähne zusammen. Er begegnete ihrem hoffnungslosen Blick mit einem nichts sagenden Ausdruck und einem noch beiläufigeren Tonfall. „Nein. Meinen Onkel. Und meine Tante.“

„Aha. Leben sie hier in der Nähe?“

„Eigentlich nicht. Sie leben etwa fünfzehn Kilometer von Monticello in Utah entfernt. Ihre Ranch liegt gleich neben der meines Vaters. Aber wenn ich meinen Onkel darum bitte, kommt er her.“

Ihr Gesichtsausdruck verriet ihm, dass sie ihn fragen wollte, warum er nicht seinen Vater anrief, sich jedoch nicht so ganz traute. Es war im Grunde gleichgültig. Er wollte nicht mit ihr streiten, und er war auch nicht in der Stimmung, über das schlechte Verhältnis zu seinem Vater zu reden.

Ein Wachmann kam auf sie zu geschlendert, der aufmerksam die Geschäfte und die Straße beobachtete. Sam blieb mit Lauren vor einem Schaufenster stehen und tat so, als würden sie sich die Auslage ansehen, bis der Mann an ihnen vorübergegangen war.

„Was sollte das?“ flüsterte Lauren.

„Nur zur Vorsicht. Je weniger Leute uns bewusst wahrnehmen, umso besser.“ Er suchte die Taschen seines Parkas ab. „Ich wünschte, ich hätte mein Mobiltelefon. Ich brauche wohl nicht anzunehmen, dass du eine Telefonkarte griffbereit hast?“

„Nein, tut mir Leid.“

„Fantastisch.“ Er überlegte einen Moment, dann packte er sie am Ellbogen und zog sie mit sich zum Hotel. „Wir übernachten hier, dann kann ich von unserem Zimmer aus in Ruhe telefonieren. Ich frage meinen Onkel, ob er oder meine Tante uns morgen früh abholen kann. Wir können uns das Essen aufs Zimmer bringen lassen und den Menschen im Restaurant aus dem Weg gehen. Außerdem können wir uns ein wenig ausruhen.“

„Aber was ist, wenn diese Leute uns hier einholen? Was ist, wenn sie nachfragen und herausfinden, dass wir hier übernachten?“

„Nur die Ruhe. Ich werde mich als Roberto Montera ausgeben und mit Akzent sprechen. Mit meiner Hautfarbe gehe ich für einen Hispano durch. Ich habe eine Kreditkarte auf diesen Namen, von der niemand etwas weiß. Man kann schließlich nie wissen, wann man einmal einen Decknamen gebrauchen kann. Also vergiss nicht, du bist Señora Montera.“

In der Hotellobby blieb Lauren mit dem Rücken zum Raum an einem Drehständer mit Prospekten stehen, während Sam die Anmeldung ausfüllte. Nach außen hin wirkte sie ruhig, aber er wusste, dass sie unter größter Anspannung stand.

Er hoffte nur, dass niemand bemerkte, wie sehr ihre Hände zitterten.

Minuten später kehrte er zu ihr zurück und berührte sie leicht an der Schulter, woraufhin sie vor Schreck einen Satz machte.

„Keine Angst, ich bin es nur“, murmelte er. „Komm, ich habe alles erledigt.“

Er packte sie wieder am Ellbogen und schob sie zum Aufzug. Auf dem Weg dorthin betrachtete er prüfend ihr schneeweißes Gesicht. „Alles in Ordnung?“

„Ja, mir geht es gut.“

Es ging ihr nicht gut. Sam fühlte die innere Unruhe, die sie erfasst hatte.

Nachdem sie ihr Zimmer im vierten Stock erreicht und die Tür hinter sich abgeschlossen und verriegelt hatten, lehnte sie sich gegen die Wand und schloss die Augen. „Gott sei Dank. Ich habe mich die ganze Zeit über so gefühlt, als hätte ich eine Zielscheibe auf dem Rücken.“

Sam stellte den Matchbeutel ab, zog erst sich, dann Lauren den Parka aus und warf beide auf die Tasche.

Ohne ein Wort nahm er sie in die Arme. Er hatte fast mit Widerstand gerechnet, aber Lauren schmolz förmlich dahin. Seufzend schmiegte sie ihre Wange gegen seine Brust und legte die Arme um ihn.

„O Sam“, sagte sie mit leiser kläglicher Stimme.

„Ich weiß, Baby.“ Er drückte sie an sich und schaukelte langsam mit ihr hin und her. Dabei rieb er sein Kinn an ihrem Kopf und atmete den süßen Duft ihrer Haare ein. „Es war hart. Aber du hast dich großartig geschlagen. Halt noch ein bisschen aus, dann stehen wir das Ganze durch.“

„Ich will mein Leben zurück, Sam“, murmelte sie deprimiert. „Vielleicht war es nicht sehr aufregend oder erfüllend und auch nicht sehr unbeschwert, doch immerhin wollte mich niemand umbringen.“

„Ja, ich weiß“, gab er zurück. „Ich wünschte, ich könnte dir sagen, dass sich bald alles zum Besseren wendet, aber genau das kann ich dir nicht versprechen. Ich will dich nicht anlügen, Lauren. Der Agent, der für Carlo arbeitet, wird nicht aufgeben. Das kann er sich gar nicht leisten.“

Ein Schauder lief ihr über den Rücken. „Ja, das weiß ich.“

Sam legte eine Hand unter ihr Kinn und hob ihren Kopf an, damit er ihr in die Augen sehen konnte. Seine eigenen Augen spiegelten seine sich überschlagenden Gefühle wider, und als er sprach, war seine Stimme nicht mehr als ein raues Flüstern: „Ich kann dir aber eines versprechen. Ich werde alles tun, um dich zu beschützen.“

Mit dem Daumen strich er über ihren Mundwinkel. Ihre Lippen reagierten mit einem Zittern. Etwas tief in seinem Inneren krampfte sich zusammen.

Er ließ die Hand, die ihr Kinn umschlossen hatte, in ihren Nacken wandern, wo sich seine Fingern in ihr Haar gruben. Sie sah ihn mit vertrauensvollem Blick an, und ihr ungeschminktes Gesicht war so hübsch, dass es ihm den Atem raubte. Sam spürte, dass sie wieder erschauerte, aber diesmal wusste er, dass nicht Angst der Grund war. Seine Brust war inzwischen so verkrampft, dass es schmerzte. Er hatte das Gefühl, eine riesige Hand würde sein Herz zerdrücken.

Langsam, fast ehrfürchtig senkte er den Kopf. Der Kuss war eine warme, sanfte Berührung, ein zärtliches Aufeinandertreffen ihrer Lippen, bei dem sich ihr Atem vermischte.

Obwohl sein Mund ihren völlig umschloss, war es eine liebevolle und langsame Liebkosung. Die köstliche Fülle dieses Kusses heizte Sams Verlangen an, aber er wollte sich nicht beeilen. Er wollte die süße, stechende Lust genießen und so lange wie möglich auskosten, um sie tief in sich aufzunehmen.

Lauren reagierte auf die sanfte Verführung wie eine Blume, die sich zur Sonne öffnete, und erwiderte den Kuss mit der gleichen bebenden Zurückhaltung.

Gemeinsam sanken sie auf das Bett. Sie streichelten einander, während sie sich gegenseitig mit den Lippen liebkosten.

Sam küsste Lauren auf den Hals und verteilte die Küsse über ihr Schlüsselbein. „Ich will dich", flüsterte er, bevor er den Mund auf ihre zarte Haut drückte.

„O Sam, ich will dich auch", erwiderte sie leise.

Das war alles, was er hatte hören müssen. Sie zogen ihre Kleidung aus und warfen sie achtlos zur Seite. Als sie beide nackt waren, legte er eine Hand flach auf ihre Brust und drückte Lauren sanft nach hinten in die Kissen, wobei sich ihre Blicke nicht voneinander lösten.

Er beschrieb mit den Fingerspitzen Kreise auf ihrem Busen, strich mit seiner Hand über ihr Schlüsselbein, über das seidige Tal zwischen ihren Brüsten, über ihren Brustkasten, ihren Bauch. Ihre Haut, die wie Seide war, faszinierte ihn. Genauso fesselnd empfand er den erotischen Kontrast zwischen ihrem blassen Teint und seinem dunklen Braunton.

„Sam?" Lauren ließ ihre Hände über seine Brust bis zu seinen Schultern wandern, die sie umschloss, um ihn zu sich herunterzuziehen. Einen Moment später stöhnte sie auf, als er eine Brustspitze in den Mund nahm und daran saugte.

Sie erkundeten gegenseitig ihre Körper, spielten und neckten sich, während sie die Lust auskosteten. Als Sam schließlich glaubte, den Verstand verlieren zu müssen, stöhnte Lauren: „Bitte, Sam. O bitte, jetzt."

Er schob sich zwischen ihre Schenkel und stützte sich zu beiden Seiten neben ihrem Kopf ab. „Sieh mich an, Lauren", sagte er mit rauer Stimme. Sie öffnete die Augen und hielt seinem Blick stand, während er mit einer geschmeidigen und kraftvollen Bewegung so in sie eindrang, dass sie beide laut aufstöhnten.

Keiner von ihnen sagte etwas. Die Leidenschaft war zu intensiv, um sie in Worte zu fassen. Sam liebte Lauren langsam und bedächtig und teilte ihr mit seinem Körper, seinen Augen, seinen Berührungen mit, was mit Worten nicht auszudrücken war.

Die einzigen Geräusche im Zimmer waren leise Seufzer und hin wieder ein Stöhnen, das Rascheln des Bettlakens und das rhythmische Quietschen der Bettfedern, während sie sich ausgiebig und mit einer Eindringlichkeit liebten, die ihre Seele ansprach.

Und dann waren nur noch ihre heiseren Schreie der Erfüllung zu hören.

Einige Minuten lang lagen sie reglos da, Arme und Beine ineinander verschlungen, während ihr Puls allmählich wieder langsamer wurde. Dann überraschte Sam sie, als er sich plötzlich aus dem Bett rollte und sie in seine Arme nahm, um sie hochzuheben.

„Sam, was gibt das?" quietschte sie ausgelassen.

„Zeit für eine Dusche." Er trug sie ins Badezimmer, setzte sie in der gläsernen Duschkabine ab und stellte sich zu ihr.

„Sam, das ist ohne jeden Zweifel unanständig", protestierte sie, als er den Wasserhahn aufdrehte und begann, Lauren einzuseifen.

„Und? Hast du was dagegen?" fragte er, während er seine Hände um ihre mit Seifenschaum bedeckten Brüste legte und sie sanft massierte.

Lauren stockte der Atem. Sie schloss die Augen und legte den Kopf in den Nacken. „Ich ... nein, nein."

Sie seiften sich gegenseitig ein, massierten und streichelten sich. Es blieb nicht aus, dass die anregende Dusche ihr Verlangen aufs Neue weckte, während das warme Wasser auf sie herabregnete und rings um sie Dampf aufstieg, der die Glasscheiben beschlagen ließ. Lauren stand atemlos da, den Rücken gegen das kühle Glas gedrückt, während Sam in einem kraftvollen gleichmäßigen Rhythmus in sie eindrang.

„Hmm, das war gut." Lauren lehnte sich im Sessel zurück und wischte ihren Mund mit einer Serviette ab. „Mir war gar nicht bewusst, wie hungrig ich war."

Sam sah sie durchdringend an. „Wir haben uns offensichtlich hungrig geliebt."

Obwohl sie ein wenig errötete, hielt sie seinem Blick stand. Sie ist wirklich etwas ganz Besonderes, dachte er. In dieser Minute sexy, in der nächsten verlegen, aber immer voller Entschlossenheit und Willensstärke.

Lauren stand auf und zog den Gürtel des Bademantels, der vom Hotel gestellt wurde, enger. „Ja, es war ein kräftezehrender Tag. Wenn ich den Servierwagen in den Flur geschoben habe, werde ich die Zähne putzen und dann ins Bett gehen. Ich fühle mich, als könnte ich eine Woche durchschlafen."

„In der Zwischenzeit erledige ich meine Telefonate."

Sam suchte Edward Stanhopes Nummer aus seiner Brieftasche heraus und griff nach dem Hörer des Apparats auf dem Nachttisch.

Nach dem zweiten Klingeln nahm der Angerufene ab.

„Ed, hier ist Sam Rawlins."

„Sam! Gott sei Dank, dass du anrufst. Wo zum Teufel steckst du?"

Sam versteifte sich, da Eds Tonfall ihn beunruhigte. „Warum? Was hast du gehört?"

„Genug, um zu wissen, dass du in verdammten Schwierigkeiten steckst."

„Ja, das kannst du wohl sagen, Ed. Ich weiß nicht, was man dir erzählt hat, aber wir haben eine Zeugin, durch die wir Giovessi auf Dauer hinter Gitter bringen können."

Rasch erzählte Sam Laurens Geschichte sowie das, was sich in den letzten Tagen zugetragen hatte.

„Solange ich nicht weiß, wer sauber ist und wer nicht, will ich in Denver niemanden um Hilfe bitten. Es ist sogar möglich, dass dieser Korruptionsfall noch viel weiter nach oben reicht. Darum rufe ich dich an. Ich hoffe, du kannst die Spitze informieren und dafür sorgen, dass uns geholfen wird."

„Das dürfte nicht so leicht sein. Hast du da, wo du gerade bist, einen Fernseher?“

„Ja, wieso?“ wollte Sam wissen.

„Schalt einen Nachrichtensender ein.“

Irritiert nahm Sam die Fernbedienung und schaltete das Gerät ein. Das erste Bild, das er zu sehen bekam, waren zwei Fotos – er und Lauren. Ihr Bild stammte offensichtlich aus ihrer Zeit, als sie noch Konzerte gab. In ihrem eleganten Abendkleid wirkte sie ausgeglichen und vornehm, sogar ein wenig reserviert. Und sie sah unbeschreiblich schön aus.

„Ich wiederhole: Ab sofort wird landesweit nach Special Agent Sam Rawlins vom FBI sowie nach Ms. Lauren Brownley gesucht, die Zeugin ist in einem Verfahren gegen Carlo Giovessi, dem vorgeworfen wird, eine führende Rolle in der organisierten Kriminalität zu spielen“, verkündete der Nachrichtensprecher ernst.

„Wie das FBI erklärt, liegen Beweise dafür vor, dass Agent Rawlins seit Jahren Bestechungsgelder von Carlo Giovessi erhalten hat, damit er den Gangsterboss von bevorstehenden Einsätzen in Kenntnis setzte oder Beweise verschwinden ließ. Man nimmt an, dass Agent Rawlins mit Ms. Brownley, einer Geliebten von Mr. Giovessi, auf der Flucht ist, damit sie im anstehenden Verfahren nicht gegen ihn aussagen muss.“

„Was?“ rief Lauren, die die Meldung im Bad gehört hatte. Sie kam ins Schlafzimmer gerannt und starrte fassungslos auf den Fernseher.

„Agent Rawlins ist bewaffnet und gilt als gefährlich“, fuhr der Sprecher fort. „Wenn Sie einen der Gesuchten sehen, melden Sie sich bitte umgehend beim nächsten FBI-Büro oder bei einer Polizeiwache in Ihrer Nähe.“

Sam fluchte lautstark, dann sprach er in den Hörer: „Das ist komplett gelogen, Ed. Und der SAC weiß das. Ich versuche seit Monaten, den oder die Überläufer im Büro in Denver zu enttarnen. Harvey wollte das so. Er und alle anderen im Büro wussten, dass ich ganz nah am Schuldigen dran war. Ich persönlich bin überzeugt, dass er mir deswegen den Auftrag gegeben hat, um Lau... Ms. Brownley zu beschützen.“

„Wenn du es genau wissen willst“, erwiderte Ed. „Harvey hat gesagt, dass er dich für sauber gehalten hat, aber einige seiner Agenten hätten ihn vom Gegenteil überzeugt.“

„Na klar.“

„Die gute Nachricht ist die, dass Giovessi festgenommen und wegen einer ganzen Litanei von Verbrechen angeklagt worden ist“, fuhr Ed fort. „Er ist inhaftiert und kann auch nicht gegen Kaution raus. Verfahrensbeginn ist der 20. März. Die Staatsanwälte sitzen in den Startlöchern, aber ohne die Aussage von Ms. Brownley können sie Giovessi den Mord nicht nachweisen. Die Leiche von Frank Pappano ist noch immer nicht aufgetaucht.“

„Und was ist mit dem Drogenhandel?“

„Giovessis schmieriger Anwalt hat ihn schon zuvor da rausgeholt. Harvey und die anderen bedrängen die Staatsanwälte, alle Anklagepunkte fallen zu lassen.“

„Verdammt.“

„Sie haben einen guten Grund. Die beiden Klagen hängen zusammen, und beide hängen von Ms. Brownleys Aussage ab.

Wenn Giovessi freigesprochen wird und die Beweise erst später auftauchen, kann er nicht noch einmal angeklagt werden."

„Hör zu, Ms. Brownley *wird* aussagen", gab Sam zurück. „Mein Auftrag lautet, für ihre Sicherheit zu sorgen, bis das Verfahren beginnt. Und das werde ich auch machen, egal, was dafür erforderlich ist."

Am anderen Ende der Leitung wurde es einen Moment lang ruhig. „Habe ich dein Wort?" fragte Ed schließlich.

„Ja. Sorge du nur dafür, dass das Verfahren stattfindet, und ich bringe die Zeugin hin."

Wieder folgte Schweigen. Sam konnte sich gut vorstellen, wie Ed dasaß und nachdachte. „Also gut. Wir machen einen Deal. Ich habe ja immer noch ein bisschen Einfluss. Ich werde ein paar Leute anrufen, während du für die Sicherheit der Zeugin sorgst und am 20. März im Gerichtssaal in Denver auftauchst, damit wir den alten Gauner dingfest machen können."

„Du kannst dich auf mich verlassen."

„Und Sam ... sei vorsichtig. Nachdem dein Bild im Fernsehen war, wird dich garantiert jemand erkennen. An deiner Stelle würde ich für die nächsten Monate untertauchen."

„Stimmt."

Sam hatte kaum den Hörer aufgelegt, da sprang er vom Bett auf und begann ihre Sachen in den Matchbeutel zu stopfen. „Zieh dich an, wir verschwinden von hier."

„Was? Jetzt?" beklagte sich Lauren. „Aber wir sind doch gerade erst angekommen."

„Wir sind hier nicht sicher. Ist dir aufgefallen, wie nervös der Kellner war, als er uns das Essen aufs Zimmer gebracht hat? Und wie seltsam er uns angesehen hat?"

Sie wurde blass. „Meinst du, er hat uns erkannt?"

„Vielleicht, vielleicht auch nicht. Aber ich möchte das Risiko nicht eingehen."

Lauren war seiner Meinung. Nur drei Minuten später war sie zur Abreise bereit. Als sie in den Flur traten, wollte sie zum Aufzug gehen.

„Nein, hier lang." Sam nahm sie am Arm und zog sie zur Feuertreppe am anderen Ende des Korridors. Sie liefen so schnell es ging über die Metallstufen nach unten und verfluchten den Lärm, den sie dabei machten. Im Erdgeschoss angekommen, öffnete Sam die Tür einen Spaltbreit und sah sich in der schmalen Gasse hinter dem Hotel um, die den Lieferanten vorbehalten war. „Die Luft ist rein, also los!"

Sie folgten ein Stück weit dem Verlauf der Gasse, dann bogen sie ab in einen Gang, der zwischen den Gebäuden verlief, die um den Platz angeordnet waren. Viele Menschen waren nicht mehr auf der Straße, aber es liefen immer noch ein paar Touristen herum, die von Bar zu Bar pendelten und einen Schaufensterbummel machten.

Sam und Lauren versuchten möglichst unauffällig zu bleiben, während sie über den Platz liefen, der zum höher gelegenen Parkplatz führte. Sie hatten fast das Ende der terrassenartigen Treppe erreicht, als zwei Wagen vom Highway unter ihnen abbogen und mit hoher Geschwindigkeit die steile und kurvige Auffahrt heraufkamen.

„Komm schon, beeil dich", drängte Sam und nahm ihre Hand. Die letzten Stufen legten sie im Eiltempo zurück und gingen in der ersten Reihe parkender Fahrzeuge in Deckung. Durch die schwarz getönten Scheiben eines Minivan beobachteten sie, wie die beiden Streifenwagen am Fuß der Treppe anhielten. Die Türen wurden aufgerissen, und zwei Deputy Sheriffs sprangen aus jedem Fahrzeug und eilten die Treppe hinauf.

„Da habe ich mich in dem Kellner wohl nicht getäuscht“, murmelte Sam. „Komm, wir haben nicht viel Zeit. Die werden schnell merken, dass wir die Flucht ergriffen haben.“

Er begann von Wagen zu Wagen zu laufen und an den Türgriffen zu ziehen, bis er beim fünften Fahrzeug – einem Geländewagen – „Bingo!“ rief.

Sie stiegen ein. Sam sah unter der Fußmatte und hinter der Sonnenblende nach, öffnete den Aschenbecher und tastete die Unterkante des Armaturenbretts ab. „Sieht so aus, als müsste ich auf die harte Tour vorgehen. Du bleibst hier.“

Er ging fort und suchte den Boden ab. Augenblicke später war er zurück und hielt einen faustgroßen Stein in der Hand.

„Was hast du vor?“ fragte Lauren verwundert, als er wieder in den Wagen einstieg. „Um Himmels willen! Was *machst* du da?“ Ihre letzte Frage ging in einen erschrockenen Aufschrei über, als er mit dem Stein gegen die Kunststoffverkleidung der Lenkradsäule schlug und sie beim ersten Aufprall zerschmetterte.

„Wonach sieht das wohl aus? Ich schließe den Wagen kurz.“

„Was? Das ist doch Diebstahl!“

Der Motor sprang an, und Lauren sah sich schuldbewusst um.

Sam küsste sie hart auf den Mund. „Ich beschlagnahme ihn“, korrigierte er sie und grinste, als er ihren beunruhigten

Gesichtsausdruck bemerkte. „Mach dir keine Sorgen, Baby, das wird alles gut ausgehen. Und jetzt nichts wie los, wir müssen weg hier!"

„Wir nähern uns Durango", sagte Sam eine halbe Stunde später. „Kletter auf den Rücksitz und leg dich flach hin. Sie halten Ausschau nach einem Pärchen, das gemeinsam auf der Flucht ist."

Lauren gehorchte sofort und kletterte über die breite Mittelkonsole nach hinten. „Was ist mit dem Wagen? Werden sie nicht nach ihm suchen?" Auf dem Rücksitz entdeckte sie eine Wolldecke, die sie über sich legte.

„Ich glaube, vor morgen früh wird der Eigentümer ihn wohl nicht vermissen. Vielleicht sogar noch später, wenn er die nächsten Tage seinen Wagen nicht braucht."

Sam saß so lässig hinter dem Lenkrad, als gäbe es nichts auf der Welt, das ihn aus der Ruhe bringen könnte. Gleichzeitig aber war er hellwach und achtete darauf, nicht zu schnell zu fahren und auch keinen anderen Verkehrsverstoß zu begehen.

Durango erstreckte sich über eine Meile entlang des Animas River. Lauren hatte das Gefühl, dass sie eine Ewigkeit brauchten, um die Ortschaft von Nord nach Süd zu durchqueren. Sie lag auf dem Rücksitz und war so angespannt, dass sie bei jedem Schlagloch und jedem unerwarteten Geräusch zusammenzuckte.

An den seltener werdenden Lichtern der Häuser und Geschäfte konnte sie erkennen, dass sie inzwischen den Stadtrand erreicht haben mussten. Doch gerade wollte sie sich entspannen, da lenkte Sam den Wagen an den Straßenrand und hielt an.

„Was ist? Ist irgendwas los?“ Sie warf vorsichtig einen Blick über den Vordersitz und sah, dass sie in der Einfahrt zu einer Tankstelle standen.

„Kein Grund zur Panik. Ich will nur von der Telefonzelle da drüben meine Tante anrufen. Ich bin gleich zurück.“

Lauren rollte sich unter der dünnen Decke zusammen und rechnete damit, jeden Augenblick die Stimme eines Polizisten zu hören, der ihr befahl, die Arme hochzunehmen. Sie zuckte zusammen, als die Fahrertür des Geländewagens geöffnet wurde, aber es war Sam, der zurückgekehrt war.

„Alles klar. Mein Onkel holt uns in Cortez ab. Wir werden den Wagen da irgendwo abstellen.“

„Kann ich mich hinsetzen?“ fragte Lauren, als sie Durango hinter sich gelassen hatten.

„Wenn du willst. Aber warum schläfst du nicht ein wenig, wenn du sowieso schon liegst? Du hast doch gesagt, dass du müde bist.“

Das war der Fall gewesen, bevor er sie zu Autodieben gemacht hatte. Sie konnte sich nicht vorstellen, unter diesen Umständen die Augen zumachen zu können. Allerdings war es auf dem Rücksitz recht bequem, und vor allem konnte sie keiner sehen, also beschloss sie, wenigstens noch eine Zeit lang liegen zu bleiben.

Das Nächste, was sie wahrnahm, war, dass sie jemand an der Schulter packte und schüttelte.

„Wach auf, Lauren.“

„Wa...“ Sie schoss hoch und sah sich blitzschnell um. Etwas benommen stellte sie fest, dass sie auf dem Parkplatz eines Supermarkts standen, der rund um die Uhr geöffnet hatte.

„Wir müssen los.“

Sie reagierte völlig automatisch auf den schneidenden Befehlston in Sams Stimme und stieg aus dem Geländewagen aus. Sam dirigierte sie zu einem ramponierten Pick-up, der gleich nebenan geparkt war. „Rutsch in die Mitte“, sagte er.

„Tut mir Leid“, murmelte Lauren und warf dem alten Mann einen entschuldigenden Blick zu, der hinter dem Lenkrad saß. Er gab bereits Gas, noch bevor Sam die Beifahrertür zugezogen hatte.

„Lauren, das ist Walter Price, er ist der Mann von Eunice, der Schwester meines Vaters“, sagte Sam. „Onkel Walt, das ist Lauren Brownley, die Frau, von der du in den Nachrichten gehört hast.“

Walter Price nickte und tippte mit zwei Fingern an den Rand seines verbeulten Cowboyhuts. „Miss.“

„Hat irgendwer schon in der Gegend nach mir gesucht?“ fragte Sam.

„Nichts und niemand.“

„Gut. Und bei Dad? War da jemand?“

„Keine Ahnung, da musst du ihn schon selber fragen.“

Sam schnaubte. „Das muss nicht sein.“

Der wortkarge alte Mann hielt seine Augen auf die Straße gerichtet und sagte nichts, schüttelte aber fast unmerklich den Kopf.

Das gleichmäßige Fahrgeräusch der Reifen auf dem schneebedeckten Highway war minutenlang das Einzige, was zu hören war.

„Ich weiß, dass du es im Fernsehen gesehen und in der Zeitung darüber gelesen hast", sagte Sam nach einer Weile. „Willst du meine Seite der Geschichte hören?"

„Hast du das getan, was die behaupten?"

„Nein."

„Dann spar dir den Rest, bis wir zu Hause sind und deine Tante mithören kann. Warum sollst du alles zweimal erzählen?"

Das war es? Das war alles, was dieser harsche alte Mann von Sam hören wollte, um ihm bedingungslos zu glauben? Lauren war erstaunt.

Offenbar genügte es wirklich, denn während der gesamten Fahrt bis zum Anwesen der Price', die über eine Stunde dauerte, schienen die beiden Männer das Schweigen zu genießen.

Sams Tante dagegen hätte keinen größeren Gegensatz zu ihrem schweigsamen Mann bilden können. Als sie das Ranchhaus betraten, empfing Eunice Price ihren Neffen mit offenen Armen und mit einer überschwänglichen Begrüßung.

„Aha, das ist also Ms. Brownley", sagte sie, als sie aufgehört hatte, Sam förmlich zu erdrücken. „Ach, Kindchen, sind Sie aber ein hübsches Ding. Noch viel schöner als auf den Fotos im Fernsehen und in den Zeitungen."

Lauren fühlte, dass sie rot wurde. „Ich ... ähm ... danke. Und danke dafür, dass Sie uns helfen. Ich weiß, dass es eine schreckliche Unannehmlichkeit ist, und dazu auch noch gefä..."

„Ach, Unfug. Sie müssen sich doch nicht bedanken." Eunice verwarf Laurens Worte mit einer beiläufigen Handbewegung. „Sam gehört zur Familie und ist für Walt und mich praktisch ein Sohn. Wir haben nie Kinder gehabt. Nachdem Augustus und seine Frau sich getrennt hatten, haben ich und Walt ihm geholfen, diesen Burschen großzuziehen. Selbstverständlich helfen wir ihm. Ich war ja schon völlig außer mir, als ich die Lügen über unseren Jungen im Fernsehen gehört habe."

Sie hakte sich bei Lauren unter und zog sie durch den langen Flur mit sich zum hinteren Teil des Hauses. „Jetzt kommen Sie erst mal mit in die Küche. Sie können uns bei einem Tässchen Kaffee und einem Stück Kuchen erzählen, wie Sie beide in diese Sache geschlittert sind."

„Ich würde mich gerne erst frisch machen, wenn es Ihnen nichts ausmacht", sagte Lauren.

„Aber natürlich können Sie das. Wo habe ich bloß meinen Kopf?" Eunice zeigte ihr den Weg zum Badezimmer und sagte ihr, sie solle sich Zeit lassen und zu ihnen in die Küche kommen, wenn sie fertig sei.

Im Bad betrachtete Lauren ihr Spiegelbild und schüttelte den Kopf. Ganz gleich, was Sams Tante gesagt hatte, sie war blass und sah mitgenommen aus. Seit fast einer Woche hatte sie kein Make-up mehr aufgelegt. Sie puderte ihre Nase, trug ein wenig Lippenstift auf und kämmte ihr langes Haar. Es war nicht viel, was sie machen konnte, aber für den Augenblick war es besser als nichts.

Auf dem Weg zur Küche kam sie an einer offenen Tür in der Form eines Torbogens vorbei, der in einen altmodisch eingerichteten Salon führte. Sie blieb abrupt stehen, als sie in dem Raum ein altes Piano entdeckte.

Lauren fühlte sich von dem Instrument angezogen wie eine Motte, die in der Finsternis einen Lichtschein entdeckt hatte. Sie strich mit der Hand über das Mahagoniholz und zeichnete die kunstvollen Schnitzereien an der oberen Holztafel nach. Das Instrument hatte eine Höhe von gut zwei Metern und war vermutlich Mitte des neunzehnten Jahrhunderts angefertigt worden. Sie hob den Deckel, der die Klaviatur schützte, hoch und ließ ihre Finger über die Tasten gleiten, die im Lauf der Jahre einen vergilbten Farbton angenommen hatten. Einige Tasten waren leicht beschädigt, trotzdem hatte sie noch nie etwas so Schönes gesehen.

Sie konnte nicht widerstehen, spielte einige Noten und ließ sich von der Schönheit des Klangs davontragen. Ohne bewusst wahrzunehmen, was sie eigentlich machte, ließ sich Lauren auf der Bank nieder und legte die Hände auf die Tasten. Sie schloss die Augen und ließ ihren Fingern freien Lauf, die wie aus eigenem Antrieb die ersten Noten von Mozarts Klavierkonzert in A-Dur anstimmten.

Die Musik strömte aus Lauren hervor, als hätte man einen Staudamm geöffnet, der um ihr Herz und ihre Seele herum errichtet worden war. Sie ließ sich treiben und verlor sich in der Musik. Eine Melodie ging über in die nächste, dann in eine weitere. In einem Augenblick tanzten ihre Finger federleicht über die Tasten und erfüllten den Raum mit einer betörend schönen Melodie. Im nächsten Moment schlug sie kräftig an und ließ Musik voller Energie und unverfälschter Emotionen erklingen.

Ein besonders bewegendes Stück endete mit einer hohen, lange gehaltenen Note. Fast zu Tränen gerührt senkte Lauren den Kopf, während der letzte Ton langsam verhallte. Der Applaus, der darauf folgte, ließ sie erschrocken herumfahren.

Sie entdeckte Eunice und Walter, die beide auf dem Sofa

hinter ihr saßen, und Sam, der in der Türöffnung stand. Alle sahen sie an.

„Oh, es tut mir Leid. Es tut mir wirklich Leid. Das war unhöflich, ich hätte Sie erst um Erlaubnis fragen müssen, bevor ich ..."

„Lauren ist Konzertpianistin", erklärte Sam, der sie auf seine so enervierende Art betrachtete.

„Ich *war* Konzertpianistin", berichtigte sie ihn.

Sam ging zu ihr und legte eine Hand um ihr Kinn, damit sie ihn ansah. „Honey, das war so schön, dass es mir fast das Herz gebrochen hat. Wenn du vor dem Unfall wirklich noch besser gespielt haben solltest, dann hätte ich das nicht überlebt."

„Danke, Sam." Sie sah ihn an und war ausgesprochen zufrieden, nicht nur weil ihm ihr Spiel gefallen hatte, sondern weil er ihr glaubte. Er glaubte ihr wirklich. Einen Moment lang vergaß sie, dass Sams Tante und Onkel mit im Zimmer waren, so sehr verlor sie sich in seinen Augen.

Als sie merkte, dass die beiden sie beobachteten, zuckte sie zurück. „Trotzdem möchte ich mich entschuldigen. Ich hätte vorher fragen sollen."

„Unsinn, Kindchen. Das war die schönste Musik, die dieses alte Piano jemals hervorgebracht hat. Ich fühle mich geehrt, dass Sie auf einem derartigen alten Relikt gespielt haben."

„O nein, das ist doch ein wundervolles Instrument. Ich liebe es ..."

Sie brach mitten im Satz ab, als sie ihren Blick an dem älteren Ehepaar vorbei durch das große Fenster richtete. Ihr Herz begann schneller zu schlagen.

„Da kommt jemand."

„Verdammt." Sam griff nach seiner Waffe, während sein Blick auf das Scheinwerferpaar gerichtet war, das sich auf der gut drei Kilometer langen Auffahrt näherte.

„Ganz ruhig", sagte Walt. „Das wird Augustus sein. Ich habe ihn angerufen."

Sam warf seinem Onkel einen vorwurfsvollen Blick zu. „Du hast meinen Vater angerufen? Warum?"

„Weil der Mann um dich besorgt ist, darum. Tatsache ist, dass du ihn selbst hättest anrufen sollen, anstatt dich bei deiner Tante und mir zu melden", fügte er an, bevor Sam noch etwas sagen konnte. „Junge, du musst wissen, dass wir beide liebend gern alles tun, um dir zu helfen. Aber Augustus ist dein Dad, und er hat etwas Besseres verdient, als von dir ignoriert zu werden."

„Ähm, ich glaube, das alles geht mich eigentlich nichts an", sagte Lauren und sah sich unbehaglich um. „Ich ziehe mich am besten in die Küche zurück, dann habt ihr etwas Ruhe." Sie wollte aufstehen, aber Sam winkte sie zurück.

„Bleib sitzen. Ich möchte dich so lange im Blickfeld haben, bis ich sicher sein kann, dass da draußen wirklich mein Vater im Wagen sitzt. Außerdem weißt du, dass wir uns nicht gut verstehen. Du wirst also keine großen Familiengeheimnisse zu hören bekommen."

Sam wandte sich wieder seinem Onkel zu. „Welchen Sinn würde es machen, ihn um Hilfe zu bitten? Er hat mir noch nie vertraut oder geglaubt. Warum sollte das jetzt anders sein? Wahrscheinlich hat er diesen Typen im Fernsehen jedes Wort abgekauft. Lauren und ich können froh sein, wenn er noch nicht die Polizei informiert hat."

„O Sam", sagte Eunice traurig. „So etwas würde dein Vater niemals machen. Ich weiß, dass mein Bruder hart zu dir gewesen ist. Aber kannst du nicht verstehen, dass er so nur war, weil er Angst hatte?"

Sam schnaubte verächtlich. „Angst? Wovor denn? Dieser alte Mann weiß nicht mal, wie man das Wort schreibt. Ich wüsste nicht, wovor er in seinem Leben jemals Angst gehabt haben sollte."

„Außer einer Sache", warf seine Tante ruhig ein. „Er hat Angst, dich zu verlieren."

Ihre Worte trafen Sam völlig unvorbereitet. Sein Blick wanderte von den Scheinwerfern zu Eunice, dann lachte er trocken. „Oh, sicher. Darum war er all die Jahre auch so kaltherzig zu mir. Er hat nur seine Pflicht getan, was mich angeht, mehr nicht. Ich war nie der Sohn, den er sich gewünscht hatte. Er konnte nicht stolz auf mich sein. Irgendwann bin ich dahintergekommen, dass es mein indianisches Blut war, das ihm so im Magen gelegen hat."

„Sam!" rief Eunice ungläubig. „All die Jahre hast du das geglaubt? Hättest du doch bloß etwas davon gesagt. O nein, du irrst dich ja so gewaltig."

„Das glaube ich nicht. Jedes Mal, wenn ich das Volk meiner Mutter erwähnt oder eine Zeit im Reservat verbracht habe, hat er einen Wutanfall bekommen." Sam sah wieder zu den Scheinwerfern, die inzwischen deutlich näher waren. „Sieh es doch ein: Er hasst Indianer, und er kann es nicht ertragen, dass sein einziger Sohn indianisches Blut hat."

„Sei kein Narr", fuhr Walt ihn an. „Augustus hat nichts gegen Indianer. Er bewundert und respektiert sie. Das hat er schon immer gemacht. Und er hat deine Mutter angebetet. Auch als sie zu ihrem Volk zurückgekehrt war und sich von ihm hatte scheiden lassen, hat er nie aufgehört, sie zu lieben. Ihr Tod hat ihn fast umgebracht. Verdammt noch mal, er liebt sie noch immer. Was glaubst du, warum er nie wieder geheiratet hat?"

Sam sah ihn sprachlos an. Daran hatte er noch nie gedacht.

„Walt hat Recht", stimmte Eunice zu. „Dein Dad liebt dich über alles, Sam. Mehr als die Double R, und das will was heißen. Er hat Angst gehabt, als es so aussah, dass du dich zu deinen indianischen Verwandten und ihrer Kultur hingezogen fühlst. Er war sicher, dich an sie zu verlieren. So wie vor dir seine Frau. Im Lauf der Jahre ist diese Angst immer größer geworden, je halsstarriger und fordernder er wurde. Bedauerlich ist nur, dass jeder Versuch, dich an ihn zu binden, die Kluft zwischen euch vergrößert hat." Eunice schüttelte traurig den Kopf. „Ich glaube, tief in seinem Inneren war ihm das klar, aber er wusste nicht, was er sonst machen sollte."

„Das stimmt", pflichtete Walt bei. „Er hat in der Angst gelebt, dass du dich von ihm und der Ranch abwenden würdest. Als du dann zum FBI gegangen bist, hat sich sein schlimmster Albtraum erfüllt."

„Wenn das alles stimmt, warum hat er es mir dann nicht einfach gesagt?"

„O bitte", gab Eunice zurück. „Gerade du solltest die Antwort auf diese Frage wissen. Du bist schließlich so wie er. Ihr Rawlins-Männer seid alle stur. Du versteckst deine Gefühle hinter diesem rauen Auftreten. Als ob es dich umbringen würde, wenn jemand sieht, dass du auch zärtlich sein kannst. Du kannst es ja genauso wenig zugeben wie er, wenn du dich verletzt fühlst."

Sam wusste nicht mehr, was er sagen sollte. Er war immer davon ausgegangen, er hätte die Erwartungen seines Vaters nicht erfüllt hatte. Es war ihm nie in den Sinn gekommen, Augustus könnte Angst haben, ihn zu verlieren.

„Er hat wirklich geglaubt, ich würde die Double R für immer verlassen? Um keinen Preis der Welt. Ich bin nur zum FBI gegangen, damit wir uns nicht ständig auf die Füße treten. Als ich vor sechzehn Jahren ging, war Dad ein vitaler Mann. Ich habe ihn jetzt ein paar Jahre nicht gesehen, aber nach allem, was ihr mir erzählt, ist er das immer noch. Ich wollte mich ihm nicht als verweichlichter Jasager unterordnen, und da wir uns ständig über alles gestritten haben, wollte ich uns beiden einen Gefallen tun und ihn die Ranch so führen lassen, wie er es wollte. Ich bin immer davon ausgegangen, dass ich eines Tages zurückkehre und die Ranch für ihn führe, wenn er es nicht mehr so gut kann. Aber ich hatte nie die Absicht, ihn oder die Double R im Stich zu lassen. Ich liebe die Double R."

Sam machte eine kurze Pause, dann fuhr er fort: „Verdammt! Ich geb's ja zu. Ich liebe diesen mürrischen alten Kerl auch. Gott allein weiß den Grund dafür. Aber nur weil ich auch das Volk meiner Mutter liebe, heißt das doch nicht, dass ich ihn im Stich lasse. Wie konnte er bloß auf diese Idee kommen?"

„Dürfte nicht so schwer gewesen sein", erwiderte Walt. „Du darfst nicht vergessen, Junge, dass Augustus deine Mutter sehr geliebt hat. Und sie hat ihn auch geliebt, wirklich. Am Ende war die Sehnsucht nach ihren Leuten und deren Lebensart einfach zu stark, und dadurch hat Augustus sie verloren. Warum sollte er meinen, dass es bei dir anders sein würde?“

Bevor Sam sich darüber Gedanken machen konnte, hatte ein Pick-up das Haus erreicht und kam rutschend auf dem Kiesweg, der in U-Form vor dem Eingang verlief, zum Stehen. Eine Wagentür wurde zugeschlagen, und einen Augenblick später flog die Haustür auf.

„Wo ist er? Wo ist mein Sohn? *Sam!*“

Im nächsten Moment stand Augustus Rawlins in der Türöffnung, die er fast völlig ausfüllte. Als er Sam entdeckte, huschte zunächst ein Anflug von Erleichterung über sein von Wind und Wetter gegerbtes Gesicht, die aber sofort Wut und Verständnislosigkeit Platz machte. „Junge! Was zum Teufel ist los?“

Sam versteifte sich. Die widerstreitenden Emotionen, die er gerade noch empfunden hatte, verschwanden rasch und wichen der seit langem gewohnten Abneigung. Er begegnete dem fordernden Blick seines Vaters mit Augen, die so kalt wie Stahl waren. „Ich arbeite nicht für die Mafia“, erwiderte er gepresst.

„Das ist mir auch klar“, bellte Augustus. „Ich will wissen, wer den Reportern diesen Unsinn auftischt. Und warum.“

Die Antwort überraschte Sam. „Du glaubst mir?“

„Verdammt, Junge, natürlich glaube ich dir!“ polterte der alte Mann. „Wir haben ja vielleicht unsere Meinungsverschiedenheiten gehabt und es könnte auch sein, dass du mit mir und mit der Ranch nichts mehr zu tun haben willst, aber bei Gott, du bist immer noch mein Sohn. Du bist ein guter und ehrlicher

Mensch. Jeder, der etwas anderes behauptet, ist entweder ein verdammter Lügner oder ein Schwachkopf."

Sams Kehle war mit einem Mal so zugeschnürt, dass er kaum noch sprechen konnte. „Danke, Dad", war alles, was er heiser herausbrachte.

Bevor er die Absicht seines Vaters erahnen konnte, stürmte der alte Mann quer durch das Zimmer auf ihn zu und umarmte ihn so heftig, dass Sam spürte, wie die Luft aus seinen Lungen gepresst wurde. Zu schockiert, um zu reagieren, stand er einige Augenblicke lang wie versteinert da, während sein Vater ihm auf den Rücken klopfte. Schließlich schaffte er es, die Umarmung zaghaft zu erwidern.

Als Augustus Sam wieder losließ, wirkte er ein wenig verlegen. Er räusperte sich, machte einen Schritt zurück und trat nervös von einem Fuß auf den anderen. Dann ging sein Blick vorbei an Sam und fand Lauren. „Das muss Ms. Brownley sein, von der in den Nachrichten dauernd berichtet wird. Nach der Geliebten eines Mafioso sieht sie überhaupt nicht aus."

„Ist sie auch nicht", gab Sam unwirsch zurück. „Lauren ist eine Konzertpianistin, die einfach nur zur falschen Zeit am falschen Ort war und einen Mord mit angesehen hat."

„Das stimmt, Gus", bestätigte Eunice. „Lauren hat bis gerade eben noch am Piano gesessen und gespielt."

Augustus hörte kaum, was seine Schwester sagte. Er hatte den Kopf schräg gelegt und betrachtete den wütenden Gesichtsausdruck seines Sohns, dann sah er noch einmal Lauren und schließlich wieder Sam an. „Ich verstehe. Ich hätte mir eigentlich denken können, dass sie über sie auch nicht die Wahrheit erzählt haben."

Er nahm seinen Stetson ab, ging zu Lauren und streckte eine Hand aus. „Ich bin Augustus Rawlins, der Vater von Sam. Freut mich, Sie kennen zu lernen, Ms. Brownley. Ich hoffe, Sie entschuldigen, was ich da gerade gesagt habe."

„Natürlich, Sir. Ich verstehe das schon. Woher sollten Sie es auch wissen?"

Sam sah zu, wie Laurens kleine, zierliche Hand zwischen den schwieligen Pranken verschwand, die Augustus ihr entgegenstreckte. Er und sein Vater waren gleich groß und hatten einen sehr ähnlichen Körperbau, auch wenn Augustus' Schultern mit zunehmendem Alter ihre Spannkraft einbüßten. Selbst mit vierundsechzig Jahren war er immer noch ein großer Mann, der so zäh und stark wie ein Ochse war. Er überragte Lauren deutlich und betonte dadurch umso stärker, wie klein und zierlich gebaut sie eigentlich war.

Sam wusste zwar, dass sein Vater weder Lauren noch einer anderen Frau wehtun würde, aber er hielt sich nur mit Mühe zurück, zu ihr zu eilen, seine Arme um ihre Schultern zu legen und sie beschützend an sich zu ziehen.

Was war es bloß, das Lauren für ihn so anziehend machte? Er hatte schon früher Zeuginnen beschützt und dabei gute Arbeit geleistet, aber noch nie war es so gewesen wie bei Lauren.

Natürlich hatte er auch mit keiner der anderen Zeuginnen geschlafen.

Doch das war es nicht. Er begehrte Lauren, daran bestand gar kein Zweifel. Und er konnte auch nicht abstreiten, dass ihre Schönheit ihn betörte. Aber er hatte auch andere Frauen vor ihr begehrt. Obwohl ... er musste zugeben, dass er diese Art von Leidenschaft nicht mehr verspürt hatte, seit er mit sechzehn versucht hatte, im Heuschober die Tochter des Vorarbeiters zu verführen.

Nein, hier war eindeutig mehr im Spiel als Sex.

Sam legte die Stirn in Falten, da ihm der Gedanke gar nicht behagte. Aber er wusste, dass es stimmte. Etwas an Lauren weckte in ihm einen Beschützerinstinkt, von dem er nicht gewusst hatte, dass er ihn besaß.

War es ihre elegante Erscheinung? Oder diese Kultiviertheit, die so tief in ihr steckte? Auch als sie durch die Wildnis marschiert waren, hatte jede ihrer Bewegungen eine unterschwellige Eleganz ausgestrahlt.

Vielleicht reagierte er auf ihre forsche Art und ihren scharfen Verstand. Oder auf diese unverrückbare Entschlossenheit, auf eigenen Füßen zu stehen.

Oder war es einfach die Kombination aus allem?

„Würdest du mir mal erklären, was eigentlich genau los ist?" wollte Augustus wissen, nachdem er sich einen Moment lang mit Lauren unterhalten hatte. „Vor nicht mal einer Stunde ist eine ganze Kolonne von FBI-Wagen bei mir vorgefahren, um nach dir zu suchen."

Sam war sofort alarmiert. „Was hast du ihnen gesagt?"

„Was meinst du denn? Natürlich die Wahrheit. Dass du nicht da bist, dass ich nichts von dir gehört habe. Sie haben mir kein Wort geglaubt. Diese Trottel wollten das ganze Haus auf den Kopf stellen, aber denen habe ich die Meinung gegeigt. Ich habe ihnen gesagt, wohin sie sich ohne Durchsuchungsbefehl scheren sollten, und dann habe ich sie rausgeschmissen und sie davor gewarnt, mir noch mal zu nahe zu kommen."

Sam sah wieder aus dem Fenster. „Wir können darauf wetten, dass sie noch immer irgendwo da draußen rumschwirren und darauf warten, dass ich mit Lauren aufkreuze. Wahrscheinlich beobachten sie jeden Eingang zur Ranch."

„War wohl doch eine gute Idee, dass du uns angerufen hast", sagte Walt. „Hier hat sich noch kein Agent blicken lassen."

Das liegt nur daran, dass sie nichts von dieser Ranch wissen, dachte Sam. Es war nie seine Art gewesen, irgendjemanden in die Details seines Lebens einzuweihen, aber in diesem Fall hatte das Schweigen einen anderen Grund gehabt. Als er sich beim FBI beworben hatte, empfand er die routinemäßige und intensive Ausleuchtung seiner Vergangenheit empörend, die er so wie jeder Kandidat über sich hatte ergehen lassen müssen. Er hatte bewusst verschwiegen, wem die Ranch neben der seines Vaters gehörte. Eine innere Stimme hatte ihm geraten, das geheim zu halten – nur für den Fall, dass er jemals würde untertauchen müssen und nicht gefunden werden wollte.

„Du hast mir noch immer nicht verraten, wie du dich in diesen Schlamassel hineingeritten hast", sagte Augustus. „Ich dachte, das FBI sei eine ehrbare Organisation."

„Ist es auch. Aber es gibt immer wieder schwarze Schafe." Zum dritten Mal an diesem Abend fasste Sam die Ereignisse der letzten Tage zusammen. Als er fertig war, stieß sein Vater einen bewundernden Pfiff aus.

„Und was willst du machen, Sohn? Wenn du dich an niemanden aus deinem Büro wenden kannst, bist du doch ganz auf dich allein gestellt."

„Ich weiß. Ich hatte vor, heute Nacht hier zu bleiben und morgen mit Lauren zu unserer alten Jagdhütte aufzubrechen."

„Sind wir hier überhaupt noch sicher, wenn so viele Agenten ganz in der Nähe sind?" fragte Lauren.

„Für den Moment ja."

„Oh-oh. Sieht so aus, als wäre die Zeit schon abgelaufen", rief Walt und zeigte aufs Fenster. „Da kommt eine ganze Kolonne auf das Haus zu."

„Verdammt." Sam packe Lauren am Arm, zog sie vom Fenster weg und drückte sie an die gegenüberliegende Wand. Er warf seinem Vater einen verärgerten Blick zu. „Sie müssen dir gefolgt sein."

„Ich wüsste nicht, wie. Ich bin nicht dumm, mein Junge. Ich bin über den Feldweg gefahren, der die beiden Grundstücke miteinander verbindet. Ich schwöre dir, dass mich dort keine Menschenseele gesehen hat."

Das bedeutete, dass sie die Verbindung zu dieser Ranch herausgefunden hatten. Und für Sam gab es nur eine Möglichkeit, wie es dazu hatte kommen können.

Augustus stürmte auf den Gewehrschrank in der Ecke zu. „Hilf mir, Walt. Ich lasse es nicht zu, dass sie meinen Jungen holen."

„Nein, Dad, keine Waffen!"

„Warum nicht? Wir kriegen die schon klein. Das sind vielleicht fünfzehn oder sechzehn, und wir sind zu fünft. Von Lauren abgesehen sind wir alle großartige Schützen."

„Und dann? Du kannst mir eines glauben, Dad. Wenn du einen von ihnen erschießt, marschiert das FBI mit einer ganzen Armee auf. Lauren und ich werden getötet, und du verbringst die nächsten zwanzig Jahre im Gefängnis. Wir müssen hier raus, das ist unsere einzige Chance."

„Also gut, dann nimm meinen Pick-up und folge der Straße, die nach hinten wegführt. Fahr ohne Licht. Und beeil dich, bevor sie nahe genug sind, um den Wagen zu bemerken", befahl Augustus ihm.

„Bist du sicher?"

„Los, Junge. Bring Lauren in Sicherheit. Walt und ich werden diese Trottel schon aufhalten."

Mit Lauren im Schlepp eilte Sam zur Tür, blieb nach zwei Schritten stehen, ging zurück und nahm seinen Vater in die Arme. „Danke, Dad, ich ..."

„Ich weiß, Sohn, ich weiß", sagte Augustus schroff. „Und jetzt mach endlich, solange noch Zeit ist."

Vater und Sohn sahen sich einen Moment in die Augen, dann wandte Sam sich ab und lief mit Lauren an der Hand los.

An der Eingangstür angekommen, schnappte er sich im Vorbeilaufen den Matchbeutel und stürmte aus der Haustür. Er legte Lauren eine Hand auf den Rücken und gab ihr einen Schubs, damit sie auf die Beifahrerseite des Pick-ups rutschte, dann warf er ihr die Tasche zu. Er sah hinüber zu der Perlenkette aus Scheinwerferpaaren, die bereits gut die Hälfte der zur Farm führenden Straße zurückgelegt hatte.

Er sprang in den Wagen, drehte den Schlüssel und startete den Motor. Sam nahm sich nicht die Zeit, dem Kiesweg zu folgen, sondern fuhr einfach geradeaus durch das Blumenbeet, das seine Tante so liebte, und lenkte den Pick-up ums Haus herum. Nachdem sie an der Scheune vorbeigefahren waren, befanden sie sich in völliger Dunkelheit. Sam steuerte auf den

Wald zu, der das weitläufige Grundstück im Osten begrenzte. Lauren gab einen erschreckten Laut von sich.

„O Gott, wir werden gegen einen Baum rasen!"

„Beruhige dich, es ist alles in Ordnung. Ich kann im Mondlicht genug sehen. Außerdem kenne ich diesen Wald in- und auswendig. Gleich da vorne ist ein Feldweg." Er riss das Lenkrad hart nach rechts, und ein tief hängender Zweig kratzte seitlich an der Karosserie entlang. Lauren stieß einen spitzen Schrei aus.

„Halt dich gut fest", empfahl Sam ihr. „Dieser Weg wird kaum benutzt, er ist schmal und holprig."

Das wenige Mondlicht, das sich zwischen den kahlen Ästen einen Weg bahnte, sorgte nur für schwache Beleuchtung. Während sie auf dem Weg durch die Dunkelheit entlangholperten, rutschte Lauren nach vorn und versuchte durch die Windschutzscheibe etwas zu erkennen. Mit einer Hand hielt sie sich am Armaturenbrett fest, mit der anderen am Sitz. Jedes Mal, wenn etwas gegen den Pick-up schlug, stöhnte sie leise auf.

Als sie den Wald durchquert hatten, führte der Feldweg einige Meter weit über eine Lichtung hin zu einem Tor, hinter dem sich eine zweispurige, geteerte Straße befand. Sam ließ den Wagen am Waldrand ausrollen und beobachtete die Umgebung, während der Motor weiterlief.

„Mist."

„Was? Was ist?" Lauren sah sich erschrocken um.

„Da steht ein Wagen."

„Wo? Ich sehe nichts."

„Etwa fünfzig Meter rechts von dir. Er steht im Schatten dieser großen Fichte auf der anderen Seite."

Lauren beugte sich vor und suchte die Finsternis ab, konnte aber nichts entdecken. „Bist du sicher? Ich kann noch immer nichts entdecken."

„Ich bin sicher."

„Und jetzt?"

„Garantiert sitzt jemand in dem Wagen und beobachtet das Tor. Damit ist sicher, dass wir nicht hier bleiben können Wenn sie sich nicht schon längst Durchsuchungsbefehle für diese Ranch und die Double R besorgt haben, dann kannst du davon ausgehen, dass in diesem Moment irgendwo ein Richter geweckt wird, damit er sie ausstellt. Edward kann vor morgen diese Jagd nicht stoppen. Das heißt, wir haben keine andere Wahl. Wir müssen weiter."

Sam sah Lauren an. Trotz der Dunkelheit konnte er die Angst in ihren Augen erkennen. Sie hielt aber seinem Blick stand und gab keinen Laut von sich. Er konnte einfach nicht anders und zog sie an sich, um ihr einen leidenschaftlichen Kuss zu geben. Er spürte, wie ihr Puls zu rasen begann.

Er legte den Kopf ein wenig zurück und sah ihr tief in die Augen. „Bereit?"

Sie starrte ihn an. Ihre Augen waren weit aufgerissen und glitzerten in der Dunkelheit wie grünes Glas. Sie atmete tief durch, presste die Lippen zusammen und nickte schließlich.

„Braves Mädchen." Sam küsste sie flüchtig, dann richtete er sich auf und legte die Hände fest um das Lenkrad. „Festhalten."

Er ließ den Motor aufheulen und schoss förmlich aus dem Schutz der Bäume. Sie brachen durch das Gitter und rutschten in einer engen Linkskurve auf die Straße. Erst in dem Moment machte Sam das Licht an.

„Halt dich fest. Sie kommen."

Lauren drehte sich um und sah an einer Stelle Scheinwerfer aufleuchten, die einfach nur schwarz gewesen war. Während sie zusah, wurde das Scheinwerferpaar größer. „O Gott, sie holen uns ein, Sam!"

Sam erwiderte nichts. Von der Seite sah er aus, als wäre sein Gesicht in Stein gemeißelt. Er trat das Gaspedal weiter durch, der Pick-up beschleunigte, und für einen Moment vergrößerte sich der Abstand zu ihren Verfolgern.

„Sie kommen wieder näher!"

Sam gab Vollgas und ließ den Pick-up förmlich über den leeren Highway schießen.

Lauren blickte wieder über die Schulter. „Sie bleiben jetzt auf gleicher Distanz", berichtete sie ihm.

Er sah in den Rückspiegel, als auf der Beifahrerseite des Wagens hinter ihnen etwas aufblitzte. Fast im selben Moment schlug etwas in die Heckklappe des Pick-ups ein, und Lauren schrie auf.

„O mein Gott! Sie schießen auf uns!"

Sie hatte kaum ausgesprochen, da zersplitterte die Heckscheibe.

„Runter! Geh runter!" schrie Sam. Während er mit einer Hand das Lenkrad festhielt, packte er Lauren und drückte sie nach unten in den Fußraum. Ein weiterer Schuss traf den rechten Außenspiegel.

Sam versuchte ein Ausweichmanöver, hatte aber nicht viel

Spielraum, wenn er nicht riskieren wollte, dass der Pick-up sich überschlug.

Auf dem Boden zusammengekauert presste Lauren die Hände auf ihre Ohren und schrie bei jedem Schuss, der den Wagen traf.

„Verdammte ..."

Im Scheinwerferkegel tauchten praktisch aus dem Nichts einige Rehe vor ihnen auf.

Sam riss das Steuer herum, um einen Zusammenstoß zu vermeiden. Zwei der Räder verloren die Bodenhaftung, und der Pick-up drohte zur Seite zu kippen, fuhr aber immer noch weiter. Fluchend versuchte Sam gegenzulenken, während Lauren weiterschrie.

Nach einer Ewigkeit, die in Wirklichkeit nur ein paar Sekunden gedauert haben konnte, kippte die linke Seite des Pickups zurück auf die Fahrbahn und schlug so hart auf, dass der Wagen noch zweimal federte, ehe er wieder zur Ruhe kam.

Hinter ihnen war ein lang gezogenes Quietschen zu hören, gefolgt von einem gewaltigen Knall.

Lauren sah auf. „Was war das?"

Sam sah kurz in den Rückspiegel: „Unsere Freunde haben gerade eben mit der hiesigen Tierwelt Bekanntschaft geschlossen."

„Was? Hör doch mal, sie schießen nicht mehr." Vorsichtig kniete sie sich hin und sah durch das zerschossene Rückfenster nach hinten. „Ach, du meine Güte. Ich kann es nicht fassen! Sie hatten einen Unfall! Der Wagen liegt im Graben, und auf dem Highway liegt etwas. Ich glaube ... das sind tote Tiere. Von den Männern kann ich nichts erkennen."

Sie sah zu Sam und war fast außer sich vor Freude. „Wir haben's geschafft!"

„Ja, aber freu dich nicht zu früh. Ich bin sicher, dass sie unsere Position gemeldet haben. Hier werden jeden Augenblick weitere Wagen auftauchen."

„Wir haben einen guten Vorsprung. Sie werden uns bestimmt nicht einholen können."

„Na ja ... das ... das kommt darauf an."

„Worauf?"

„Ob du ... einen Pick-up fahren kannst ... oder nicht?"

„Ich? Warum sollte ich einen ... Sam? Was machst du? Warum wirst du langsamer?"

Der Pick-up rollte aus und blieb mitten auf der Straße stehen. Sam schaffte es gerade noch, den Wahlhebel in die Parkstellung zu bringen, dann sank er hinter dem Lenkrad zusammen.

„*Sam!*" Lauren wischte die Glasscherben vom Sitz und rutschte zu ihm herüber. „Sam? Was ist los?" Sie packte ihn an den Schultern und versuchte ihn aufzurichten. Aber als er laut aufstöhnte, ließ sie ihn sofort los. „O Gott, Sam, sag doch was!"

Seine Augenlider flatterten, und er verzog das Gesicht. „Tut mir Leid, Baby ... ich ... bin ... angeschossen ... worden."

17. KAPITEL

„Angeschossen? Nein! *Nein!*“ schrie Lauren.

Panik ergriff von ihr Besitz. Hastig tastete sie Sams Schultern, Oberarme und Rücken ab. „Wo? Wo bist du verwundet? Sag doch, Sam!“ forderte sie. „Sprich mit mir!“

Ein Stöhnen war die einzige Reaktion. Sie war nicht einmal sicher, ob er noch bei Bewusstsein war.

„Oh, Sam.“ Ihre Finger fanden eine feuchte, klebrige Stelle. Lauren zog ihre Hand zurück. Ihr Atem stockte, als sie sah, dass die Handfläche blutverschmiert war. „O Gott, o Gott, o Gott!“

Sie presste die Lippen aufeinander und versuchte der aufsteigenden Hysterie Herr zu werden. Sie sah sich um und stellte fest, dass ein ganzes Stück hinter ihnen die Scheinwerfer des verunglückten Wagens noch immer leuchteten. Davon abgesehen war kein Hinweis auf menschliches Leben und damit Hilfe erkennbar.

Lauren biss die Zähne zusammen. Nein, denk nicht so, ermahnte sie sich. Betrachte es von der guten Seite. Wenigstens sind keine anderen Verfolger in Sicht. Noch nicht zumindest.

Der letzte Gedanke ließ sie leise aufstöhnen, und sie musste gegen eine weitere Panikattacke ankämpfen. Was sollte sie machen? Denk nach, Lauren! *Denk nach!* Sie mussten von hier wegkommen, und zwar schnell. Aber erst musste sie sich um Sam kümmern. Wenn die Blutung nicht bald gestoppt wurde, dann würde er sterben.

Nachdem sie einige Sekunden lang gesucht hatte, fand sie den Schalter für die Innenraumbeleuchtung. Im schwachen

Schein der Lampe kniete sie sich neben Sam auf den Sitz und zog ihn hoch. Wieder stöhnte er auf, seine Augenlider flatterten schwach. „Müssen ... hier ... weg“, murmelte er leise.

„Ich weiß, ich weiß, aber ich muss mich erst um dich kümmern.“

„Du ... musst ... fahren.“

„Das weiß ich auch. Doch ich warne dich, ich bin noch nie einen Pick-up gefahren.“

„Kein ... Problem ... schaffst ... du ... schon ... Sweetheart.“ Sam sprach immer schleppender, bis sie ihn kaum noch verstehen konnte. Dann sank er zurück in den Sitz und erschlaffte.

„Sam? *Sam!*“

Er reagierte nicht. Lauren legte ein Ohr auf seine Brust und stellte erleichtert fest, dass sein Herz noch schlug. Keuchend zog sie ihm den Parka aus und ließ ihn nach vorn sinken, bis er gegen das Lenkrad gelehnt war. Ein einziger Blick auf seinen Rücken genügte, und ihr Magen drehte sich um. Sein Hemd war bis zum Hosenbund hinunter blutdurchtränkt.

Lauren atmete schwer und gab unbewusst verzweifelte Laute von sich, während sie den Matchbeutel durchsuchte und schließlich eine lange Unterhose hervorholte. Dann zog sie Sam das Hemd aus der Hose und schob es hinauf bis zu seinen Schultern. Sie verspürte den Drang, sich zu übergeben, als sie unmittelbar über seinem Schulterblatt ein hässliches Einschussloch entdeckte, aus dem das Blut lief.

Sie faltete die Unterhose zu einem dicken Polster zusammen und presste sie fest auf die Wunde. Nachdem sie es geschafft hatte, um Sams schlaffen Körper zu greifen, benutzte sie die Beine des Kleidungsstücks, um den behelfsmäßigen Verband festzubinden.

Als sie das geschafft hatte, lehnte sie sich zurück und betrachtete mit einem erschöpften Seufzer ihre Arbeit. Es war ganz sicher nicht der beste Verband, den sie je gesehen hatte, doch er schien die Blutung wenigstens gestoppt zu haben. Sam brauchte auch ein frisches Hemd, aber dafür hatte sie keine Zeit.

Lauren zog das blutige Hemd nach unten, dann steckte sie seine Arme zurück in die Ärmel des Parkas und lehnte Sam schließlich wieder nach hinten.

„Sam? Sam, kannst du mich hören?“ Sie gab ihm eine kräftige Ohrfeige, dann eine zweite. „Wach auf, Sam. Du musst mir helfen, wenn ich dich von deinem Sitz schaffen soll. Ich kann dich nicht allein rüberziehen.“

Sam blinzelte zweimal kurz, bevor er die Augen halb öffnete. Sie sah ihm an, wie anstrengend es für ihn war, bei Bewusstsein zu bleiben. „Kl...klar.“

Sie legte ihm die Arme um die Taille und zog mit aller Kraft, während er sein Bestes gab, um nach rechts zu rutschen. Es war für Lauren ein unglaublicher Kraftakt, der ihm große Schmerzen bereitete, aber schließlich hatte sie ihn auf den Beifahrersitz gezogen.

„Geht es dir gut?“ fragte sie außer Atem.

„Geht ... so ... fahr ... los.“

Lauren stieg aus, rannte um den Wagen und nahm auf der Fahrerseite Platz. Sie umklammerte das Lenkrad und warf Sam einen nervösen Blick zu. „Auf geht's“, sagte sie, wählte einen Gang und trat auf das Gaspedal.

Die Reifen drehten durch und hüllten den Wagen in eine Wolke aus verbranntem Gummi. Dann machte der Pick-up einen Satz nach vorn und beschleunigte überraschend schnell auf Höchstgeschwindigkeit.

Lauren hatte ohnehin erst wenig Fahrerfahrung, aber im Vergleich zu ihrem Wagen wirkte der Pick-up monströs und war nicht annähernd so leicht zu handhaben. Sie hielt das Lenkrad so fest umklammert, dass die Knöchel weiß hervortraten, und konzentrierte sich darauf, das Gefährt zwischen dem Graben auf der rechten Seite und der Mittellinie auf einer einigermaßen geraden Spur zu halten. Sam hatte den Matchbeutel im Rücken, damit er aufrecht sitzen konnte, während er krampfhaft versuchte, bei Bewusstsein zu bleiben.

Nach einigen Kilometern kreuzte die Straße einen breiteren Highway. „Bieg ... rechts ... ab“, keuchte Sam. „Und ... fahr ... langsamer. ... Sonst ... hält uns ... die ... Polizei an ... weil ... wir ... zu schnell ... waren.“

Lauren befolgte seine Anweisungen, auch wenn es nicht einfach war. Ihr Instinkt riet ihr, das Gaspedal durchzutreten, um den Abstand zu ihren Verfolgern weiter zu vergrößern. Um diese Zeit waren nur wenige andere Wagen unterwegs, und als Lauren durch die Nacht fuhr, hatte sie das unheimliche Gefühl, in eine fremde Welt übergewechselt zu sein.

„Wohin fahren wir?“ fragte sie, als die Stille unerträglich wurde. Sie bekam keine Antwort.

„Sam?“ Sie warf ihm einen flüchtigen Blick zu und sah, dass er die Augen geschlossen hatte. Er war gegen die Beifahrertür gesunken und in sich zusammengesackt. Sofort verspürte sie Angst. „Sam? Bist du noch wach?“

Noch immer keine Antwort.

„Sam? Sam, wach auf! Antworte mir!"

Nur der Motor des Pick-ups und das Geräusch der Reifen waren zu hören. Ein Truck kam ihnen entgegen, und Lauren zuckte zusammen, als der Pick-up von der Druckwelle des riesigen Fahrzeugs erfasst wurde. Sie stöhnte und biss sich auf die Lippe. Was um alles in der Welt sollte sie jetzt machen?

Sie konnte nicht ziellos durch die Gegend fahren, aber sie wusste auch nicht, wie sie die Jagdhütte erreichen sollte, von der Sam zuvor gesprochen hatte. Außerdem musste er ärztlich versorgt werden.

Lauren unterdrückte einen hysterischen Seufzer. Wie sie das lösen sollte, war ihr ein Rätsel. Wenn sie ihn in ein Krankenhaus oder zu einem Arzt brachte, würde die Schusswunde der Polizei gemeldet werden, und wenn das geschah, war Sam so gut wie erledigt.

Es war nach Mitternacht, und sie hatte keine Ahnung, wo sie sich überhaupt befand. Vor sich machte sie die Lichter einer Stadt aus. Bei ihrem Anblick fasste sie einen Entschluss.

Ein Schild am Highway identifizierte die Stadt als Monticello in Utah. Am ersten Motel hielt Lauren an und mietete mit Sams falscher Kreditkarte ein Zimmer. Sie betete, dass der verschlafene Portier sie nicht erkannte und ihr auch nicht zu viele Fragen stellte.

Sie parkte den Pick-up dicht an der Tür zu ihrem Zimmer, und irgendwie gelang es ihr tatsächlich, Sam, der kurz aus seiner Ohnmacht aufgewacht war und sie so gut er konnte unterstützte, aus dem Wagen zu ziehen. Sie legte seinen Arm um ihre Schultern und umfasste seine Taille, dann brachte sie ihn ins Zimmer, wo sie beinahe unter seinem Gewicht zusammenbrach und schließlich gemeinsam mit ihm vornüber aufs Bett fiel.

Lauren stand wieder auf und lief nach draußen, um den Matchbeutel hereinzuholen, dann verschloss und verriegelte sie die Tür. Nachdem sie die Heizung aufgedreht hatte, fiel ihr auf, dass Sam sich nicht gerührt hatte. Sie ging zum Bett und legte ihm behutsam die Hand auf die Schulter. „Sam? Wie fühlst du dich?"

Er reagierte nicht, woraufhin sie seinen Puls fühlte und die Augenlider aufzog. Ihr wurde klar, dass er wieder das Bewusstsein verloren hatte. Umso besser, dachte sie mit Blick auf das, was sie nun vorhatte.

Lauren versuchte logisch zu denken und gegen die Müdigkeit und die Angst anzukämpfen. Als Erstes musste sie die Wunde säubern, bevor diese sich entzünden konnte. Wahrscheinlich würde dadurch die Blutung wieder einsetzen, aber daran konnte sie nichts ändern.

Es war kurz vor eins in der Nacht. Woher sollte sie Medizin und Verbandstoff bekommen? Nach dem ersten Eindruck von Monticello hatte sie das Gefühl, dass man in dieser Stadt die Bürgersteige schon vor Stunden hochgeklappt hatte. Sie sah zu Sam und überlegte, ob sie es überhaupt riskieren konnte, ihn längere Zeit allein zu lassen, um durch die Stadt zu fahren und nach einem Drugstore zu suchen, der auch nachts geöffnet hatte. Sie zog den Wagenschlüssel aus der Tasche ihres Parkas und spielte damit, während sie nachdachte, bis ihr eine Idee kam.

Der Pick-up! Warum hatte sie nicht eher daran gedacht?

Ein Rancher würde auf jeden Fall einen gut sortierten Verbandskasten in seinem Wagen haben. Immerhin arbeitete er einen großen Teil des Tages unter freiem Himmel und musste in der Lage sein, sich zu verarzten, da er nicht so schnell Hilfe holen konnte.

Lauren schloss die Zimmertür auf und lief nach draußen. Nach kurzer Suche stieß sie hinter dem Sitz im verlängerten Bereich der Fahrerkabine auf eine große Plastikkiste mit einem roten Kreuz darauf.

„Augustus, du bist ein Schatz", murmelte sie und kehrte ins Zimmer zurück.

Nach einer anstrengenden Aktion gelang es ihr schließlich, Sams Oberkörper freizumachen und das Halfter mitsamt Waffe zu öffnen. Eine Hand schob sie unter ihn, um die Brust nach einer Austrittswunde abzusuchen, konnte aber nichts finden. Lauren gab einen missbilligenden Laut von sich. Die Kugel steckte noch in seinem Körper.

Sie versuchte, nicht darüber nachzudenken, und konzentrierte sich darauf, zunächst die Wunde an sich zu säubern und dann mit einem Waschlappen seinen ganzen Rücken von der dünnen Schicht Blut zu reinigen, die sich auf seiner Haut verteilt hatte. Als sie damit fertig war, beugte sie sich vor und begutachtete die Einschussstelle. Besorgt verzog sie den Mund. Die Wunde war tiefrot mit einem hauchdünnen grauen Rand. Sie blutete noch immer. Sie wischte noch einmal mit dem Waschlappen über die Stelle und bemerkte, dass Stofffetzen von seiner Kleidung in die Wunde gelangt waren. Sie runzelte die Stirn. Das konnte nicht gut sein.

Zu ihrer Erleichterung fanden sich neben den üblichen Gazestreifen, der Watte und den Mullbinden im Verbandskasten eine Pinzette, Alkohol, Jod, eine Tube antibiotische Salbe und sogar Chirurgennadeln sowie Faden. Bei den letzten Gegenständen schauderte es ihr angesichts der Härte, die diese Cowboys an den Tag legten.

Lauren ging ins Badezimmer und desinfizierte die Pinzette mit Alkohol, dann kehrte sie ins Schlafzimmer zurück und kniete sich neben Sam aufs Bett. Sie biss sich auf die Unterlippe und zögerte kurz, während ihre Hand einen Moment lang zitternd über der hässlichen Wunde hing. „Du kannst das, Lauren. Du *musst* das können!“ Sie schloss kurz die Augen, schickte ein Stoßgebet zum Himmel, holte tief Luft und beugte sich vor.

Sam stöhnte auf, als sie den ersten winzigen Stofffetzen aus der Wunde holte. Zehn Minuten lang war sie damit beschäftigt, zwischen jedem Vordringen in das Einschussloch Blut wegzuwischen und sich nicht zu übergeben. Als sie die Wunde schließlich gesäubert hatte, zog sie die Ränder ein wenig auseinander, was Sam mit einem erstickten Schmerzensschrei quittierte.

Sie versuchte etwas zu erkennen, konnte aber nichts sehen, was wie ein Kugel aussah. Sie wusste, dass diese herausgeholt werden musste, doch sie konnte unmöglich in der Wunde herumstochern. Die Gefahr war viel zu groß, dass sie ihm dadurch mehr schadete als half.

„Tut mir Leid, Sam, aber mehr kann ich nicht machen“, murmelte sie und verteilte eine großzügige Portion Jod rund um die Stelle, an der die Kugel in seinen Körper eingedrungen war.

Sam riss den Kopf hoch und schrie: „Jesus! ... Was ... was machst du da?“

„Es tut mir Leid! Es tut mir Leid“, rief Lauren. „Ich versuche nur deine Wunde zu versorgen. Bleib ganz ruhig liegen, bis ich fertig bin.“

Die Anweisung war unnötig. Als sie nämlich die Wunde abermals ein wenig öffnete und fast die halbe Tube der antibiotischen Salbe auftrug, wurde er wieder ohnmächtig. Lauren bedeckte die Wunde dick mit Gaze und drückte sie auf, damit sie nicht verrutschte.

Seufzend richtete sie sich auf. Erst jetzt, mit erheblicher Verzögerung, begann sie am ganzen Leib zu zittern. Sie legte die Arme um sich und schwankte leicht vor und zurück. „O Gott, lass ihn bitte nicht sterben“, flüsterte sie immer wieder. „Ich könnte das nicht ertragen.“

Ihr wurde bewusst, dass sein Tod nicht nur zu viel für sie gewesen wäre, weil er bei seiner Aufgabe, sie zu beschützen, verletzt worden war, sondern auch, weil die Vorstellung, ohne Sam zu leben, so sehr schmerzte, dass sie gar nicht erst daran denken wollte. So unwahrscheinlich und dumm es vielleicht sein mochte, hatte sie sich doch in diesen harten, schweigsamen und komplizierten Mann verliebt.

Lauren versuchte die Gefühle herunterzuspielen, indem sie sie insgeheim als kindisch und albern bezeichnete. Aber das änderte nichts daran, dass sie ihn zutiefst und unwiderruflich liebte.

Als das Zittern endlich nachließ und sie sich wieder unter Kontrolle hatte, seufzte sie leise und wischte sich mit dem Unterarm den Schweiß von der Stirn. Sie sah Sam mit seinem behelfsmäßigen weißen Verband an, der einen krassen Kontrast zu seiner braunen Haut darstellte. Sie kletterte vom Bett, zog Sam die Stiefel aus und legte die Bettdecke über ihn.

Ich habe getan, was ich konnte, dachte sie erschöpft. Jetzt konnte sie nur noch abwarten und darauf hoffen, dass er sich am Morgen besser fühlte.

Lauren zog sich aus, duschte rasch und legte sich dann zu Sam. Fast im selben Moment, in dem ihr Kopf auf das weiche Kissen sank, war sie eingeschlafen.

Stunden später wurde Lauren aus einem tiefen, erholsamen Schlaf gerissen.

„Was? Wer ...?“ Sie saß aufrecht im Bett und sah sich desorientiert um. Durch einen Spalt in den Vorhängen fiel ein wenig Mondlicht ins Zimmer, das genügte, um zu Sam zu sehen, der neben ihr lag. Im selben Moment kehrte die Erinnerung zurück, und dann wusste sie auch, was sie geweckt hatte. Sam stöhnte und drehte sich unruhig hin und her.

Sofort war Lauren hellwach. „Sam? Sam, ganz ruhig. Du machst alles nur noch schlimmer. Wenn du nicht ruhig liegen bleibst, fängt die Wunde wieder an zu bluten!“

Ebensogut hätte sie mit der Wand reden können, da er sich unablässig von einer Seite auf die andere wälzte. Sie wollte eine Hand auf seinen Rücken legen, um ihn zu beruhigen, aber bei der ersten Berührung zuckte sie zurück. „O Gott, Sam, du glühst ja!“

Sie strich ihm die Haare aus dem Gesicht und zwinkerte, um ihre Tränen zurückzuhalten. „Verdammt, Sam Rawlins, komm nicht auf die Idee, mir wegzusterben. Nicht nach allem, was wir durchgemacht haben. Hast du verstanden?“

Sam drehte den Kopf hin und her. „Lau...ren“, krächzte er plötzlich.

„Ja, ich bin hier, Sam. Was ist los?“

„Liebe ... dich.“

Lauren stockte der Atem, sie riss die Augen weit auf. Ihr Herz schmerzte. Sie wollte es ihm so sehr glauben, und tatsächlich stieg einen Moment lang in ihr Hoffnung auf, doch dann verdrängte sie sie. Sei kein Idiot, ermahnte sie sich. Der Mann hat Fieber und liegt im Delirium. Er weiß nicht, was er redet.

Sam drehte sich um und stöhnte laut auf, während Lauren sich zusammenriss. Um Himmels willen, hör endlich auf, dich wie ein verliebter Teenager zu benehmen. Er braucht deine Hilfe, sagte sie sich stumm. Das war kaum die Zeit, um sich irgendwelchen aussichtslosen Tagträumen hinzugeben.

So wie auf nahezu allen anderen Gebieten hatte Lauren auch keine Erfahrung damit, Kranke zu pflegen, aber sie hatte doch so viel mitbekommen, dass sie wusste, wie wichtig es war, Sams Fieber zu senken, und zwar schnell.

Sie stand auf, nahm das obere Bettlaken mit ins Badezimmer und tränkte es in der Wanne mit kaltem Wasser. Dann eilte sie zurück und wickelte ihn in den nassen Stoff.

Es vergingen nur wenige Minuten, bis das Laken warm war. Sie wiederholte die Prozedur ein halbes Dutzend Mal, ehe es eine spürbare Veränderung von Sams Zustands gab. Fast gleichzeitig begann er unkontrolliert zu zittern. Lauren nahm das klamme Laken weg und trocknete Sam rasch ab, brachte ihn dazu, eine Aspirin zu schlucken, und legte die Decken beider Betten über ihn. Sie drehte zudem die Heizung auf, aber er schien immer noch zu frieren. Schließlich legte sie sich neben ihn und drückte ihn an sich.

Nach einiger Zeit beruhigte sich Sam und fiel in einen tiefen Schlaf – jedenfalls hoffte Lauren, dass es genau das war und nicht anderes. Wenige Stunden später schoss das Fieber erneut in die Höhe, woraufhin sie aufstand und ihn abermals in nasse Laken wickelte, bis er wieder ruhiger war.

Die Nacht hindurch wiederholte sich dieses Muster im Abstand weniger Stunden. Mal schoss Sams Fieber in die Höhe, mal zitterte er so sehr am ganzen Leib, dass Lauren hören konnte, wie er mit den Zähnen klapperte.

Als am nächsten Morgen das Zimmermädchen klopfte, erklärte Lauren, ihrem Mann gehe es nicht gut. Sie nahm die frischen Bettlaken entgegen und hängte dann das „Bitte nicht stören"-Schild an den Türgriff. Sie war viel zu müde, um Hunger zu verspüren, und am späten Nachmittag fühlte sie sich wacklig auf den Beinen, weil sie kaum geschlafen und nichts gegessen hatte. Sie wusste, dass Sam ebenfalls etwas zu sich nehmen musste. Als er sich wieder in einer der eher ruhigen Phasen befand, nahm sie ihren Mut zusammen und fuhr zu einem Restaurant in der Nähe, um Essen zu holen.

Es war eine mühselige und frustrierende Aufgabe, Sam die heiße Suppe löffelweise einzuflößen. Als sie endlich damit fertig war, ging es ihr so elend, dass sie ihr Sandwich nur zur Hälfte aß.

Als es Abend wurde, wuchs Laurens Besorgnis immer mehr. Während der Kreislauf aus Fieber und Schüttelfrost anhielt, wurde Sam allmählich schwächer, und sie hatte keine Ahnung, was sie dagegen unternehmen sollte. Sie hielt ihn in den Armen und starrte hilflos zur Decke, als würde sie dort die Antwort finden.

„N...nummer ..."

Sie drehte sich um und sah in Sams hochrotes Gesicht. Mit der Hand fühlte sie seine Stirn und erkannte, dass das Fieber wieder stieg. „Sam? Bist du wach? Hast du was gesagt?"

Seine Augenlider flatterten.

„Oh, Sam! Sam, du *bist* wach!" rief sie. „Gott sei Dank!"

Er runzelte die Stirn und versuchte etwas zu sagen, brachte aber nur ein heiseres Flüstern zu Stande.

Lauren hielt ihr Ohr nahe an seinen Mund. „Was?"

„Meine ... B...brieftasche ... mein Cousin Larry ... ruf ... ruf ihn an."

Sie hob den Kopf und sah Sam zweifelnd an. „Meinst du, das ist eine gute Idee? Können wir ihm trauen?" fragte sie, doch er hatte längst wieder das Bewusstsein verloren.

In der Innentasche seines Parkas fand sie Sams Brieftasche, in der ein gefalteter Zettel steckte. Gut fünfzehn Namen und Nummern waren darauf vermerkt, darunter nur ein Larry – Larry Zah.

Unruhig ging Lauren im Zimmer auf und ab und überlegte, ob sie anrufen sollte oder nicht. Vertraute Sam diesem Mann? So sehr, dass er ihr Leben riskieren würde? Oder war er einfach nur verzweifelt? Vielleicht hatte er die Bitte ja auch im Delirium geäußert.

Sie blieb stehen, sah von der Liste zum Telefon und kaute an ihrem Daumennagel. Dann fiel ihr besorgter Blick auf Sam.

Er wurde allmählich wieder unruhig. Lauren seufzte. Ihr blieb keine andere Wahl. Die Hilfe, die er benötigte, konnte sie ihm nicht geben. Sie musste es riskieren.

Es klingelte fünfmal, dann meldete sich eine schläfrige Stimme. „Hallo?"

„Spreche ich mit Larry Zah?"

„Ja, wer ist da?"

„Ich ... Sie sind der Cousin von Sam Rawlins, richtig?"

Es folgte eine kurze Pause, und als der Mann schließlich weiterredete, war sein Tonfall nicht mehr verschlafen, sondern beunruhigt. „Das ist richtig. Was ist denn?"

„Sam ist bei mir. Er ... er braucht Ihre Hilfe. Er wurde angeschossen."

„Angeschossen?"

„Ja, und er ist in einer ziemlich schlechten Verfassung."

Er zögerte nicht eine Sekunde. „Sagen Sie mir, wo Sie sind. Ich hole Sie sofort ab."

Mit Unbehagen gab Lauren ihm die Adresse und die Zimmernummer.

„Bin schon unterwegs."

In den siebzig Minuten, die Sams Cousin für die Fahrt brauchte, ging Lauren unablässig im Zimmer auf und ab. Mal glaubte sie, richtig gehandelt zu haben, dann war sie davon überzeugt, dass sie einen schweren Fehler gemacht hatte.

Als sie hörte, dass vor ihrem Motel ein Wagen anhielt, stellte sie sich in der Dunkelheit ans Fenster und hielt Sams Dienstwaffe in der Hand. Wenn dieser Larry die Killer von Carlo Giovessi alarmiert hatte, würde sie sich ihnen nicht kampflos ergeben.

Sie schob den Vorhang ein Stück zur Seite und entdeckte einen großen Mann, der aus einem alten Pick-up stieg. Er trug Jeans, ein kariertes Hemd, eine Lederjacke mit Schaffellbesatz und einen runden Filzhut mit einem silbernen Hutband. Sein glattes schwarzes Haar reichte ihm bis zur Hüfte. Lauren beobachtete den Parkplatz, aber offensichtlich befand sich außer ihm niemand da draußen.

Er klopfte an.

„Wer ist da?“ rief Lauren mit gedämpfter Stimme.

„Larry.“

Sie hielt die Waffe hinter dem Rücken und schloss die Tür auf, um ihn ins Zimmer zu lassen. Lauren schenkte er kaum Beachtung, sondern begab sich sofort zum Bett. Er zog Sam den Parka über, dann hob er seinen Cousin hoch. Sam war ein großer Mann, doch Larry Zah trug ihn mit einer Leichtigkeit, wie sie ein Kind in ihren Armen gehalten hätte. „Packen Sie Ihre Sachen, wir machen uns auf den Weg.“

Während sie auf Larry gewartet hatte, hatte sie Sams Verband gewechselt und ihm ein frisches Hemd angezogen. Der Matchbeutel war bereits gepackt. Als sie ihn nahm, ließ sie die Waffe in ihrer Handtasche verschwinden.

„Ist das Ihr Wagen?“ fragte Larry und deutete auf ihren Pick-up.

„Nein, den hat uns Sams Vater geliehen.“

„Wir lassen ihn stehen. Ich rufe morgen Augustus an, damit er weiß, wo er ihn abholen kann.“

Der Mann war so schroff, dass Lauren ihn eher für einen echten Rawlins gehalten hätte. Lediglich sein Äußeres war ein eindeutiges Zeichen dafür, dass er einer von Sams Navajo-Verwandten war.

Augenblicke später waren sie auf dem Weg in Richtung Süden. Sam lag gegen Lauren gelehnt, die ihn fest an sich drückte.

„Ich bin übrigens Lauren Brownley“, sagte sie in die Stille.

„Hab ich mir schon gedacht.“ Larry Zah warf ihr einen undefinierbaren Blick zu. „Im Reservat haben wir auch Fernsehen, wissen Sie?“

„Ich ... verstehe“, erwiderte sie unbehaglich. Sie ließ ihre Hand in die Tasche gleiten und legte sie um die Waffe. „Dann haben Sie die Berichte in den Nachrichten gesehen.“

„Ja.“

„Sie stimmen nicht.“

„War mir klar. Sam ist ein ehrlicher Mensch.“

Sie ließ die Waffe los und legte ihren Arm wieder um Sam. „Wohin bringen Sie uns?“ fragte sie, nachdem erneut für längere Zeit Schweigen geherrscht hatte.

„Ins Reservat. Wir haben dort einen Arzt.“

„Oh, aber ...“

„Kein Grund zur Panik. Er ist ein Navajo, und wir befinden uns auf Navajo-Gebiet. Er wird es nicht melden.“

Lauren schloss die Augen und entspannte sich. „Danke.“

Larry brummte etwas. Er schien kein Interesse an einer Unterhaltung zu haben, also brachte sie sich und Sam in eine bequemere Sitzposition und lehnte den Kopf nach hinten.

Eine Stunde später wachte Lauren auf, als sie im Schritttempo über einen steil abfallenden, äußerst holprigen Feldweg schlichen. Kilometerlang wand sich die Straße zwischen gewaltigen

Sandsteinformationen hindurch, die so groß wie mehrstöckige Gebäude waren und wie unheimliche Wächter im Mondlicht standen.

„Ist das nicht Monument Valley?“ fragte Lauren beeindruckt.

„Hm. Aber nicht der Teil, den die Touristen zu sehen bekommen. Der ist nur ein paar Hektar groß. Der Rest des Reservats ist ausschließlich den Navajo vorbehalten.“

Lauren wollte fragen: „Und was ist mit mir? Ich bin keine Navajo.“ Aber sie schluckte die Frage lieber hinunter.

Kilometer um Kilometer bahnten sie sich ihren Weg durch das weitläufige Tal und stießen dabei tief ins Reservat vor. Vereinzelt waren bescheidene Häuser zu sehen, zu denen jeweils ein kuppelförmiges Hogan gehörte, die für die Navajos typische, mit Erde bedeckte Balkenhütte. Sam wurde unruhig und stöhnte auf, da er unablässig durchgerüttelt wurde. Lauren fühlte sein Stirn. Sein Fieber stieg wieder.

Schließlich erreichten sie eine kleine Ansammlung von Wohnhäusern, ein kleines Holzhaus und zwei Wohnmobile, die etwa dreißig Meter voneinander entfernt standen. „Hier lebe ich“, sagte Larry und hielt vor einem der Wohnmobile an.

Eine Indianerin, etwa Mitte dreißig, öffnete die Tür. Sie trug ein Kleid und dazu Pantoffeln. Lauren vermutete, dass sie Larrys Frau war, aber vorgestellt wurden sie einander nicht. Während er Sam nach drinnen trug, war sie so sehr um dessen Wohl besorgt, dass sie um sich herum zunächst nichts wahrnahm. Als sie Lauren bemerkte, verriet ihre Miene, welchen Schock ihr Anblick für sie bedeutete. Sie wirkte so, als wolle sie protestieren, aber ihr Ehemann kam ihr zuvor.

„Ist ein Bett bereit?"

„Ja, ich dachte, es ist am besten, wenn wir ihn im Zimmer der Jungs unterbringen. Darum habe ich sie ausquartiert", antwortete sie und deutete auf die beiden Teenager, die im Wohnzimmer auf dem Sofa lagen und fest schliefen. Sie ging vor ihrem Mann her durch einen engen Flur. Lauren war dicht hinter Larry.

In dem kleinen Zimmer gab es zwei Betten, Larry legte seinen Cousin auf dem ab, das näher zur Tür lag. Sam stieß einen Schmerzenslaut aus, woraufhin Lauren an seine Seite eilte und eine Hand auf seine Stirn legten. „Sein Fieber steigt wieder", rief sie Larry über die Schulter zu.

„Ich rufe den Doktor."

Die Frau folgte ihm. Obwohl sie versuchte, nicht zu laut zu reden, konnte Lauren sie hören. „Larry, diese Frau kann nicht hier bleiben", beharrte sie. „Sie ist keine von uns."

„Sie ist unser Gast."

„Es wird den anderen nicht gefallen, dass eine weiße Frau hier ist. Es ist nicht gesta..."

„Ruhig, Zeta. Sie ist Sams Frau. Sie bleibt."

Sams Frau? Der Gedanke gefiel Lauren, die sich neben ihn ans Bett setzte und seine Hand nahm. Wenn es doch bloß wirklich so gewesen wäre.

Für Sam war sie ein Auftrag. Sicher, er begehrte sie. In den letzten Tagen hatte er sogar so etwas wie Zuneigung zu ihr entwickelt, aber so sehr sie es sich gewünscht hätte, war sie nun wirklich nicht „seine Frau".

Lauren wusste, dass sie und Sam getrennte Wege gehen würden, sobald sie die Zeit der Gefahr überlebt und gegen

Carlo ausgesagt hatte. Er würde wieder zu seiner Arbeit zurückkehren, vielleicht auch auf die Ranch seines Vaters, während sie eine neue Identität und ein neues Leben erhielt.

Sie würde Sam nie wieder sehen.

Als sie in Tränen auszubrechen drohte, schüttelte sie energisch den Kopf. Bis dahin sollten seine indianischen Verwandten ruhig glauben, dass sie seine Frau war. Sie würde sie nicht vom Gegenteil überzeugen.

Nach einer Weile kehrten die Zahs mit einem schlanken Navajo etwa Mitte dreißig zurück, der eine Arzttasche trug. Begleitet wurde er von einer der hübschesten jungen Frauen, die Lauren je gesehen hatte. Sie war ungefähr Anfang zwanzig, hatte fein geschnittene Gesichtszüge, wundervolle große braune Augen und verhielt sich so schüchtern wie ein Reh.

Als sie Sam entdeckte, eilte sie zum Bett und begann seinen Nacken zu streicheln. Sie sah ihn bewundernd an und schien niemanden sonst im Raum wahrzunehmen. „O Sam“, flüsterte sie. „Liebster Sam. Was ist mit dir geschehen?“

Lauren wurde das Herz schwer. Diese wunderschöne Indianerin war in Sam verliebt!

Wie vor den Kopf geschlagen ging sie einen Schritt nach hinten, um dem Arzt Platz zu machen. Während der Sams Hemd auszog und den Verband entfernte, sah er kurz zu ihr. „Sie müssen Lauren Brownley sein. Ich bin Dr. Sani, und das ist meine Schwester Willow.“

Lauren nickte nur kurz. Sie musste den Arzt nicht fragen, woher er sie kannte.

„Wann ist das geschehen?“

„Vor etwa ... siebenundzwanzig Stunden“, antwortete sie

nach einem Blick auf die Uhr auf dem Nachttisch. „Ich habe getan, was ich konnte, aber die Kugel steckt noch immer drin."

„Hmm. Es wäre besser gewesen, wenn ich ihn sofort behandelt hätte. Trotzdem haben Sie erstklassige Arbeit geleistet. Die Wunde sieht nicht entzündet aus. Ich muss die Kugel herausholen. Eigentlich müsste ich ihn in ein Krankenhaus bringen und die Schulter röntgen, bevor ich operiere, aber ich glaube, dieses Risiko möchte Sam nicht eingehen. Die Klinik befindet sich in einem Teil des Reservats, zu dem jeder Zutritt hat. Wenn die Leute, die hinter Ihnen her sind, Sie bislang verfolgt haben, können sie dort ungehindert hineingehen."

„Machen Sie es hier, Doc", drängte Larry.

Der Arzt untersuchte die Wunde, bis Sam zuckte und aufschrie. Willow murmelte etwas, um ihn zu beruhigen, aber er bewegte sich weiter.

„Lau...Lauren? Wo ist ... Lauren?"

Willow sah aus, als hätte jemand ihr eine Ohrfeige gegeben. Sie hob den Kopf und sah verletzt zu Lauren, die bereits aufgesprungen war. Sie eilte zum Bett und drängte die Schwester des Doktors aus dem Weg, um Sams Hand festzuhalten. „Ich bin hier, Sam. Ich bin hier."

„Sam? Können Sie mich hören?" fragte Dr. Sani.

Sein Patient gab einen unverständlichen Laut von sich, der möglicherweise als „ja" zu verstehen war. „Ich werde jetzt die Kugel aus Ihrem Rücken holen. Ich werde Ihnen eine örtliche Betäubung geben, aber es wird trotzdem ein wenig schmerzen. Ich fürchte, mehr kann ich hier nicht machen. Ich möchte, dass Sie völlig ruhig liegen, okay?"

„O...okay", keuchte Sam.

Der Arzt sah die anderen an. „Es tut mir Leid, aber ich muss Sie alle bitten, jetzt zu gehen. Ausgenommen Willow. Sie wird mir assistieren."

Sams Griff um Laurens Hand wurde fester. „Bleib ... geh ... nicht."

„Versprochen", murmelte sie. „Ich bin so lange hier, wie du mich brauchst."

Sie sah Dr. Sani an. „Ich bleibe."

Er blickte sie einen Moment lang unergründlich an, dann nickte er. „Wie Sie wünschen."

Zunächst reagierte Sam stoisch auf die Arbeit des Arztes. Er biss die Zähne zusammen und drückte ihre Hand so fest, dass Lauren befürchtete, er würde ihr die Finger brechen. Als Dr. Sani aber tiefer in das Fleisch vordrang, mühten sich Lauren und Willow gemeinsam, ihn an einer Bewegung zu hindern. Zum Glück wurde er nach ein paar Sekunden wieder ohnmächtig.

Nachdem er die Kugel entfernt und die Wunde vernäht hatte, gab Dr. Sani ihm eine hohe Dosis eines Antibiotikums und ein Schmerzmittel. Nachdem er notiert hatte, was sie mit Sam zu machen hatten und dass sie sich sofort melden sollten, wenn sich sein Zustand verschlechterte, brach er im Morgengrauen auf. Am Nachmittag würde er noch einmal nach ihm sehen.

Verdammt. Seine rechte Schulter schmerzte wie verrückt. Sam musste seine Augenlider mit Gewalt aufreißen, um aus dem Schlaf zu erwachen, den die Medikamente ausgelöst hatten. Als erstes sah er Lauren. Sie saß in einem Sessel neben seinem

Bett. Ihr Oberkörper ruhte vorgebeugt auf der Matratze, und sie schlief tief und fest.

So wie von Anfang traf ihn ihre Schönheit mit einer ungeheuren Wucht. Sie lag da, ihr Gesicht ihm zugewandt, ihr kastanienbraunes Haar ringsum auf der Bettdecke ausgebreitet.

Allmählich wurde ihm bewusst, dass sie erschöpft aussah. Ihre makellose Haut war blasser als üblich, und sie hatte wieder dunkle Augenringe. Wieso schlief sie eigentlich sitzend in einem Sessel?

Sam sah sich rasch um und wusste sofort, dass er sich im Zimmer der Jungs seines Cousins Larry befand.

Allmählich kehrte die Erinnerung zurück – die Verfolgungsjagd, der Schuss, Lauren, die den Pick-up fuhr, als wollte sie sich für Indianapolis qualifizieren, ein Motelzimmer. Was danach kam, war ein fiebriges Gewirr aus Schmerz und zusammenhanglosen Bildern.

Er sah wieder Lauren an. Die Gefühle, die er bei ihrem Anblick verspürte, waren so gewaltig, dass seine Brust schmerzte. Irgendwie hatte sie es geschafft, sie beide hierher zu bringen. Und so wie es aussah, hatte sie die ganze Nacht an seiner Seite verbracht.

Sam griff nach einer Haarsträhne und ließ sie zwischen Daumen und Fingern gleiten, bis die Haare zurück auf die Decke fielen. Unbewusst strich er ihr mit dem Handrücken über die Wange.

Laurens Augenlider zuckten, dann sah sie auf. „Sam.“ Sie zwinkerte und lächelte ihn einen Moment lang verschlafen an, dann setzte sie sich auf. „Sam! Du bist wach!“

„Sieht so aus“, erwiderte er mit rauer Stimme.

„Wie geht es dir? Sind die Schmerzen sehr schlimm? Der Doktor hat Schmerztabletten hier gelassen, falls du welche brauchst."

„Mir geht es gut."

„Kann ich dir irgendetwas bringen? Ein Glas Wasser? Etwas zu essen? Du musst ja halb verhungert sein. Ich gehe nur …"

Lauren wollte aufstehen, aber Sam bekam ihr Handgelenk zu fassen und hielt sie zurück. Er ignorierte den stechenden Schmerz, den die Bewegung in seiner Schulter auslöste. „Ganz ruhig. Es geht mir gut."

Es wirkte nicht überzeugend, und bevor er sie davon abhalten konnte, fühlte sie seine Stirn. „Dein Fieber ist zurückgegangen."

Sam schob ihre Hand weg, ließ sie aber nicht los. „Entspann dich endlich. Ich sage doch, dass es mir gut geht."

Er sah sie eindringlich an, sein Blick wanderte über ihr blasses Gesicht, über ihren zarten Mund, der so einladend war. „Jeden Tag erstaunst du mich ein bisschen mehr", sagte er leise. „Vom ersten Tag an."

Lauren kicherte verlegen. „Jetzt weiß ich, dass du immer noch Fieber hast."

„Ich meine es ernst. Dein Leben lang hat man dich in Watte gepackt, und trotzdem stellst du dich allem, was das Schicksal dir in den Weg schmeißt. Du packst jedes Problem an, du stellst dich jedem Hindernis. Ich bin noch nie einer Frau begegnet, die so viel Schneid und Entschlossenheit vorweisen kann." Ein wehmütiges Lächeln umspielte seinen Mund.

„Selbst als ich noch dachte, du wärst Carlos Geliebte, hat deine Stärke mich in Erstaunen versetzt."

Sie errötete ein wenig und sah nach unten auf ihre Hände. „Lob mich nicht zu viel. Ich hatte ja kaum eine andere Wahl."

„Natürlich hattest du die. Man hat immer eine Wahl. Hör mir zu, Lauren." Sam schob seinen Zeigefinger unter ihr Kinn und drückte ihren Kopf nach oben, damit sie ihn wieder ansah. „Du bist eine ganz außergewöhnliche Frau."

„Sam, ich ..."

„Und wer genau ist diese ganz außergewöhnliche Frau, die du auf unser Land mitgebracht hast?" fragte eine seltsam kühle Stimme.

Lauren erschrak und drehte sich um. In der Türöffnung stand eine mollige grauhaarige Indianerin. Ihr braunes, faltiges Gesicht war so hart wie die Sandsteinformationen, die die Landschaft um sie herum dominierten.

Sam richtete den Blick bemerkenswert gelassen auf die alte Frau. „Hallo, Grandma. Freut mich auch, dich wieder zu sehen. Dies ist Lauren Brownley. Lauren, der kleine Wirbelwind ist meine Großmutter Annie Zah."

Lauren machte den Mund auf, um die Frau zu begrüßen, aber noch bevor sie ein Wort sagen konnte, wechselte Annie Zah in die Sprache der Navajo und redete auf Sam ein.

„Sprich nicht so mit mir, Junge. Über ein Jahr ist es her, dass du zum letzten Mal deine Familie besucht hast. Und jetzt tauchst du mitten in der Nacht auf und bist auch noch angeschossen. Als wäre das nicht schon schlimm genug, stößt du uns alle auch noch vor den Kopf, indem du diese weiße Frau mitbringst. Du weißt, dass sich nur unser Volk hier aufhalten darf."

„Es tut mir Leid, Grandma, aber es ging nicht anders", erwiderte Sam ebenfalls in der Navajo-Sprache. „Lauren ist Zeugin in einem wichtigen Fall, und ich habe den Auftrag, sie zu beschützen. Da sind Leute in der Welt des weißen Mannes unterwegs, die versuchen, uns umzubringen. Wenn Lauren nicht gewesen wäre, hätten sie es letzte Nacht geschafft. Sie hat mir das Leben gerettet."

Annie machte einen überraschten Eindruck. Hatte sie Lauren bislang kaum eines Blicks gewürdigt, sah sie sie jetzt fast umso eindringlicher an. Als sie sich wieder Sam zuwandte, schüttelte sie trotzdem den Kopf. „Dafür bin ich ihr dankbar, aber es ändert nichts. Sie muss gehen, bevor andere erfahren, dass sie hier ist."

Verwirrt und neugierig sah Lauren zwischen Sam und Annie hin und her, die weiter in ihrer Muttersprache redeten und ihr keine Beachtung schenkten.

„Wenn sie geht, dann gehe ich auch."

„Sei kein Narr, Enkel. Ich habe mit Dr. Sani gesprochen. Du bist nicht in der Lage, irgendwohin zu gehen. Du musst bleiben und dich ausruhen, damit dein Körper heilen kann."

Sam wandte den Blick nicht von der Frau ab. „Nicht ohne Lauren."

„Sie kann nicht bleiben."

„Doch. Wenn sie meine Frau wird."

Annie riss die Augen auf. Sie sah Lauren auf einmal interessiert an. „Die Frau bedeutet dir so viel?"

„Ja."

Er rechnete mit Widerworten und machte sich darauf gefasst, aber zu seiner Überraschung nickte seine Großmutter nur. „Ich werde alles arrangieren."

Sam kniff die Augen ein wenig zusammen. „Das ist alles? Kein Protest?"

„Warum sollte ich protestieren?"

„Ich dachte, du wolltest, dass ich eine Navajo-Frau heirate. Willow Sani, um es ganz genau zu sagen. Du hast sie auf mich gehetzt, seit sie vierzehn war."

„Ich habe sie nur auf deinen Pfad gelenkt, damit du sie wahrnimmst", erklärte Annie mit der Würde einer Matriarchin. Sie durchquerte den Raum und setzte sich zu Sam ans Bett, dann nahm sie seine Hand. „Ich gestehe ein, dass ich nichts dagegen hätte, wenn du dir eine Frau aus unserem Volk nehmen würdest, aber wichtiger ist für mich, dass du glücklich bist. Mein ganzes Leben habe ich dich dabei beobachtet, wie du versuchst, deinen Platz im Leben zu finden. Du schwankst immer zwischen dieser und der Welt deines Vater, ohne zu wissen, wohin du gehörst. Was ist? Hast du geglaubt, ich würde das nicht merken? Denkst du, ich bin blind?" fragte sie, als sie seinen beunruhigten Blick sah.

„Du hast nie etwas gesagt."

„Es stand mir nicht zu. Du musstest selbst entscheiden, in welche Welt dein Geist wirklich gehört." Annie seufzte schwer. „Es ist längst Zeit, dass du dir eine Frau nimmst, mein Enkel. Aber ich wusste immer, dass du das so lange nicht machen würdest, wie du deinen Platz noch nicht gefunden hattest. Ich denke, Augustus wusste das auch." Sie sah kurz zu

Lauren, dann lächelte sie Sam an. „Ich glaube, es ist jetzt so weit."

Er sah seine Großmutter an und war erstaunt, sie so breit lächeln zu sehen. „Es macht dir nichts aus?"

„Nein, es macht mir nichts aus." Sie tätschelte seine Hand. „Wahrscheinlich ist es so am besten. Die Unterschiede zwischen unseren beiden Welten sind heute wohl nicht mehr so groß wie zu der Zeit, als deine Eltern sich begegneten. Unser Volk nimmt vom weißen Mann immer mehr Gewohnheiten an. Es macht mich traurig, aber was soll eine alte Frau daran schon ändern? Es gibt natürlich immer noch Unterschiede, sehr wichtige sogar, die sich nie ändern werden. Das waren die Dinge, die die Ehe deiner Eltern zerstört haben."

Sie sah ihn lange an, dann fuhr sie fort: „Dein Vater ist ein guter Mensch. Er hat meine Tochter sehr geliebt, und sie hat ihn geliebt. Aber nicht einmal eine so starke Liebe hat gereicht, um ihren Wunsch verschwinden zu lassen, bei ihrem eigenen Volk zu sein. Ich möchte nicht, dass dir so etwas auch passiert. Wenn dein Geist in der Welt des weißen Mannes zu Hause ist, dann soll es auch so sein." Wieder tätschelte sie seine Hand und lächelte ihn an. „Ganz egal, wie du dich entscheidest, du wirst immer mein Enkel sein. Und solange die Sonne aufgeht, bist du mit deiner Frau hier willkommen."

Sam starrte sie an und war so gerührt, dass er den Schmerz in seiner Schulter vergaß. Er wusste, dass dieses Gespräch einen gewaltigen Wendepunkt darstellte. Und er wusste, dass das, was er als Nächstes sagen würde, seinem Leben eine völlig neue Richtung geben und seine Beziehung zu den Menschen, die hier lebten, für alle Zeit verändern würde. Ein Teil von ihm wollte alles zurücknehmen, er wollte sagen, dass er es sich noch einmal überlegt habe und am Vertrauten festhalten wolle. Aber sein Herz sagte ihm, dass seine Großmutter Recht hatte. Er musste eine Entscheidung treffen.

„Du bist eine weise Frau, Grandma“, sagte er leise.

Sie nickte. Er war nicht sicher, ob er in ihren Augen einen Anflug von Traurigkeit sah, aber wenn es so war, dann liebte er sie noch mehr.

Annie beugte sich vor und gab ihm einen Kuss auf die Wange. „Ich werde jetzt gehen und alles in die Wege leiten.“

„Was ist los?“ fragte Lauren, als Annie gegangen war. „Muss ich gehen?“

„Nein.“

„Oh, Gott sei Dank.“ Lauren atmete erleichtert aus und drückte eine Hand auf ihre Brust. „Das ist gut. Was hast du gesagt, damit sie ihre Meinung ändert? Und was ist mit den anderen? Werden sie nichts dagegen haben?“

„Nein. In ein paar Tagen haben sie dafür keinen Grund mehr. Wir werden heiraten.“

18. KAPITEL

„Wir werden *was*?"

„Ich sagte: Wir werden heiraten."

Lauren starrte Sam an. Er hatte es so sachlich gesagt, dass sie sicher war, sich verhört zu haben. Aber offenbar war das nicht der Fall.

Ihr stockte der Atem. Schock, Begeisterung, Hoffnung und eine Fülle anderer Gefühle stürmten auf sie ein und drohten sie zu überwältigen. „Du ... du bittest mich, dich zu heiraten?"

„Es ist die beste Lösung. Ich bin nicht in der Verfassung, sofort wieder aufzubrechen, und ich glaube, Annie würde gar nicht zulassen, dass ich es überhaupt erst versuche. Und dich werde ich natürlich auch nirgendwohin ziehen lassen. Wenn du meine Frau bist, kann sich niemand beklagen. Und es wird auch niemand auf die Idee kommen, uns bei den Behörden zu melden. Die Navajo beschützen ihre eigenen Leute. Auf jeden Fall ist das hier das sicherste Versteck bis zum Verfahren."

„Verstehe. Dann ... dann hast du nicht vor, dass es eine dauerhafte Ehe wird?" Sie bemühte sich, einen neutralen Ausdruck zu bewahren und lediglich neugierig zu klingen. Doch in ihrem Inneren fühlte sie sich so, als würde jemand versuchen, ihr Herz zu zerquetschen.

Einige Sekunden lang sah Sam sie auf seine eindringliche Weise an, dann zuckte er mit der unversehrten Schulter. „Es muss nicht sein."

Was soll denn das nun wieder heißen? fragte sich Lauren. War er bereit, den Versuch einer Ehe zu wagen, wenn sie es war? Oder kümmerte es ihn nicht? Sie wusste nicht, ob sie sich beleidigt fühlen oder sich Hoffnungen machen sollte.

„Was ist mit Willow?"

„Was soll mit ihr sein?"

„Sie liebt dich."

„Das glaubt sie vielleicht, aber nur, weil meine liebe Großmutter sie in diese Richtung dirigiert hat. Ich habe sie nie ermutigt."

Lauren seufzte. „Es wird ihr trotzdem das Herz brechen."

„Das tut mir auch Leid, doch sie wird darüber hinwegkommen. Sie ist noch jung." Er wartetet einen Moment lang. „Also? Heiraten wir oder nicht?"

„Ich ..."

„So wie ich die Sache sehe, haben wir keine andere Wahl", sagte er in leicht ungeduldigem Tonfall. „Auch wenn wir ein paar Tage hier bleiben könnten, bis es mir besser geht, garantiere ich dir, dass sich die Kerle sofort wieder auf uns stürzen, sobald wir das Reservat verlassen haben."

„Glaubst du, sie wissen, dass wir hier sind?"

Sam zögerte. „Vielleicht. Vielleicht auch nicht. Noch nicht, zumindest. Sie werden aber eins und eins zusammenzählen und misstrauisch werden. Bloß werden sie es nicht wagen, ohne Gerichtsbeschluss ins Reservat vorzudringen."

„Wie kommst du darauf?"

„Das FBI hat in den letzten Jahren immer wieder für negative Schlagzeilen gesorgt, die für die nächste Zeit reichen. Man muss schon Beweise vorlegen, wenigstens aber sehr überzeugende Argumente, um einen Durchsuchungsbefehl für das Reservat zu bekommen. Kein Richter macht das, nur weil ein

Agent irgendetwas im Gespür hat. Außerdem bezweifele ich, dass sie das überhaupt in Erwägung ziehen. Sie wissen genau, dass sie für ein Gebiet von dieser Größe praktisch eine Armee aufmarschieren lassen müssen, und das wird nicht passieren."

„Wieso bist du so sicher?" fragte Lauren. „Wir sind eine Woche lang das Ziel einer groß angelegten Jagd gewesen. Warum sollten sie sich jetzt zurückziehen?"

„Aus mehreren Gründen. Erstens sind wir nicht länger in der Wildnis, wo sie keine lästigen Augenzeugen haben. Ich würde einiges darauf verwetten, dass jeder der Kerle, die sich die Absturzstelle angesehen haben, von Carlo bezahlt wurde. Darum hat der Anführer der Gruppe sie überhaupt erst ausgewählt. Es hätte ganz einfach laufen sollen. Sie fliegen hin und bestätigen, dass wir tot sind. Wenn wir leben, legen sie uns um, und niemand erfährt etwas. Da wir jetzt aber wieder unter Menschen sind, müssen sie vorsichtig sein."

Lauren sah ihn nachdenklich an.

„Zweitens haben bislang nur die Agenten, die von Giovessi bezahlt werden, die Vorgesetzten mit falschen Informationen versorgt, damit sie diese Hetzjagd auf uns inszenieren können. Aber ich glaube, mein Freund Edward hat genug Einfluss, um dem ein Ende zu setzen. Er hat diesen Vorgesetzten persönlich garantiert, dass ich dich zu Beginn des Verfahrens im Gerichtssaal präsentiere."

„Ich hoffe, dass du Recht hast", sagte Lauren, klang aber nicht überzeugt.

„Ich würde dich nicht belügen, Baby. Giovessis Leute werden ebenfalls nach dir suchen, darauf kannst du dich verlassen. Sie haben ja gar keine Wahl. Wenn sie uns nicht zum Schweigen bringen, wandern sie ins Gefängnis. Aber da Edward jetzt für uns bürgt, können sie nicht mehr auf die volle Unterstützung ihrer Verbindungsleute beim FBI zählen. Du siehst also, wenn wir heiraten, dann können wir hier untertauchen, bis der Prozess beginnt."

Lauren sah Sam an, während sie sich innerlich zerrissen fühlte.

Sie kannten sich zwar erst seit kurzem, aber sie und Sam hatten in dieser Zeit Erlebnisse und Erfahrungen von einer solchen Eindringlichkeit geteilt, wie sie viele Menschen in ihrem ganzen Leben nicht haben. Wenn die höfliche Fassade der Zivilisation nicht mehr da war, konnte man in einer Woche mehr über einen Menschen erfahren als sonst in einem ganzen Jahr.

Ja, Sam war hart und wortkarg. Ein distanzierter Einzelgänger, der seine Gedanken für sich behielt und seine Emotionen niemandem zeigte. Sie vermutete, dass es die Folge eines Lebens zwischen zwei Kulturen war, des Gefühls, von keiner Seite jemals ganz akzeptiert zu werden und nie sicher zu sein, wer er war und wohin er gehörte. Trotz allem hatte Lauren aus erster Hand erfahren, dass er ein Mann war, der Stärke und Charakter besaß, der pflichtbewusst, ehrlich und absolut zuverlässig war.

Anfangs hatte sie es abgelehnt, von Sam abhängig zu sein, aber in dieser einen Woche hatte er ihr gezeigt, was es hieß, eigenständig zu sein. Und sie hatte gelernt, dass manche Situationen Kooperation und Vertrauen erforderten.

Allmählich hatte sie erkannt, dass hinter diesem distanzierten, manchmal abschreckenden Gesicht, das Sam Rawlins nach außen hin zeigte, ein Mann steckte, der überraschend zärtlich und aufmerksam und unerschütterlich loyal war. Er würde nie eine Frau benutzen, um gesellschaftlichen Status und Wohlstand zu erlangen, und sie dann sitzen lassen, wenn sie ihm nicht länger von Nutzen war – so wie Collin es gemacht hatte. Dessen war sich Lauren sicher.

Sie wusste mit absoluter Sicherheit, dass sie diesen schwierigen, komplexen Mann liebte. Zutiefst und unwiderruflich. Sie würde nichts lieber tun, als ihn zu heiraten und den Rest ihres Lebens mit ihm zu verbringen ... aber nicht auf diese Weise.

Doch welche Wahl hatte sie sonst? Sie atmete tief durch, dann sagte sie: „Also gut, Sam. Ich werde dich heiraten."

Lauren glaubte, etwas in seinen Augen aufblitzen zu sehen, aber dann zwinkerte er, und es war verschwunden. Vermutlich hatte sie sich nur etwas eingebildet.

Sam nickte nüchtern, als hätten sie sich gerade entschieden, was sie essen oder in welchen Film sie gehen sollten. „Gut. Wenn du nichts dagegen hast, würde ich jetzt gerne frühstücken."

„O ja, natürlich. Du musst ja halb verhungert sein. Ich bin gleich zurück."

Sie eilte aus dem Raum und begegnete Willow Sani. Ihr Gesichtsausdruck verriet, dass sie das Gespräch belauscht hatte. Lauren blieb stehen und musste schlucken, als sie den Schmerz in den Augen der jungen Frau sah. „Oh, Willow, es tut mir so Leid."

„Nein, das muss es nicht. Sie sind diejenige, die er will."

„Nein, nein, Sie irren sich. Sie haben es doch gehört. Er macht das nur, um mich zu beschützen. Wirklich."

Willow lächelte sie traurig an. „Nein, *Sie* irren sich. Sam würde nie eine Frau heiraten, die er nicht liebt. Wenn er wollte, dass Sie in Sicherheit sind, dann hätte er einen anderen Weg gefunden."

Laurens Herz machte einen Satz. War es möglich ...? Nein, natürlich nicht. Das konnte nicht sein. Trotzdem hatte er ihr gesagt, er liebe sie, aber das hatte sie seinem Fieberwahn zugeschrieben.

Willow wandte sich zum Gehen. „Ich muss jetzt los. Ich wollte nur sehen, wie es Sam geht."

„Willow ..."

„Nein, machen Sie sich bitte keine Gedanken um mich", beteuerte sie. „Ich komme damit zurecht." Vollkommen beherrscht ging sie mit hoch erhobenem Kopf würdevoll zurück durch den schmalen Korridor.

Bei Sonnenuntergang am nächsten Tag wurden Lauren und Sam getraut.

Sam war noch immer geschwächt, und sie machten sich Sorgen, dass er nicht in der Lage sein würde, das Bett zu verlassen. Doch so wackelig er auch auf den Beinen sein mochte, er ließ sich von seinem Cousin Larry helfen, um die rund hundert Meter bis zu dem Punkt neben einer atemberaubenden Sandsteinformation zurückzulegen, den seine Großmutter für die Zeremonie ausgesucht hatte.

Gut zwanzig Mitglieder von Sams Navajo-Familie und einige Freunde – darunter auch Willow Sani und ihr Bruder – waren versammelt, als das Brautpaar eintraf. Sam war verblüfft, als sich auf einmal sein Vater und Eunice und Walter aus der Gruppe lösten.

„Dad! Was machst du denn hier?“

„Du bist mein Sohn. Wo sonst sollte ich heute wohl sein?“

„Und das gilt auch für deine Tante und mich“, rief Walter, während Eunice Lauren umarmte.

Augustus sah Sam von oben bis unten an und runzelte die Stirn, als er bemerkte, dass er sehr blass war und den rechten Arm in einer Schlinge trug, um die Schulter ruhig zu stellen. „Ich wollte eben mit eigenen Augen sehen, wie es dir geht. Larry hat mich angerufen und mir gesagt, was passiert ist. Er hat mir versichert, dass du es überleben wirst. Aber seit ich den Pick-up abgeholt habe, war ich voller Sorge um dich.“

„Tut mir Leid, was den Wagen angeht. Ich bezahle die Reparatur.“

„Zur Hölle mit dem elenden Wagen!“ polterte Augustus. „Um dich bin ich besorgt. Verdammt, Sohn, hast du eigentlich irgendeine Vorstellung davon, was du mir bedeutest?“

Sam verzog keine Miene, aber während er und sein Vater sich ansahen, bemerkte Lauren, wie heftig er schluckte. Sie wusste, dass er darum rang, seine Gefühle unter Kontrolle zu halten.

„Danke, Dad“, murmelte er schließlich und legte den gesunden Arm um ihn. Augustus erwiderte die Umarmung, so gut es ging, ohne Sam an der verletzten Schulter zu berühren.

Als sie sich wieder gelöst hatten, sah er ihn noch einmal von oben bis unten an. „Und wie geht es dir wirklich, Sohn?“

„Gut. Gib mir eine Woche, und ich bin so gut wie neu. Aber woher wusstest du, dass Lauren und ich heiraten würden?“

„Deine Großmutter hat mir über einen gemeinsamen Freund eine Nachricht zukommen lassen."

Sam zeigte so selten irgendeine Reaktion, dass sein schockierter Gesichtsausdruck in diesem Moment fast schon etwas Amüsantes an sich hatte. „Machst du Witze? *Grandma Zah* hat dich eingeladen?"

„Stimmt. Sie wusste, dass wir hier sein wollten."

„Aber dieses Gebiet ist für jeden anderen als einen Navajo tabu."

„Mach dir darüber keine Gedanken. Dein Vater, deine Tante und dein Onkel sind als meine Gäste hier."

Sam drehte sich um und entdeckte seine Großmutter, die ihren besten gerafften Rock aus rotem Samt und eine hüftlange blaue Bluse trug. Dazu hatte sie einen Gürtel aus silbernen Scheiben und ein Schultertuch in grellen Farben umgelegt.

„Ich wusste gar nicht, dass du mit Dad und seiner Familie überhaupt ein Wort redest."

„Unsere Wege kreuzen sich nicht häufig, aber dein Vater und ich sind keine Feinde. Warum sollten wir das sein? Wir haben beide meine Tochter geliebt."

Sam sah sich besorgt um. „Hör mal, Dad, ich freue mich wirklich, dass du gekommen bist. Ich weiß bloß nicht, ob das eine so gute Idee war. Du könntest Carlos Leute auf uns gelenkt haben. Ich bin sicher, dass sie die beiden Ranches beobachten."

„O ja, das machen sie. Aber ich bin ja nicht auf den Kopf gefallen, Sohn. Die Kerle sitzen jetzt an den Einfahrten zu den Grundstücken, trinken Kaffee aus Pappbechern und frieren sich den Hintern ab. Es gibt jedoch viel mehr Wege zur und von der Farm als nur durch die Tore. Wir haben die Grundstücke über die rückwärtige Seite verlassen, sind über ein paar Waldwege gefahren und haben dann einen Highway erreicht. Und genauso werden wir auch zurückfahren. Vertraue mir, die werden niemals mitbekommen, dass wir weg waren. So, und nun geh mir aus dem Weg und lass mich meine künftige Schwiegertochter ansehen."

Augustus nahm ihre Hände in seine und sah sie bewundernd an. „Willkommen in unserer Familie, Lauren."

„Danke, Sir."

„Von wegen Sir. Sag Dad zu mir."

Er sah sie von oben bis unten an. Vom Stil her war sie ähnlich gekleidet wie Annie: ein geliehener weiter grüner Samtrock, eine langärmelige Bluse und ein farbenfrohes Navajo-Tuch um die Schultern. So eingekleidet fühlte sich Lauren gehemmt und überhaupt nicht wie eine Braut. Als Augustus sie aber wieder anblickte, sah sie, dass seine Augen verklärt waren und sein raues Gesicht so wie bei Sam sanfte Züge angenommen hatte. „Ach, sieh dich nur an. Kindchen, wenn du nicht ein wunderbarer Anblick für diese müden alten Augen bist, dann weiß ich es auch nicht. Du erinnerst mich an meine eigene wunderschöne Braut."

Das Kompliment war zwar bewegend, seine offensichtliche Freude bereitete ihr allerdings Schuldgefühle. „Das ist sehr nett von Ihnen, Mr. Rawlins, aber ich glaube, ich sollte Ihnen sagen ..."

Sam legte seine Hand um ihren Ellbogen. „Bringen wir's hinter uns, okay?"

Die sich anschließenden Minuten hatten für Lauren etwas

Surreales. Noch vor etwas mehr als einer Woche war ihr Leben in festen Bahnen verlaufen. Von Montag bis Freitag hatte sie vor gelangweilten Collegeschülern Musik unterrichtet, jeden Mittwoch für ihren Boss ein Privatkonzert gegeben, und freitags und samstags im Club Classico Klavier gespielt. Es war ein gewöhnliches und ereignisloses Leben gewesen, Welten von dem Leben entfernt, das sie noch vor zwei Jahren geführt hatte. Es war nicht mehr das, was sie erwartet hatte, aber sie hatte sich angepasst.

Und jetzt stand sie hier und kam sich vor wie ein unbedeutender Punkt in der Landschaft, umgeben von Menschen, die sie nicht kannte, deren Kultur ihr fremd war, um einen Mann zu heiraten, der ihr nicht einmal gesagt hatte, dass er sie liebte. Jedenfalls nicht, wenn er wach und bei Sinnen gewesen war.

In der Nacht hatte es leicht geschneit. Über der Wüste und den roten Sandsteinformationen lag ein dünner weißer Schleier, der das Gefühl der Unwirklichkeit zusätzlich unterstrich.

Lauren verstand kein Wort der Navajo-Zeremonie, und sie kannte auch nicht die Bedeutung der Rituale, aber sie schlug sich mit ein wenig Unterstützung von Annie und Sam recht wacker. Augenblicke später drängten sich alle um sie herum, klopften ihnen auf die Schultern und beglückwünschten sie.

Dann begab sich die Menge in Annie Zahs kleines Haus, um dort zu feiern.

Mit Rücksicht auf Sam war es eine ruhige und kurze Feier. Nach und nach verabschiedeten sich die Gäste, wünschten Lauren und Sam Gesundheit, Glück und ein langes Leben, bis nur noch die Familie zusammensaß.

Sam und Augustus wussten beide noch nicht so recht, wie

sie miteinander umgehen sollten, doch sie gaben sich Mühe, die Kluft zwischen ihnen zu überbrücken. Als Augustus, seine Schwester und deren Mann sich zum Aufbruch bereitmachten, drückte er ihm die unversehrte Schulter und sagte heiser: „Pass auf dich auf, Sohn. Und wenn du irgendetwas brauchst, dann lass es mich wissen."

„Also, Dad, eigentlich könnte ich ganz gut ein Mobiltelefon gebrauchen, aber keins, das auf meinen Namen zugelassen ist."

„Geht klar. In ein paar Tagen bringe ich es dir vorbei."

Eunice und Walter wünschten den beiden alles Gute, küssten und umarmten Lauren und hießen sie in ihrer Familie willkommen. Als Augustus an der Reihe war, schimmerten seine Augen bedenklich feucht, während er seine schwielige Hand an ihre Wange legte. „Ich wollte immer eine Tochter haben, und ich habe so ein Gefühl, dass du genau die Frau bist, die mein Junge braucht. Ich bin froh, dass er dir begegnet ist, Kleines", sagte er, beugte sich vor und küsste sie auf die Wange.

Als er sich wieder aufrichtete, sah er zu Sam, der die beiden aufmerksam beobachtet hatte. „Wenn das alles vorüber ist, hoffe ich, dass du ihn dazu überreden kannst, nach Hause auf die Ranch zu kommen, wo er hingehört."

Lauren reagierte mit einem schwachen Lächeln. Sie konnte ihm einfach nicht erklären, dass sie keinerlei Einfluss auf seinen Sohn hatte und dass diese Ehe wahrscheinlich nach einem Jahr gelöst werden würde. Sie kam sich so verlogen vor.

Schließlich brachen die drei auf. Gerade hatte Lauren die Tür hinter ihnen geschlossen, da kam Annie aus ihrem Schlafzimmer. Sie trug zwei Einkaufstaschen mit Kleidung und Toilettenartikel.

Sam sah sie verwundert an. „Verreist du?"

„Nein, ich ziehe in das Hogan. Solange ihr bei uns seid, wohnst du mit Lauren hier in diesem Haus. Deine Tasche steht schon im Schlafzimmer."

„O nein, bitte nicht. Wir können dich unmöglich aus deinem eigenen Haus vertreiben", protestierte Lauren.

„Komm, Grandma, sei vernünftig. Du kannst nicht im Hogan leben."

„Warum denn nicht? Ich wurde in einem Hogan geboren und habe die meiste Zeit meines Lebens darin gewohnt. Dein Großvater bestand darauf, für mich dieses Haus zu bauen. Ich bin hier eingezogen, um ihm einen Gefallen zu tun."

„Um Himmels willen. Die Wärme kommt da nur von einem Holzofen. Lauren und ich können bei Larry wohnen."

„Das ist für ein paar Tage in Ordnung, aber nicht für mehrere Monate. Bei deinem Cousin ist es viel zu beengt, und es wäre eine Belastung für seine Familie. Außerdem brauchen Frischvermählte Privatsphäre."

„Dann ziehen Lauren und ich ins Hogan."

„Weiß deine Frau, wie man auf einem Holzofen kocht?" Sams Gesichtsausdruck sagte ihr alles, was sie wissen musste. Annie verschränkte die Arme und lächelte triumphierend. „Siehst du? Ich ziehe ins Hogan."

„Lauren ist sehr anpassungsfähig, Wir werden das scho..."

„Nein, es ist das Beste, wenn ihr hier wohnt. So kann sie sich besser um dich kümmern und dich gesund pflegen."

„Verdammt ..."

„Gib es auf, Cousin“, rief Larry aus der Küche. „Ich habe mit ihr gesprochen, Zeta ebenfalls, aber es ändert nichts. Sie sucht schon seit Großvaters Tod nach einem Vorwand, um wieder ins Hogan zu ziehen. Nun hat sie einen, und jetzt kann sie nichts mehr aufhalten.“ Er sah Annie an und schüttelte lächelnd den Kopf. „Du bist eine sture alte Frau, Annie Zah. Warte eine Minute, damit ich Sam ins Schlafzimmer helfen kann. Dann bringen Zeta und ich dich zum Hogan.“

„Geh ruhig“, sagte Sam. „Das Stück schaffe ich auch allein.“

„Okay, wenn du meinst.“

„Tja, sieht so aus, als würden wir uns hier eine Weile aufhalten“, sagte Lauren mit einem gewissen Unbehagen, als die anderen gegangen waren.

„Sieht so aus“, stimmte Sam zu. Er hatte es sich auf der Couch bequem gemacht und beobachtete Lauren.

Sein unverhohlener Blick irritierte sie. „Du gehörst ins Bett, Sam“, sagte sie, um das Thema zu wechseln. „Du siehst erschöpft aus.“

„Da hast du allerdings Recht.“ Er zuckte zusammen, als er aufstehen wollte. Sofort war Lauren zur Stelle und half ihm.

Er nahm ihre Hilfe an, um sich aufzurichten, doch als sie ihm den Arm um die Taille legen wollte, um ihn zu stützen, schob er sie fort. „Ist schon gut, das bekomme ich hin. Ich habe ja nichts an den Beinen.“

Lauren nahm es hin, dass er sie zurückwies, und folgte ihm nervös, während er langsam in Annies Schlafzimmer ging.

Nachdem er sich auf der Bettkante niedergelassen hatte,

war er blass und schnappte nach Luft. Als sich Lauren hinkniete, um ihm aus den Mokassins zu helfen, protestierte er nicht.

„So, und jetzt müssen wir dich ausziehen, damit du endlich ins Bett kommst“, sagte sie und begann sein Hemd aufzuknöpfen.

„Normalerweise ist es ja so, dass der Bräutigam die Braut entkleidet“, murmelte er.

Lauren sah auf und bemerkte, dass er sie beobachtete. Seine dunklen Augen glitzerten unter den schweren Lidern. Sie senkte den Kopf und konzentrierte sich wieder auf seine Hemdknöpfe, während ihr Gesicht rot anlief. Als sie ihm das Hemd ausgezogen hatte, wurde ihre Kehle beim Anblick seiner breiten Schultern und der braunen Haut trocken. Verlangen stürmte auf sie ein wie eine Flutwelle, doch sie schaffte es, mit glaubwürdiger Gelassenheit zu antworten: „Ich schätze schon. Aber andererseits muss der Bräutigam normalerweise keine Schussverletzung auskurieren, nicht wahr?“

Was ist bloß mit dir los? fragte Lauren sich stumm. Bist du sexsüchtig geworden, nur weil du mit Sam geschlafen hast? Um Himmels willen! Der Mann war angeschossen worden, und vor gerade einmal zwei Nächten hatte sein Leben auf der Kippe gestanden. Außerdem musste sie sich in Erinnerung rufen, dass sie keine echte Ehe führten.

„Und jetzt die Hose“, sagte Lauren knapp und gab sich Mühe, unbeteiligt zu wirken und nicht auf seinen Körper zu starren. Damit sie die Hose leichter aufmachen konnte, legte Sam sich nach hinten und beobachtete sie mit zusammengekniffenen Augen.

So würdevoll, wie es nur ging, zog sie den Reißverschluss

auf, dann hob Sam die Hüften an, damit sie die Hose herunterziehen konnte. Schließlich lag er auf dem Bett und trug nur noch seine marineblauen Shorts. Lauren wandte sich rasch zur Seite und gab sich besonders große Mühe, Hemd und Hose zu falten und auf einen Stuhl zu legen.

Ihre Nerven waren kaum noch zu bändigen. Als sie sich umdrehte und Sam breitbeinig und nur mit diesem kleinen Stück Stoff bekleidet daliegen sah, fühlte sie, wie sich tief in ihrem Inneren etwas zu regen begann.

Sie biss die Zähne zusammen und ging zurück zum Bett. „Gut, dann setz dich hin." Sie nahm seine Hand und zog ihn hoch, während sie mit der anderen Hand die Bettdecke zur Seite schlug.

Es war nicht einfach, aber schließlich war es doch geschafft, und Sam lag im Bett. Die Bettdecke hatte sie bis zu den Achseln hochgezogen. „So, das wär's", erklärte Lauren mit echter Erleichterung. „Wenn du sonst nichts mehr brauchst, dann schließe ich ab und mache mich fertig fürs Bett."

„Okay, mir geht es gut", erwiderte Sam. Sein Gesicht war wie immer ernst und leidenschaftslos, aber seine dunklen Augen betrachteten sie weiterhin mit dieser enervierenden Intensität.

Annies Haus war winzig – ein Wohnzimmer, die Küche mit Essecke, und ein Schlafzimmer mit angrenzendem Bad. Lauren war schnell damit fertig, die beiden Haustüren abzuschließen und das Licht im Haus zu löschen. Sam war noch wach, als sie zurückkam. Sie bemühte sich, ihn nicht anzusehen, nahm den Matchbeutel mit ins Bad und machte die Tür zu.

Lauren nahm sich unter der Dusche viel Zeit, verwöhnte ihre Haare mit viel Shampoo und rasierte sich die Beine. Anschließend rieb sie ihre Unterschenkel und Füße mit einer Lotion ein und puderte sich mit duftendem Talkumpuder ein, den sie auf der Ablage über dem Waschbecken entdeckt hatte. Sie musste ihre Haare mit dem Handtuch trocknen, da Annie offensichtlich keinen Föhn besaß und Sam nicht daran gedacht hatte, einen zu kaufen, bevor sie Denver verlassen hatten. Als ihr Haar nur noch ein wenig feucht war, kämmte sie es aus, dann zog sie das Flanellnachthemd an, das bislang unbenutzt im Matchbeutel gelegen hatte und das ihren Körper vom Hals bis zu den Zehen bedeckte.

Nachdem sie so viel Zeit im Bad verbracht hatte, ging sie davon aus, dass Sam inzwischen eingeschlafen war. Aber als sie ins Schlafzimmer zurückging, war sein Blick auf sie gerichtet, als hätte er auf sie gewartet.

„Sam, wieso bist du noch wach?“

Als sie sich neben ihm auf die Bettkante setzte, stieg ihr der Duft von sauberer Bettwäsche in die Nase, die unter freiem Himmel in der Sonne getrocknet worden war.

Lauren sah Sam abschätzend an. „Stimmt etwas nicht? Wie fühlst du dich?“

„Ich fühle mich gut.“

„Und deine Schulter? Starke Schmerzen?“

„Es geht so. Nichts, was ich nicht überleben würde.“

„Soll ich dir noch eine von den Schmerztabletten geben, die Dr. Sani dir verordnet hat?“

„Nein.“

„Hast du Fieber?“ Sie prüfte seine Stirn. „Hmm, fühlt sich normal an. Gut.“

„Ich sage doch, dass es mir gut geht.“ Sam nahm ihre Hand von seiner Stirn. „Hör auf, mich zu bemuttern, Lauren“, warnte er sie mit einem gedämpften Tonfall in der Stimme, der ihr eine Gänsehaut bereitete.

„Tut mir Leid“, sagte sie zerknirscht. „Möchtest du vor dem Einschlafen noch ein Glas Wasser?“

„Nein.“

„Gibt es irgendetwas anderes, das du möchtest?“

Etwas glomm in Sams Augen auf, etwas Gefährliches und unerträglich Aufregendes. Sein Blick wanderte über ihr Gesicht, bewegte sich an ihrem Hals entlang zu ihren Schultern und heftete sich schließlich auf ihren Busen. Als er ihr wieder ins Gesicht sah, brannte in seinen Augen ein Feuer. „Ja“, sagte er heiser. „Ich will dich.“

Lauren lachte erschrocken auf. „Sam, du weißt, dass das nicht geht.“

„Wollen wir wetten?“

„Aber ... aber ich dachte ... das ist ...“

„Was?“

„Na ja, ich dachte nicht, dass es eine richtige Ehe sein würde. Ich wollte auf dem Sofa schlafen.“

„Jetzt hör aber auf!“ Er schob seine Hand unter ihr feuchtes Haar und legte sie ihr um den Nacken, dann versuchte er sie zu sich zu ziehen, doch sie wollte nicht.

„Warte, Sam ... deine Schulter!“

„Lass die mal meine Sorge sein.“

Sein Blick wanderte über das hochgeschlossene Nachthemd, und unwillkürlich musste er lächeln. „Das Ding habe ich gekauft, weil ich dachte, es würde mir die Stimmung vermiesen. Aber jetzt muss ich sagen, dass es verdammt sexy ist." Er schob seine Hand von ihrem Hals zu ihrer Schulter, dann zeichnete er mit dem Zeigefinger das Muster nach, das über ihren Brüsten bis zur anderen Schulter verlief.

Lauren schloss halb die Augen und bebte innerlich. Selbst durch den Stoff hindurch hatte seine Berührung ihre Haut zum Glühen gebracht. Sam zeigte sein überwältigendes Lächeln, als er einen nach dem anderen die Knöpfe an der Vorderseite des Nachthemds öffnete.

Nachdem er alle Knöpfe geöffnet hatte, hakte er seinen Zeigefinger in den Ausschnitt und zog Lauren zu sich.

Sie war von seiner Berührung und seinem eindringlichen Blick so gefesselt, dass sie nicht die Kraft aufbrachte, sich zurückzuziehen. „Sam ... das ist keine gute Idee."

„Schhht. Wir machen das ganz langsam und vorsichtig", flüsterte er.

Er ließ den Stoff erst von ihrer linken, dann von ihrer rechten Schulter gleiten. Auf sein Drängen hin streifte Lauren die Ärmel ab, woraufhin der weiche Flanellstoff bis zu ihren Hüften rutschte. Sam legte die Hand um eine Brust und drückte sie sanft, während sein Daumen über ihre samtige Brustspitze glitt und Lauren nicht anders konnte, als leise aufzustöhnen.

Er streichelte die andere Brust auf die gleiche erregende Weise, dann stützte er sich auf einen Ellbogen, beugte sich leicht vor und ließ seine Zunge um die Knospe kreisen.

Lauren warf den Kopf nach hinten und schnappte nach Luft. „Oh, Sam!"

Er nahm ihre Brustspitze in den Mund, und Lauren stieß einen leisen Schrei aus, während sie gleichzeitig den Rücken durchdrückte. Sie legte die Hände um seinen Kopf und drückte ihn an sich, weil sie mehr wollte, mehr brauchte.

Nachdem er sich mit der gleichen Zärtlichkeit auch ihrer anderen Brust gewidmet hatte, flüsterte er: „Geh mal kurz hoch, Sweetheart. Ja, genau so." Dann schob er ihr das Nachthemd über die Hüften. Während es zu Boden glitt, legte er ihr erneut die Hand um den Nacken und zog sie plötzlich sanft zu sich, so dass sie den Halt verlor und auf ihm landete. Er fühlte sich warm und fest an – und so sexy, dass sie nicht mehr klar denken konnte. Bevor sie reagieren konnte, rollte er mit ihr zur Seite. Mit einem leisen Aufschrei griff sie nach seinen Schultern. Doch als ihre Finger den Rand des Verbands ertasteten, versteifte sie sich. „Sam, ich denke nicht ..."

„Dann mach es auch nicht. Denk nicht. Fühl einfach nur. Fühl, wie sehr ich dich will." Er nahm ihre Hand und dirigierte sie nach unten. Als sich ihre Finger um ihn legten, verzog Sam voller Lust das Gesicht.

„Alles in Ordnung? Oder habe ich dir wehgetan?"

Lauren zog ihre Hand zurück und versuchte sich wegzudrehen, doch er hielt sie fest und brummte: „Gott, nein. Entspann dich, Baby. Es ist alles gut."

Während er ihr in die Augen sah, drückte er seine Hüfte gegen ihre und lächelte, als sie vor Lust nach Atem rang. „Mach es genau so, wie ich es dir sage." Er küsste sich über ihren Körper entlang bis hin zu ihrem Hals, dann knabberte er an ihrem Ohrläppchen und flüsterte ihr mit vor Leidenschaft heiserer Stimme Anweisungen zu, die Lauren erröten ließen.

„Sam!"

Er lehnte sich zurück und betrachtete amüsiert ihren entsetzten Gesichtsausdruck.

„Können wir das *wirklich* machen?"

„Warum versuchst du es nicht, um zu sehen, ob es geht?"

Sie biss sich verlegen auf die Unterlippe, dann fasste sie Mut und Selbstvertrauen und tat genau das, worum er sie gebeten hatte.

„Ja, ja, genau so!" presste Sam hervor, während er die Zähne zusammenbiss. „Das ist es, ja! O Gott, ja! *Ja! Aaah*, Baby!"

19. KAPITEL

Die Wochen und Monate nach der Hochzeit waren die glücklichste Zeit in ihrem Leben. Laura war die bittere Ironie dieser Situation sehr wohl bewusst, dennoch stimmte es.

Auch wenn Sam immer der starke, ruhige Typ sein würde, wurde er allmählich etwas lockerer. Auf seine eigene Weise war er zärtlich und aufmerksam, und er war ein wundervoller Liebhaber. Sie liebten sich oft, und jedes Mal offenbarte er dabei eine so tiefe Leidenschaft, die sie immer wieder sprachlos machte.

Falls der Sex ihm Schmerzen verursacht oder seine Heilung in irgendeiner Weise beeinträchtigt hatte, ließ er es sich zumindest nicht anmerken. Wie er seinem Vater versprochen hatte, erholte er sich rasch und war schon eine Woche nach der Hochzeit wieder auf den Beinen. Nach nur einem Monat war er so kräftig und agil wie vor der Verletzung. Von der Narbe auf seiner Schulter abgesehen, wäre niemand auf die Idee gekommen, dass er angeschossen worden war.

Fünf Tage nach der Hochzeit kam Augustus erneut ins Reservat gefahren. Seinem Pick-up folgte ein großer Lieferwagen, in dem drei Männer saßen. Sam, Lauren, Annie und Larry waren auf der Veranda des Hauses, als die beiden Wagen unmittelbar davor anhielten.

„Was ist denn das?“ wollte Sam wissen.

„Spring nicht gleich aus dem Hemd, Sohn. Ich habe dir das Mobiltelefon mitgebracht, das du haben wolltest.“

„Das Mobiltelefon? Sieht eher so aus, als hättest du einen kompletten Sendemast im Wagen.“

„Was denn, das da? Das ist für Lauren."

„Für mich?" fragte sie überrascht.

„Ja, ein kleines Hochzeitsgeschenk. Komm, ich zeig's dir. Macht mal auf, Männer", rief Augustus.

Lauren stand auf, die anderen folgten ihr und Augustus zum Heck des Lieferwagens. Als die Möbelpacker die Türen öffneten, strahlte Augustus vor Freude, während Lauren mit offenem Mund dastand.

„Ein Piano?" Tränen schossen ihr in die Augen, als sie Sams Vater ansah. „Du hast mir ein *Piano* gekauft?"

„Ja. Eunice und Walt haben mir vorgeschwärmt, wie begabt du bist, darum dachte ich mir, dass du bestimmt gern musizieren möchtest, solange du hier lebst."

„Das ist doch viel zu teuer, das kann ich wirklich nicht annehmen!"

„Das musst du aber", erklärte er. „Wir werden es nicht wieder mitnehmen. Außerdem ist das ja nur ein ganz kleines, einfaches Piano. Wahrscheinlich nicht die Art, auf der du sonst spielst. Für ein größeres ist in Annies Haus leider kein Platz. Wenn es dir natürlich überhaupt nicht gefällt, dann ..."

„O nein, ich *liebe* es. Wirklich. Es ist nur ..."

„Ich will nichts davon hören. Das Piano gehört jetzt dir. Außerdem wäre es ja wohl etwas peinlich, wenn ein Mann seiner frisch gebackenen Schwiegertochter nicht mal ein bescheidenes Geschenk machen könnte. Wenn du dich dabei besser fühlst, kannst du es ja Annie überlassen, wenn das hier alles vorüber ist. Auf die Weise können ihre Enkel üben, und wenn du zu Besuch kommst, steht es für dich bereit. Auf der Double

R wirst du damit sowieso nichts anfangen können. Da wartet im Salon nämlich schon ein brandneuer Flügel auf dich."

„Ein Flügel ...?" Lauren sah ihn fassungslos an und fand keine Worte.

„Okay, Leute, schafft es rein", rief Augustus. „Würdest du den Herrschaften zeigen, wo das Ding stehen soll?"

„Verdammt, Dad, ich glaube, du hast ein wenig übertrieben", murmelte Sam.

„Unsinn. Ich warte seit Jahren darauf, dass du heiratest und ich endlich eine Tochter bekomme. Ich werde sie nach Strich und Faden verwöhnen, lass dir das gesagt sein."

Sam sah Lauren an. „Ich werde nichts dagegen unternehmen. Wenn es jemanden gibt, der es verdient hat, verwöhnt zu werden, dann ist es meine Frau."

Lauren hörte die Bemerkung und war hocherfreut. Aber sie war zu aufgeregt und zu sehr damit befasst, die Möbelpacker bei ihrer Arbeit zu überwachen, als dass sie dazu etwas hätte sagen können. Sie lief aufgeregt hin und her und war kaum in der Lage, ihre Begeisterung unter Kontrolle zu halten.

Während sie den Männern ins Haus folgten, schüttelte Sam den Kopf. „Wie hast du das Ding hierher bekommen, ohne dass es in tausend Teile zerfallen ist? Die Straße weist mehr Krater auf als der Mond."

„Wir sind geschlichen", antwortete sein Vater. „Vom Besucherzentrum bis hier haben wir vier Stunden gebraucht. Ich war fest entschlossen, dass die Kleine ein Piano bekommt."

Einer der drei Männer, die mitgekommen waren, war der Klavierstimmer, der sich an die Arbeit machte, nachdem das Instrument in Annies Wohnzimmer abgesetzt worden war.

Als er mit seiner Arbeit fertig war, setzte sich Lauren ungeduldig auf die Bank und legte ihre Finger auf die Tasten. Nachdem sie die ersten Noten gespielt hatte, waren alle Anwesenden im Zimmer vor Andacht förmlich erstarrt und lauschten fasziniert der wundervollen Musik, die den Raum erfüllte.

Larrys Frau und die beiden Söhne kamen schon bald in Annies Haus. Und als ein voll besetzter Wagen vorüberfuhr und die Insassen die Musik hörten, hielten sie an und drängten ins Wohnzimmer. Als Sam sah, dass sich rund um das Haus weitere Leute eingefunden hatten, öffnete er die Fenster, damit sie die Musik besser hören konnten. Nach über einer Stunde machte Lauren zum ersten Mal eine Pause und stellte fest, dass sich auf der Veranda und vor dem Haus eine große Menschenmenge angesammelt hatte, um ihrem Spiel zuzuhören.

Ihr Talent sprach sich herum, und immer wenn aus Annies Haus Musik ertönte, fanden sich begeisterte Zuhörer ein, die zufällig des Weges gegangen waren. Manchmal kamen nahe Verwandte und gute Freunde ins Haus, lauschten fasziniert den bewegenden Melodien und machten sich wieder auf den Weg, wenn Lauren aufhörte.

Nach einer Weile nannten die Navajo Lauren die Frau, die Musik für die Götter spielt, ein Name, der sie tief bewegte.

Für Lauren war es eine Zeit des Friedens. Sie war verliebt, und auch wenn Sam es ihr nie sagte, begann sie zu vermuten – zu hoffen –, dass er sie auch liebte. Seine Taten besagten das jedenfalls eindeutig. Jede Berührung, jeder Kuss verriet so tiefe Gefühle, dass ihre Träume immer wieder Auftrieb erhielten.

Manchmal erwischte Lauren Sam dabei, wie er sie auf seine

eindringliche Art ansah. Das besitzergreifende Leuchten in seinen Augen ließ ihr Herz einen kleinen Satz machen.

Sie hatte Sam, sie hatte ihre Musik. Ihre Familie liebte sie, und das Volk seiner Mutter bewunderte sie. Von Zeta und Annie lernte sie Kochen, und Sams Großmutter erzählte ihr Geschichten und Legenden der Navajo und erklärte ihr die Bräuche und Kultur.

Allerdings gab es auch Probleme im Reservat. Es gab Armut, Arbeitslosigkeit, es fehlte an vielen Dingen, die außerhalb des Reservats als selbstverständlich angesehen wurden. Alkoholismus war verbreitet und führte häufig zu gewalttätigen Auseinandersetzungen. Im Ganzen betrachtet war das Leben im Reservat aber angenehm – gemächlich, einfach und anspruchslos. Nach der Woche, die sie mit Sam auf der Flucht verbracht hatte, war die Ruhe, die hier herrschte, geradezu traumhaft.

Carlo Giovessis schmierige Anwälte hatten es geschafft, den Prozess zweimal zu verschieben. Zweifellos sollten seine Killer mehr Zeit haben, um Lauren ausfindig zu machen. Der erste Verhandlungstag war nun für Ende Mai vorgesehen.

Jedes Mal, wenn der Prozess verschoben wurde, kam er ihr noch ein Stück unwirklicher vor, so dass sie manchmal tagelang nicht daran dachte, aus welchem Grund sie hier im Reservat gelandet war.

Sams Verwandte gaben ihr ein Gefühl der Sicherheit. Als der Winter dem Frühling wich, dachte sie nur noch selten an den Prozess und daran, was sein würde, wenn die Zeit gekommen war, das Reservat zu verlassen. Sie war glücklich und zufrieden mit dem Leben, das sie hier führte.

Nur wenige kannten Sams neue Mobilfunknummer – sein Vater, seine Tante und sein Onkel und Edward Stanhope. Als das Telefon eines Nachmittags Ende Mai klingelte, wusste Sam instinktiv, wer ihn anrief.

Er hatte Larry geholfen, den Motor seines Pick-ups neu einzustellen, und gerade war er ins Haus gekommen, um etwas zu trinken, als er den Klingelton hörte. Sam stellte die Getränkedosen, die er eben aus dem Kühlschrank geholt hatte, auf den Tresen, zog das Telefon aus seiner Hemdtasche und klappte es auf.

Es war nicht ungewöhnlich, dass Edward ihn anrief. Er und Sam telefonierten meist vier- oder fünfmal pro Woche, doch diesmal hatte Sam eine Vorahnung, was den Grund von Edwards Anruf anging.

„Ja?“ sagte Sam, ohne sich mit Namen zu melden.

„Der Prozess ist nach wie vor für Montagmorgen angesetzt.“

Sam legte eine Hand in den Nacken und begann die angespannten Muskeln zu kneten. Er sah ins Wohnzimmer, wo Lauren am Piano saß und eine verträumte Melodie spielte. „Du hast doch gestern gesagt, dass die Verteidigung noch eine Verschiebung herausholen will“, erwiderte Sam mürrisch.

„Der Richter hat diese Spielchen satt. Wir haben grünes Licht. Jetzt müssen wir nur noch Lauren am Montagmorgen um acht Uhr in Denver präsentieren.“

„Ja, ich weiß.“

Sam beendete das Gespräch und steckte das Telefon zurück in die Hemdtasche. Eine Zeit lang stand er einfach nur da und dachte nach. Dann endlich ging er zur Tür, die ins Wohnzimmer führte. Er lehnte sich an den Türrahmen und sah Lauren zu, wie sie am Piano saß und spielte.

Sie war besonders hübsch, wenn sie spielte. Die Musik schien sie von innen heraus leuchten zu lassen, so als würde ihre Seele erstrahlen. Sie ging völlig in ihrer Musik auf, während ihre Finger über die Tasten tanzten und sie die Augen geschlossen hatte.

Er hasste es, ihr die Neuigkeit zu überbringen.

Tatsache war, dass er in sie verliebt war und keine Ahnung hatte, was er machen sollte.

Er betrachtete ihr hübsches Profil. Er wollte sie nicht verlieren. Vielleicht ... vielleicht sollte er ihr einfach nicht sagen, dass Edward angerufen hatte. Vielleicht sollten sie überhaupt nicht zu dem Verfahren erscheinen. Warum sollten sie Kopf und Kragen riskieren?

Warum bleiben wir nicht einfach hier? fragte er sich. Zum ersten Mal in seinem Leben hatte er einen inneren Frieden gefunden. Endlich hatten er und sein Vater begonnen, sich gegenseitig zu verstehen und eine Beziehung aufzubauen. Lauren fühlte sich sicher und schien glücklich zu sein. Er selbst wäre zwar lieber zur Ranch zurückgekehrt, aber er konnte sich auch an dieses Leben gewöhnen.

Sam war sicher, dass sein Vater ihn unter diesen Umständen verstehen würde. Wenn sie einfach hier blieben, würde niemand sie finden.

Laurens Stück war zu Ende. Sie öffnete die Augen und erschrak, als sie ihn an der Tür stehen sah. „Sam! Ich wusste nicht, dass du da bist.“ Dann betrachtete sie ihn aufmerksam, und Momente später verschwand das Lächeln von ihren Lippen. „Was ist?"

„Edward hat eben angerufen. Wir müssen am Montagmorgen für den Prozess in Denver sein. Es wird Zeit für einen Plan."

Die Gruppe von gut zwanzig Indianern, die sich in Stammeskleidung dem Gerichtsgebäude näherte, lenkte nur wenige neugierige Blicke auf sich. Die Bürger von Denver waren zu gebildet, um zu gaffen.

„Zu beiden Seiten des Eingangs stehen Federal Marshals. Bleibt ruhig und ignoriert sie", wies Sam die Gruppe aus der Mitte heraus an. Einen Arm hatte er um Lauren gelegt, die andere Hand ruhte auf dem Revolver in seinem Halfter, das von seinem Hemd verdeckt wurde. In den letzten vier Monaten, die sie im Reservat verbracht hatten, war sein Haar lang geworden. Es reichte jetzt weit bis über die Schultern, und die Sonne hatte seine Haut noch etwas dunkler werden lassen. Zu Jeans und Hemd trug er Mokassins und einen Filzhut mit einem Hutband in Silber und Türkis. Den Rand hatte er ringsum nach unten geschlagen. Er bezweifelte, dass seine alten Kollegen ihn wieder erkennen würden.

Lauren, in einem von Zetas Samtröcken in Königsblau, hatte die bunte Bluse in der Taille gegürtet. Ihr Haar hatte sie hochgesteckt und ein dunkles Kopftuch umgebunden, auf das sie zudem noch einen breitrandigen Strohhut gesetzt hatte.

„Wenn wir im vierten Stock ankommen, werden weitere Polizisten dort sein, wahrscheinlich auch FBI-Agenten", sagte Sam zu den anderen. „Denkt daran, was ich euch gesagt habe.

Sobald wir nah genug an den Agenten sind und ich das Signal gebe, beginnt ihr alle, euch lautstark zu beklagen. Das macht ihr so lange, bis ich sage, ihr sollt aufhören.“

„Kein Problem, Cousin“, erwiderte Larry. „Wer weiß? Vielleicht können wir ja sogar noch was erreichen, wo wir schon mal hier sind.“

Das Ablenkungsmanöver war erfolgreich. Die Männer vor dem Gebäude nahmen von ihnen kaum Notiz, und die Wachleute im Inneren erklärten ihnen den Weg zum Gerichtssaal von Richter Holloway, ermahnten sie aber, ruhig zu sein.

Sam hatte oft genug in diesem Gerichtsgebäude ausgesagt und wusste, daß sich Holloways Saal genau gegenüber des Gerichtssaals befand, in dem Richter Bruno das Verfahren gegen Giovessi führte.

Wie Sam erwartet hatte, standen zwei weitere Federal Marshals vor dem Gerichtssaal und beobachteten jeden genau, der im Flur unterwegs war. Bei ihnen hielten sich zwei FBI-Agenten auf. Einer von ihnen war Sams alter Freund Todd Berringer, der andere war John Scudder, der von allen im Büro meistens nur Scud genannt wurde.

Sam hustete zweimal, und augenblicklich begann sich die Gruppe lautstark darüber zu beklagen, man habe ihnen die Wasserrechte gestohlen, der Richter solle schnell zu einer Lösung kommen, weil sie sonst den Staat verklagen würden.

Der entscheidende Augenblick war gekommen, und Sam hielt den Atem an, aber weder Todd noch Scud erweckten den Anschein, dass sie ihn und Lauren erkannten, als sie ihre Blicke über die Gruppe wandern ließen. Sie schüttelten bloß den

Kopf und wandten sich ab, da eine Horde aufgebrachter Indianer sie nicht interessierte.

Die Aufzugtüren gingen auf, und Augustus und Walter stiegen aus. Wie geplant gingen Sams Vater und sein Onkel an der protestierenden Gruppe vorbei, ohne ihn anzusehen. Todd stoppte und befragte sie kurz, einen Moment später durften sie den Gerichtssaal betreten.

Sam und seine Freunde drängten in den gegenüberliegenden Saal, wo gerade ein Fall verhandelt wurde, der alle Anwesenden so fesselte, dass man von der Gruppe kaum Notiz nahm, als die sich auf den beiden hinteren Zuschauerbänken niederließ. Lauren wurde dabei die ganze Zeit in der Mitte der Gruppe gehalten.

„Und jetzt?“ flüsterte sie Sam zu, als sie sich gesetzt hatten.

„Jetzt warten wir, bis Dad kommt und uns sagt, dass du aufgerufen wirst.“

Es dauerte nicht lange. Keine Viertelstunde später steckte Augustus den Kopf durch die Tür und nickte ihnen zu.

Sam sah das Entsetzen in Laurens Blick und spürte förmlich den Schauder, der ihr über den gesamten Körper lief. Er drückte ihr aufmunternd die Hände, dann zog er sie hoch, gab ihr einen Kuss und sah ihr tief in die Augen. „Komm, Baby, es geht los. Es wird Zeit, dass ein paar Köpfe rollen.“

Die anderen gruppierten sich wieder um Lauren und Sam, damit sie wie ein Mann auf den gegenüberliegenden Saal zugehen konnten, vor dem die ernst dreinblickenden Federal Marshals standen. Todd und Scud hatten sich in den Raum begeben und dort zu beiden Seiten der Tür Stellung bezogen.

Als die Gruppe um Sam hineinging, sorgte sie sofort für

Unruhe. Die Agenten versuchten den scheinbaren Demonstranten den Weg zu versperren.

„Was soll denn das?" donnerte der Richter und schlug wütend mit dem Hammer auf den Tisch. „Ruhe! Ruhe im Saal!"

Augustus, der in der ersten Reihe saß, beugte sich vor und flüsterte dem Staatsanwalt etwas zu, der sofort aufsprang.

„Euer Ehren, diese Leute sind lediglich eine Eskorte zum Schutz der Zeugin."

„Einspruch, Euer Ehren!" rief einer der Verteidiger. „Das ist nichts weiter als ein theatralisches Manöver, um die Geschworenen zu beeinflussen!"

„Das ist nicht wahr, Euer Ehren", gab der Staatsanwalt zurück. „Man hat bereits wiederholt versucht, Ms. Brownley zu töten."

Der Richter dachte einen Moment lang nach. „Einspruch abgewiesen. Wer von Ihnen ist Lauren Brownley?"

Lauren sah Sam angsterfüllt an. „Du machst das schon", flüsterte er und drückte noch einmal ihre Hand.

Sie schluckte, dann nickte sie und straffte die Schultern. „Ich bin Lauren Brownley, Euer Ehren", sagte sie und trat vor.

Sam und die anderen nahmen in den hinteren Reihen Platz, aber er behielt die Agenten genau im Auge, die im Saal verteilt an den Wänden standen. Er entdeckte auch Harvey Weiss, der nur zwei Plätze von Augustus und Walter entfernt saß.

Auch wenn Lauren mit leicht zittriger Stimme sprach, schilderte sie präzise und detailliert die Ereignisse in jener Januarnacht im Club Classico. Als die Verteidigung versuchte, sie in Widersprüche zu verwickeln, ließ Lauren sich von den gegnerischen Anwälten nicht irritieren.

Carlo war außer sich. Sam sah ihn zwar nur von hinten, aber es war deutlich zu erkennen, dass seine Ohren und sein Nacken vor Wut rot anliefen. Als der Richter Lauren aus dem Zeugenstand entließ, verlor der Mafiaboss die Beherrschung und sprang auf.

„Du Miststück! Und das nach allem, was ich für dich getan habe? Ist das dein Dank dafür? Du bist tot, hast du mich gehört? Tot!"

Zwei Wachleute eilten zu Carlo, um ihn zurückzuhalten. Irgendwie gelang es ihm, sie abzuschütteln und einem der Männer die Dienstwaffe aus dem Halfter zu reißen.

„Nein!" Sam sprang auf und rannte auf Lauren zu.

Mehrere der Agenten setzten sich ebenfalls in Bewegung, und im nächsten Moment war der Gerichtssaal ein Hexenkessel. Menschen schrien vor Angst auf und gingen in Deckung, während andere zum Ausgang stürmten und wieder andere Giovessi zuriefen, er solle die Waffe fallen lassen.

„Ich bringe dich persönlich um, du Miststück!"

Sam machte einen Satz und riss Lauren mit sich zu Boden, als sich aus der Waffe, die Carlo an sich gerissen hatte, ein Schuss löste. Eine Sekunde zuvor war es jedoch einem der Männer gelungen, dessen Arm nach oben zu drücken, so dass die Kugel in der Decke einschlug.

Schließlich gelang es ihnen mit vereinten Kräften, Carlo niederzuringen.

„Bist du okay? Bist du verletzt?" fragte Sam beunruhigt.

„Ich ... mir geht es gut ... nur ein wenig aufgeregt."

Sam stand auf und half ihr hoch, aber sein besorgter Blick ruhte noch immer auf ihr. In dem Handgemenge waren ihr der

Hut und das Tuch vom Kopf gerissen worden, und der Kontrast ihrer weißen Haut zu ihrem kastanienbraunen Haar ließ erkennen, wie blass sie in Wirklichkeit war.

„Bist du sicher?“

„Ja, Sam, es ist alles in Ordnung.“

Er wollte noch etwas sagen, warf aber einen kurzen Blick zur Tür, die auf den Korridor hinausführte. Todd schlich sich soeben aus dem Saal. Sam packte Lauren am Arm und brachte sie zu Larry und den anderen. „Larry, pass auf sie auf, ja?“ Er wandte sich Lauren zu: „Du bleibst hier, ich bin gleich zurück.“

Im Flur vor dem Gerichtssaal liefen Menschen aufgeregt hin und her. Sam reckte den Hals und suchte die Menge nach Todd ab, konnte ihn aber nirgends entdecken. Dann bemerkte er, dass die Tür zur Feuertreppe am anderen Ende des Korridors langsam zufiel.

Sam rannte durch den Gang und riss die Tür auf. Erschrocken blieb Todd stehen, der gerade die ersten Stufen nach unten gegangen war, und sah nach oben.

„Hallo, Todd. Musst du irgendwohin?“

„Sam? Verdammt, bist du das? Du siehst aus wie ... He! Was soll die Waffe, alter Freund?“

Sam ging langsam auf ihn zu und hielt die Waffe auf seine Brust gerichtet. „Es ist vorüber, Todd. Ich weiß, dass du Giovessis Mann bist. Zumindest einer von ihnen.“

Todd wollte es abstreiten, überlegte es sich dann aber und seufzte. „Wie hast du das herausgefunden?“

„Du bist der Einzige, dem ich jemals von meiner Tante und

meinem Onkel erzählt habe. Es wurde mir in dem Moment klar, als die Agenten auf deren Farm auftauchten."

Todd schnitt eine Grimasse. „Du warst schon immer gut im Kombinieren."

Sam war zutiefst enttäuscht. Obwohl er Todd gut genug kannte, hatte er zumindest gehofft, sein Freund würde beleidigt reagieren und alles abstreiten. Er hatte gehofft, dass er ihm alles erklären und ihm das Gegenteil beweisen würde. Es wäre ihm auch egal gewesen, wenn Todd zu Recht vor Wut explodiert wäre und ihm einen Kinnhaken verpasst hätte. Alles wäre besser gewesen als diese Reaktion.

„Was war mit den Leuten in Utah? Wurden die auch von Carlo bezahlt?"

„Nein, die haben einfach nur Befehle befolgt, die von oben kamen."

„Du willst doch nicht behaupten, dass niemand außer dir von Carlo bezahlt wird."

Todd grinste. „Ich glaube, ich warte lieber, bis mein Anwalt kommt, bevor ich noch mehr erzähle."

„Verdammt, Todd, warum?" presste Sam hervor. „Du hast doch immer alles genau nach Vorschrift gemacht. Wie konntest du dich an solchen Abschaum wie Giovessi verkaufen?"

„Ach Kumpel, du würdest dich wundern, wie einfach es ist, das Gewissen auszuschalten, wenn das Geld stimmt. Ich war es leid, mich für ein paar Peanuts krumm zu legen. Und wofür? Damit unser Rechtssystem die Gauner doch wieder davonkommen lässt? Ich dachte mir, wenn man sie schon nicht schlagen kann, warum soll man sich nicht auf ihre Seite stellen und ein Stück vom Kuchen abbekommen. Ich hätte dich dazugeholt, aber ich wusste, dass du eine zu ehrliche Haut bist. Du hättest mir im selben Augenblick Handschellen angelegt und mir meine Rechte vorgelesen."

„Da hast du Recht." Sie gingen bis zum nächsten Treppenabsatz, wo Sam Todd mit der Waffe bedeutete, sich umzudrehen. „Du kennst das ja. Hände über den Kopf, an die Wand, Beine auseinander."

Todd wollte sich soeben umdrehen, als die Tür oberhalb von ihnen aufgestoßen wurde und mit großer Wucht gegen die Wand schlug. Sam drehte instinktiv den Kopf herum, als er den Lärm hörte. Sein Herz machte einen Satz, als Lauren ins Treppenhaus gestürmt kam und auf Sam zueilte.

„Sam! Was ist los? Ich habe mir solche Sorgen gemacht, dass ..."

„Lauren, geh zurück!" brüllte er, aber es war schon zu spät.

Todd nutzte die Gelegenheit, versetzte Sam einen Stoß mit der Schulter, damit der aus dem Gleichgewicht geriet, und packte Lauren. Noch bevor Sam sich gefangen hatte, befand sich Lauren in Todds Würgegriff. Mit der anderen Hand drückte er ihr den Lauf seiner Pistole an die Schläfe.

„Lass die Waffe fallen, Sam!"

„Nein, Sam, tu's nicht!"

„Halt die Klappe, Weibsbild", fuhr er Lauren an und verstärkte den Griff um ihren Hals so sehr, dass sie würgen musste.

„Lass meine Frau los, Berringer!"

„Deine Frau?" Todd sah Sam erstaunt an, dann begann er zu lachen. „Ich glaube es nicht. Du hast unsere *Zeugin* geheiratet? Na, die muss im Bett ja wirklich großartig sein."

Sam fühlte, wie unbändiger Zorn von ihm Besitz ergriff. Er machte einen Schritt auf Todd zu, ging aber sofort wieder zurück, als der den Lauf seiner Waffe noch fester an ihre Schläfe drückte.

„Geh zurück, oder sie hat es sofort hinter sich!“ zischte er.

„Wenn du ihr etwas antust, bist du ein toter Mann, Berringer. Das kannst du mir glauben.“

„Wie rührend, Sam. Wenn du nicht willst, dass ihr was geschieht, musst du nur deine Waffe wegwerfen und dich zurückziehen. *Sofort*, hörst du? Sonst bringe ich sie auf der Stelle um.“

„Machen Sie lieber, was er sagt, Sam.“

Überrascht blickte Sam über die Schulter und sah seinen Boss Charley Potter, der weiter oben auf der Treppe stand und eine Waffe auf seinen Rücken gerichtet hatte.

„Sie stecken auch mit drin?“ Die Enttäuschung traf Sam mit aller Wucht. Charley war der letzte Mann im Büro in Denver, von dem er das erwartet hätte. Von Harvey Weiss hätte er es ohne Mühe angenommen, aber nicht von Charley. Sam hatte immer gedacht, dass sein langjähriger Freund und Vorgesetzter unbestechlich wäre. Er hätte sein Leben darauf verwettet.

„Lassen Sie die Waffe fallen, Sam. Es ist vorbei.“

„Neiiiiin!“

Laurens Aufschrei, der von einer raschen Bewegung begleitet wurde, mit der sie Todds Hand nach oben schlug, ließ alle drei Männer einen Moment lang erstarren. Sam erholte sich am schnellsten. Im Treppenhaus war noch das Echo ihres Schreis zu hören, da war er schon herumgewirbelt und feuerte seine Waffe ab. Charley wurde nach hinten gegen die Wand geschleudert und rutschte dann langsam zu Boden. Auf seinem weißen Hemd zeichnete sich ein roter Fleck ab, der rasch größer wurde.

Sam wandte sich gerade noch rechtzeitig ab, um zu sehen, wie Lauren Todd ins Auge stach. Der schrie vor Schmerzen auf und ließ die Waffe fallen, um sich die Hände vors Gesicht zu halten.

„Du verdammtes ...“ Wütend machte er unvermittelt einen Satz auf sie zu, doch Lauren trat ihm so schnell in den Schritt, dass Sam es kaum mitbekam. Todd sackte in sich zusammen und krümmte sich wimmernd auf dem Boden.

„Mein Gott, Sweetheart.“ Sam nahm Lauren in die Arme und drückte sie fest an sich. „Bist du in Ordnung?“

„Ich ... ich denke schon.“

„Jag mir nie wieder einen solchen Schreck ein, Lauren. Ich hatte gedacht, ich würde dich verlieren.“ Er sah sie an, und dann küsste er sie voller Leidenschaft. „Das könnte ich nicht ertragen. Ich liebe dich doch. Oh, Kleines, du bedeutest mir alles. Einfach alles.“

„Oh, Sam.“ Sie sah ihn voller Freude an. „Sam, ich ...“

Die Tür zum Treppenhaus wurde abermals aufgestoßen, diesmal war es ein halbes Dutzend bewaffneter Männer, die von Harvey Weiss angeführt wurden. „Was zum Teufel ist denn hier los?“

Lauren und Sam benötigten gut eine Stunde, um zu erklären, was sich alles zugetragen hatte, seit er sie im letzten Januar aus Denver herausgeschafft hatte, und um Harvey, die örtliche Polizei und den Staatsanwalt davon zu überzeugen, dass Todd und Charley versucht hatten, sie umzubringen. Schützenhilfe bekamen sie durch einen weiteren Agenten, der in den Raum kam, in dem sie saßen, um ihnen zu berichten, dass Carlo auf dem Weg zurück in seine Zelle einen Herzinfarkt erlitten hatte.

„Er ist jetzt im Krankenhaus, unter strenger Bewachung natürlich. Die Ärzte sagen, sein Herz sei so angegriffen, dass sie bezweifeln, ob er es überleben kann." Der Agent musste grinsen. „Er war so unglaublich sauer, dass die Agenten, die er zu seinem Schutz gekauft hatte, ihn nicht vor dem Gefängnis bewahrt haben. Auf dem Weg ins Krankenhaus hat er uns noch die Namen von sieben weiteren Agenten genannt, die er bestochen hat." Der Mann riss ein Blatt von seinem Notizblock ab und reichte es Harvey. „Sie werden nicht glauben, wer alles auf dieser Liste steht."

Schließlich war alles geklärt. Nachdem sie zugesichert hatten, am nächsten Tag ins Büro zu kommen und eine formelle Aussage zu machen, durften Sam und Lauren gehen. Im Flur warteten Augustus, Walter und die anderen auf sie.

„Und wie ist es gelaufen, Sohn?" fragte sein Vater, als sie aus dem Zimmer kamen.

„Gut. Vor allem, wenn man bedenkt, dass ich gerade eben meinen Boss erschossen und vier Monate lang eine Zeugin versteckt habe, ohne offiziell dazu ermächtigt worden zu sein."

Lauren merkte, dass Sam von einem Fuß auf den anderen trat, und wusste sofort, dass ihm etwas auf der Seele brannte. Irgendwann während des Gesprächs mit Agent Weiss hatte er sich mit einem Mal wieder hinter seinen steinernen Gesichtsausdruck zurückgezogen. Ihr war auch aufgefallen, dass er es vermied, sie direkt anzusehen.

Ihre Freude, die sie erst kurz zuvor verspürt hatte, verschwand rasch wieder und wich einem Gefühl des Unbehagens.

„Komm, lass uns von hier verschwinden", sagte Sam. Ohne darauf zu warten, dass jemand ihm beipflichtete, ging er so schnell die Treppe hinunter, als könne er keinen Moment länger mehr stillstehen.

Lauren und Augustus sahen sich verwundert an und folgten ihm langsamer als die anderen. Vor dem Gebäude angekommen, wartete Sam bereits ungeduldig auf sie.

Als Lauren seinen ernsten Gesichtsausdruck sah, befürchtete sie das Schlimmste. „Wir müssen uns unterhalten."

„Gut", erwiderte sie scheinbar ruhig, während in ihrem Inneren die Gefühle tobten. Sein Ausdruck und der Tonfall verrieten ihr, dass ihr nicht gefallen würde, was er zu sagen hatte. Sie faltete die Hände, damit sie nicht länger zittern konnten, und wartete ab. Die anderen standen schweigend um sie herum.

„Hör mal, für dich hat sich alles verändert", sagte er schließlich. „Es sieht so aus, als würde Carlo es nicht überleben. Wenn das geschieht, musst du nicht wieder ganz von vorn anfangen. Du brauchst kein Zeugenschutzprogramm, und mich brauchst du dann auch nicht."

Jedes seiner Worte traf sie wie ein Fausthieb. Bedrückt hob sie den Kopf ein wenig. „Was willst du mir sagen, Sam?"

„Ich weiß, dass ich dich zu dieser Ehe gedrängt habe. Jetzt ist die Gefahr vorüber. Wenn du aus dieser Ehe raus willst, dann werde ich dich nicht daran hindern. Ich weiß ja nicht einmal, ob diese Navajo-Zeremonie überhaupt für dich bindend ist. Wenn du willst, wirst du die Ehe bestimmt annullieren lassen können."

„*Was?*" fuhr Augustus dazwischen. „Was redest du da für einen Unsinn?"

„Halt dich bitte da raus, Dad", sagte Sam, ohne den Blick von Lauren abzuwenden.

„Ich verstehe", antwortete sie leise. Der Druck, der auf ihrer Brust lastete, war so immens, dass sie kaum atmen konnte.

Sie kämpfte dagegen an, sich verletzt zu fühlen. Noch vor einer Stunde hatte dieser Mann ihr gesagt, er liebe sie. Er hatte sie voller Leidenschaft geküsst und so fest an sich gedrückt, als wollte er sie nie wieder loslassen. Sie wollte nicht glauben, dass das eine Lüge war.

Es war das größte Risiko, das sie in ihrem Leben je eingegangen war, als sie vor Sam trat und ihm die Arme um den Nacken legte. Er versteifte sich und sah sie unsicher an.

Sie bemühte sich, seine nicht unbedingt ermutigende Reaktion zu ignorieren, und lächelte ihn an. „In dem Fall gehen wir am besten noch mal zurück und bitten den Richter, uns zu trauen. Denn ob es dir gefällt oder nicht, du hast mich jetzt am Hals. Ich liebe dich nämlich, Sam."

Seine dunklen Augen leuchteten auf. „Lauren ... du hast viel durchgemacht. Wenn du dir nicht völlig sicher bist ..."

„Ich bin mir sicher. Ich war mir noch nie einer Sache so sicher."

Er starrte sie an. Sein Gesicht war vor Emotionen angespannt, er warf den Kopf nach hinten und lachte aus vollem Hals. „O doch, das gefällt mir, Baby", sagte er, als er sich wieder gefangen hatte. „Sehr sogar. Aber bist du sicher, dass du es willst? Ganz sicher? Denn wenn du bleibst, dann gibt es kein Zurück. Das ist lebenslang."

Sie lächelte sanft. „Davon gehe ich auch aus."

Sam legte die Hände um ihr Gesicht und sah sie voller Zärtlichkeit an. „Ich liebe dich, Lauren", murmelte er. Als er sie küsste, brach die Gruppe, die um ihn herum vor dem Gerichtsgebäude stand, in lauten Jubel aus.

In Laurens Kopf begann sich alles zu drehen, und sie musste sich an ihn lehnen. „Und was ist mit dir?" fragte sie. „Bist du ganz sicher? Ich bin bestimmt eine miserable Ehefrau. Ich kann nur Klavier spielen, ansonsten bin ich völlig unbegabt. Meine Kochkünste reichen, um vor dem Hungertod bewahrt zu werden, das hast du ja gemerkt. Und für andere Hausarbeiten bin ich auch völlig ungeeignet. Einen Job kann ich nur bekommen, wenn er etwas mit Musik zu tun hat, und davon gibt es nicht viele. Ich wäre dir nur eine Last."

Sam lachte wieder und zog sie an sich. „Glaub mir, Baby, du bist nicht so hilflos, wie du glaubst. Das hast du eben bewiesen, als du es Todd gezeigt hast. Und du hast nicht den Kopf verloren, als du einen Mord beobachtet hast. Einen Flugzeugabsturz hast du überlebt, und auch den Marsch durch die Wildnis mitten im tiefsten Winter hast du bewältigt. Du hast die Initiative ergriffen, nachdem man mich angeschossen hatte, und mir damit das Leben gerettet. Nicht gerade typisch für eine hilflose Frau. Du bist eine starke, fähige Frau, Sweetheart, und ich bin davon überzeugt, dass du alles schaffen kannst, was du dir vornimmst."

Lächelnd ließ er die Hände über ihren Rücken und ihre Hüften gleiten. „Du kannst mir glauben, dass es keine Qual ist, mit dir verheiratet zu sein. Bevor du jetzt aber irgendetwas sagst, sollst du wissen, dass ich vorhabe, das FBI zu verlassen und nach Hause auf die Ranch zurückzukehren. Wenn du damit ein Problem hast …“

„Warum sollte ich damit ein Problem haben? Sam, das wäre doch wunderbar.“

Als sie in seinen Augen erkannte, wie erleichtert er war, wurde ihr klar, wie viel ihre Antwort ihm bedeutet hatte.

Sam beugte sich hinunter und küsste sie auf den Mund. Dann richtete er sich auf, ließ einen Arm um ihre Taille gelegt und drehte sich zum Gerichtsgebäude um. Lächelnd sah er ihr tief in die Augen. „Komm, Sweetheart, lass uns sehen, ob wir diesen Richter finden können.“

Band-Nr. 25001
7,95 €
ISBN 3-89941-001-7

ALEX KAVA

Das Böse

Als der Serienkiller Ronald Jeffreys für die grausamen Morde an drei kleinen Jungen hingerichtet wird, atmet Amerika auf. Auch wenn er die entsetzliche Wahrheit darüber, was wirklich geschah, mit ins Grab nimmt. Doch drei Monate später wird erneut die Leiche eines Jungen gefunden. Sein geschundener kleiner Körper weist alle Merkmale der Jeffreys-Morde auf. Und plötzlich ist der furchtbare Verdacht da: Wurde ein Unschuldiger hingerichtet? Sheriff Nick Morrelli und der attraktiven FBI-Profilerin Maggie O'Dell bleibt nicht viel Zeit, den Täter zu finden. Denn ein zweites bestialisch ermordetes Opfer bestätigt das Unfassbare.

MIRA®

Band-Nr. 25003
7,95 €
ISBN 3-89941-003-3

ERICA SPINDLER

Macht des Schicksals

M – immer wieder schreibt Skye Dearborn diesen Buchstaben, aus einer dunklen Erinnerung ihres Unterbewusstseins heraus. Wer sie wirklich ist, und warum sie von ihrer eigenen Mutter als Kind aus der Mitte der mächtigen Monarch-Familie gekidnappt wurde, erfährt sie erst, als das Schicksal zuschlägt. Denn getrieben von dem Wunsch, ihre Zukunft allein zu meistern, verlässt sie Chance McCord, den sie liebt, und wird eine erfolgreiche Schmuckdesignerin bei dem Mann, vor dem ihre Mutter sie immer schützen wollte. Jetzt ist er seinem Ziel ganz nah: Skye zu besitzen – oder sie zu töten.

Band-Nr. 25004
7,95 €
ISBN 3-89941-004-1

HEATHER GRAHAM

Mörderspiel

Lochlyre Castle, das düstere schottische Schloss des Krimiautors Jon Stuart, ist Schauplatz der „Mystery Week“: Ein gestellter Mord gibt Rätsel auf. Doch kaum betreten die Mitspieler das Castle, spüren sie, dass etwas anders ist als sonst. Denn während der letzten „Mystery Week“ kam Jons Frau ums Leben, und der dunkle Verdacht, Jon seit nicht ganz unschuldig, überschattet plötzlich den Event. Nur eine Frau ist fest von Jons Unschuld überzeugt: die attraktive Sabrina Holloway, die mit ihm vor seiner Ehe eine stürmische Affäre hatte. Aber auch sie kann sich der bedrohlichen Atmosphäre nicht erwehren. Wird es wieder ein Opfer geben? Die „Mystery Week“ beginnt – unheimlicher und mörderischer als je zuvor.

MIRA